37°2 le matin

PHILIPPE DJIAN

Philippe Djian

37°2 le matin

Éditions J'ai lu

Ça m'a laissé songeur, mais pas très longtemps parce que je me suis immédiatement rembarqué pour Babylone.

Richard BRAUTIGAN.

1

Ils avaient annoncé des orages pour la fin de la journée, mais le ciel restait bleu et le vent était tombé. Je suis allé jeter un œil dans la cuisine pour vérifier que les trucs collaient pas dans le fond de la casserole, mais tout se passait à merveille. Je suis sorti sur la véranda armé d'une bière fraîche et je suis resté quelques instants avec la tête en plein soleil. C'était bon, ça faisait une semaine que je prenais le soleil tous les matins en plissant des yeux comme un bienheureux, une semaine que j'avais rencontré Betty.

J'ai remercié le ciel une nouvelle fois et j'ai tendu la main vers ma chaise longue avec une petite grimace de plaisir. Je me suis installé confortablement comme un type qui a du temps devant lui et une bière dans la main. Durant toute cette semaine, j'avais dû dormir une vingtaine d'heures à tout casser et Betty encore moins, peut-être pas du tout, j'en sais rien, c'était toujours elle qui me secouait, il y avait toujours quelque chose de mieux à faire. Eh, tu vas pas me laisser toute seule, elle disait, eh, qu'est-ce que tu fabriques, réveille-toi. J'ouvrais les yeux et je souriais. Fumer une cigarette, baiser ou raconter des histoires, j'essayais de tenir le rythme.

Heureusement, je me fatiguais pas beaucoup dans la journée. Quand tout allait bien, j'avais fini mon boulot vers midi et le reste du temps j'étais tranquille. Je devais simplement rester dans les parages jusqu'à sept heures du soir et rappliquer quand on avait besoin de moi. En général, quand il faisait beau, on pouvait me trouver dans ma chaise longue, je pouvais rester collé là-dedans pendant des heures et des heures, je pensais avoir trouvé un bon équilibre entre la vie et la mort, je pensais avoir trouvé la seule chose intelligente à faire si on veut bien réfléchir cinq minutes et reconnaître que la vie a rien de sensationnel à vous proposer, hormis quelques trucs qui ne sont pas à vendre. J'ai ouvert ma bière en pensant à Betty.

— Ah, bon sang! Vous êtes là... Je vous cherche partout...!

J'ai ouvert les yeux. C'était la bonne femme du numéro trois, une blonde de quarante kilos avec une petite voix aiguë. Ses faux cils clignotaient à toute allure à cause de la lumière.

— Qu'est-ce qui vous arrive?... j'ai demandé.

— Il s'agit pas de moi, bon sang, il y a ce truc qui déborde dans la salle de bains! Il faut venir m'arrêter ça en vitesse, ah je comprends pas qu'il puisse arriver des trucs pareils...!!

Je me suis redressé en vitesse, cette histoire m'amusait pas du tout. Il suffisait de regarder cette fille pendant trois secondes pour comprendre qu'elle était cinglée. Je savais qu'elle allait me faire chier et son peignoir pendouillait sur ses épaules desséchées, j'étais K.O. d'avance.

— J'allais me mettre à table, j'ai dit. Ça peut pas attendre cinq minutes, vous voulez pas être gentille...?

— Vous rigolez...!! C'est une vraie catastrophe, il y a de l'eau partout. Allez, venez avec moi en vitesse...

— Et d'abord, qu'est-ce que vous avez cassé exactement? Qu'est-ce que c'est qui déborde...?

Elle a ricané sous le soleil, les mains enfoncées dans ses poches.

— Eh bien... elle a fait. Vous savez bien... c'est ce truc blanc qui déborde. Bon sang, il y a des petits papiers partout...!!

J'ai avalé une gorgée de bière en secouant la tête.

— Dites donc, j'ai dit, vous vous rendez compte que

j'allais me mettre à table? Vous pouvez pas fermer les yeux pendant un petit quart d'heure, c'est quelque chose d'impossible...?

— Hé, vous êtes fou? Je rigole pas, je vous conseille d'arriver tout de suite...

— Bon, ça va, vous énervez pas, j'ai dit.

Je me suis levé et je suis entré dans la baraque, je suis allé éteindre le feu sous les haricots. Ils étaient presque au poil. Ensuite, j'ai attrapé ma caisse à outils et j'ai couru derrière la folle.

Une heure après, j'étais de retour, trempé des pieds à la tête et à moitié mort de faim. J'ai craqué une allumette sous la casserole avant de foncer sous la douche et puis j'ai plus pensé à cette bonne femme, j'ai juste senti l'eau couler sur mon crâne et l'odeur des haricots qui glissait sous mon nez.

Le soleil inondait la baraque, il faisait bon. Je savais que les ennuis étaient finis pour la journée, j'avais encore jamais vu des chiottes se boucher dans l'après-midi et la plupart du temps il se passait rien du tout, c'était plutôt calme, la moitié des bungalows étaient vides. Je me suis installé devant mon assiette en souriant car mon emploi du temps était tout tracé, manger puis mettre le cap sur la véranda et attendre jusqu'au soir, attendre jusqu'à ce qu'elle arrive en roulant des hanches et vienne s'asseoir sur mes genoux.

Je soulevais le couvercle de la casserole quand la porte s'est ouverte en grand. C'était Betty. J'ai posé ma fourchette en souriant et je me suis levé.

— Betty! j'ai fait. Merde, je crois que c'est la première fois que je te vois en plein jour...

Elle a pris une espèce de pose avec une main dans les cheveux et ses boucles descendaient de tous les côtés.

— Ooohh... et alors qu'est-ce que t'en penses? elle a demandé.

Je me suis rassis sur ma chaise et je l'ai regardée en prenant un air détaché, un bras passé par-dessus le dossier.

— Eh bien, les hanches sont pas mal et les jambes
sont pas mal non plus, oui, fais voir, tourne-toi...

Elle a fait demi-tour et je me suis levé dans son dos,
je me suis collé contre elle. J'ai caressé sa poitrine en
l'embrassant dans le cou.

— Mais de ce côté-là, c'est parfait, j'ai murmuré.

Ensuite je me suis demandé ce qu'elle faisait là à une
heure pareille. Je me suis écarté d'elle et j'ai repéré les
deux valises en toile sur le pas de la porte mais j'ai rien
dit.

— Eh, mais ça sent drôlement bon ici, elle a fait.

Elle s'est penchée au-dessus de la table pour regarder dans la casserole et elle a poussé un cri :

— Oh, mince alors... C'est pas vrai !

— De quoi... ?

— Ma parole, c'est un Chili ! Me dis pas que t'allais
t'envoyer un Chili à toi tout seul.

J'ai sorti deux bières du frigo pendant qu'elle trem-
pait un doigt dans la casserole, je pensais à toutes les
heures qu'on avait devant nous, c'était comme si j'avais
avalé une boulette d'opium.

— Oh Seigneur, il est vraiment fameux... Et c'est toi
qui l'as fait, oh j'adore ça, c'est vraiment incroyable.
Mais par cette chaleur, tu es fou...

— Je peux manger un Chili par n'importe quel
temps, même si la sueur coule dans mon assiette, le
Chili et moi on est comme les deux doigts de la main.

— En fait, moi aussi je crois bien. En plus, j'ai une
de ces faims... !

A la seconde où elle avait franchi la porte, la baraque
s'était transformée, je trouvais plus rien, je tournais en
rond pour lui trouver des couverts et je souriais en
ouvrant les placards. Elle est venue se pendre à mon
cou, j'adorais ça, je pouvais sentir ses cheveux.

— Hé, tu es content de me voir ? elle a fait.

— Laisse-moi le temps de réfléchir.

— C'est tous des salauds. Je t'expliquerai plus tard.

— Betty, y a quelque chose qui va pas... ?

— C'est pas quelque chose de très grave, elle a fait.

8

C'est pas un truc qui vaille la peine qu'on laisse refroidir ce petit Chili. Embrasse-moi...

Après deux ou trois cuillères de haricots bien épicés, j'avais oublié ce petit nuage. La présence de Betty me rendait euphorique et d'ailleurs, elle riait tout le temps, elle me complimentait pour mes haricots, elle faisait mousser ma bière, elle tendait la main par-dessus la table pour me caresser la joue, je savais pas encore qu'elle pouvait passer d'un état à un autre à la vitesse de la lumière.

On finissait juste de manger, on avait passé un bon moment à ratisser ce pur délice, cligner des yeux et plaisanter, j'étais justement en train de la regarder, je la trouvais formidable et tout d'un coup je l'ai vue se transformer devant moi, elle est devenue toute blanche et son regard a pris une dureté incroyable, ça m'a coupé le souffle.

— Comme je te le disais, elle a démarré, c'est tous des salauds. Alors bien sûr, ça arrive forcément un jour ou l'autre et la fille se retrouve une fois de plus avec ses deux valises à la main, tu vois le scénario...?

— Mais de quoi tu parles ? j'ai dit.

— Comment ça, de quoi je parle...? Est-ce que tu m'écoutes, au moins, je suis en train de t'expliquer quelque chose, pourquoi est-ce que tu écoutes pas...?!

J'ai rien répondu mais j'ai voulu lui toucher le bras. Elle s'est reculée.

— Comprends-moi bien, elle a dit. J'attends pas simplement d'un type qu'il me baise...

— Je vois, j'ai répondu.

Elle a passé une main dans ses cheveux en soupirant puis elle a regardé par la fenêtre. Rien ne bougeait dehors, simplement quelques baraques arrosées de lumière et la route qui filait tout droit à travers la campagne, qui attaquait les collines tout au fond.

— Quand je pense que je suis restée un an dans cette boîte, elle a murmuré.

Elle regardait dans le vide, les deux mains serrées

entre les jambes et les épaules voûtées comme si elle se sentait fatiguée d'un seul coup. Je l'avais encore jamais vue comme ça, je connaissais juste ses rires et je pensais qu'elle était d'une énergie à toute épreuve, je me demandais ce qui arrivait.

— Un an, elle a enchaîné, et chaque jour que Dieu fait, ce salaud a louché sur moi et sa bonne femme nous a cassé les oreilles du matin au soir. J'ai bossé pendant un an, j'ai servi des tonnes de clients, j'ai astiqué les tables et balayé la salle et voilà le résultat. Le patron finit par vous glisser une main entre les jambes et tout est à recommencer à zéro. Moi et mes deux valises... et j'ai juste de quoi tenir un petit moment ou m'acheter un billet de train.

Elle a secoué longuement la tête puis elle a levé les yeux sur moi et maintenant elle souriait, maintenant je la reconnaissais.

— Et tu sais pas la meilleure, elle a fait, c'est que j'ai même plus un coin pour dormir. J'ai ramassé mes affaires en quatrième et les autres filles me regardaient avec des yeux ronds. « Je reste pas une seconde de plus! je leur ai dit. Je pourrais pas supporter de voir cette gueule de salaud une nouvelle fois!! »

J'ai ouvert une bière sur l'angle de la table.

— Eh bien, laisse-moi te dire que t'as eu raison, j'ai fait. Je te donne raison à cent pour cent.

Ses yeux verts ont pétillé vers moi, je sentais la vie revenir en elle, l'attraper par les reins et secouer ses longs cheveux au-dessus de la table.

— Ouais, ce type avait dû se fourrer dans la tête que je lui appartenais, tu vois le genre...

— Oui, oui, bien sûr que je vois. Fais-moi confiance.

— Hé... je crois qu'ils deviennent tous dingues à partir d'un certain âge.

— Tu crois...?

— Bien sûr, parfaitement.

On a débarrassé la table et ensuite j'ai pris les deux valises et je les ai portées à l'intérieur. Elle s'occupait déjà de la vaisselle, je voyais de l'eau qui giclait devant elle et elle m'a fait penser à une fleur étrange munie d'antennes translucides et d'un cœur en skaï mauve et je connaissais pas beaucoup de filles qui pouvaient porter une minijupe de cette couleur-là avec autant d'insouciance. J'ai lancé les valises sur le lit.

— Dis donc, j'ai fait, dans un sens c'est plutôt un bon truc qui nous arrive...

— Ouais, tu trouves...

— Ouais, en général j'ai horreur des gens mais je suis content que tu viennes habiter chez moi.

Le lendemain matin, elle était debout avant moi. Ça faisait tellement longtemps que j'avais pas pris mon petit déjeuner avec quelqu'un. J'avais oublié ça, je me souvenais plus comment ça faisait. Je me suis levé et je me suis habillé sans dire un mot, je l'ai embrassée dans le cou en passant derrière elle et je me suis assis devant mon bol. Elle se beurrait des tartines aussi larges que des skis nautiques en roulant des yeux et je pouvais pas m'empêcher de sourire, la journée commençait vraiment bien.

— Bon, je vais essayer de liquider mon boulot en vitesse, j'ai dit. Je fais un aller et retour en ville, tu veux venir avec moi...?

Elle a lancé un coup d'œil circulaire dans la baraque en secouant la tête :

— Non non, je crois qu'il faut que je remette un peu d'ordre dans tout ça. Hein, vaudrait mieux...

Je l'ai donc laissée et je suis allé sortir la camionnette du garage. Ensuite je me suis garé devant la réception. Georges dormait à moitié sur sa chaise, un journal ouvert sur le ventre. Je suis passé derrière lui et j'ai attrapé un sac de linge.

— Oh, c'est toi? il a fait.

Il a empoigné un sac et m'a suivi en bâillant. On a lancé des sacs dans le fond de la camionnette et on est retournés chercher les autres.

— J'ai encore vu cette fille hier, il a dit.

J'ai rien répondu, j'ai traîné un sac.

— Je crois que c'est toi qu'elle cherchait. Hein, c'est pas toi... ?

Il arrivait en traînant la patte. Le soleil commençait à taper dur.

— Une fille avec une petite jupe mauve et des grands cheveux noirs, il a ajouté.

A ce moment-là, Betty est sortie de la baraque et elle est venue vers nous en courant. On l'a regardée arriver.

— Tu veux parler d'une fille dans ce genre-là ? j'ai demandé.

— Bon sang de bon sang ! il a fait.

— Tout juste. Et c'est bien moi qu'elle cherchait.

Ensuite, j'ai fait les présentations et pendant que le vieux faisait son numéro de joli cœur, je suis monté prendre la liste des courses épinglée près du guichet. J'ai plié le papier dans ma poche et je suis retourné à la voiture en allumant ma première cigarette. Betty était installée sur le siège du passager, elle discutait avec Georges à travers le carreau. J'ai fait le tour et je me suis glissé derrière le volant.

— Réflexion faite, elle a dit, je me suis décidée pour la balade...

J'ai passé mon bras par-dessus son épaule et j'ai démarré en douceur, histoire de faire durer le plaisir. Elle m'a passé un chewing-gum à la menthe. Elle a balancé les papiers par terre. Elle s'est serrée contre moi tout le long du chemin. J'avais pas besoin d'ouvrir le Yi king pour savoir que c'était trop beau.

On s'est d'abord débarrassés du linge et ensuite j'ai porté la liste des courses au magasin d'en face. Le type était en train de coller des étiquettes dans tous les sens. Je lui ai glissé le papier dans la poche.

— Te dérange pas, j'ai dit. Je passerai prendre ça tout à l'heure. Et n'oublie pas ma bouteille...

Il s'est relevé un peu rapidement et s'est planté le crâne dans une étagère. Ce type était déjà moche en temps normal, maintenant il grimaçait.

— On a dit une bouteille tous les quinze jours, on a pas dit une bouteille par semaine, il a fait.

— D'accord, mais j'ai été obligé de prendre un associé. Je suis obligé d'en tenir compte à présent.

— Qu'est-ce que c'est que cette histoire...?!

— C'est pas une histoire mais ça changera rien entre nous. Je continuerai à faire mes courses chez toi si tu sais te montrer un peu intelligent.

— Bon Dieu, une par semaine ça commence à faire mal...!

— Tu crois que c'est rose pour tout le monde?

A ce moment-là, il a aperçu Betty qui m'attendait dans la camionnette avec son petit débardeur blanc et ses boucles d'oreilles fantaisie qui clignotaient dans la lumière. Il a joué deux ou trois secondes avec sa bosse en secouant la tête :

— Non, je dirais pas ça, il a fait. Mais je crois qu'il y a quelques salopards qui s'en tirent mieux que les autres.

Je me sentais pas en position de force pour discuter de ça. Je l'ai laissé planté au milieu de ses boîtes et je suis retourné à la voiture.

— Bon, on a un peu de temps devant nous, j'ai dit. Est-ce que t'as envie de manger une glace...?

— Oh Jésus Marie, je te crois...!

Je connaissais bien la vieille qui vendait les glaces. J'étais un de ses meilleurs clients dans la catégorie glaces alcoolisées et elle laissait assez souvent la bouteille sur le comptoir, je lui faisais un peu de conversation. Je lui ai envoyé un petit signe en arrivant. J'ai installé Betty à une table et je suis allé passer la commande.

— Je crois que je vais me décider pour deux sorbets à la pêche, j'ai dit.

Je suis passé derrière pour lui donner un coup de main, j'ai sorti deux coupes qui devaient contenir pas loin du litre pendant qu'elle plongeait ses bras dans la glacière fumante. J'ai ouvert les placards pour chercher le bocal de pêches.

— Eh, dites-moi, elle a fait, je vous trouve bien excité, ce matin.

Je me suis relevé et j'ai regardé Betty assise dans la salle avec ses jambes croisées et une cigarette aux lèvres.

— Comment vous la trouvez? j'ai demandé.

— Un peu vulgaire...

J'ai attrapé la bouteille de marasquin et j'ai commencé à arroser les coupes.

— C'est normal, j'ai dit, c'est un ange qui descend tout droit du ciel, vous voyez pas...?

Au retour, on s'est arrêtés pour prendre le linge et ensuite, je suis allé ramasser les courses en face, il devait être aux environs de midi et il faisait vraiment chaud maintenant, on avait intérêt à se dépêcher de rentrer.

J'ai tout de suite repéré ma bouteille, il l'avait placée bien en évidence, devant les sacs, et il m'a pas accueilli avec le sourire, c'est tout juste s'il a fait attention à moi. J'ai embarqué les filets à provisions et ma bouteille d'alcool.

— Tu fais la gueule? j'ai demandé.

Il m'a même pas regardé.

— Tu vas être la seule ombre de ma journée, j'ai dit.

J'ai entassé tout le bazar à l'arrière de la camionnette et on a mis le cap sur le motel. Juste à la sortie de la ville, un vent chaud a soufflé rageusement et le coin s'est mis à ressembler un peu plus à un désert avec quelques trucs rabougris et de rares coins d'ombre mais j'aimais bien ça, j'aimais la couleur du sol et j'avais un penchant pour les grandes étendues dégagées. On a relevé les vitres.

J'avais le pied au plancher mais la bagnole se traînait à quatre-vingt-dix, on était vent debout, il fallait prendre son mal en patience. Au bout d'un moment, Betty s'est tournée vers l'arrière, ses cheveux devaient lui tenir chaud car elle les soulevait sans arrêt.

— Dis donc, elle a fait, t'imagines jusqu'où on pourrait aller tous les deux avec une bonne bagnole et toute cette bouffe à l'arrière...

Vingt ans plus tôt, cette idée m'aurait enflammé, maintenant il fallait que je fasse un effort pour empêcher ce truc de me faire bâiller.

— On ferait une fameuse virée, j'ai dit.

— Ouais, ça... et on pourrait tirer un trait sur ce coin minable !

J'ai allumé une cigarette et j'ai croisé mes mains sur le volant.

— C'est marrant, j'ai dit, mais d'une certaine manière, je trouve pas que le paysage soit si moche que ça...

Elle s'est mise à rire en renversant la tête en arrière :

— Oh merde, parce que t'appelles ça un paysage, toi...?

On entendait les grains de poussière claquer sur la carrosserie, la voiture faisait des embardées sous les rafales, tout devait carrément griller dehors. J'ai commencé à rire avec elle.

Dans la soirée, le vent est tombé d'un seul coup et l'air est devenu très lourd. On a sorti la bouteille sur la véranda, attendant que la nuit nous apporte un peu de fraîcheur mais on a vu les étoiles arriver sans le moindre changement, sans le plus petit souffle d'air et je dois dire que je détestais pas ça non plus. La seule riposte était l'immobilité totale et je commençais à avoir un bon entraînement. En cinq ans, j'avais eu le temps de mettre quelques trucs au point pour supporter les grosses chaleurs mais ça devenait une autre histoire avec une fille dans les parages, il s'agissait pas de faire le mort dans ces moments-là.

Après quelques verres, on a essayé de se caser tous les deux dans la chaise longue. On transpirait dans le noir mais on faisait comme si tout était parfait, on fait toujours comme ça au début, on est prêt à supporter n'importe quoi. On est restés comme ça un long moment sans bouger, à respirer dans un dé à coudre.

Puis elle s'est tortillée un peu et je lui ai servi un verre pour la calmer. Elle a poussé un long soupir capable de déraciner un arbre :

— Je me demande si je vais réussir à me lever, elle a fait.

— Abandonne cette idée, dis pas de bêtises. Y a rien qui soit assez important pour...

— Je crois que j'ai envie de pisser, elle m'a coupé.

J'ai glissé une main dans sa culotte et je lui ai caressé les fesses. Elles étaient formidables, avec un petit filet de sueur qui lui coulait des reins et sa peau était douce comme la figure du bébé Cadum. Je voulais penser à rien, je l'ai serrée contre moi.

— Seigneur! elle a fait. M'appuie pas sur la vessie!

Malgré tout, elle a passé une de ses jambes par-dessus les miennes et elle a cramponné mon tee-shirt d'une drôle de manière.

— Je voudrais te dire que je suis contente d'être avec toi. Je voudrais qu'on reste ensemble si c'est possible...

Elle avait dit ça d'une voix tout à fait normale, comme s'il s'était agi d'une réflexion quelconque sur la couleur de ses godasses ou la peinture écaillée du plafond. J'ai pris ça sur le ton léger.

— Eh bien... ça me paraît possible, ça devrait pouvoir marcher. Voyons, j'ai pas de femme, pas d'enfant, j'ai pas une vie compliquée, j'ai une baraque et un petit job pas fatigant. Je crois que je suis une bonne affaire en fin de compte.

Elle s'est aplatie un peu plus contre moi et on s'est vite retrouvés trempés des pieds à la tête. Malgré la température, c'était pas désagréable. Elle m'a mordu l'oreille en grognant.

— J'ai confiance, elle a murmuré. On est encore jeunes, toi et moi on va s'en tirer.

J'ai pas compris ce qu'elle avait voulu dire. On s'est

embrassés longuement. S'il fallait essayer de comprendre tout ce qui se passe dans la tête d'une fille, on en finirait pas. Et puis je voulais pas forcément une explication, je voulais juste continuer à l'embrasser dans le noir et lui caresser les fesses aussi longtemps que sa vessie tiendrait le coup.

2

On a flotté pendant plusieurs jours dans une espèce de rêve coloré. On se quittait pas d'une semelle et la vie paraissait d'une simplicité étonnante. J'avais eu quelques problèmes avec un évier, une chasse d'eau détraquée et une cuisinière à feux mixtes, mais rien de très sérieux, et Betty m'avait donné un coup de main pour ramasser les branches mortes, les petits papiers et vider les poubelles qui se trouvaient dans les allées. On passait les après-midi à flemmarder sous la véranda, à tripoter les boutons de la radio ou à discuter de choses sans importance quand il s'agissait pas de baiser ou de préparer quelque plat compliqué qu'on avait repéré la veille sur le bouquin de cuisine. Je poussais la chaise longue à l'ombre pendant qu'elle étalait une natte en plein soleil. Quand je voyais quelqu'un arriver, je lui balançais une serviette et quand l'emmerdeur était parti, je reprenais la serviette et je retournais dans ma chaise longue pour la regarder. Je m'étais aperçu qu'il suffisait que je pose un œil sur elle pendant un peu plus de dix secondes pour plus penser à rien. Et ce truc-là m'allait comme un gant.

Un matin, elle a sauté sur la balance en poussant un cri :

— Oh merde... ! C'est pas vrai... !!

— Betty, qu'est-ce qui se passe... ?

— Bon Dieu ! J'ai encore pris un kilo. J'en étais sûre... !

— Te casse pas la tête. Je te jure que ça se voit pas.

Elle a rien répondu et l'incident m'est complètement sorti de la tête. Mais le midi, je me suis retrouvé avec une tomate coupée en deux dans mon assiette. Une tomate sans rien. J'ai fait aucune remarque et j'ai attaqué le truc en discutant comme si de rien n'était. En sortant de table, je tenais la forme, je me sentais pas cloué au sol par un paquet de calories, et on a envoyé valser les draps, on s'est payé une de nos meilleures séances pendant que le soleil vibrait dehors et cognait sur les grillons.

Plus tard, je me suis levé et je suis allé directement au frigo. Par moments, la vie pouvait vous offrir des instants d'une perfection absolue et vous envelopper d'une poussière céleste. J'avais l'impression que mes oreilles sifflaient comme si j'avais atteint un stade de conscience supérieure. J'ai souri aux œufs. J'en ai attrapé trois et je les ai immolés dans un bol.

— Mais qu'est-ce que tu fais...? a demandé Betty.

Je me suis mis à chercher la farine.

— Je t'ai jamais dit, mais la seule fois de ma vie où je me suis vraiment gagné du fric, c'est en vendant des crêpes. Je m'étais installé un petit stand au bord de la mer et les types faisaient la queue en plein soleil avec leurs billets à la main. Ouais, tous autant qu'ils étaient. Mais je fabriquais les plus merveilleuses crêpes qu'on puisse trouver à cent cinquante kilomètres à la ronde et ils le savaient. Bon sang, tu vas voir que je te raconte pas d'histoires...

— Oh, je t'en prie, je risque pas de toucher à ça...

— Hé, tu veux rire...? Tu vas pas me laisser manger tout seul, tu ne peux pas me faire un truc comme ça...

— Non, ça me dit rien, je t'en prie... J'en mangerai pas.

J'ai tout de suite compris que c'était pas la peine de discuter, j'ai vu que j'allais me heurter à un mur inébranlable. J'ai regardé les œufs glisser du bol un par un et s'avancer lentement vers la grille de l'évier pendant que mon estomac gargouillait. Mais je me suis ressaisi et j'ai lavé le bol sans faire d'histoires. Elle fumait une cigarette en regardant le plafond.

J'ai passé le restant de l'après-midi sur la véranda à bricoler le moteur de la machine à laver, puis à la tombée du jour, quand j'ai vu qu'il se passait rien et qu'elle restait le nez plongé dans un bouquin, je me suis levé et je suis allé faire chauffer de l'eau. J'ai balancé une poignée de gros sel dedans, éventré un paquet de spaghetti et je suis retourné sur la véranda. Je me suis accroupi devant elle.

— Betty, y a quelque chose qui va pas...?

— Mais non, elle a fait. Ça va bien.

Je me suis relevé, j'ai croisé mes mains derrière ma tête et j'ai balayé l'horizon des yeux. Le ciel était rouge et dégagé, ça nous promettait du vent pour le lendemain. Je me demandais quelle connerie avait bien pu enrayer la machine.

Je suis retourné auprès d'elle, j'ai plié les genoux et je me suis penché. J'ai fait glisser un doigt inquiet sur sa joue.

— Je vois bien que tu fais une drôle de gueule...

Elle m'a regardé avec cet air dur qui m'avait secoué quelques jours plus tôt. Elle s'est dressée sur un coude.

— Tu connais beaucoup de filles qui se retrouvent sans boulot, sans un rond, dans un bled d'arriérés mentaux, t'en connais beaucoup qui peuvent garder le sourire...?

— Merde, qu'est-ce que ça changerait pour nous si t'avais un boulot ou un peu de fric à la banque...? Pourquoi tu te tracasses pour un truc pareil...?

— Et non seulement ça, mais le pire de tout c'est que j'engraisse! Je suis en train de me démolir dans ce trou!

— Mais qu'est-ce que tu racontes? Qu'est-ce qu'il a de si horrible, ce coin...? Tu vois pas qu'en fait c'est partout la même chose, tu sais pas qu'il y a que le paysage qui change...?

— Et alors...? C'est déjà mieux que rien!

J'ai jeté un œil sur le ciel rose en hochant la tête. Je me suis redressé doucement.

— Dis donc, j'ai dit, ça te dirait d'aller manger un petit morceau en ville et de foncer à une séance de cinéma...?

Un sourire s'est épanoui sur son visage comme une bombe nucléaire, j'ai carrément senti de la chaleur monter vers moi.

— Formidable! Rien de tel qu'une petite virée pour se changer les idées. Laisse-moi juste le temps de passer une jupe!

Elle a filé dans la baraque.

— Rien qu'une jupe? j'ai demandé.

— Par moments, je me demande si tu penses à autre chose.

Je suis rentré et j'ai éteint le gaz sous la marmite. Betty s'arrangeait les cheveux devant la glace. Elle m'a envoyé un clin d'œil. J'ai eu le sentiment de m'en tirer à bon compte.

On a pris la bagnole de Betty, une VW rouge qui consommait surtout de l'huile et on s'est garés dans le centre avec une roue sur le trottoir.

On était pas installés depuis cinq minutes sur la banquette de la pizzeria qu'une fille blonde est entrée dans la salle et Betty a fait un bond à côté de moi.

— Hé...!! Mais c'est Sonia! HÉ, SONIA... HÉ, PAR ICI...!!

La fille en question s'est dirigée vers notre table, il y avait un type derrière elle qui essayait de garder l'équilibre. Les filles se sont embrassées et le type s'est laissé choir en face de moi. Elles avaient l'air très contentes de se retrouver, elles se lâchaient plus les mains. Ensuite, elles ont fait les présentations, le type a poussé un vague grognement pendant que je me plongeais dans la carte.

— Bon sang, laisse-moi te regarder... T'as l'air en pleine forme! a déclaré Betty.

— Toi aussi, ma chérie... Tu peux pas savoir comme ça me fait plaisir!

— Pizzas pour tout le monde? j'ai demandé.

Quand la serveuse s'est pointée, le type a paru se réveiller. Il a attrapé la fille par le bras et lui a glissé un billet dans la main.

— Combien de temps il vous faut pour faire apparaître du champagne sur cette table? il a demandé.

La serveuse a regardé le billet sans broncher.

— Un peu moins de cinq secondes, elle a fait.

— Ça marche.

Sonia s'est jetée sur lui et lui a mordu les lèvres.

— Oh mon chou, t'es vraiment merveilleux! elle a fait.

Après quelques bouteilles, j'étais tombé entièrement d'accord avec elle. Le type était en train de me raconter comment il avait fait fortune en spéculant sur le café à un moment où les prix grimpaient en flèche.

— Mon téléphone sonnait toutes les minutes et le fric tombait de tous les côtés à la fois. Tu comprends, il fallait jouer serré, il fallait tenir jusqu'à la dernière limite et tout revendre en quatrième. D'une seconde à l'autre, tu pouvais encore doubler ton fric ou plonger dans la trente-sixième dessous...

Je l'écoutais attentivement, ce genre d'histoire me fascinait. Le simple fait de parler d'argent enrayait les effets de l'alcool chez ce type. Il rotait juste un peu bruyamment de temps en temps. Je tétais le méchant cigare qu'il m'avait donné et je remplissais les verres. Les filles avaient les yeux brillants.

— Je vais te dire une chose, il a ajouté. Tu connais ce film où les types doivent sauter le plus tard possible pendant que leur bagnole est en train de foncer vers le vide...? T'imagines ce que ces mecs peuvent ressentir...?

— Difficilement, j'ai dit.

— Ben moi, c'était ça, mais multiplié par cent!

— T'as sauté au bon moment? j'ai demandé.

— Ouais, je te crois que j'ai sauté au bon moment. Ensuite je me suis effondré et j'ai dormi pendant trois jours.

Sonia lui a passé une main dans les cheveux en se serrant contre lui.

— Et dans deux jours, on prend l'avion pour les îles, elle a roucoulé. C'est mon cadeau de fiançailles ! Oh mon chou, ça peut te paraître idiot, mais cette idée me rend folle de joie...!

Sonia avait l'air d'un oiseau ébouriffé avec une bouche sensuelle et elle riait pratiquement tout le temps. Ça maintenait une bonne ambiance. Les bouteilles défilaient aussi et pendant un moment, Betty m'a pris par le bras et sa tête est restée contre mon épaule pendant que je tirais sur mon Davidoff.

Vers la fin, j'écoutais plus personne, j'entendais juste un murmure lointain, tout me paraissait lointain, le monde était d'une simplicité absurde et je souriais. J'attendais rien. Je me suis mis à rire tout seul tellement j'étais schlass.

Sur les coups d'une heure du matin, le type a basculé en avant sans prévenir et une assiette s'est brisée en deux sous le choc. Il était l'heure de rentrer. Sonia a réglé la note en prenant du fric dans les poches de son veston et ensuite on l'a traîné dehors. On a eu du mal dans l'état où on était, mais une fois dehors, il a retrouvé un peu ses esprits et il nous a aidés. Il fallait quand même s'arrêter sous chaque lampadaire pour souffler un peu. On avait chaud. Sonia se plantait devant lui pendant qu'on reprenait haleine et qu'il vacillait sur ses jambes, oh mon pauv' chou, elle disait, mon pauv' petit chou... Je me demandais s'ils avaient garé leur bagnole à l'autre bout de la ville.

Ensuite elle a ouvert la porte d'un coupé flambant neuf avec un capot de cinq mètres et on a pu faire basculer le petit chou à l'intérieur. Sonia nous a embrassés en vitesse, elle était pressée de rentrer pour lui mettre quelque chose sur le crâne. On a regardé l'engin démarrer en faisant des petits signes et le truc a plongé dans la nuit comme le monstre du loch Ness.

On a retrouvé la VW au bout d'un moment. J'ai voulu

conduire. Pour bien faire, il m'aurait fallu quelque chose de nerveux, avec des rangées de phares longue portée et que je puisse grimper à 200 comme une fleur, j'avais ENVIE de conduire.

— T'es sûr que tu vas y arriver ? a demandé Betty.

— J'espère que tu rigoles. Y a aucun problème.

J'ai traversé la ville sans avoir la moindre histoire. Il y avait pas beaucoup de monde, c'était une vraie partie de rigolade sauf que par moments j'avais l'impression que le moteur s'emballait et la VW faisait des bonds en avant.

La nuit était noire. Les phares balayaient la route juste devant et il y avait rien d'autre, simplement la petite lumière pâlichonne du tableau de bord qui dansait. Je devais me pencher sur le pare-brise pour y voir quelque chose.

— T'as vu un peu ce brouillard...! j'ai dit.

— Non, je vois rien. De quoi tu parles...?

— Fais-moi penser à régler les phares. C'est trois fois rien.

J'ai suivi la ligne blanche, j'ai mis la roue avant gauche en plein dessus. Au bout d'un petit moment, quelque chose m'a intrigué. Je connaissais bien cette route, il y avait pas le moindre virage, pas la plus petite courbure, et voilà que tout doucement, d'une manière presque imperceptible, cette saloparde de ligne blanche se mettait à se déporter sur la droite, à s'infléchir de façon incompréhensible. J'ouvrais des yeux de plus en plus ronds.

Au moment où j'ai foutu la VW dans l'ornière, Betty a poussé un cri. La bagnole a piqué du nez dans ce petit fossé de malheur et ça nous a secoués un bon coup. J'ai voulu éteindre le contact mais les essuie-glaces se sont mis en marche.

Betty a ouvert rageusement la porte sans dire un seul mot. Je me demandais ce que j'avais fabriqué et surtout ce qui nous était arrivé au juste. Je suis sorti derrière elle. La VW avait l'air d'un gros animal stupide sur le point d'agoniser avec les pare-chocs enfoncés.

— On a été attaqués par les martiens, j'ai plaisanté.

Le temps que je me retourne et elle était déjà partie sur la route, perchée sur ses talons hauts. Je me suis mis à galoper derrière elle.

— Bon Dieu! Te fais pas de souci pour la bagnole, j'ai fait.

Elle marchait vite, en regardant droit devant elle comme si elle était montée sur un ressort, j'avais un mal de chien à rester à sa hauteur.

— Je me fous éperdument de ce tas de ferraille! elle a dit. C'est pas à ça que je pense...

— C'est rien... on doit pas avoir plus d'un kilomètre à faire. Ça va nous faire du bien...

— Non, je suis en train de penser à Sonia, elle a enchaîné. Tu vois qui c'est, Sonia...?

— Ouais, tu veux parler de ta copine?

— Oui, tout juste!... Et tu trouves pas qu'elle a du pot, ma copine, tu trouves pas qu'elle a de quoi se payer un BEAU SOURIRE...??!!

— Ah merde, Betty, recommençons pas...

— Tu vois, elle a continué, Sonia et moi on a été serveuses dans la même boîte avant que j'arrive ici, on faisait le même boulot, astiquer, servir, balayer et le soir on se retrouvait dans nos piaules et on discutait de ce que serait la vie quand on aurait liquidé tout ça. Et tout à l'heure, j'ai pu voir tout le chemin qu'elle avait parcouru depuis ce temps-là, je trouve qu'elle s'est taillé une belle place au soleil...

On pouvait voir les lumières du motel tout au loin. On était pas au bout de nos peines et la pente devenait savonneuse.

— T'es pas de mon avis? elle a insisté.

Je me suis dit continue à marcher, t'occupe pas de ce qu'elle raconte, tout ça mène à rien, dans une seconde elle aura oublié.

— Explique-moi pourquoi j'en suis toujours au

même point, dis-moi ce que j'ai fait de mal pour qu'on m'empêche de grimper un peu à l'échelle...

Je me suis arrêté pour allumer une cigarette et elle m'a attendu. Ses yeux me transperçaient. J'ai fait le type qui donnait sa langue au chat.

— C'est pas en restant ici qu'on pourra saisir notre chance, elle a fait.

J'ai regardé par-dessus son épaule. Elle respirait très vite.

— J'en sais rien, j'ai dit.

— Qu'est-ce que ça veut dire, j'en sais rien...?! Qu'est-ce que tu me chantes...??!!

— Merde, ça veut dire que j'en sais rien !

Pour mettre un point final à l'histoire, j'ai fait deux ou trois pas sur le bas-côté et je me suis mis à pisser. Je lui ai tourné le dos. Je pensais bien lui avoir cloué le bec. J'ai lâché un petit nuage de fumée bleue dans la nuit en pensant que vivre avec une femme présentait forcément quelques inconvénients mais qu'en définitive, la balance penchait toujours de son côté. Elle pouvait bien m'envoyer tous les mots qu'elle voulait à la tête après tout, ça me dérangeait pas beaucoup. Je trouvais que c'était pas trop cher payé pour tout ce qu'elle me donnait d'autre part. Je la sentais en train de bouillir derrière moi, je me souvenais plus depuis combien de temps j'avais pas senti quelqu'un à côté de moi, ça devait faire un bail.

Je me suis reboutonné avec le moral. Voilà ce que c'est de se payer une fille tellement vivante, je me suis dit, tu peux pas éviter ces petits accès de fièvre, tu peux pas échapper à ça. L'alcool me chauffait les veines, j'ai pivoté sur une jambe et je me suis tourné vers elle.

— J'ai plus envie qu'on discute de ça, j'ai dit. Je me sens pas en état, sois gentille...

Elle a regardé le ciel noir en soupirant :

— Mais bon sang, est-ce que tu penses à toute cette vie qui nous passe devant le nez, est-ce que ça te met en rogne par moments...?

— Ecoute... Depuis que je suis avec toi, j'ai pas l'impression que la vie me passe sous le nez. J'ai même l'impression d'avoir plus que ma part, si tu veux savoir...

— Oh merde!! Je te parle pas de ça...! Je veux qu'on essaye de s'en sortir tous les deux. La Chance nous a donné rendez-vous quelque part, il s'agit simplement de pas la manquer.

— Grossière erreur.

— Bon Dieu, on croirait que t'as trouvé le paradis dans ce désert miteux. T'es pas à moitié dingue...?

J'ai décidé de pas répondre. Je me suis avancé vers elle mais malheureusement, mon pied s'est pris dans une racine et je me suis rétamé de tout mon long sur la terre battue, je me suis abîmé la joue.

Visiblement, ce petit détail l'a pas gênée. Elle a continué à me sortir ses trucs sur la rage de vivre modèle 80 pendant que je me roulais dans la poussière.

— Regarde un peu Sonia, comment elle s'est démerdée. Maintenant elle va pouvoir goûter vraiment à la vie... Tu imagines un peu ce qui nous attend si on se met à foncer tous les deux...?

— Betty, bon Dieu...!

— Je comprends pas comment tu fais pour pas te sentir étouffer ici. Y a rien à attendre d'un coin pareil!!

— Merde, viens là...! Viens plutôt m'aider!

Mais j'ai bien vu qu'elle m'écoutait pas. Elle a pas bougé d'un poil. Maintenant elle était barrée à fond dans cette histoire, le souffle court et le regard brillant.

— Tu te vois partir pour les îles un beau matin... elle a ajouté. Tu te vois débarquer un de ces quatre au Paradis...?!

— Allons nous coucher, j'ai dit.

Elle a posé sur moi un œil fixe :

— Tout ce qu'on a à faire, c'est de se remuer un peu. Il suffit de le vouloir.

— Mais qu'est-ce que tu espères au juste...? Qu'est-ce que tu crois...?!

— Bon Dieu, est-ce que tu t'imagines un peu la vie dans les îles...?

Cette vision lui avait complètement enflammé la cervelle. Elle a eu un petit rire nerveux puis elle est partie sans m'attendre, jonglant avec ses images sucrées. J'ai réussi à me mettre à genoux.

— MERDE...! j'ai gueulé. ME FAIS PAS MARRER AVEC TES ÎLES...!!!

3

Durant les jours qui suivirent, on a pas reparlé de ça. On a eu du boulot par-dessus la tête, j'en avais jamais tellement vu à la fois. Ce foutu cyclone nous avait pas loupés et on comptait plus les machins arrachés, les carreaux en mille miettes et toutes les saloperies dispersées dans les allées. Devant l'ampleur du désastre, on s'était regardés avec Georges et il s'était gratté derrière la tête en grimaçant. Betty avait plutôt rigolé.

Je passais donc mes journées à cavaler d'un bungalow à l'autre avec ma boîte à outils et un crayon coincé derrière l'oreille. Betty faisait des aller et retour en ville pour me rapporter des cartouches de clous, des pots de mastic, des planches et de la crème à bronzer car je passais le plus clair de mon temps dehors, grimpé sur une échelle ou cramponné sur un toit. Du matin jusqu'au soir, le ciel restait d'un bleu limpide, nettoyé une bonne fois pour toutes, et je restais pendant des heures et des heures en plein soleil, un paquet de clous dans la bouche, à réparer les petites baraques déglinguées.

Georges était nul pour ce genre de trucs, ça pouvait même être dangereux de travailler avec lui, c'était le marteau qui lui échappait des mains ou il pouvait vous scier un doigt pendant que vous cramponniez la planche, je l'ai gardé une matinée avec moi et ensuite je lui ai demandé de s'occuper uniquement des allées et de plus s'approcher de mon échelle ou je lui balançais ma caisse à travers la tête.

Petit à petit, le coin a repris figure humaine et j'étais naze tous les soirs. Les antennes de télé me donnaient surtout du fil à retordre, j'avais du mal à raccrocher ces trucs-là tout seul, à retendre les câbles, mais je voulais pas que Betty grimpe sur les toits, je voulais pas qu'il lui arrive quelque chose. De temps en temps, je la voyais apparaître en haut de l'échelle avec une bière fraîche et j'étais complètement étourdi par la chaleur, je voyais des éclairs dans ses cheveux et je me penchais pour lui rouler une pelle et lui arracher la bouteille. Ça m'aidait à tenir jusqu'à la tombée du jour. Ensuite, je rassemblais les outils et j'allais manger, je me traînais dans la caresse du soleil couchant jusqu'à la baraque et je la trouvais allongée sous la véranda avec mon éventail. Elle me posait toujours la même question quand j'arrivais :

— Ça va ? elle demandait. T'es pas trop crevé... ?

— Couci-couça...

Elle se levait et elle me suivait à l'intérieur. Je fonçais sous la douche pendant qu'elle s'occupait des fourneaux. J'étais vraiment lessivé mais en plus j'en rajoutais, je voulais qu'elle s'intéresse qu'à moi. La fatigue me donnait des tas d'idées saugrenues, j'aurais voulu me faire langer et talquer le cul comme un bébé ou des trucs dans ce genre-là, me coucher sur son ventre et lui sucer les seins, je trouvais ça très excitant. Je fermais les yeux quand elle se mettait derrière moi pour me masser la nuque et les épaules, mon petit cyclone chéri, je pensais, oh mon petit cyclone chéri...

On mangeait puis on débarrassait en quatrième. Tout était réglé comme du papier à musique. J'allumais une cigarette et je m'avançais sur la véranda pendant qu'elle lavait quelques trucs. Je visais tranquillement la chaise longue et je m'écroulais dessus. Je l'entendais siffler ou chantonner en faisant la vaisselle et plus d'une fois, je me suis senti heureux, je vivais des instants de calme si profonds que je m'endormais à chaque fois avec un sourire tout à fait idiot au coin des lèvres. Le clope me tombait sur la poitrine et je me réveillais en braillant.

— Merde, tu t'es encore endormi! elle disait.

— HEIN...?!

Elle se pointait et elle m'amenait au lit, un bras passé autour de ma taille. Elle me faisait basculer sur le matelas et commençait à me déshabiller. Malheureusement, au bout de dix secondes, je me rendais compte que j'étais trop crevé pour la baiser, j'arrivais même plus à tenir un œil ouvert et je coulais vraiment à pic.

On a dû mettre au point une nouvelle formule. On baisait le matin. Le seul truc un peu ennuyeux, c'est que je devais me lever pour pisser avant de commencer, et elle aussi, ça rompait un peu le charme mais on s'en tirait avec des plaisanteries un peu idiotes et on entrait rapidement dans le vif du sujet. Betty tenait une forme éblouissante le matin, je me demandais si elle me ressortait pas des trucs qu'elle avait ruminés toute la nuit, elle voulait essayer des positions un peu bizarres, elle y mettait une espèce de fièvre et parfois ça me laissait sur le cul, ça m'émerveillait. Je rattaquais mon job en croyant à l'Enfer et au Ciel, je remontais bricoler une petite antenne sur un de ces toits avec les jambes molles.

Un matin, je me suis réveillé avant Betty. Le soleil rentrait déjà de tous les côtés et je me suis levé sur un coude. Il y avait un type assis sur une chaise, juste en face du lit et ce type, c'était le proprio du motel et il nous regardait attentivement. Ou plutôt, il regardait Betty. J'ai mis quelques secondes à réaliser ce qui se passait et puis j'ai vu qu'on avait envoyé valser le drap et que Betty avait les jambes écartées. Le type était gras, huileux, il se tamponnait avec un mouchoir et ses mains étaient couvertes de bagues, de bon matin ce genre de type pouvait carrément vous écœurer.

J'ai tiré le drap sur Betty et je me suis levé en vitesse. Je me suis habillé sans être capable de sortir un mot et je me demandais ce qu'il pouvait bien vouloir. Il me regardait en souriant, sans dire un mot, comme un chat qui vient de rencontrer une souris. A ce moment-là, Betty s'est réveillée et elle s'est redressée brusquement, les seins à l'air, elle a écarté d'une main les cheveux qui lui tombaient sur les yeux.

— Eh ben merde...! Qu'est-ce que c'est que ce type...? elle a fait.

L'autre lui a envoyé un petit signe de tête en se levant.

— Ça alors...!! Il faut pas se gêner! elle a ajouté.

J'ai entraîné le proprio dehors avant que toute cette histoire se complique d'une manière épouvantable. J'ai refermé la porte derrière nous.

J'ai fait quelques pas dans la lumière en me raclant la gorge. Il tenait son veston sur le bras et de grandes auréoles de sueur s'étalaient sur sa chemise. J'étais incapable de réfléchir correctement, je me sentais pas très bien. Normalement, à cette heure-ci, j'aurais dû être en train de baiser tranquillement. Le type a passé le mouchoir dans le col de sa chemise et m'a regardé en grimaçant.

— Dites-moi, il a fait, est-ce que c'est à cause de cette jeune femme qu'on vous trouve encore au lit à dix heures du matin...?

J'ai enfoncé mes mains dans mes poches en regardant par terre, ça me donnait l'air du type ennuyé et ça m'évitait de voir sa gueule.

— Non, non, j'ai fait. Elle y est pour rien.

— Il ne faudrait pas, voyez-vous, il ne faudrait surtout pas qu'elle vous fasse oublier pourquoi vous êtes ici, pourquoi je vous loge et vous paye, comprenez-vous...?

— Oui, bien sûr, mais...

— Vous savez, il m'a coupé, il suffirait que je passe une petite annonce et demain matin j'aurai une centaine de types qui se bousculeront devant l'entrée en priant pour avoir votre place. Je ne veux pas vous prendre en traître parce que vous êtes ici depuis longtemps et je n'ai jamais eu à me plaindre vraiment de vous, mais ça ne me plaît pas. Je ne pense pas que vous puissiez loger ce genre de filles et faire votre travail convenablement, vous voyez ce que je veux dire... ?

— Vous avez discuté avec Georges ? j'ai demandé.

Il a hoché la tête. Ce type était repoussant et il le savait. Il s'en servait comme d'une arme.

— Bon, j'ai enchaîné, alors il a dû vous dire aussi qu'elle nous avait bien aidés. Je vous jure qu'on n'en serait pas là sans elle. Si vous aviez vu les dégâts après ce foutu cyclone, il y avait plus grand-chose qui tenait debout et elle s'est occupée des courses pendant que Georges et moi on essayait de réparer tout ça en vitesse. Elle a posé le mastic aux fenêtres, elle a ramassé les branches mortes, elle courait dans tous les coins, elle... elle restait pas une seconde à rien faire, elle...

— Je ne dis pas...

— Et j'ajouterai une chose, monsieur, elle a jamais demandé à être payée pour ça. Georges peut vous dire qu'elle nous a fait gagner un temps fou...

— En somme, vous voudriez que je ferme les yeux là-dessus, c'est bien ça... ?

— Ecoutez... je me suis peut-être levé un peu tard, ce matin, mais en ce moment je fais mes dix-douze heures par jour. On a eu un boulot épouvantable, vous avez qu'à jeter un coup d'œil. Normalement, je suis debout avec le jour, je sais pas ce qui est arrivé. Ça m'étonnerait que ça se reproduise.

Il dégoulinait sous le soleil, il réfléchissait à quelque chose en tordant sa figure dans tous les sens. Il a lancé un coup d'œil circulaire autour de lui.

— Il faudrait redonner un coup de peinture à toutes ces baraques, il a dit. Ça ressemble plus à rien...

— Oui, ça leur ferait pas de mal. Et puis ça attirerait l'œil de la route. On s'était déjà fait la réflexion avec Georges...

— Bon, alors je vois peut-être un moyen de s'arranger... Vous pourriez vous y mettre avec votre amie.

Ce boulot était tellement démesuré que ça m'a fait pâlir.

— Hé, vous plaisantez... j'ai dit. C'est au moins le boulot d'une entreprise, vous vous rendez compte... On en verrait jamais la fin...!

— A vous deux, vous êtes déjà une petite entreprise, il a ricané.

Je me suis mordu les lèvres. Ce type nous tenait vraiment dans le creux de sa main et c'était dur à avaler. Pourquoi est-ce que ces trucs-là arrivaient? Comment pouvait-on se retrouver dans des situations pareilles? Je me sentais déjà fatigué avant d'avoir entamé la journée.

— Bon, mais je voudrais savoir comment elle sera payée, j'ai soupiré.

Son sourire s'est élargi. Il a posé ses petits doigts boudinés sur mon épaule.

— Bon sang, vous me faites rigoler, il a dit. Il y a cinq minutes, vous me demandiez d'oublier cette fille, n'est-ce pas...? Comment voulez-vous que j'y arrive si je dois la payer, voyons, ça n'a pas de sens!

C'était vraiment un de ces beaux fumiers comme on en rencontre un peu partout et qui vous donnent un goût bizarre dans la bouche. Je regardais mes pieds, j'avais l'impression qu'ils étaient cloués au sol et mes mâchoires me faisaient mal. Je me suis passé lentement une main sur la bouche en fermant les yeux. Ça voulait dire que je capitulais. L'autre devait avoir l'habitude, il a bien reçu le message.

— Eh bien, c'est parfait! Je vais vous laisser travailler. Je repasserai pour voir si vous vous en sortez bien. Je vais voir avec Georges pour commander la peinture...

Il s'est éloigné en triturant son mouchoir. Je suis resté un petit moment à danser d'un pied sur l'autre avant de me décider à rentrer. Betty était sous la douche, je la voyais à travers le rideau. En fait, j'étais tenu de tous les côtés. Je me suis assis à la table et j'ai bu un café tiède. Dégueulasse.

Elle est sortie enroulée dans une serviette, elle est venue s'asseoir directement sur mes genoux.

— Dis donc, mais dis-moi, qui c'était ce type...? Qui c'est qui lui avait permis d'entrer...?

— Il a pas besoin de permission, j'ai fait. C'est le proprio...

— Et alors, qu'est-ce que ça change...? On entre pas comme ça chez les gens, non mais il se sent plus...!

— Oui, t'as raison. C'est ce que je lui ai dit.

— Et qu'est-ce qu'il voulait au juste?

Je lui ai caressé un nichon sans avoir d'idée derrière la tête. Je me sentais plutôt vidé et ce boulot qui nous attendait, maman, j'en avais les jambes qui tremblaient, j'en étais malade.

— Alors, qu'est-ce qu'il voulait? elle a insisté.

— Rien... Des conneries... Il veut qu'on repeigne deux ou trois trucs.

— Oh, ben ça tombe bien... La peinture, j'adore ça!

— C'est ce que j'appelle un coup de chance, j'ai dit.

Le lendemain matin, un type s'est pointé en camionnette avec deux ou trois cents kilos de peinture et des rouleaux.

— Bon, il a fait, avec ça vous avez de quoi commencer. Quand il y en a plus, vous me passez un coup de fil et j'arrive en quatrième, d'accord?

On a déchargé les bidons dans la remise. Ça faisait un joli tas, ça me donnait mal au ventre, ça me faisait comme une boule de feu, la rage et l'impuissance mélangées. Je me souvenais plus que c'était aussi pénible, y avait longtemps que j'avais pas goûté à ça. C'est drôle, il y avait vraiment des tas de trucs que j'avais oubliés.

Le livreur s'est barré en sifflotant. Il faisait beau, d'une manière plutôt irrémédiable. J'ai jeté un coup d'œil un peu triste sur les baraques et je me suis coltiné un bidon de vingt-cinq kilos le long du chemin, histoire de me cisailler un peu les doigts. Georges me guettait devant la réception. Je me suis pas arrêté. Il a traversé pour venir me rejoindre, avec son sourire de vieillard fou.

— Hé, dis donc... ça a l'air lourd, ton truc!

— Fais pas chier, j'ai grogné. Laisse-moi tranquille!

— Ben merde, alors... Qu'est-ce que je t'ai fait...??

J'ai changé mon bidon de main sans ralentir l'allure, je m'en suis mis un coup dans les jambes et j'ai vu des petits points lumineux danser devant moi. L'autre me lâchait pas :

— Bon sang, je t'ai jamais vu avec une gueule pareille...!

— Ça se peut, j'ai dit. Mais t'avais besoin d'aller raconter que Betty HABITAIT ici...?!

— Ah, bon Dieu, tu le connais... Ce salaud m'a arraché les vers du nez! J'étais à moitié réveillé quand il est arrivé.

— Ouais, mais t'es jamais complètement réveillé. T'es la connerie vivante! j'ai fait.

— Hé, dis donc, c'est vrai que vous allez repeindre tous les trucs? Tu vas t'envoyer tout ça...??

Je me suis arrêté. J'ai posé mon bidon par terre et j'ai regardé Georges dans les yeux.

— Ecoute, j'ai dit, je sais pas encore ce que je vais décider mais je veux pas que tu parles de ça à Betty. Est-ce que c'est bien noté...?

— Oui, te casse pas, mon pote, tu peux dormir tranquille... Mais comment tu vas faire pour pas lui dire...?

— J'en sais rien. J'ai pas encore réfléchi.

Quand on s'est retrouvés devant le premier bungalow avec Betty, j'ai été pris d'une chiasse intolérable et j'ai dû m'absenter un petit moment. L'immensité de la tâche me nouait tout simplement les tripes et j'avais pas eu le courage d'en parler à Betty. Je savais qu'elle aurait tout envoyé promener, elle se serait jamais laissé baiser de cette manière, elle aurait foutu le feu à tout ce bazar. Seulement les emmerdes qui viendraient après me paraissaient tellement plus épouvantables qu'en fin de compte, j'avais choisi d'encaisser. Avoir la chiasse, c'était pas le bout du monde, c'était juste un mauvais petit moment à passer.

Betty discutait avec les locataires quand je suis revenu. J'étais un peu plus pâle qu'à l'ordinaire.

— Ah... te voilà. J'étais justement en train de dire à ces gens qu'on allait faire un peu de peinture...

Ils m'ont regardé d'un air attendri, le genre azimuté baignant en pleine retraite. Ils étaient là depuis au moins six mois et ils avaient accroché des pots de fleurs dans tous les coins. J'ai marmonné quelques trucs incompréhensibles et j'ai entraîné Betty derrière la baraque. J'avais le gosier sec. Betty était vraiment resplendissante, elle semblait chargée d'électricité, elle souriait. Je me suis raclé deux ou trois fois la gorge en tenant un poing fermé devant ma bouche.

— Eh ben, qu'est-ce qu'on attend, qu'est-ce qu'il faut faire au juste...? elle a demandé.

— Bon, toi tu peins les volets et moi je vais peindre autour, j'ai dit.

Elle a attaché ses cheveux au-dessus de la tête en riant de manière insouciante et cette image avait de quoi vous plier les genoux.

— Je suis prête! elle a fait. Et le premier qui a fini aide l'autre...!

Je lui ai envoyé un sourire affreusement triste pendant qu'elle me tournait le dos.

Les vieux venaient voir de temps en temps où on en était. Ils restaient les bras croisés au pied de mon échelle et tordaient leurs bouches de plaisir. Vers onze heures, la bonne femme nous a apporté des petits gâteaux. Betty plaisantait avec elle, elle les trouvait vraiment très gentils tous les deux. Moi je les trouvais plutôt chiants, j'avais pas tellement envie de parler et de plaisanter à tout bout de champ. Après avoir peint tout le haut de la façade, je suis descendu de mon échelle et je me suis approché de Betty pour jouer ma deuxième carte. Elle était en train de s'occuper d'un angle.

— Bon sang, t'es une vraie championne, j'ai dit. On peut vraiment pas faire mieux... Mais y a quand même un truc un peu emmerdant, c'est de ma faute, j'ai pas pensé à t'en parler...

— Qu'est-ce qui va pas...?

— Eh ben, c'est dans l'angle... T'as débordé dans l'angle, on dirait.

— Ça oui, bien sûr que j'ai débordé! Comment voulais-tu que je fasse autrement...? T'as vu la taille des pinceaux...?

— Je sais, c'est pas de ta faute... N'empêche que maintenant, on dirait que l'AUTRE FACE est entamée...!!

— Ben qu'est-ce que ça fait? elle a demandé.

J'ai fait le type qui s'étranglait :

— Comment ça...! j'ai articulé.

— Non mais tu vas quand même pas leur peindre UN SEUL côté de leur baraque, à quoi ça rime...?

Je me suis passé un bras sur le front avec l'air d'un pro désabusé.

— Après tout, faire ça ou autre chose... j'ai dit. Au moins, ça leur fera plaisir... Ils vont se retrouver dans une baraque toute neuve grâce à toi.

Et tout le restant de la journée, on est restés cramponnés à cette petite baraque de merde.

En fait, cette petite plaisanterie nous a pratiquement pris une semaine. Le thermomètre avait grimpé d'un seul coup et il était impossible de travailler dehors dans les premières heures de l'après-midi. Il fallait rester planqué dans la baraque avec les stores tirés à fond et le frigo ronflait comme une machine à laver, il arrivait même plus à fournir toute la glace dont on avait besoin. On traînait dans la pièce avec pas grand-chose sur le dos et il était pas rare qu'on s'accroche au passage. Je suivais d'un doigt les filets de sueur qui glissaient sur sa peau et on bousculait tous les meubles en soufflant comme des locomotives, les cheveux collés et le regard brûlant. J'avais l'impression que plus on baisait et plus on en avait envie mais c'était pas ça qui me posait un problème. Ce qui m'inquiétait, c'était que le goût de Betty pour la peinture diminuait de jour en jour, elle avait plus le même entrain, les petits gâteaux passaient de plus en plus mal. On avait pas fini le premier bungalow et elle commençait à en avoir marre. Je voyais pas par quel moyen j'allais lui faire avaler qu'il y en avait vingt-sept comme ça. Le soir, j'avais du mal à m'endormir, je fumais des cigarettes dans le lit pendant qu'elle dormait, je laissais mon esprit divaguer dans le silence et l'obscurité. Je me demandais ce qui allait arriver. De toute façon, je savais que j'allais être au premier rang. C'était comme si je m'étais retrouvé au milieu d'une arène avec un soleil aveuglant dans les yeux. Je pouvais sentir le danger, sans savoir de quel côté il arriverait. Ça me faisait pas marrer.

4

On a fini le bungalow des vieux un soir vers sept heures, au moment où le soleil se couchait. La baraque semblait presque irréelle, volets roses sur fond blanc et les deux vieux se serraient l'un contre l'autre en s'extasiant. On était morts, Betty et moi. On s'est assis chacun sur un bidon de peinture et on s'est envoyé une bière en trinquant. Un vent léger s'était levé dans l'après-midi et maintenant il faisait bon. Il y a toujours quelque chose d'agréable à prendre quand on finit un boulot, quel qu'il soit, et on savait apprécier. La fatigue et la douleur dans nos membres devenaient une liqueur un peu spéciale, on rigolait à propos de n'importe quoi.

On était justement en train de s'envoyer des clins d'œil appuyés et de faire gicler de la bière quand le proprio s'est pointé. Sa bagnole traînait un nuage de poussière et il s'est arrêté juste devant nous. On a eu du mal à respirer, surtout moi. Mes oreilles ont commencé à siffler.

Il est descendu de voiture et s'est avancé vers nous avec son mouchoir humide. Il a regardé Betty avec un sourire exagéré. Les derniers rayons de soleil donnaient à la peau de ce type une teinte légèrement violacée. Parfois, c'est plutôt facile de reconnaître les envoyés de l'Enfer.

— Eh bien, il a dit, mais j'ai l'impression que tout est parfait, ici. Et le travail a l'air d'avancer...

— Ouais, vous l'avez dit ! a répondu Betty.

— Bien, bien... on verra si vous savez tenir le rythme...

J'ai été traversé par une sueur froide. J'ai bondi de mon bidon. J'ai attrapé le type par un bras et j'ai changé de sujet :

— Et puis, venez voir ça de plus près, venez voir le travail... Ça sèche en cinq minutes, c'est de la bonne...!

— Non, mais attends voir, a fait Betty. Il vient de dire un truc que j'ai pas compris...

— Tout va bien, j'ai fait. Tout le monde est content. Allons voir les locataires...

— Qu'est-ce qu'il veut dire quand il parle de TENIR LE RYTHME...??!!

— C'est une façon de parler, j'ai dit. Allons boire un coup chez les vieux...

Malgré tous mes efforts, le proprio s'est tourné vers Betty. J'ai grimacé involontairement.

— Non, n'ayez pas d'inquiétude, mademoiselle. Je ne suis pas aussi méchant que j'en ai l'air. Je ne vous demande pas de faire tout ça sans vous arrêter pour souffler...

— Tout ça...? Qu'est-ce que ça veut dire TOUT ÇA...?

Le type a paru surpris pendant un millième de seconde puis il s'est mis à sourire.

— Mais... je veux parler des autres bungalows, bien sûr... Y a-t-il quelque chose que vous n'ayez pas bien saisi...?

Je pouvais plus bouger, je transpirais des gouttes de

sang. Betty était toujours assise sur son bidon, elle regardait le proprio par en dessous et j'ai cru qu'elle allait lui sauter à la gorge ou cracher un jet de flammes.

— Parce que vous vous imaginez que je vais m'amuser à peindre tous ces trucs-là? elle a sifflé. Est-ce que vous êtes en train de plaisanter...?

— Vous trouvez que j'en ai l'air? il a demandé.

— Eh ben j'en sais rien... Je me tâte, je vais te dire ça dans une seconde.

Elle s'est levée d'un bond. Elle a attrapé le pot de peinture rose. Le couvercle a filé au-dessus de nos têtes comme un disque d'or. Tout s'est passé si vite que personne a eu le temps de bouger. Je prévoyais le pire.

— Oh non, Betty... j'ai supplié.

Mais ça l'a pas arrêtée. Elle a foncé tout droit sur la bagnole du proprio et elle a renversé le pot sur le toit, des litres et des litres dans les rose indien. Le type a eu un hoquet. Betty lui a souri en découvrant toutes ses dents.

— Non, elle a fait, tu vois, encore, peindre ta bagnole, ça me fait pas trop chier, ça va encore assez vite... Mais pour le reste, je suis obligée de refuser, j'ai bien peur de pas avoir la santé.

Sur ces mots, elle s'est tirée et il a fallu quelques secondes avant qu'on puisse reprendre nos esprits, la peinture arrivait déjà au milieu des portières.

— C'est rien...! Y a pas de bobo... Ça va partir avec un bon coup de flotte. C'est surtout spectaculaire, j'ai fait.

Je lui ai donc lavé sa voiture. Ça m'a pris plus d'une heure et j'ai eu toutes les peines du monde à le calmer. Je lui ai dit que ça allait s'arranger, qu'elle avait ses règles, qu'elle était fatiguée, que c'était la chaleur qui la rendait nerveuse et qu'elle serait la première à regretter, bon sang, oubliez ça, j'ai insisté, et je vous peins toutes les poubelles et les lampadaires dans la foulée.

Il a regrimpé dans sa bagnole en serrant les dents et

j'ai donné un dernier coup de chiffon sur son pare-brise avant qu'il démarre. Ensuite je suis resté tout seul dans l'allée, il faisait presque nuit et j'étais complètement lessivé, j'étais à bout de forces. Pourtant, je savais que le plus dur restait à faire. A trente-cinq ans, je rigolais plus avec ça, je voyais plutôt les choses en face. Le plus dur, c'était d'aller retrouver Betty. Je me suis accordé cinq minutes avant de me mettre en marche, je voyais la lumière briller dans la baraque, cinq petites minutes immobile, le nez en l'air, à essayer de humer le vent de la catastrophe. Je crois que c'est à partir de ce moment-là que les choses ont commencé à prendre une drôle de tournure.

Betty avait sorti la bouteille sur la table. Elle était assise sur une chaise, jambes écartées et la tête baissée, tous ses cheveux plongeaient en avant. Quand je suis entré, elle a attendu quelques secondes avant de lever les yeux vers moi. Je l'avais encore jamais trouvée aussi belle. Je suis un type subtil, j'ai tout de suite vu qu'elle était pas simplement en colère, elle était triste, j'aurais pas pu supporter ce genre de regard pendant cent sept ans.

— Bon Dieu...! Qu'est-ce que c'est que cette histoire? elle a fait d'une voix sourde. Qu'est-ce que tu as combiné avec ce connard...?!

Je me suis avancé vers la table pour me servir un verre. Je portais un énorme truc invisible sur les épaules, j'étais obligé de respirer un peu plus vite.

— Il était pas d'accord pour que tu restes ici. Sauf si on se mettait au boulot. C'est pas compliqué.

Elle a eu un petit ricanement nerveux et ses yeux brillaient comme des agates.

— Ouais, alors si j'ai bien compris, faudrait que je me tape toutes ces foutues baraques pour avoir la permission de moisir ici...? Bon Dieu, c'est à se pisser dessus, tu crois pas...?

— D'une certaine manière.

Elle s'est resservi un verre, j'ai fait la même chose. Je transpirais légèrement.

— On peut pas éviter de tomber sur des salauds, elle a enchaîné. Ça court les rues. Mais à ce moment-là, il faut les descendre, faut pas essayer de discuter avec eux. Et ce qui me rend folle, c'est de voir comment tu t'es laissé baiser par ce type, comment tu as pu accepter un truc pareil...

— J'ai essayé de peser le pour et le contre, j'ai dit.

— Tu avais pas à faire ça, tu devais simplement l'envoyer se faire foutre, c'est juste une question de fierté, quoi, merde! Qu'est-ce qu'il croit, ce mec, qu'on est deux tarés tout juste bons à lui cirer les pompes...?! Je suis une vraie conne, j'aurais dû lui arracher les yeux!

— Ecoute, si je dois peindre des baraques pour qu'on puisse rester ensemble, je vais peindre des baraques et je peux faire plus que ça encore. Ça me paraît un effort ridicule quand je vois ce que j'y gagne...

— Oh merde...! Tu vas peut-être te décider à ouvrir les yeux! T'es complètement dingue, ma parole!! Regarde dans quel trou on vit et l'autre salaud te paye une misère pour t'enterrer ici, regarde un peu où t'en es à la moitié de ta vie, tu veux me dire un peu ce que t'as gagné, tu peux me montrer les merveilles pour lesquelles tu t'es laissé enculer...?!!

— Ça va... On en est tous au même point. Il y a pas une différence énorme.

— Ah, je t'en prie... Ne me sors pas des conneries pareilles! Pourquoi tu crois que je suis avec toi, à quoi ça rime si je peux pas t'admirer, si je peux pas être fière de toi... On est en train de perdre notre temps ici, c'est le coin idéal pour s'entraîner à mourir!

— Bon, d'accord, peut-être bien... Mais tu te vois te barrer d'ici avec les mains dans les poches et recommencer toute la merde un peu plus loin...? Tu crois qu'on va ramasser les billets sur le bord de la route, tu crois que ça vaut vraiment la peine...?

On a rebu un petit coup, on avait besoin de prendre des forces pour continuer à dérailler.

— Mais bon Dieu, elle a fait, comment on peut vivre comme ça, sans espoir, sans rien, sans avoir envie d'autre chose... Putain, je comprends pas, t'es encore jeune, t'es en pleine santé et c'est comme si on te les avait coupées !

— Ouais, je peux te montrer les choses différemment, j'ai dit. Le monde est une espèce de foire ridicule et nous, on s'est trouvé un coin tranquille, assez loin des emmerdeurs, avec une véranda et un coin pour baiser. Je crois que c'est plutôt toi qui es cinglée.

Elle a secoué la tête en me regardant puis elle a vidé son verre.

— Oh merde, elle a fait. Je suis encore tombée sur un con. J'aurais dû m'en douter, il y a toujours quelque chose qui déconne chez un mec.

Je suis allé vers le frigo pour prendre des glaçons. Je commençais à en avoir ma claque de cette discussion, j'avais eu une journée remplie. Ensuite je me suis étendu sur le lit avec mon verre sur le ventre, un bras croisé derrière la tête.

Elle s'est tournée pour me regarder, en appuyant son menton sur le dossier de la chaise.

— Qu'est-ce qu'il y a de cassé en toi...? Qu'est-ce qui fonctionne pas ? elle a demandé.

J'ai levé mon verre pour boire à sa santé tout en retirant mes godasses. C'était peut-être pas la bonne méthode. J'ai eu l'impression d'avoir donné le signal de la charge. Elle s'est levée d'un bond, les jambes bien plantées sur le sol et les poings enfoncés dans les hanches :

— Tu te sens pas un peu à l'étroit, ici... t'as pas besoin de respirer ? Eh ben moi, SI ! Moi j'ai besoin d'air...!!

En disant ça, ses yeux se sont mis à tourner dans la pièce avec un air de folie, je sentais qu'elle allait s'en prendre à quelque chose, peut-être bien à moi, mais son regard s'est arrêté sur les cartons. Il y en avait tout un tas dans un coin de la pièce, vaguement empilés les uns sur les autres. C'était vrai que je manquais de place, mais ça me gênait pas tant que ça, de temps en temps je remplissais un carton et j'y touchais plus.

Elle a poussé un petit cri de rage et elle a attrapé le premier carton qui lui tombait sous la main. Elle l'a soulevé au-dessus de sa tête. Il contenait rien de vraiment important, je m'en suis pas mêlé. Le truc a filé à travers la fenêtre. On a entendu un bruit de casse. En vérité, je savais plus exactement ce qu'il y avait dedans.

Deux autres cartons ont suivi le même chemin. J'ai fini mon verre. A ce rythme-là, elle allait bientôt se fatiguer.

— Oh oui... elle disait, j'ai besoin d'air! J'ai besoin de RESPIRER!!!

A un moment, elle s'est emparée du carton où j'avais rangé mes carnets. Je me suis levé.

— Non, attends, j'ai dit. Laisse celui-là tranquille. Mais tu peux finir les autres si ça te fait plaisir.

Elle a repoussé une mèche qui lui tombait sur les yeux. Elle avait l'air intriguée, elle était encore tout essoufflée par son petit exercice de nettoyage.

— Qu'est-ce qu'il y a là-dedans...?

— Rien de formidable. C'est seulement des papiers.

— Je trouve que tu te fais bien du mauvais sang, d'un seul coup... Qu'est-ce que c'est que ces papiers?

J'ai rien répondu, je suis passé devant elle et je suis allé me servir un verre. Je commençais à avoir l'esprit un peu neigeux.

— Je sens que j'ai envie d'y jeter un coup d'œil, elle a fait.

Ce que disant, elle a retourné le carton sur le lit et mes carnets se sont éparpillés dans tous les sens comme sur la devanture d'un marchand de soldes. J'ai pas aimé ça, je me suis senti mal à l'aise. J'ai bu une grande gorgée pendant que Betty en attrapait deux ou trois au hasard et les feuilletait rapidement.

— Mince...! Mais qu'est-ce que c'est que ces trucs? elle a fait. Qui est-ce qui a écrit ça, c'est toi...?

— Bon, écoute, c'est des vieux machins sans intérêt. On ferait mieux de passer à autre chose. Je vais les ranger...

— C'est TOI qui as écrit ÇA?

— Oui, c'est MOI qui ai écrit ÇA. Ça fait un moment.

Ce truc avait l'air de l'amuser. C'était toujours ça de gagné mais j'aurais préféré qu'on parle d'autre chose.

— Tu vas pas me dire que t'as écrit sur toutes les pages de tous ces carnets, je peux pas croire ça...!!

— Betty, on devrait oublier toutes ces histoires pour ce soir, on devrait se coucher gentiment... Je me sens complètement vidé et...

— Bon sang! elle m'a coupé. Mais c'est quoi exactement? Je comprends pas.

— Mais c'est rien... C'est juste des trucs que j'ai écrits quand j'avais un ou deux moments de libres.

Elle me regardait avec des yeux élargis comme des soucoupes, elle avait une expression à la fois douloureuse et émerveillée.

— Et ça parle de quoi?

— J'en sais rien, ça parle de moi... Tout ce qui me passait par la tête...

— Mais enfin, pourquoi tu m'en as jamais parlé?

— Je les avais presque oubliés.

— Bon, ça va, essaie pas de me faire avaler un truc pareil. On peut pas oublier un machin comme ça.

Elle a rassemblé les carnets avec des gestes lents, en passant son doigt sur les tranches comme une aveugle et il y avait un silence de mort dans la pièce, je me demandais si on allait pouvoir se coucher. Ensuite elle a emporté les trucs sur la table et elle s'est installée sur une chaise.

— Les numéros, sur les couvertures, c'est pour l'ordre...? elle a demandé.

— Oui, mais qu'est-ce que tu fais...? Tu vas pas te mettre à lire ça maintenant...

— Pourquoi...? T'as quelque chose de plus intéressant à me proposer...?

J'ai voulu faire une réflexion, mais j'ai laissé tomber. J'avais mon compte. Je me suis déshabillé silencieusement et je me suis allongé sur le lit pendant qu'elle attrapait le carnet numéro un. J'avais jamais montré ces trucs-là à quelqu'un d'autre, j'en avais jamais parlé non plus. Betty était la première personne à poser un œil dessus. C'était pas n'importe qui. Ça m'a fait tout drôle. J'ai fumé une longue cigarette avant de m'endormir, les yeux au plafond et le calme était revenu. A trente-cinq ans, on commence à avoir une assez bonne expérience de la vie. On apprécie de pouvoir souffler un peu.

Le lendemain matin, je me suis retourné dans le lit et j'ai vu qu'elle était pas à côté de moi. Elle était assise à la table avec la tête dans les mains et un de ces fameux carnets sous le nez. Il faisait déjà jour mais la lampe était encore allumée. La pièce était enfumée. Merde, je me suis dit, merde elle est restée là toute la nuit. Je me suis habillé en vitesse tout en la regardant, je carburais sec. Je me demandais si je devais balancer une petite phrase formidable pour démarrer la journée ou bien la fermer. Elle faisait pas du tout attention à moi, de temps en temps elle tournait une page et se reprenait le front entre les mains. Ça me rendait nerveux. J'ai tourné un peu en rond et je me suis décidé à faire chauffer du café. Le soleil commençait à grimper sur les murs.

Je me suis passé la tête sous l'eau et ensuite j'ai posé le café sur la table avec deux bols. Je lui en ai servi un. Je l'ai poussé devant elle. Elle l'a attrapé sans me regarder, sans me dire merci, avec les yeux gonflés de sommeil et les cheveux dans tous les sens. Elle l'a avalé avant que j'aie eu le temps de mettre le sucre, en tournant la tête de côté pour pouvoir continuer sa lecture. J'ai attendu un moment pour voir s'il allait se passer quelque chose, si elle allait faire un peu attention à moi ou dégringoler de sa chaise à bout de forces. Puis je me suis levé en claquant mes mains sur mes cuisses.

— Bon... ben j'y vais, j'ai dit.

— Han han...

J'étais certain qu'elle avait même pas compris ce que j'avais dit.

— Ça va... ça te plaît ? j'ai demandé.

Ce coup-ci, elle m'a pas entendu. Elle a tâtonné sur la table pour prendre les cigarettes. Au moins, j'ai pensé, ce truc-là peut faire diversion et peut-être que les choses pourront se tasser un peu. J'en demandais pas plus. Je voulais juste la garder avec moi.

J'ai éteint la lumière en sortant et malgré qu'elle m'ait pas accordé un seul regard, j'ai mis le pied dans un petit matin tout neuf. Il y avait une belle lumière jaune et quelques coins encore dans l'ombre, il devait être tôt, il y avait personne dehors, j'étais tout seul avec une légère gueule de bois.

Je suis allé prendre un bidon de peinture dans la réserve. J'en ai attrapé un sur la rangée du haut mais le truc m'a échappé des mains et j'ai fait un bond en arrière, je me suis planté le rétro de la VW dans les reins. J'en ai vu trente-six chandelles. Le type du garage lui en avait proposé à peine de quoi s'acheter une petite crème pour le visage et on avait pas conclu le marché. Maintenant je regrettais parce qu'on se retrouvait avec une épave sur les bras et je savais pas ce qu'on allait pouvoir en faire. Je me suis massé la hanche en jurant, c'était encore un problème de plus à régler, ça commençait à devenir une liste assez sérieuse. J'ai refermé la porte et je suis parti avec mon bidon en grimaçant dans le soleil comme le dernier des tarés.

Je me suis attaqué au bungalow numéro deux en pensant à Betty pliée en deux sur la table en compagnie de mes petits carnets. Ça m'a donné un peu de courage et j'ai envoyé mon premier coup de rouleau avec le cœur un peu plus léger.

J'avais à peine commencé depuis cinq minutes que j'ai vu les volets s'ouvrir et la gueule d'un type a surgi au-dehors. C'était le locataire, un type mal rasé, en maillot de corps, se tirant à peine de son lit, un de ces types qui sont représentants exclusifs d'un truc pour toute une région, lui c'était les lunettes.

— Ah! c'est toi...? il a fait. Qu'est-ce que t'es en train de foutre...?

— Ça se voit pas?

Il a hoché la tête en rigolant :

— Dis donc, ça change de te voir bosser un peu... Et après, tu vas faire l'INTÉRIEUR...??

— Ouais, vous pouvez commencer à ranger les meubles.

Il a bâillé un bon coup puis il m'a offert un café. On a discuté un moment de l'air du temps et j'ai repris mon boulot. Le rouleau faisait un gros bruit de succion à chaque passage, j'aurais préféré un truc plus silencieux.

Le temps passait tout doucement et il y avait pas grand-chose qui changeait sauf que je grimpais et je descendais de l'échelle et que la température montait. Je me pressais pas, je me sentais même un peu engourdi, le blanc m'aveuglait à moitié. Le seul truc qui clochait, c'était le filet de peinture qui me coulait le long du bras, c'était assez désagréable, et je pouvais m'y prendre comme je voulais, j'y échappais pas, ça me chatouillait, ça me démangeait, ça m'écœurait. En fait, la peinture, c'était pas mon dada, on s'en met un peu trop partout et ça devient vite lassant.

Mais c'était exactement le genre de boulot dont j'avais besoin ce matin-là, quelque chose pour me débrancher la cervelle. Je voulais m'isoler un peu. J'ai même ralenti ma respiration, fermé à moitié les yeux. Ça a tellement bien marché que j'ai pas entendu le bruit du moteur. J'ai simplement vu la camionnette passer avec Betty derrière le volant.

J'ai reçu un coup de poignard dans le ventre. Elle est partie, je me suis dit, ça y est, elle est partie, elle m'abandonne...! Ça m'a fait un mal de chien, j'ai senti que je paniquais mais j'ai continué à passer mon rouleau pendant deux ou trois secondes jusqu'à ce que ça marque plus du tout. Puis j'ai tout envoyé promener et j'ai cavalé vers la baraque en priant pour qu'elle se soit pas tirée pour de bon, surtout pas avec la bagnole de la boîte. Je me suis rué à l'intérieur comme une bête sauvage, le souffle court, et il m'a fallu un moment avant de m'apercevoir qu'elle avait laissé toutes ses affaires. Il a fallu que je prenne une chaise, j'avais plus de jambes. Je devais être complètement dingue d'avoir réagi comme ça. Je me suis relevé pour aller toucher une nouvelle fois ses fringues, ses petites jupes, ses tee-shirts, je me serais envoyé des claques. J'ai vu aussi que mes petits carnets étaient soigneusement rangés dans une boîte. Je me suis envoyé un grand verre d'eau et je suis retourné à mon boulot.

Plus tard, je suis revenu pour manger un morceau mais elle était toujours pas rentrée. C'est comme ça quand elles font des courses, j'ai pensé, ça prend toujours un petit moment. Je me suis fait des œufs mais j'avais pas faim, je trouvais que la baraque avait une drôle de gueule sans elle, je m'y sentais pas bien. J'arrivais pas à rester cinq minutes sans bouger. J'ai fait un peu de vaisselle puis j'en ai profité pour rapatrier les cartons qu'elle avait jetés dehors, j'ai remis un semblant d'ordre. Pourtant, je sentais que quelque chose avait changé, les choses me paraissaient beaucoup moins familières et l'air de la pièce avait un goût étrange, pour un peu je me serais cru chez un inconnu. C'était une sensation désagréable. Malgré la chaleur, j'ai préféré retourner à mes pinceaux, je suis sorti à reculons.

J'avais beau me répéter qu'elle était simplement partie faire deux ou trois trucs en ville, j'arrivais pas à me libérer d'une certaine angoisse, je me sentais même un peu nerveux. Je travaillais avec des gestes vifs et des petites gouttes de peinture sautaient dans tous les sens. J'avais l'impression d'avoir attrapé une maladie de peau. De temps en temps, une bagnole passait sur la route et je m'arrêtais pour la suivre des yeux du haut de mon échelle. Par-dessus les toits, je pouvais voir la route sur des kilomètres, à part quelques branches qui me gênaient. Je devais ressembler à la vigie d'une espèce de rafiot de malheur pataugeant dans la mer des Sargasses. Je m'usais les yeux à force de regarder cette route. Et pour la première fois, ce coin m'est apparu comme un vrai désert, comme un trou infernal, maintenant je comprenais ce qu'elle voulait dire. Vu sous cet angle, c'était pas quelque chose de très marrant. Mon paradis ressemblait à un bout de terrain vague grillé par le soleil, un truc dont personne aurait voulu. Bien sûr, je voyais ça de cette manière parce qu'elle était pas là, mais n'empêche qu'une fille pouvait prendre le monde et vous le retourner comme un gant, c'était plutôt agaçant.

Quand j'ai vu enfin la camionnette arriver, j'ai accroché mon rouleau à un barreau de l'échelle et j'ai allumé une cigarette. Le paysage a retrouvé son calme, les feuilles ont frémi légèrement dans les branches pendant que je me relaxais. Petit à petit, toutes les choses se remettaient en marche. J'ai lutté un moment contre le désir d'aller la rejoindre et quand j'ai senti que j'allais capituler, j'ai envoyé un bon direct dans la baraque, je me suis fait sauter toute la peau du poing sur le volet mais ça a marché, je suis pas descendu de mon échelle.

Le marchand de lunettes est sorti voir ce qui se passait, il tenait une revue sexy à la main, je voyais des nichons.

— Hé... C'est toi qui fais tout ce boucan?
— Ouais... j'ai aplati un moustique!
— Tu te fous de moi? Y a pas encore de moustiques à cette heure-ci!
— Vous avez qu'à monter voir. Je vois encore ses petites pattes qui bougent dans une mare de sang.

Il a balayé l'air d'un geste las. Puis il a roulé son magazine et m'a regardé dans la longue-vue.

— Ça va...? T'es bien là-haut...?
— Tout à l'heure, j'ai eu un coup de pompe, mais je sens la forme qui revient au galop.
— Merde, il a fait, je me demande comment on peut rester comme ça en plein soleil. Tu parles d'un boulot à la con...!

Il est rentré chez lui avec les filles à poil pliées sous le bras et j'ai pu me remettre au travail, empoigné par une énergie nouvelle. Je me suis mis à peindre comme un enragé, le sourire aux lèvres et les mâchoires serrées.

J'ai quitté le boulot un peu plus tôt que d'habitude mais je m'étais prouvé ce que je voulais, c'était pas la peine d'en faire trop. L'attente m'avait plongé dans un état d'excitation extrême et j'ai eu toutes les peines du monde à marcher normalement jusqu'à la baraque, je sentais des éclairs qui me traversaient les bras et les jambes, j'étais à point.

J'avais à peine ouvert la porte que Betty se jetait dans mes bras. Ça m'a fichu un coup. Je l'ai serrée contre moi et par-dessus son épaule, j'ai pu voir que la table était mise avec un énorme bouquet de fleurs au milieu. Ça sentait bon.

— Qu'est-ce qui se passe ? j'ai demandé. C'est mon anniversaire ?

— Non, elle a fait. C'est un petit repas d'amoureux.

Je l'ai embrassée dans le cou sans chercher à comprendre, je voulais pas poser de questions, ça me paraissait trop beau.

— Viens, elle a dit. Assois-toi, je vais te servir un verre de vin frais.

Je me suis laissé manœuvrer en douceur, j'étais encore sous l'effet de la surprise. Je souriais en regardant autour de moi et ce petit vin était une vraie merveille, idéal pour déguster dans un rayon de soleil couchant. Elles ont vraiment le chic pour nous faire passer de l'enfer au ciel, je pensais, elles savent vraiment bien comment s'y prendre.

Pendant qu'elle jetait un œil dans le four, je me suis resservi un verre. Elle me parlait de sa balade en ville en me tournant le dos, accroupie devant la cuisinière et sa petite robe jaune lui remontait au ras des cuisses et se tendait à mort. Je l'écoutais pas vraiment. Je regardais un petit oiseau qui venait d'atterrir sur le rebord de la fenêtre.

— On mange dans dix minutes ! elle a fait.

Elle est venue s'asseoir sur mes genoux et on a trinqué. Je lui ai glissé une main entre les jambes. C'était la belle vie. J'espérais qu'elle avait pensé à acheter des cigares. Très vite, je me suis énervé sur son slip mais elle m'a arrêté. Elle s'est écartée un peu de moi avec les yeux allumés.

— Bon sang, elle a fait, laisse-moi te regarder...

J'étais aux anges. Je l'ai laissée passer ses mains sur ma figure sans broncher. Ça avait l'air de lui plaire. Je m'envoyais de grandes rasades de vin.

— Oh, je comprends maintenant pourquoi tu es venu t'enterrer ici, elle a murmuré. C'est parce que tu avais CE TRUC à écrire...!!

J'ai rien répondu, je me suis contenté de sourire. En fait, c'était pas ce qu'elle croyait, je m'étais pas installé dans ce bled pour écrire, ça m'avait même pas effleuré. Non, ce que j'avais cherché, c'était un coin tranquille, plutôt ensoleillé et à l'abri des gens parce que le monde m'ennuyait, j'y pouvais rien. Ecrire était venu beaucoup plus tard, peut-être un an après et sans raison précise, comme si ce genre de choses vous tombait forcément sur la tête après quelques mois de solitude, pour peu qu'on garde encore le goût des nuits blanches et qu'on ait besoin de se sentir vivant.

— Tu sais... je sais pas comment te dire, elle a ajouté. Tu peux pas savoir ce que ça m'a fait. Bon Dieu, j'ai jamais rien lu de pareil! Je suis tellement heureuse que ce soit toi qui aies écrit ça, oh je t'en prie, embrasse-moi...!

Je trouvais qu'elle exagérait un peu mais je me suis pas fait prier. La température de la soirée était bonne. Je me suis laissé glisser là-dedans comme dans un bain chaud parfumé à la cannelle, je me suis complètement détendu. Jusqu'au fin fond des orteils.

Betty était rayonnante, spirituelle, désirable, j'avais la sensation d'avoir fait une sortie dans l'espace et de flotter dans le vide, j'attendais qu'on passe à la manœuvre d'arrimage et qu'on atterrisse sur le lit. Mais elle, ce qui l'intéressait, c'était mes carnets, MON BOUQUIN, et pourquoi, et comment, et ceci et cela, je me rendais compte que j'avais réussi à la secouer, je l'avais étendue simplement avec la force de mon cerveau et cette idée-là me rendait tout joyeux. Peut-être que si j'avais été un génie, j'aurais pu la déglinguer rien qu'en posant un œil sur elle...

J'essayais de calmer un peu son enthousiasme mais il y avait rien à faire, elle me couvait d'un œil attendri et caressait mes mains d'écrivain. Ses yeux brillaient comme ceux d'une fille qui casse un caillou en deux et qui tombe sur un diamant. On m'avait filé une place royale. La seule petite ombre au tableau, c'est que j'avais l'impression qu'elle me prenait pour quelqu'un d'autre. Mais je me disais autant en profiter, autant me servir de ma grande bite d'écrivain et de la merveilleuse profondeur de mon âme. La vie ressemblait à un self, il fallait savoir attraper les plats avant qu'ils vous passent sous le nez.

Vers onze heures, l'écrivain commençait à battre de l'aile. Deux petites bouteilles de vin et il tenait pratiquement plus sur sa chaise. Il se contentait de reluquer la fille en souriant, il comprenait plus ce qu'elle lui disait et il avait pas la force de lui demander de répéter. Le vin l'avait saoulé, mais la douceur l'avait saoulé, le bien-être l'avait saoulé et surtout cette fille avec ses longs cheveux noirs qui faisait remuer sa poitrine devant lui. Pour un peu, elle lui aurait presque donné envie de relire tous ses carnets, elle leur avait donné une nouvelle dimension. Sur le lit, il s'amusa à lui descendre sa culotte avec les dents. Elle le prenait dans ses bras et le serrait. Elle l'avait encore jamais serré comme ça, ça lui faisait tout drôle. Elle s'accrochait à lui comme s'ils avaient traversé une tempête, les jambes croisées dans son dos. Il l'enfila tranquillement en la regardant dans les yeux, il lui cramponna les fesses et lui mâchouilla les nichons pendant que la nuit avançait. Ils fumèrent des cigarettes. Ils étaient trempés de sueur. Au bout d'un moment, la fille se dressa sur un coude.

— Quand je pense que toi, tu es là à repeindre des baraques...! elle a fait.

L'écrivain avait la repartie facile, ça faisait partie de son job :

— Qu'est-ce que ça peut bien foutre ! il a dit.

— Mais c'est pas ta place, ici...

— Ah ouais...? Et alors, où elle est ma place...?

— Au premier rang, elle a dit.

— T'es gentille, il a répondu. Mais je crois que le monde a pas été taillé spécialement à mes mesures.

Elle s'est assise à califourchon sur la poitrine de l'écrivain et lui a pris la tête dans ses mains.

— Ben ça, c'est ce qu'on va voir...! elle a fait.

Il prêta pas d'importance à ce qu'elle venait de dire. Il était écrivain, il était pas devin.

5

Le lendemain, le proprio s'est pointé au moment où on faisait la sieste. Je suis allé le recevoir sur le pas de la porte. Il avait l'air de mauvais poil, la chaleur l'avait pas épargné pendant le trajet, il était livide. Comme Betty était encore dans le lit, je l'ai pas fait entrer, je l'ai même poussé un peu dehors, mine de rien et c'est peut-être ça qui l'a mis en rage, il aurait peut-être aimé pouvoir se rincer l'œil.

— Non, mais vous vous foutez de moi...! il a grincé. Alors le matin, c'est dix heures et l'après-midi quatre heures...? Faut surtout pas vous gêner...!

— Ah pardon, j'ai dit, mais le soir je travaille jusqu'à la tombée du jour. Je vous garantis que ça fait quelques heures de boulot...

— Oui, à ce que je vois, vous avez réponse à tout, hein, c'est ça ?

— Vous vous trompez, j'ai dit.

Je finissais à peine ma phrase quand Betty s'est pointée. Elle avait enfilé un tee-shirt blanc à moi, elle tirait dessus pour se cacher les fesses. Elle a lancé au proprio un regard haineux.

— De quel droit vous lui parlez sur ce ton ? elle a demandé.

— Betty, je t'en prie... j'ai fait.

— Non, mais c'est vrai, elle a enchaîné, qu'est-ce que vous croyez... ?

Le type restait bouche bée. Il regardait Betty en train de tirailler sur son tee-shirt avec les nichons pointés et ses longues cuisses nues. Ses yeux lui sortaient de la tête. Il s'est essuyé la figure d'un grand coup de mouchoir.

— Ecoutez, c'est pas à vous que je parle, il a fait.

— Ah ça non, heureusement... Mais est-ce que vous savez au moins à qui vous parlez... ?

— Bien sûr, je parle à mon employé.

Elle a éclaté de rire.

— Ton employé... ? Mais espèce de pauvre vieux machin ! C'est le plus grand écrivain de sa génération, est-ce que tu piges... ?

— Betty, tu charries...

— Ça, je veux pas le savoir, a fait le proprio.

J'ai vu Betty blêmir. Sous le choc de la colère, elle a lâché le tee-shirt et le truc est remonté de vingt centimètres. On a pu voir sa touffe de poils. Le type pouvait plus en détacher son regard. Betty a mis quelques secondes avant de comprendre ce qui se passait.

— Non mais... qu'est-ce que t'es en train de regarder comme ça... ??!! elle a grogné.

L'autre était hypnotisé, il se mordait les lèvres. Betty l'a poussé en arrière d'une bourrade et le type a descendu les marches de la véranda à reculons.

— Hé, t'as jamais vu une femme de ta vie... ? Tu vas avoir une attaque... ?

Elle l'a poursuivi avec les fesses à l'air et elle l'a poussé encore un bon coup, le type a trébuché, il a failli s'étaler, s'est repris de justesse. Maintenant, il était plutôt congestionné.

— S'il y a un truc que je peux pas saquer, c'est les obsédés sexuels! elle a ajouté.

Cette scène paraissait tellement incroyable et Betty était si excitante que je restais planqué sur ma véranda avec la bouche entrouverte. Le proprio était vert de rage mais il battait en retraite sur un fond de ciel bleu. J'ai pas pu m'empêcher de sourire, surtout au moment où il s'est étalé de tout son long.

Il s'est relevé en vitesse en jetant un dernier regard sur moi :

— Je vous conseille de vous débarrasser de cette fille! il a gueulé.

Mais comme Betty menaçait de repartir à l'attaque, il a tourné les talons. Il faisait apparaître des petits nuages de poussière blanche en envoyant des claques sur son complet-veston.

Betty est passée près de moi, encore toute frémissante de rage et elle est entrée sans un mot dans la baraque. Il valait mieux pas l'approcher, ça se voyait à des kilomètres, il valait mieux attendre que l'orage s'éloigne tout doucement. A ce moment-là, même l'écrivain aurait pas été de taille. Le décor avait basculé une fois de plus et on se retrouvait à nouveau dans ce petit coin infect. Je l'ai entendue donner des coups de pied dans les murs. C'était l'heure de repartir au boulot.

Pendant tout l'après-midi, je suis resté grimpé en haut de mon échelle pour l'espionner. Il suffisait que je me dresse sur la pointe des pieds pour regarder par-dessus le toit du numéro deux et je pouvais voir à travers mes fenêtres, je faisais le guignol, j'étais au moins à cinquante mètres, je me sentais en sécurité. Je me demandais combien de temps il fallait à une fille comme ça pour se refroidir. J'ai vu quelques-uns de mes cartons refaire le voyage par la fenêtre, mais pas celui qui contenait mes carnets, pas celui-là. Ha ha, j'ai pensé, HA HA!

Bien sûr, le boulot avançait pas beaucoup, j'avais pas la tête à ça. Je travaillais mollement. Le jour avançait et maintenant elle était assise à la table, le front dans les mains et elle bougeait plus. Je savais pas si c'était bon ou pas bon. Je le retenais, l'autre abruti, il avait eu ce qu'il méritait. Et moi, est-ce que j'avais ce que je méritais ?

La menace du proprio me tournait dans la tête mais je me voyais déjà en train de coller cet enfoiré aux prud'hommes, ça me redonnait un peu le moral. Je me sentais juste un peu fatigué, comme si j'avais attrapé un chaud et froid. J'avais aussi des kilomètres de peinture dans les bras. Je finissais mon bidon quand j'ai vu Betty sortir sur la véranda. Je me suis planqué derrière mon toit. Quand j'ai risqué à nouveau un œil, elle avait remonté l'allée et tournait au coin.

Je me suis demandé où elle allait, je me suis mis à réfléchir en badigeonnant mon bout de mur, essayant toutes les combinaisons possibles. Mais j'ai pas eu vraiment le temps de m'inquiéter, car l'instant d'après, elle était revenue. Je l'avais même pas vue arriver. Je l'ai regardée s'agiter dans la baraque, passer et repasser devant les fenêtres. Je voyais pas très bien ce qu'elle fabriquait, elle avait l'air de secouer quelque chose devant elle.

Tiens, je me suis dit, elle est en train de passer un produit. Peut-être qu'elle va astiquer la baraque pour se calmer les nerfs. Je sentais que le truc allait briller comme un petit soleil.

J'ai travaillé encore un moment, avec l'âme en paix. Le soleil se couchait pendant que je rinçais mes pinceaux consciencieusement. Il faisait moins chaud. J'ai bu une bière avec le représentant en lunettes avant de rentrer. Le ciel était d'un rouge étonnant. J'ai allumé une cigarette et je suis remonté lentement vers la baraque en regardant mes pieds avancer. Une dizaine de mètres avant d'arriver, j'ai relevé le nez. J'ai vu Betty plantée devant la véranda. Je me suis arrêté. Elle avait ses deux valises à côté d'elle et le regard qu'elle me lançait était d'une intensité incroyable. Je me suis aussi demandé ce qu'elle faisait avec ma lampe à gaz allumée dans les mains. Le crépuscule faisait briller ses cheveux, elle était d'une beauté farouche. Ça sentait l'essence dans le coin. J'ai su qu'elle allait balancer la lampe dans la baraque. Cette idée m'a fait jouir un dixième de seconde, ensuite j'ai vu son bras décrire un demi-cercle dans le ciel et la lampe a filé dans les airs comme une étoile filante.

La baraque a fait VVLLLLOOOOOOFF!!! C'était un avant-goût de l'enfer. Puis elle a empoigné ses valises pendant que les flammes sortaient des fenêtres.

— Bon, tu viens...? elle a demandé. On s'en va.

6

Je me suis réveillé en grimaçant à cause des cahots de la route et puis j'avais pas très chaud, l'air tourbillonnait sur le plateau de la camionnette et il devait être six heures du matin, le jour se levait à peine. Betty dormait à poings fermés. Le malheur avait voulu qu'on tombe sur un type qui transportait des sacs d'engrais et au petit matin cette odeur me soulevait le cœur, je me sentais barbouillé. Le banquette à côté du chauffeur était encombrée de gros paquets, c'était la raison pour laquelle on voyageait dehors. J'ai sorti un pull de la valise et je l'ai passé. J'ai mis aussi un truc sur les épaules de Betty. On était en train de traverser une forêt et il faisait un peu froid. La cime des arbres était tellement haute que ça me donnait le tournis. Le chauffeur a cogné à la vitre arrière. C'était un jeune type qui nous avait ramassés à une station d'essence, je lui avais payé une bière. Il revenait d'une espèce de foire agricole, si j'ai bien compris.

Il me proposait du café, je l'aurais embrassé. J'ai attrapé la bouteille Thermos et je me suis servi par petites rasades. Ensuite j'ai fumé ma première cigarette, assis sur un des sacs, je regardais la route défiler. Au bout d'un moment, j'ai pas pu m'empêcher de rire.

C'était comme si, à mon âge, je me payais une nouvelle poussée d'acné. Bon, mais c'était pas la mort, à vrai dire je laissais strictement rien derrière moi puisqu'elle avait réussi à caser quelques chemises et mes carnets dans une de ses valises, simplement je trouvais ça un peu ridicule, il me manquait plus que la casquette d'Henry Fonda. En fille prévoyante, elle avait aussi sauvé mes économies de l'incendie, ce qui fait que je me sentais assez riche, on avait facilement de quoi tenir un ou deux mois et je lui avais même dit écoute, merde, on est pas obligés de faire les cons sur la route, on peut se payer le voyage, j'ai pas envie de me faire chier. Mais il y avait rien eu à faire, elle trouvait qu'on pouvait pas se permettre de dépenser trop de fric, sûrement pas, on va faire du stop elle avait annoncé. Mais la vérité, je crois, la vérité c'est qu'elle aimait vraiment ça. Elle voulait simplement laisser un tas de cendres derrière elle et prendre la route comme au bon vieux temps. Elle voulait marquer le coup. J'ai pas fait d'histoires parce qu'elle était pendue à mon bras et que c'était la seule chose qui importait. J'avais empoigné la valise et j'avais levé le pouce en ricanant.

Ça faisait deux jours qu'on était sur la route, on était poussiéreux. Je commençais à regretter ma douche. J'ai poussé un affreux bâillement et Betty s'est réveillée. La seconde d'après, elle sautait dans mes bras et me roulait une pelle. Même si je m'étais creusé la cervelle, j'aurais rien trouvé de plus à demander au ciel. Il suffisait de la regarder une seconde pour voir qu'elle était heureuse. Même si j'arrivais pas à m'emballer avec cette idée d'aller empoigner le monde, comme elle disait, je prenais ça plutôt bien. La route ça peut encore aller quand on a une belle fille sous la main.

Le type s'est arrêté pour faire de l'essence et on en a profité pour acheter des sandwichs et de la bière. Il recommençait à faire chaud. De temps en temps, la camionnette poussait des petites pointes à 100 mais malgré ça, on sentait le soleil qui nous cuisait la peau. Betty trouvait ça fantastique, le vent, la route, le soleil.

Je hochais la tête en faisant sauter les capsules de bière. Je pouvais pas m'empêcher de penser qu'on serait déjà arrivés si elle m'avait laissé acheter des billets, alors que là, on se payait un détour fabuleux, et ça tout simplement parce que le type devait passer voir son frère avant de retourner à la ville et qu'on osait pas lâcher cette merveilleuse petite camionnette. Mais il avait été le seul à s'être arrêté pour nous prendre et maintenant qu'on le tenait, on le lâchait plus jusqu'à ce qu'il nous dépose en ville. C'est vrai qu'on était pas pressés. On était pas en route pour l'Eldorado.

On s'est arrêtés dans un petit bled et pendant que le jeune type allait voir son frère, on s'est assis dans un coin, sous un parasol et on a commandé des boissons fraîches. Pendant que Betty était aux toilettes, je me suis à moitié assoupi sur mon siège. J'ai pas trouvé la moindre raison de me faire du souci et le monde paraissait toujours aussi absurde. Le coin était silencieux, pratiquement désert.

On est repartis au bout d'un moment et il a fallu patienter jusqu'à la tombée du jour pour apercevoir enfin les lumières de la ville. Betty s'était carrément mise debout et trépignait d'impatience.

— Tu te rends compte, elle disait, ça fait au moins trois ans que je l'ai pas vue. Ça me fait tout drôle. Pour moi, c'est toujours ma petite sœur, tu comprends...

Le type nous a laissés à un croisement et le temps que Betty et moi on descende et qu'on récupère nos valises, il y avait toute une file de bagnoles qui klaxonnaient et des types penchés à la portière. J'avais oublié un peu ça, j'avais oublié ce style d'ambiance, l'odeur des gaz d'échappement, les lumières, les trottoirs luisants et le bruit des bagnoles qui vous lâchait plus. Je me suis pas senti spécialement excité.

On a marché pendant un bon moment en traînant les valises. Elles étaient pas trop lourdes mais il y avait toujours quelqu'un pour se cogner dedans, elles étaient surtout encombrantes. La seule chose de bien, c'était qu'on pouvait s'asseoir dessus en attendant les feux rouges pour traverser. Betty arrêtait pas de parler. On aurait dit un poisson qu'on venait de rejeter à la mer et je voulais pas lui gâcher son plaisir. C'était vraiment pas quelque chose d'impossible, même si poireauter devant tous ces feux ressemblait à une espèce de punition.

C'était l'heure où les gens étaient dans la rue, le boulot était fini et ils rentraient. Toutes les putains d'enseignes se mettaient à clignoter à ce moment-là et il fallait traverser des cascades lumineuses en clignant des yeux et les épaules rentrées. Je haïssais cordialement tout ça, mais la présence de Betty à mes côtés rendait l'ensemble étrangement supportable, toutes ces conneries me faisaient même pas chier. N'empêche que la plupart des gens avaient des gueules infernales, je voyais que les choses avaient pas changé.

Lisa, la sœur de Betty, habitait dans un coin plus calme. Une petite baraque blanche avec un étage et une petite terrasse de six mètres carrés qui donnait sur un terrain vague. Quand elle a ouvert la porte, elle tenait une aile de poulet dans la main. Ça m'a donné faim. Ensuite, elles se sont embrassées d'une manière exubérante et Betty a fait les présentations. Je reluquais un petit bout de peau dorée à point qui pendouillait de l'aile, salut Lisa, j'ai dit. Un doberman est sorti de la baraque en cisaillant la nuit avec sa queue. Lui, c'est Bongo, elle a dit en caressant la tête de l'animal. Bongo m'a regardé, puis il a regardé sa maîtresse et pour finir, c'est lui qui a eu droit à l'aile de poulet. J'ai toujours su que le monde était une sinistre plaisanterie.

Lisa vivait seule avec Bongo dans le bordel le plus complet mais la baraque était quand même agréable, pleine de couleurs et des tas de trucs pendaient de tous les côtés comme si on les avait oubliés. Elle portait un kimono assez court et j'ai pu remarquer qu'elle avait de belles jambes, mais pour le reste, Betty la dépassait haut la main malgré cinq ou six ans de plus. Je me suis laissé aller sur le canapé pendant que les filles discu-

taient, amenaient des verres et quelques trucs à grignoter.

Mine de rien, je devais être fatigué car le premier
verre de porto m'est passé directement dans le sang.
J'ai failli marcher sur le chien en me levant pour aller
aux toilettes, j'avais la tête qui tournait. Je suis allé me
passer de l'eau sur la figure. J'avais une barbe de trois
jours et les yeux cernés par la poussière, je me sentais
les jambes molles, le style ange de la route dégommé
par deux doigts de porto.

Quand je suis revenu, Bongo terminait le poulet et
Betty racontait la fin du voyage. Lisa a claqué dans ses
mains.

— Eh, on peut dire que vous tombez juste! elle a
fait. L'appart au-dessus est libre depuis une semaine...!

Betty a eu l'air sidéré. Elle a posé lentement son
verre.

— Quoi... tu veux dire qu'il y a personne là-haut et
que tu serais prête à nous louer l'appart...???!!

— Bien sûr! J'aime autant que ce soit vous qui le
preniez...

— Oh Seigneur, mais je rêve! a fait Betty. Mais c'est
merveilleux...!

Ensuite elle a fait un bond et elle s'est plantée à
genoux devant mon fauteuil. Je me suis demandé si elle
s'était mis des paillettes.

— Tu vois ce que je t'avais dit, elle a fait, tu vois un
peu ce qui nous arrive...? Alors qu'est-ce que c'est si
c'est pas ce qu'on appelle avoir une veine de tous les
diables...?

— Que se passe-t-il exactement? j'ai demandé.

Betty a écrasé ses seins sur mes genoux.

— Il se passe, mon chéri, qu'on a pas mis les pieds
en ville depuis une heure et qu'on vient de se trouver
un petit appart du tonnerre, ça nous tombe tout droit
du ciel!

— Demande s'il y a un grand lit, j'ai fait.

Elle m'a pincé la cuisse et on a levé nos verres. J'ai
rien dit mais j'étais d'accord pour trouver que ça se

goupillait pas mal. Après tout, elle avait peut-être raison. Peut-être qu'un monde facile allait s'ouvrir devant nous. Je commençais à me sentir vraiment bien.

La bouteille a pas fait long feu. Je leur ai dit vous inquiétez pas et je suis sorti. Je suis descendu jusqu'au coin de la rue le nez en l'air, les mains enfoncées dans les poches. J'avais repéré des magasins un peu plus bas.

Je suis rentré chez l'épicier, bonsoir tout le monde, j'ai dit. Le type était tout seul derrière sa caisse, un vieux avec des bretelles. J'ai pris une bouteille de champagne, des petits gâteaux secs et une boîte pour le chien. Le vieux m'a fait la note sans me regarder, il avait l'air complètement endormi.

— Vous savez, j'ai fait, on est sûrement appelés à se revoir. Je viens d'emménager dans le coin...

Cette bonne nouvelle lui a pas fait grand-chose. Il m'a tendu la note en bâillant. J'ai payé.

— Hé, mais vous êtes un petit veinard, j'ai plaisanté. Je vais vous laisser un paquet de fric tous les mois...

Il m'a envoyé un sourire forcé mais visiblement, il attendait que je me barre. Son visage avait une expression douloureuse, comme la plupart des gens qu'on croisait dans la rue, ça me faisait l'effet d'une espèce de lèpre. Après une seconde d'hésitation, je suis allé chercher une deuxième bouteille, j'ai craché la monnaie et je suis sorti.

Les filles m'ont accueilli avec des cris de joie. Pendant que le champagne coulait, je me suis occupé de la boîte du chien. Un kilo de pâtée rose vif baignant dans la gelée. Bongo me regardait en penchant la tête de côté. Je savais qu'il valait mieux avoir ce genre d'animal dans la poche et je me suis rendu compte que je venais de marquer un point.

Ensuite, on est allés visiter l'appart. On a grimpé l'escalier qui communiquait avec l'étage et Lisa a mis un petit moment avant de faire tourner la clé dans la serrure, ça nous faisait tous rigoler.

— Normalement, elle a fait, cette porte reste toujours fermée à clé, mais maintenant on va pouvoir la laisser ouverte... Oh, je suis vraiment contente, parfois je me sentais un peu seule, vous savez...

Il y avait une chambre, une pièce avec la cuisine dans le coin et la petite terrasse, le paradis, quoi, avec un placard aménagé en douche. Pendant que les filles mettaient les draps, je me suis avancé sur la terrasse et je me suis appuyé au balcon. Bongo en a fait autant. Dressé sur ses pattes arrière, il était presque aussi grand que moi. Le truc donnait sur un terrain désert, fermé par des palissades. On voyait quelques baraques de l'autre côté, puis des collines au loin, plus noires que la nuit, et je les entendais rigoler dans la chambre et pousser des cris aigus. Je fumais une cigarette en me laissant pénétrer par tout ça. J'envoyais des clins d'œil à Bongo.

Plus tard, quand on s'est glissés dans les draps, Betty s'est cramponnée à moi et s'est endormie presque sur-le-champ. J'ai inspecté le plafond. Au bout d'un moment, je savais plus du tout où j'étais mais je me suis pas creusé la cervelle. Je me suis mis à respirer avec le ventre. Au fur et à mesure que je glissais dans le sommeil, j'avais l'impression de me réveiller tout doucement.

7

On s'est pas mis tout de suite à chercher du boulot, il y avait rien qui pressait. On passait le plus clair du temps sur la terrasse à discuter avec Lisa et Bongo, on jouait aux cartes, on lisait des bouquins et les après-midi s'enfilaient les uns derrière les autres dans une douceur effarante, je me rappelais pas avoir connu mieux que ça. Betty était bronzée à mort, Lisa un peu moins parce qu'elle bossait dans la semaine, elle était caissière dans un grand magasin. De temps en temps, j'allais jouer un peu avec Bongo dans le terrain vague, les oiseaux s'envolaient. Betty nous regardait du balcon, on s'envoyait des petits signes puis elle disparaissait et j'entendais plus que le cliquetis de la machine à écrire et la sonnette quand elle arrivait en bout de ligne.

Ce truc-là, d'ailleurs, me chiffonnait un peu. Elle s'était mis dans la tête de taper tout mon manuscrit et ensuite de l'envoyer aux éditeurs, elle avait fait des pieds et des mains pour se procurer une machine. Mais j'avais écrit ça uniquement par plaisir, pas pour me retrouver lâché dans la cage aux fauves, du moins c'est ce que je croyais et d'une certaine manière, Betty était en train de préparer mon entrée dans l'arène. Je balançais le bout de bois à Bongo en pensant à ça mais j'allais pas jusqu'à me trouver mal, il fallait aussi que je pense au menu de la soirée, c'était un truc que j'avais facilement pris en main. Et quand un type un peu dégourdi a toute sa journée pour penser au repas du soir, il est capable de vous faire des miracles avec trois fois rien. Je faisais même un truc spécial pour Bongo, on était devenus des vrais copains.

Pendant que les plats cuisaient, le soir, je l'emmenais au-devant de Lisa et Betty continuait à taper dans les dernières lueurs du couchant avec trois ou quatre doigts. Ça nous laissait un peu de temps devant nous, elle faisait des tas de faufes et toutes ces corrections multipliaient le travail par deux, je me cassais pas trop la tête. Bongo cavalait devant moi et les gens s'écartaient dans la rue, c'était royal, je trouvais toujours une place assise sur le banc, à l'arrêt du bus. Il y avait longtemps qu'on avait pas eu un automne aussi doux. Ensuite, on remontait tranquillement jusqu'à la baraque, Lisa et moi, je lui portais ses machins pendant que Bongo arrosait les voitures, elle me racontait sa vie, moi j'avais pas grand-chose à dire. J'ai appris qu'elle s'était mariée très jeune et que le type avait claqué au bout de deux ans, il lui en restait pas un souvenir très précis, il lui restait juste Bongo et la baraque et elle louait l'appartement du dessus pour arrondir ses fins de mois. A ce propos, je m'étais d'ailleurs arrangé avec elle. Il y avait des trucs à réparer un peu partout, un peu de plomberie et d'électricité à faire. On avait évalué tout ça à trois mois de loyer et on avait décidé de s'arranger comme ça. Tout le monde était content.

Le soir, on essayait d'attraper un film à la télé et on s'envoyait le programme jusqu'à la fin, jusqu'à la dernière pub et on se tâtait pour savoir lequel allait se lever pour éteindre. Il fallait faire gaffe de pas rouler sur une canette. Quand c'était trop chiant, on coupait. On sortait les cartes ou on traînait dans l'appart, les filles discutaient pendant que je tripotais les boutons de la radio à la recherche de quelques trucs pas trop mauvais. De temps en temps, j'étais bon pour la balade. Je décrochais mon blouson sans un mot et on enfilait des rues et des rues avec Bongo dans les jambes. Les filles adoraient ça. Ça les faisait rire quand je disais que je me sentais comme un rat dans une boîte, elles me croyaient pas du tout. N'empêche qu'on tournait à droite et à droite et encore à droite ou même à gauche et le décor bougeait pas d'un pouce et on rentrait crevés. C'était parfait pour digérer, en général on avait à peine claqué la porte derrière nous qu'on commençait à vider tout le frigo sur la table. Quand Lisa se sentait fatiguée, on montait mais on se couchait jamais avant trois ou quatre heures du matin. C'est pas facile de se coucher très tôt quand on s'est réveillés aux alentours de midi.

Quand on faisait rien de tout ça et qu'elle tenait la forme, Betty retournait à sa machine. Je m'installais sur la terrasse avec la gueule de Bongo en travers des genoux et je la regardais déchiffrer mes carnets en fronçant les sourcils. Je me demandais comment je m'étais débrouillé pour trouver une fille comme ça mais d'un autre côté je savais bien que si je m'étais enterré au pôle Nord, je l'aurais rencontrée un jour ou l'autre déambulant sur la banquise avec le vent bleu enroulé autour du cou. J'aimais bien la regarder. Ça me faisait presque oublier toutes les merdes qu'on avait laissées derrière nous. Quand j'y pensais, j'imaginais qu'une armée de flics était lancée à nos trousses, ce bungalow en flammes était une épée suspendue au-dessus de nos têtes. Heureusement que j'avais pas laissé mon adresse, je revoyais Henri et les locataires grimacer dans les lueurs de l'incendie, je les entendais encore crier après nous pendant qu'on partait en courant avec les valises comme dans un hold-up foireux. Quand j'entendais des sirènes de police au loin, je buvais un coup et au bout de cinq minutes j'y pensais plus du tout, je me remettais à regarder cette femme qui se tenait juste à quelques mètres et qui était la chose la plus importante de ma vie. A ce moment-là, ça m'inquiétait pas du tout de voir que la chose la plus importante de ma vie était une femme, au contraire, j'étais ravi, l'air du temps était plutôt tourné vers l'insouciance et la simplicité. Parfois je me levais pour la peloter un peu et voir où elle en était.

— Ça va...? Ça te plaît toujours...? je demandais.
— T'inquiète pas pour ça.
— Si ça se trouve, ça sera jamais publié...
— Ha ha, tu veux rire ou quoi...?
— N'empêche que ça se pourrait.
— Ben ça, je voudrais bien que tu m'expliques comment ça pourrait arriver.
— Betty, le monde est déroutant.
— Non, pas du tout. Il suffit de savoir le prendre.

Ça me donnait matière à réflexion. Je retournais sur la terrasse et aussitôt la machine se remettait en marche, Bongo se remettait sur mes jambes et toutes les étoiles s'allumaient au-dessus de ma tête en jacassant.

Un matin, en me réveillant, j'ai décidé de m'attaquer sérieusement à la plomberie. J'ai embrassé Betty sur le front, emprunté la voiture de Lisa et je suis descendu faire mes courses dans le centre. Au retour, il y avait quelques tuyaux qui dépassaient de la bagnole. Je commençais à les décharger quand une bonne femme s'est pointée vers moi. Elle portait une petite croix en or autour du cou.

— Pardon, monsieur... est-ce que vous êtes plombier...?

— Ça dépend, j'ai dit. Pourquoi?

— Eh bien, c'est mon robinet, monsieur, c'est le robinet de ma cuisine. Ça fait plus d'un mois que j'essaie d'avoir un plombier mais personne ne veut se déranger pour réparer mon robinet... Oh, si vous saviez comme je suis embêtée...

— Ouais, je me mets à votre place.

Elle a caressé sa croix en regardant par terre :

— Et vous, monsieur... euh, vous ne pourriez pas, vous savez c'est peut-être juste l'affaire d'une minute, dans le fond...

J'ai réfléchi deux secondes et j'ai jeté un œil à ma montre en prenant l'air du type débordé.

— Merde, ça va être juste... Vous habitez loin...?

— Non-non, c'est juste en face.

— Bon, alors dépêchons-nous.

J'ai traversé la rue derrière elle, la soixantaine avec une petite robe qui lui arrivait au milieu des mollets. La baraque sentait le retraité à l'abri du besoin, le carrelage envoyait des étincelles et tout était silencieux. Elle m'a conduit à la cuisine et m'a montré le robinet du doigt. Un petit filet d'eau claire crépitait doucement sur l'émail. Je me suis approché et j'ai fait tourner le machin deux ou trois fois dans tous les sens. Puis je me suis redressé en soupirant.

— Cherchez pas, j'ai dit. Le pointeau s'est coincé dans la petite valve et ça a bousillé l'ogive. Ça arrive fréquemment.

— Ooh. Mais dites-moi, est-ce que c'est grave...?

— Ça peut pas être pire, j'ai dit. Faut tout changer.

— Oh mon Dieu! Et ça va me coûter combien?

J'ai fait un vague calcul mental et j'ai multiplié le résultat par deux.

— Doux Jésus! elle a fait.

— Et encore, je vous compte pas le déplacement, j'ai ajouté.

— Et vous pourriez me faire ça quand... ?

— Maintenant ou jamais. Et je veux pas de chèque.

Je suis donc retourné à la baraque en quatrième et j'ai rassemblé tous les outils que je trouvais. J'ai expliqué à Betty ce qui se passait. Elle a haussé les épaules et s'est replongée dans mes carnets. Deux secondes plus tard, j'étais dans la bagnole. Je me garais en double file, achetais mon robinet et me repointais chez la vieille.

— Faut pas me déranger, j'ai dit. Je suis habitué à travailler dans le calme. Je vous appellerai si j'ai besoin de quelque chose...

Je me suis enfermé dans la cuisine et je me suis mis au travail. Une heure après, j'avais rangé les outils, nettoyé la dernière goutte d'eau et je passais à la caisse. Sœur Marie Madeleine de l'Enfant-Jésus était aux anges. Sa cuisine était nickel.

— Jeune homme, elle a fait, vous ne partirez pas d'ici sans m'avoir laissé votre numéro de téléphone. Je touche du bois, mais je peux avoir encore besoin de vos services...

Ensuite elle m'a raccompagné sur le pas de la porte et elle m'a fait des signes jusqu'à ce que je sois rentré chez moi. J'étais pas mécontent de ma petite journée.

Le soir même, j'étais en train de surveiller un truc sur le feu quand le téléphone a sonné. Betty était en train de mettre la table. Lisa a décroché. Elle a écouté un instant, répondu deux ou trois mots, puis elle a couvert le truc avec sa main en rigolant :

— Hé, je comprends rien, c'est l'épicier du coin. Il insiste, il dit qu'il veut parler au plombier... !

Betty m'a lancé un œil noir.

— Je crois que c'est toi qu'on demande, elle a fait. Y a sûrement quelque chose à déboucher... !

Le fait est que le bruit s'est répandu dans le quartier comme une traînée de poudre. Les gens devaient se passer le mot et se refiler mon numéro de téléphone en quatrième. Je me demandais ce qu'ils foutaient les plombiers, les vrais, avec toutes ces baraques qui pissaient la flotte et tous ces tuyaux qui se bouchaient. Il a fallu que je discute avec un pro, un matin où je faisais la queue pour acheter deux mètres de cuivre et un coude à quatre-vingt-dix, pour apprendre que les petites fuites, toutes les petites conneries, ça les intéressait pas. Je vais te dire une chose, avait poursuivi le type en baissant la voix, quand on me téléphone pour une fuite, je m'arrange toujours pour savoir si j'ai des chances de poser une salle de bains. Sinon, je me dérange pas.

J'ai tout de suite vu qu'il y avait un créneau à prendre : les petits boulots nettoyés en cinq sec et payés en liquide. En quelques jours, je m'étais fait une espèce de petite renommée dans le coin. Je passais pour le type cher mais rapide et efficace. J'avais compris rapidement où était ma force, je m'étais rendu compte qu'un type qui a la grippe peut essayer de lutter tandis qu'un type dont les chiottes sont bouchées est carrément pris à la gorge. Je faisais rentrer tout le fric que je pouvais. Je matraquais tout le monde à tour de bras.

Il y eut une sacrée bousculade pendant une quinzaine de jours et puis ça s'est tassé un peu parce que je courais plus après le boulot. Je bloquais tous mes rendez-vous le matin. Betty aimait pas me voir partir avec un bonnet enfoncé sur la tête et ma caisse à outils sous le bras, ça la rendait nerveuse. On s'est même engueulés à cause de ça, un soir où j'étais rentré complètement lessivé.

Je venais de faire un dépannage super-chiant chez un militaire en uniforme, les cheveux blancs et les yeux bleus. C'était mon cinquième dépannage de la journée, j'étais naze. Le type m'avait conduit à travers un long couloir sombre, ses bottes claquaient sur le parquet et je marchais derrière lui avec les épaules voûtées. En entrant dans la cuisine, j'avais été retourné par une forte odeur de friture et de plastique grillé, quelque chose d'infernal, je m'étais retenu pour pas faire demi-tour. Mais de toute façon, ça me faisait ça à chaque fois que j'arrivais chez un client, il y avait toujours un moment où j'avais envie de prendre mes jambes à mon cou. Je suis donc resté.

Le type avait une espèce de cravache dans la main, il m'a indiqué l'évier sans dire un mot. Mais vers la fin de la journée, ça me dérangeait pas qu'on me parle pas, ça me reposait. Je me suis approché en respirant le moins possible. Il y avait trois poupées en celluloïd dans le bac, elles étaient à moitié fondues et le truc était bouché, tout ça baignait dans deux ou trois centimètres d'huile. J'ai ouvert le placard du dessous et en sortant la poubelle, j'ai pu voir que le tuyau d'écoulement était complètement tire-bouchonné et qu'il s'était même collé par endroits. Je me suis relevé.

— C'est avec de l'huile bouillante que vous avez fait ça...?

— Ecoutez, je n'ai pas de comptes à vous rendre, il a couiné. Faites le nécessaire et finissons-en en vitesse !

— Hé... vous excitez pas. Ça me dérange pas du tout que vous arrosiez vos petites poupées à l'huile de friture. Je vois des trucs plus terribles que ça tous les jours. Seulement j'ai besoin de savoir s'il y a eu autre chose qu'un corps gras et du plastique fondu qui est passé dans ce tuyau. Faut me le dire.

Il m'a répondu non en secouant rapidement la tête puis il m'a laissé. J'ai pris le temps de fumer une cigarette. A première vue, tout ça me paraissait pas très compliqué, il y avait juste un tuyau à changer mais bien sûr, les choses sont jamais aussi faciles qu'on croit. J'ai refait un tour sous l'évier et je me suis aperçu que le fameux tuyau filait encore à travers deux placards avant de s'enfoncer dans le sol. J'ai vu que j'allais m'amuser pour enquiller tout le bazar là-dedans.

Je suis retourné à la voiture pour prendre un morceau de tuyau. J'avais les dimensions les plus courantes. Les trucs étaient fixés sur le toit et raccrochés à chaque extrémité aux pare-chocs. Betty levait les yeux au ciel quand elle voyait ça. J'en avais ramassé tout un lot sur un chantier à la suite d'une petite sortie nocturne et depuis, mes bénéfices étaient montés en flèche. J'ai attrapé une bière sous la banquette avant et je l'ai bue d'un trait avant de me remettre au boulot.

Il m'a fallu une heure pour enlever l'ancien tuyau, une heure pour remettre le nouveau, ça m'a rendu à moitié dingue. J'étais à quatre pattes dans les placards et je me cognais dans tous les coins, par moments il fallait que je m'arrête et que je ferme les yeux pendant une minute. Mais j'y suis quand même arrivé. J'ai soufflé en restant cramponné un instant à l'évier, j'ai souri aux petites poupées éventrées. Allez, vieux, encore un petit effort, je me suis dit, et ta journée est finie, les filles t'auront sûrement préparé un verre. J'ai attrapé le tuyau, j'en ai scié un bon mètre et je me suis raccordé au siphon. J'étais en train de ranger mes affaires quand le type en uniforme kaki s'est pointé. Il m'a pas accordé un seul regard, il a filé tout droit sous les placards pour vérifier l'installation. Les types comme ça me faisaient marrer. J'ai passé la courroie de ma caisse à outils sur mon épaule, j'ai attrapé mon morceau de tuyau et j'ai attendu qu'il sorte de là-dessous.

Il s'est relevé en proie à une vive agitation.

— Non mais qu'est-ce que c'est...??? il a fait. QU'EST-CE QUE ÇA VEUT DIRE...??!!

Je me suis demandé s'il s'était pas fait éclater une petite veine dans le cerveau en se baissant sous l'évier. J'ai gardé mon calme.

— Y a un truc qui vous turlupine? j'ai demandé.

Il a essayé de m'enfoncer ses yeux dans le front. Il devait encore se croire dans les colonies, il s'apprêtait à châtier un boy.

— Non mais vous vous foutez de moi!! Vos tuyaux sont pas réglementaires...!

— Pardon?

— Oui... Le morceau de tuyau que vous avez mis, LÀ, c'est un bout de gaine téléphonique...!! C'est ÉCRIT dessus!!Première nouvelle. J'avais jamais fait attention à ça mais je me suis pas laissé désarçonner.

— Vous m'avez fait peur! j'ai dit. Non, mais vous inquiétez pas pour ça, c'est exactement les mêmes que les autres... Pratiquement tous les éviers de la ville sont raccordés avec ça, je vois ça depuis dix ans. C'est de la bonne camelote.

— Non-non-non, ça va pas! C'est pas RÉGLEMEN-TAIRE!!

— Non, vous faites pas de soucis...

— N'essayez pas de m'avoir. Je veux que les choses soient faites dans les règles!!

C'est toujours en fin de journée que ce genre de trucs vous arrive, quand vous êtes complètement vanné et que personne veut jeter l'éponge. Je me suis passé une main dans les cheveux.

— Ecoutez, j'ai fait, chacun son boulot. Je vais pas vous demander quel genre de munitions vous utilisez pour nettoyer une colline. Si j'emploie des gaines télé-phoniques, je sais ce que je fais.

— Je veux une installation réglementaire, vous m'en-tendez...?!!

— Ouais, et peut-être que toutes les cochonneries que vous faites dans l'évier, ça aussi c'est réglemen-taire...? Bon, allez, payez-moi et vous cassez plus la tête, ce truc-là aura pas bougé dans vingt ans.

— Oh, mais alors là, n'y comptez pas! Vous n'aurez pas un sou tant que vous n'aurez pas changé ça!

J'ai regardé ce vieux cinglé dans les yeux, j'ai vu que j'allais perdre mon temps avec lui et je tenais pas à me frotter avec les heures supplémentaires, je voulais remonter dans ma petite voiture, baisser les vitres et rentrer doucement en fumant une cigarette, je voulais rien d'autre. Je me suis donc avancé près de l'évier, j'ai fléchi les genoux et j'ai envoyé un coup de pied de toutes mes forces dans le siphon. J'ai réussi à en arra-cher la moitié. Je suis retourné voir le mec.

— Voilà, j'ai fait. Je crois qu'il y a un truc qui déconne à l'évier. Il va falloir appeler un plombier.

Le vieux m'a envoyé sa cravache en pleine figure. J'ai senti une traînée de feu qui partait de ma bouche jusqu'à mon oreille. L'autre me regardait avec un œil brillant. Je lui ai balancé un coup de tuyau rigide en travers du front. Il a reculé jusqu'au mur et il s'est appuyé dessus en se tenant le cœur d'une main. Je suis pas allé chercher sa boîte de pilules, je me suis barré.

Tout le long du chemin, j'ai senti ma joue qui me cuisait. Dans le rétro, je voyais une longue bande rouge violacé et un coin de ma bouche était enflé, ça me donnait l'air encore plus crevé. Ce truc-là semblait avoir déclenché une sorte de processus qui faisait apparaître sur mon visage toute la fatigue accumulée depuis plusieurs jours. J'étais pas beau à voir. Dans un embouteillage, j'ai pu reconnaître tous mes frères de misère, on se ressemblait tous, les blessures étaient les mêmes, à quelque chose près. Toutes ces gueules étaient ravagées par une semaine de boulot sans intérêt, la fatigue, les privations, la rage et l'ennui. Chaque fois que le feu passait au vert, on avançait de trois mètres sans piper mot.

Quand je suis rentré, Betty a tout de suite remarqué ma balafre. Ma joue était luisante, plutôt boursouflée. J'ai pas eu le cœur d'inventer une histoire, je lui ai raconté exactement ce qui s'était passé. Puis je me suis servi un grand verre et elle a tout de suite attaqué.

— Voilà ce que c'est d'aller faire le pitre à longueur de journée. Ça devait forcément arriver !

— Merde, Betty... qu'est-ce que tu racontes... ?

— Passer toutes tes journées à genoux sous ces putains d'éviers en compagnie des poubelles, ou déboucher toutes ces merdes, ou poser un bidet... Tu te crois intelligent... ?!

— Bah, je m'en fous. C'est pas important.

Elle est venue me voir de plus près. Elle a pris une voix mielleuse.

— Dis-moi... est-ce que tu sais ce que je suis en train de faire en ce moment... ? Non... tu sais pas... ? Eh bien je suis en train de recopier ton bouquin, ça fait des jours et des jours que je suis dessus et certaines nuits, ça m'empêche de dormir, si tu veux savoir...

Sa voix est devenue un peu plus amère. Je m'en suis resservi un autre et j'ai attrapé une poignée de cacahuètes. Elle me lâchait pas des yeux.

— Je suis persuadée que t'es un grand écrivain. Est-ce que tu t'en rends compte, au moins...?

— Ecoute, recommence pas avec ça, je suis fatigué. C'est pas un grand écrivain qui va nous faire manger. Je crois vraiment que tu travailles trop là-dessus, t'es en train de te monter la tête.

— Mais bon sang! Tu comprends pas qu'un type comme toi devrait pas avoir à se baisser, tu comprends pas que t'as pas le droit de faire ça...?

— Hé, Betty... T'es tombée sur la tête...?

Elle m'a attrapé par le revers de mon blouson, j'ai failli renverser mon scotch.

— Non, c'est toi! Tu y es pas du tout...! Et ça me rend malade de voir à quoi tu passes ton temps. Qu'est-ce que t'as, pourquoi tu veux pas ouvrir les yeux...?

J'ai pas pu m'empêcher de soupirer. Cette sale journée voulait pas finir.

— Betty... j'ai bien peur que tu me prennes pour quelqu'un d'autre...

— Non, imbécile! Je te prends pour ce que tu es...!! Mais je savais pas que tu étais tellement bouché! Je préférerais te voir en train de te balader, ou bayer aux corneilles, je trouverais ça tout à fait normal. Au lieu de ça, tu vas t'abrutir avec des histoires de lavabo et tu te crois très malin...

— Je suis en train de faire une espèce d'étude sur les rapports humains, j'ai dit. J'essaie d'emmagasiner un maximum de trucs...

— Ouais, arrête tes conneries! Je t'ai déjà dit que je voulais pouvoir être fière de toi, que je voulais pouvoir t'admirer, mais on dirait que ça te fait chier, ma parole,

74

on dirait que tu fais tout ça exprès pour m'emmerder...!

— Non, je ferai jamais la moindre chose pour t'emmerder.

— Eh ben, on dirait pas, je te jure. Alors bon sang, fais un effort pour me comprendre. On a pas le temps de jouer trente-six rôles dans la vie, et ne crois pas que tu vas pouvoir te défiler avec deux ou trois astuces foireuses. Tu ferais mieux d'accepter ça une bonne fois pour toutes. T'es un écrivain, t'es pas un plombier.

— A quoi on voit la différence? j'ai demandé.

On s'est regardés par-dessus la table. Elle m'a lancé un tel regard que j'ai cru qu'elle m'avait empoigné à la gorge.

— Tu vas peut-être me donner du boulot, elle a fait. Ouais, je crois qu'il y a de fortes chances. Mais maintenant, ni toi ni moi on y peut plus rien. Alors je te préviens que je vais pas me laisser faire et pour commencer, je te signale que ça me fait chier de vivre avec un type qui rentre à sept heures du soir et qui pose sa boîte à outils sur la table en soupirant, ÇA ME FOUT LE MORAL À ZÉRO...! T'imagines que l'après-midi, quand je suis complètement barrée dans ton bouquin, le téléphone sonne et on me demande où t'es passé parce qu'un truc vient de déglinguer dans les chiottes d'un abruti, t'imagines que je peux presque sentir sa merde...? T'imagines à quoi je peux penser après avoir raccroché et quel genre de héros tu fais...?!!

— Ecoute, tu crois pas que t'exagères...? Heureusement qu'il y en a des plombiers. Et puis je te dirai que je préfère ça plutôt que de travailler dans un bureau.

— Ah Seigneur! Tu comprends rien! Tu vois pas que d'une main tu me sors la tête de l'eau et que de l'autre tu me la replonges?

J'ai failli lui dire que c'était une bonne image de la vie mais je me suis retenu. J'ai simplement hoché la tête et je suis allé me servir un verre d'eau en regardant par la fenêtre. Il faisait presque nuit. L'écrivain était pas brillant et le plombier était mort.

C'est à la suite de cette discussion que je me suis mis à ralentir la cadence, je faisais au moins en sorte de pas travailler l'après-midi et le résultat s'est pas fait attendre. Le temps est revenu au beau fixe entre Betty et moi, on a retrouvé le goût des jours tranquilles, on s'envoyait des clins d'œil.

Le plombier avait du mal à se lever au petit jour quand l'écrivain s'était couché à trois heures du matin. Il devait surtout faire gaffe de pas réveiller Betty et faire chauffer le café sans piquer du nez en avant. Il bâillait à s'en décrocher la mâchoire, c'était seulement quand il mettait un pied dans la rue qu'il commençait à émerger. La lanière de la caisse à outils lui sciait l'épaule en deux.

Parfois, quand il rentrait, Betty dormait encore. Il passait en vitesse sous la douche et il attendait qu'elle se réveille en fumant une cigarette à côté d'elle. Il regardait le tas de feuilles empilées près de la machine, écoutait le silence ou jouait avec une paire de collants et une culotte enroulés au pied du lit.

Quand Betty se réveillait, l'écrivain était en train de pratiquer une séance de regard intérieur et il avait juste un petit sourire rêveur aux lèvres. En général, ils baisaient puis il reprenait un petit déjeuner avec elle. L'écrivain avait la belle vie, il se sentait juste un peu fatigué et quand le ciel était dégagé, il aimait bien s'offrir une petite sieste sur la terrasse et écouter les bruits qui venaient de la rue. L'écrivain était O.K. Il s'occupait jamais des problèmes de fric. Son cerveau était plutôt vide. De temps en temps, il se demandait comment il avait fait pour écrire un bouquin, ça lui paraissait quelque chose de lointain ou alors s'il en écrirait un autre, un jour, il en savait vraiment rien. Il aimait pas penser à ça. La fois où Betty lui avait posé la question, il lui avait laissé entendre que ça pourrait bien se faire mais il s'était senti pas bien tout le restant de la journée.

Le lendemain matin, en se levant, le plombier avait une sérieuse gueule de bois. Il avait attendu que la cliente ait le dos tourné pour vomir son café dans le bac à douche, ça lui avait filé la chair de poule. Par moments, il haïssait ce putain d'écrivain.

8

Mine de rien, les soirées ont commencé à fraîchir et les premières feuilles ont dégringolé des arbres et rempli les caniveaux. Betty attaquait mon dernier carnet pendant que je continuais à bricoler à droite et à gauche pour assurer le minimum vital. Tout se passait bien sauf que maintenant je me réveillais la nuit et je restais avec les yeux ouverts dans le noir et la cervelle brûlante, je me tournais dans tous les sens comme si j'avais avalé un serpent. J'avais planqué un carnet neuf et un crayon près du lit et j'avais juste à tendre le bras pour les attraper mais ce cirque durait depuis deux jours et j'avais beau me tordre la cervelle à la recherche d'une petite idée, il en sortait rien du tout, ce qui s'appelle vraiment rien et chaque nuit, le grand écrivain allait au tapis. Il arrivait pas à remettre le doigt sur sa petite musique, ce con, il arrivait pas à en avoir vraiment envie. Et impossible de savoir pourquoi.

J'essayais de me persuader que c'était qu'une constipation passagère et pour me changer les idées je faisais un peu d'électricité l'après-midi, je remplaçais des fils, je posais des boîtes de dérivation et des interrupteurs avec variateur d'intensité pour créer des ambiances, pleins feux dans la soirée et à la fin juste un petit chouia pour baiser. Mais même quand je bricolais, mon âme se traînait et je devais m'asseoir régulièrement pour descendre une bière, il fallait que j'attende le début de la soirée pour commencer à me sentir bien, à redevenir à peu près normal. Par moments, j'étais même joyeux, l'alcool me donnait un coup de main. Je m'approchais de Betty et je me penchais par-dessus la machine :

— Hé, Betty... c'est plus la peine de te casser la tête, j'ai plus rien dans les couilles...!

Ce truc-là me faisait rigoler et j'envoyais un coup de poing sur le capot de la machine.

— Allons, assieds-toi, elle disait, et arrête tes bêtises, tu dis n'importe quoi.

Je me laissais choir en souriant dans le fauteuil et je regardais voler les mouches. Quand il faisait bon, on laissait la porte de la terrasse ouverte et je balançais ma canette vide dehors. Le message à l'intérieur était toujours le même : « Où ? Quand ? Comment...? », mais personne se précipitait pour acheter une âme en peine. Pourtant, j'en voulais presque rien, juste deux ou trois pages pour démarrer et après j'en faisais mon affaire. J'étais sûr qu'il me suffisait de démarrer. Je préférais rigoler parce que c'était vraiment trop con. Betty secouait la tête en souriant.

Ensuite, je m'occupais du repas et les tracas s'envolaient, j'allais faire quelques courses avec Bongo, l'air frais me réveillait. Et s'il m'arrivait de délirer encore un poil en cassant des œufs ou en grillant un poivron au-dessus des flammes, je m'en souciais pas vraiment, j'attendais surtout le moment de passer à table en compagnie des deux filles, j'essayais d'être aussi vivant. Je les regardais discuter et envoyer des éclairs dans la pièce. En général, je me détraquais sur les sauces, elles trouvaient que j'avais du génie pour les sauces et elles nettoyaient tous les plats. Comme plombier aussi on trouvait que j'avais du génie. Et comme enculeur de mouches, est-ce que j'avais assez de mordant...? Après toutes ces années de tranquillité, j'étais en droit de me demander ce qui m'arrivait. C'était comme si on me demandait de remettre en marche une vieille loco envahie d'herbes folles, c'était assez terrifiant.

Le jour où Betty a terminé de recopier mon bouquin, ça m'a noué les tripes. J'ai eu mal dans les jambes. Quand elle m'a annoncé ça, j'étais debout sur une chaise, en train de trifouiller une lampe et j'ai eu l'impression de prendre un coup de jus. Je suis descendu lentement en cramponnant le dossier. J'ai fait le type raisonnablement emballé :

— Bon sang, c'est pas trop tôt... Dis donc, faut que je sorte, faut que j'aille acheter des dominos...!

J'ai pas écouté ce qu'elle me disait, j'entendais plus rien, j'ai marché le plus calmement possible vers mon blouson, on aurait dit une scène où l'acteur vient de se prendre une balle dans le ventre et refuse de s'écrouler, je l'ai enfilé et j'ai pris l'escalier, j'ai pas respiré jusqu'à la porte.

Je me suis retrouvé dans la rue, je me suis mis à marcher. Un petit souffle d'air se levait avec la tombée de la nuit mais au bout d'un moment je me suis retrouvé en sueur et j'ai ralenti l'allure. Je me suis aperçu que Bongo me suivait. De temps en temps, il me dépassait en cavalant puis il m'attendait, je ne sais pas pourquoi il faisait ça, en ce moment, il y avait dans l'air un goût de confiance aveugle et ça me tapait sur les nerfs, le goût du vide aussi.

Je suis rentré dans un bar et j'ai demandé une tequila parce que les effets sont rapides et j'avais besoin d'un coup de fouet. J'ai toujours pensé que la fin des beaux jours était quelque chose de difficile à avaler, j'ai redemandé un autre verre, ensuite je me suis senti mieux. Il y avait un type à côté de moi, il était complètement cuit et me regardait avec insistance en tenant son verre à deux mains. Quand j'ai vu qu'il essayait d'ouvrir la bouche, je l'ai encouragé :

— Allez, vas-y... qu'est-ce que tu vas me sortir comme connerie...? j'ai demandé.

Quand je me suis extirpé du bar, je me suis senti nettement mieux. On était bien tous aussi fous les uns que les autres et la vie n'était qu'un tissu d'absurdités. Heureusement qu'il restait les bons moments, tout le monde sait de quoi je veux parler et rien qu'avec ça, la vie valait quand même le coup, le reste avait pas la moindre importance. Dans le fond, n'importe quoi

aurait pu arriver sans que ça fasse une grande différence, j'étais convaincu du caractère éphémère de toute
chose et j'avais une demi-bouteille de tequila dans le
nez et je voyais des palmiers dans les rues et le vent me
traversait.

En rentrant à la baraque, une surprise m'attendait.
Un blond, à moitié chauve, dans les quarante-cinq, avec
un petit ventre. Il était assis dans mon coin préféré
avec Lisa sur les genoux.

Bien sûr, Lisa était une fille normale, avec une chatte
et des nichons et il lui arrivait de s'en servir. Certaines
fois, elle ne rentrait pas la nuit, elle se pointait au petit
matin pour se changer et boire un dernier café avant
de partir au boulot. Je la croisais dans la cuisine, une
fille qui a passé la nuit à baiser, ça se voit au premier
coup d'œil et ça me faisait plaisir pour elle, j'espérais
qu'elle s'en était donné un maximum, je goûtais ces
petits instants de complicité sans dire un mot. Ça
égayait ma journée. Je savais que j'étais un type privilé-
gié. Par moments, la vie me saupoudrait une poignée
d'or pur dans les yeux. Après ça, je pouvais supporter
n'importe quoi, on formait une espèce de trio épatant,
j'aurais pu bricoler tous les égouts de la ville à condition de pouvoir décrocher vers cinq heures du soir, que
j'aie le temps de prendre une douche avant de les
retrouver toutes les deux, une qui me tend un verre et
l'autre quelques olives.

D'une manière générale, Lisa parlait pas beaucoup
des types qu'elle rencontrait, ni de ceux qu'elle baisait,
elle disait que ça valait pas la peine et changeait de
conversation en riant. Bien sûr, elle avait jamais
ramené de type à la baraque. Tu peux me croire, elle
disait, celui qui franchira le seuil de cette porte aura
quelque chose de plus que les autres.

Je suis donc resté sur le cul en rentrant, quand le
type m'a salué en levant son verre, la cravate desserrée
et en bras de chemise. J'ai eu conscience de me trouver
devant l'oiseau rare.

Lisa a fait les présentations avec les yeux brillants et

le type s'est précipité en avant pour attraper ma main, il avait les joues rouges, il me faisait penser à un bébé déplumé avec des yeux bleus.

— Au fait, a demandé Betty, tu as trouvé ce que tu cherchais... ?

— Ouais, mais j'ai été obligé de tourner un peu en rond.

Lisa m'a collé un verre dans les mains. Le type m'a regardé et il a souri. J'ai souri aussi. En moins de deux, j'avais la situation en main, il s'appelait Edouard mais préférait qu'on l'appelle Eddie, il venait d'ouvrir une pizzeria dans le centre, changeait de bagnole tous les six mois et riait bruyamment. Il transpirait légèrement, il avait l'air content d'être là. Au bout d'une heure, il faisait comme si on se connaissait depuis vingt ans. Il a posé sa main sur mon bras pendant que les filles discutaient dans le coin-cuisine.

— Et toi, mon vieux, il paraît que t'écris des machins... ? il a fait.

— Ça m'arrive, j'ai dit.

Il m'a envoyé un clin d'œil en fer forgé.

— Et tu ramasses du fric avec ça... ?

— Ça dépend, c'est pas très régulier.

— Remarque, il a fait, c'est sûrement un bon plan. T'écris tranquillement ta petite histoire sans trop te fatiguer et ensuite tu passes à la caisse...

— Exactement.

— Et t'es dans quelle branche ? il a demandé.

— Le roman historique, j'ai dit.

Toute la soirée, je me suis demandé comment fonctionnait le cerveau d'une fille, je sentais bien qu'il y avait quelque chose que je comprenais pas. Ce type-là, Eddie, je me demandais ce qu'elle lui trouvait sinon qu'il buvait sec, racontait des histoires et rigolait tout le temps. Je compte plus tous les sujets d'étonnement que j'ai rencontrés dans la vie, mais j'aime toujours ouvrir l'œil, c'est pas rare qu'il y ait deux ou trois trucs à prendre. Surtout qu'en ce qui concerne Eddie, il s'est avéré que ma première impression était pas la bonne, en fait Eddie c'est un ange.

Enfin toujours est-il qu'arrivé au baba au rhum, il m'avait saoulé de paroles. Mais tout compte fait, c'était pas si désagréable que ça. Une atmosphère bruyante et un peu conne, une fois de temps en temps avec un bon cigare, c'était pas la mort. Eddie avait apporté du champagne, il a fait sauter le bouchon en me regardant et s'est mis à me servir un grand verre.

— Hé, je suis vraiment content qu'on s'entende bien tous les quatre, non, je vous jure, bon sang, les filles, passez-moi les verres...!

Le lendemain matin, on était dimanche, il s'est pointé avec une grosse valise pendant qu'on était en train de prendre notre petit déjeuner tous les trois. Il m'a cligné de l'œil :

— J'ai amené quelques trucs. J'aime bien me sentir un peu chez moi...

Il a sorti de la valise deux ou trois kimonos assez courts ainsi que des savates et un peu de linge de rechange. Puis il est passé dans la salle de bains et trente secondes après, il est ressorti en kimono. Les filles ont applaudi. Bongo a dressé la tête pour voir ce qui se passait. Eddie avait des petites jambes blanches incroyablement velues, il a écarté les bras pour qu'on puisse l'admirer.

— Faudra vous y faire, il a rigolé. C'est la seule tenue que je supporte à la maison...!

Ensuite il est venu s'asseoir avec nous et il s'est servi un café en attaquant une nouvelle histoire. J'ai vaguement eu envie de retourner me coucher.

J'ai passé le début de l'après-midi avec Betty à emballer les exemplaires de mon manuscrit et à chercher les adresses des éditeurs dans l'annuaire du téléphone. Mais maintenant, je m'étais fait une raison, je prenais ça avec un certain détachement et même j'ai cru percevoir une petite étincelle au bout de mes doigts pendant que j'écrivais le nom d'un éditeur très connu. Je me suis allongé sur le lit avec une cigarette aux lèvres. Quand Betty est venue me rejoindre, je me sentais tout à fait bien. Je me sentais même plutôt léger. Et d'une certaine manière, démultiplié.

Je commençais à regarder Betty d'un drôle d'œil en jouant avec ses cheveux quand j'ai entendu du bruit dans l'escalier et la seconde d'après, j'avais Eddie qui me dansait sous le nez, agitant une bouteille et des verres.

— Eh, vous deux, arrêtez vos messes basses. Je vous ai pas encore raconté la dernière qui m'est arrivée...

Bon sang, Lisa... qu'est-ce qui t'a pris ? j'ai pensé.

Un peu plus tard, il a réussi à nous faire tous grimper dans sa bagnole et on fonçait vers le champ de courses. Il y avait quelques nuages dans le ciel. Les filles étaient pas mal excitées et la radio braillait des kilomètres de pub pendant qu'Eddie rigolait.

On est arrivés au départ de la troisième course. Eddie a cavalé acheter des tickets pendant que j'entraînais les filles vers le bar. Je trouvais ça chiant et puis le spectacle était toujours le même. Les gens cavalaient vers les guichets, les chevaux couraient, les gens revenaient vers les clôtures, les chevaux arrivaient et les gens cavalaient de nouveau aux guichets. C'était aussi bandant qu'un match de foot. En général, durant la dernière ligne droite, Eddie commençait à boxer le ciel et ses oreilles devenaient rouges mais la seconde d'après, il s'empoignait les cheveux. Il froissait ses tickets et les balançait par terre en couinant.

— T'as pas le gagnant ? je demandais.

Quand on s'est barrés, le ciel était presque rose et le temps qu'on retourne à la voiture, Eddie avait retrouvé la forme. Il avait même trouvé le moyen de disparaître et de revenir les mains pleines de portions de frites luisantes.

Au début, donc, il m'a pompé un peu l'air. Mais il suffisait de pas trop faire attention à ce qu'il racontait et ça restait vivable. Il déambulait dans la baraque en débloquant à voix haute, sans s'adresser à l'un de nous en particulier, de temps en temps je lui envoyais un sourire... Il se pressait pas trop le matin, et le soir, il se pointait vers minuit ou une heure, après la fermeture de la pizzeria. Il ramenait toujours quelque chose à manger et à boire, on dînait avec lui. Au niveau fric, ce repas qui nous tombait du ciel était comme un petit miracle. Eddie avait quand même compris deux ou trois trucs. Il y avait fait quelquefois allusion :

— Hé, je me souviens plus... C'est quoi que t'écris comme bouquins...?

— Science-fiction.

— Ah ouais... Et c'est un truc qui marche, ça... Y a du fric à prendre...?

— Ouais, mais c'est vachement long avant d'avoir le résultat des ventes. Et même parfois, ils oublient d'envoyer le chèque, mais je me plains pas...

— Non, je te dis ça parce qu'en attendant, si tu te sens un peu gêné...

— Je te remercie, je me sens pas gêné. Je suis en train de réfléchir à un nouveau truc, ça entraîne pas tellement de frais.

Ou un autre jour, au cours d'une balade, les filles se promenaient en plein vent sur la plage, je les regardais, Eddie et moi on était restés dans la bagnole avec l'air climatisé.

— Peut-être que tu devrais changer de genre, il avait fait. Y a sûrement des trucs qui marchent mieux que d'autres...

— Non, je crois que c'est simplement une question de temps.

— Merde, attends, je me souviens plus...

— Roman policier.

— Ah ouais... Ben sûrement qu'il y en a qui peuvent rapporter des millions...?

— Ça oui, des centaines de millions.

— Peut-être bien des milliards...?

— Ouais. Y en a. Mais pour le moment, je suis plutôt barré sur mon nouveau truc, j'ai pas le temps de penser à ça...

En vérité, j'y pensais tous les jours. Tout le fric que

j'avais tenait dans mes poches, juste quelques billets et deux ou trois boulots d'avance, il aurait pas fallu qu'il arrive quelque chose ou qu'il nous prenne l'envie de partir en week-end, c'était quand même chiant. Ça faisait un peu plus d'une semaine que Betty avait fini de taper mon manuscrit et je la voyais tourner en rond dans la baraque, elle se faisait les ongles une ou deux fois par jour. On connaissait tout le quartier par cœur mais on sortait quand même un peu dans l'après-midi, pour couper la journée, on faisait un petit tour de labyrinthe avec ce vieux Bongo.

On parlait pas beaucoup, elle donnait l'impression d'être constamment en train de réfléchir. Elle marchait les mains enfoncées dans les poches et on déambulait sous un petit soleil timide, le col relevé, il faisait assez moche depuis quelques jours mais on s'en apercevait pas, on était en train d'accoucher. Parfois, on rentrait seulement à la tombée de la nuit, après avoir parcouru des tonnes de kilomètres, Bongo et moi on tirait une langue violette tandis qu'elle, il suffisait d'ouvrir les yeux et de croiser une seule fois son regard pour comprendre qu'elle aurait pu refaire tout le chemin au pas de course sans le moindre problème. Moi, la vie m'endormait. Elle, c'était le contraire. Le mariage de l'eau et du feu, la combinaison idéale pour partir en fumée.

Un beau soir, je la trouvais tellement ravissante pendant qu'on montait l'escalier que je l'ai bloquée en haut des dernières marches. J'avais glissé deux doigts sous sa jupe et je m'apprêtais à descendre en enfer quand elle m'a demandé de but en blanc :

— Qu'est-ce que tu penses de la proposition d'Eddie... ?

— Hhuuummmm... ? j'ai fait.

— Dis-moi ce que tu en penses VRAIMENT... !

On venait de vider quelques bouteilles de chianti en bas et dès qu'on s'était mis à grimper l'escalier, j'avais regardé ses jambes et ses jambes envoyaient des messages directement à mon cerveau. On a passé la porte, je l'ai refermée et j'ai collé Betty au mur. J'avais dans l'idée de la déchaîner sexuellement, déchirer son slip dans un rayon de lune glacé. Je lui ai planté ma langue dans l'oreille.

— Je veux que tu me donnes ton avis, elle a fait. Il faut qu'on soit bien d'accord.

J'ai remonté un genou entre ses jambes et je lui ai caressé les hanches tout en lui suçant les seins.

— Non, attends une seconde... j'ai besoin de savoir... elle a fait.

— Oui-oui, qu'est-ce que tu dis ?

— Je dis qu'après tout, le truc d'Eddie n'est pas forcément une mauvaise idée, qu'est-ce que t'en penses... ?

Je me demandais ce qu'elle racontait, j'étais en train de lui remonter sa jupe au-dessus des hanches et je constatais qu'elle portait pas de slip mais des collants. J'avais du mal à penser à autre chose.

— Pense plus à rien, j'ai dit.

Je lui ai cloué le bec avec un baiser sauvage, mais juste après, elle remettait ça :

— On pourrait faire ça en attendant une réponse pour ton bouquin, on ferait pas ça cent sept ans...

— Ouais, d'accord... j'ai dit. Attends, viens, on va s'asseoir sur le lit...

On a basculé sur le lit. Ça m'a étourdi. J'ai fait glisser mes mains sur le nylon des collants, ses cuisses étaient chaudes et lisses comme des V1.

— Et puis ça nous permettra de mettre un peu de fric de côté, tu crois pas... Ça va nous laisser le temps de nous préparer et on pourra s'acheter quelques trucs, on a plus rien à se mettre.

Je me tortillais sur le lit pour descendre mon pantalon, je sentais que son âme m'échappait.

— Tu crois... ? j'ai dit. Tu crois... ??

— J'en suis sûre, elle a fait. Et y a rien de plus facile, surtout avec les pizzas.

Elle m'a attrapé par les cheveux au moment où je descendais sur son ventre avec du 220 dans les veines.

— J'espère que t'as confiance en moi, elle a dit.

86

— Bien sûr, j'ai dit.

Elle m'a enfoncé la tête entre ses jambes et j'ai pu enfin basculer par-dessus bord.

9

J'ai fait coulisser la petite porte du passe-plat et j'ai penché ma tête dans l'ouverture. Pour la millième fois, j'ai plongé dans l'écœurante odeur de bouffe qui régnait là-dedans. D'un autre côté, c'était plus silencieux que la salle et c'était un vendredi soir, ils étaient tous déchaînés. On avait même dû rajouter des tables dans tous les coins. J'ai regardé Mario penché sur les fourneaux, le visage luisant et les yeux à moitié fermés.

— Tu m'en fais encore une aux champignons et une normale, j'ai annoncé.

Il répondait jamais, mais on pouvait être sûr qu'il avait enregistré, ce genre de truc-là se gravait dans sa tête. Je me suis penché un peu plus pour attraper une de ces minuscules bouteilles de San Pellegrino et je l'ai liquidée d'une gorgée. Depuis quelque temps, j'adorais ça, je me sentais juste un peu ballonné à l'heure de la fermeture, j'en descendais une moyenne de trente ou quarante dans la soirée. Eddie fermait les yeux.

Eddie tenait la caisse. Betty et moi, on faisait la salle. A mon avis, il fallait au moins quatre personnes pour s'occuper de la salle pendant l'heure de pointe, mais il y avait que nous deux et on passait notre temps à cavaler avec les machins au-dessus de la tête. Vers onze heures, j'étais déjà à bout de forces. Mais le San Pe était à l'œil et on était relativement bien payés, je disais rien.

J'ai attrapé mes pizzas fumantes et j'ai foncé vers les deux petites blondes qui les avaient commandées. Elles étaient pas mal mais j'avais pas le cœur à la plaisanterie, j'étais pas en train de m'amuser. On m'appelait de tous les côtés. Il y avait pas si longtemps, je devais tendre l'oreille pour percer le silence de la nuit, je pouvais sortir sur la véranda et sentir l'espace autour de moi. Ça me semblait tout naturel. Maintenant, je devais serrer les fesses et naviguer dans le bruit des assiettes, au milieu des éclats de voix.

Betty tenait le choc beaucoup mieux que moi, elle savait vraiment y faire. Parfois quand on se croisait, elle m'envoyait un clin d'œil et ça me redonnait des forces, j'essayais de pas regarder ses petites mèches collées par la sueur, je tenais pas à voir ça. De temps en temps, je lui allumais une cigarette que je laissais griller dans le cendrier, sur le rebord du passe-plat et j'espérais qu'elle aurait le temps d'en tirer deux ou trois bouffées et qu'elle penserait à moi. C'était pas toujours le cas, j'imagine.

Ça faisait environ trois semaines qu'on bossait là, mais je crois qu'il y avait jamais eu autant de monde. On savait plus où donner de la tête et moi j'étais déjà naze depuis un petit moment, je sentais plus rien, je gardais juste un œil ouvert au moment des pourboires. Ce qui me rendait malade, c'était de voir qu'il y avait des gens qui attendaient debout à l'entrée, on approchait de minuit, ça voulait dire que le boulot était pas près d'être fini et l'odeur des anchois commençait à me soulever le cœur. J'étais en train de planter des gaufrettes dans une pêche Melba quand Betty s'est approchée de moi. Malgré le brouhaha et tout le cirque qu'il y avait autour de nous, elle a réussi à me glisser deux mots à l'oreille :

— Merde, elle a fait. Occupe-toi du numéro cinq ou je fais passer la bonne femme à travers la vitre !

— Qu'est-ce qu'elle a...?

— Je crois qu'elle me cherche, elle a répondu.

Je suis allé voir de quoi il retournait. Ils étaient deux à la fameuse table, un type assez vieux, avec les épaules voûtées et une femme dans les quarante, mais sur le bord du gouffre, et qui sortait de chez le coiffeur, le type parfait de la garce avec le con aussi sec qu'une biscotte au gluten.

— Ah, vous voilà...! elle a fait. Non mais quelle idiote, cette fille...! Je lui demande une pizza aux anchois, elle m'apporte une pizza au jambon! Enlevez-moi ça tout de suite...!!

— Vous aimez pas le jambon? j'ai demandé.

Elle a rien répondu, elle m'a jeté un œil noir en allumant une cigarette, elle a craché la fumée par le nez. J'ai attrapé la pizza en souriant et je suis parti vers les cuisines. En passant, j'ai croisé Betty, j'ai eu envie de la serrer tendrement et d'oublier la connasse, mais j'ai remis ça à plus tard.

— Alors, t'as vu le genre? elle a demandé.

— Tout à fait.

— Et avant ça, il a fallu que je lui change de couverts à cause d'une goutte d'eau sur la fourchette...!

— Elle a fait ça parce que t'es la plus belle, j'ai dit.

Je lui ai arraché un petit sourire et j'ai fait le tour pour entrer dans la cuisine. Mario grimaçait en s'enfonçant les poings dans les hanches, des trucs grésillaient sur les fourneaux et une petite vapeur graisseuse flottait dans la pièce. La moindre chose semblait enveloppée dans un petit nuage lumineux.

— T'es venu prendre un peu l'air? il a demandé.

— Juste un petit truc à rectifier, j'ai dit.

Je me suis avancé dans le coin des poubelles, trois énormes bidons à poignées, du genre repoussant. Je me suis installé au-dessus, j'ai attrapé une fourchette sur une pile de vaisselle sale et j'ai gratté la pizza jusqu'à l'os, j'ai viré le jambon. Ensuite j'ai récupéré deux ou trois tomates qui traînaient par-ci, par-là et je me suis mis à reconstituer la pizza. J'ai pas eu de mal à trouver des petits bouts de tomates, c'est ce que les gens laissent le plus, mais je me suis fait chier pour trouver quatre anchois, sans parler de la dentelle luisante en fromage râpé qu'il m'a fallu passer sous le robinet à cause d'une cendre de cigarette. Mario me regardait avec des yeux ronds, il passait son temps à remonter une mèche huileuse qui lui tombait sans arrêt en travers du front.

— Je comprends rien à ce que t'es en train de branler... il a fait.

J'ai aplati tous ces ingrédients les uns contre les autres et je lui ai tendu la petite merveille.

— Passe-moi ça au four une minute, j'ai dit.

— Oh merde...! il a fait en hochant la tête.

Il a ouvert la porte du four et on est restés devant les flammes en plissant les yeux.

— Il y en a qui méritent de bouffer ce genre de choses, j'ai dit.

— Ouais, t'as raison. Dis donc, j'ai comme un coup de pompe, ce soir...

— Je crois qu'il va falloir tenir encore une petite heure, vieux.

J'ai récupéré ma pizza et je l'ai apportée à la bonne femme. Je l'ai posée délicatement sur la table. On aurait juré qu'elle était neuve, fumante et croustillante et tout. La bonne femme a pas vu que j'existais. J'ai attendu de voir la première bouchée passer entre ses lèvres et j'ai été vengé.

On a tenu encore pendant une heure à un train d'enfer, il a même fallu qu'Eddie nous donne un coup de main et puis la salle s'est vidée tout doucement et on a soufflé un peu. On a pu allumer la PREMIÈRE cigarette de la soirée.

— Merde... elle est vraiment bonne! a fait Betty.

Elle s'était appuyée le dos au mur, les yeux fermés, la tête penchée légèrement en avant et elle gardait la fumée au maximum. On se tenait dans un petit renfoncement et personne pouvait nous voir de la salle. D'un seul coup, elle paraissait vraiment crevée et parfois la fatigue rend la vie triste et douloureuse, on peut pas éviter ça. J'ai envoyé un pâle sourire au plafond. Dans un sens, c'était quand même une belle victoire de finir debout sur ses jambes. Chaque boulot a été pour moi une occasion de vérifier que l'homme est doué d'une résistance surnaturelle, la vie a toujours du mal à le dégommer. J'ai attrapé le bout de cigarette que me tendait Betty. C'était pas bon, c'était divin.

Il restait juste quelques desserts à servir, deux ou trois bricoles du style banane flambée et compagnie. Ensuite, le tour serait joué, on pourrait s'installer sur la banquette arrière pendant qu'Eddie prendrait le volant. Je la voyais déjà en train d'enlever ses chaussures et poser sa tête sur mes genoux et moi le front appuyé au carreau, regardant défiler les rues vides et cherchant la première phrase de mon roman.

Parmi les clients qui tardaient à décoller, il y avait la bonne femme et son vieux mec. Le type avait pas avalé grand-chose mais la femme avait dévoré pour deux, et picolé aussi, ses yeux brillaient. Elle en était à son troisième café.

Ce qui est arrivé par la suite est entièrement de ma faute. La journée semblait classée et j'ai relâché mon attention, j'ai laissé Betty se débrouiller dans la salle et achever les retardataires d'un coup de torchon. Je suis le dernier des cons. J'ai senti une sueur glacée me couler dans les reins juste un poil de seconde avant que l'orage éclate. Ensuite, il y a eu un sacré bruit de casse.

Quand je me suis retourné, Betty et la bonne femme étaient face à face et la table était renversée. Betty était blanche comme une morte et l'autre était rouge comme un coquelicot vibrant sous le soleil.

— Nom d'un chien ! a fait celle en rouge. Je veux voir le patron immédiatement, vous entendez... ?!!

Eddie s'est ramené en grimaçant sans savoir quoi faire de ses mains, personne d'autre bougeait dans la salle, les quelques clients qui restaient étaient contents d'en avoir pour leur fric. C'est toujours un moment délicat à passer pour un patron quand un de ses employés est sur le point de se castagner avec les clients. Eddie était pas du tout à son aise.

— Allons, du calme... Que se passe-t-il... ? il a gémi.

La bonne femme tremblait de colère, la rage l'étranglait à moitié.

— Il y a que le service a été épouvantable tout au long de la soirée, et que pour finir, cette petite gourde refuse de m'apporter mon manteau! Dans quel genre d'endroit sommes-nous donc...?

Son mec regardait tristement ailleurs. Betty semblait pétrifiée. J'ai lancé mon torchon par terre et j'y suis allé. Je me suis adressé à Eddie :

— Tout va bien, j'ai fait. Tu mets la note sur mon compte et qu'ils foutent le camp. Je t'expliquerai plus tard...

— Bon sang! On aura tout vu...! a grincé la femme. Je voudrais bien savoir qui commande dans cette gargote!

— Bon, il est de quelle couleur, votre manteau? j'ai demandé.

— Ne vous mêlez pas de ça! Retournez donc à vos torchons...! elle a fait.

— Doucement... j'ai dit.

— Ça suffit! Disparaissez de ma vue...!!

A ces mots, Betty a poussé une espèce de râle sinistre, presque animal, un truc à vous glacer le cœur. J'ai eu juste le temps de l'apercevoir en train de saisir une fourchette qui traînait sur une table, la salle a paru s'illuminer et elle a bondi sur la bonne femme avec la rapidité de l'éclair.

Elle lui a planté la fourchette sauvagement dans le bras. L'autre a poussé un hurlement. Betty a arraché la fourchette et l'a replantée un peu plus haut. La bonne femme est partie à la renverse en trébuchant sur une chaise, avec son bras barbouillé de sang. Tout le monde semblait paralysé, ou alors ça allait trop vite et l'autre a hurlé de plus belle quand elle a vu Betty une nouvelle fois avec la fourchette en avant, elle a essayé de ramper sur le dos.

J'ai trouvé qu'il faisait une chaleur insupportable à ce moment-là. Ça m'a complètement réveillé. J'ai eu le temps d'attraper Betty à bras-le-corps avant qu'elle fasse vraiment une connerie, je l'ai tirée en arrière de toutes mes forces et on a roulé jusque sous une table.

Tous mes muscles étaient si tendus que j'ai eu l'impression d'avoir basculé avec une statue de bronze dans les bras. Quand nos yeux se sont croisés, j'ai vu qu'elle me reconnaissait plus et la fourchette s'est plantée dans mon dos au même instant. Ça m'a fait mal jusque dans le crâne. Mais j'ai réussi à lui attraper la main et je l'ai tordue pour lui faire lâcher la fourchette. Ce truc brillant et taché de sang a sonné sur le carrelage comme un objet tombé du ciel.

Aussitôt, les gens se sont mis à bouger autour de nous, je voyais surtout leurs jambes mais mon esprit enregistrait plus rien du tout, je sentais Betty trembler sous moi et ça me rendait malade.

— Betty, j'ai fait, c'est fini... Calme-toi, c'est fini...

Je lui tenais les mains plaquées au sol et elle secouait la tête en gémissant. J'y comprenais rien, je me rendais seulement compte que je pouvais pas la lâcher, je me suis senti malheureux.

Eddie a passé la tête sous la table, j'ai pu voir d'autres gueules qui se pressaient derrière lui. Je me suis démerdé pour que personne puisse la regarder et j'ai envoyé un coup d'œil éperdu à Eddie.

— Eddie, je t'en prie... Fais-les sortir de là...!

— Merde, qu'est-ce qu'il s'est passé ? il a fait.

— Il faut qu'elle reste tranquille... EDDIE, FOUS-MOI TOUT LE MONDE DEHORS, PUTAIN DE MERDE...!!

Il s'est relevé et je l'ai entendu discuter et pousser les gens vers la sortie, brave Eddie, merveilleux Eddie, je savais que je lui avais pas demandé quelque chose de facile. Les gens, c'est toujours des chiens enragés quand il s'agit de leur faire lâcher un os. Betty secouait sa tête comme un métronome pendant que je bredouillais les pires âneries du genre ça va pas, ma belle, tu te sens pas bien...?

J'ai entendu la porte se refermer, puis Eddie est revenu aux nouvelles. Il s'est accroupi près de la table, il avait l'air vraiment emmerdé.

— Bon sang de merde! Mais qu'est-ce qu'elle a? il a demandé.

— Elle a rien... elle va se calmer. Je vais rester avec elle.

— On devrait lui mettre de l'eau sur la figure.

— Oui... Oui, je vais le faire. Laisse-moi.

— Tu veux pas que je t'aide...?

— Non, ça va aller... Ça va aller.

— Bon. Ben je vous attends dans la voiture.

— Non, c'est pas la peine. T'inquiète pas, je fermerai. Rentre à la baraque. Putain, Eddie, laisse-moi seul avec elle...!

Il a attendu un moment puis m'a touché l'épaule et s'est relevé.

— Je sors par les cuisines, il a fait. Je vais fermer derrière Mario.

Avant de partir, il a éteint toutes les lumières de la salle, sauf une petite lampe derrière le bar. Je les ai entendus discuter une seconde dans la cuisine, puis la porte qui donnait sur la cour s'est fermée. Le silence a coulé dans le restau comme de la glu.

Elle secouait plus la tête, mais je sentais son corps dur comme de la pierre sous moi, c'était presque effrayant, j'avais l'impression d'être couché sur des rails de chemin de fer. Je l'ai lâchée tout doucement et comme ça se passait bien, je me suis laissé glisser à côté d'elle, je me suis aperçu qu'on était trempés de sueur. Le carrelage était glacé, poisseux, couvert de mégots, le rêve.

J'ai touché son épaule, sa merveilleuse petite épaule, mais ça a pas donné ce que je voulais. En fait, le résultat fut terrible. Le contact de ma main a déclenché je ne sais quoi dans son cerveau. Elle s'est tournée en gémissant puis elle a éclaté en sanglots. C'était comme si on venait de me poignarder sous la table.

Je me suis collé dans son dos et je l'ai caressée doucement, mais il y avait rien à faire. Elle se tenait en chien de fusil, tous ses cheveux étalés autour d'elle, dans cette merde et les poings serrés contre sa bouche.

Elle pleurait, elle gémissait. Son ventre faisait des bonds comme si une bestiole vivante était enfermée là-dedans. On est restés comme ça un bon moment avec la lumière pâle de la rue qui se reflétait sur le sol et toute la misère du monde s'était donné rendez-vous sous cette table. J'étais brisé, j'en avais ma claque. Ça servait à rien de lui parler, j'avais tout essayé et ma voix n'avait pas de pouvoir magique. C'était une constatation amère pour l'écrivain. Je savais même pas si elle se rendait compte que j'étais là.

Quand je me suis senti à bout, je me suis levé et j'ai commencé par virer la table. J'ai eu un mal de chien à soulever Betty dans mes bras, comme si elle pesait trois cents kilos et j'ai fait une embardée en passant derrière le comptoir, j'ai semé la panique parmi les bouteilles mais c'était le cadet de mes soucis. Je me suis calé une fesse contre l'évier en inox et j'ai fait couler l'eau froide.

Que Dieu me pardonne, mais j'ai enroulé ses cheveux dans ma main, j'avais une espèce de vénération pour ses cheveux et quand j'ai senti que je la tenais bien serrée, je lui ai enfoncé la tête sous le robinet.

J'ai compté lentement jusqu'à dix pendant qu'elle se débattait. La flotte giclait dans tous les sens. Ça me faisait chier de faire ça, mais je connaissais pas d'autre moyen, je connaissais pas grand-chose d'ailleurs, je connaissais toujours rien aux femmes, je connaissais rien de rien...

Je l'ai laissée suffoquer un peu puis je l'ai lâchée. Elle a toussé un bon coup avant de se jeter sur moi.

— Espèce de salaud! elle a braillé. Espèce de salaud!!

J'ai pris une gifle assez délirante. J'en ai évité une deuxième du même format ainsi qu'un coup de pied dans les jambes. Elle a ramené ses cheveux en arrière et m'a regardé avant de glisser le long du bar et pleurer à chaudes larmes. Mais là, je me suis pas inquiété, j'avais déjà vu des nerfs en train de se relâcher et maintenant il fallait attendre un peu. J'en ai profité pour enfoncer un verre sous ces bouteilles suspendues à l'envers avec doseur, j'ai fait fonctionner le truc deux ou trois fois, baby sur baby, et hop et hop, hop. J'ai avalé ça en penchant la tête en arrière et dans le même mouvement, je me suis adossé progressivement au mur, les yeux fermés, ça me suffisait déjà de l'entendre pleurer, je voulais respirer un peu.

J'ai respiré une seconde, jusqu'au moment où je me suis appuyé sur ma blessure et alors j'ai fait un bond. Je suis retourné au distributeur de babys en serrant les dents. Après avoir fait le plein dans deux verres, je me suis laissé glisser à côté d'elle. J'ai passé une main par-dessus son épaule et j'ai regardé mon verre briller dans la lumière de la lampe avant de le descendre.

Maintenant, elle était plutôt en train de renifler, ça allait mieux. Elle était assise, les jambes serrées sur la poitrine, le front sur les genoux et ses cheveux cachaient son visage. Je les ai écartés d'un doigt pour lui proposer son verre. Elle a secoué la tête. Je me suis donc retrouvé avec un verre orphelin entre les mains et j'ai étendu mes jambes à l'horizontale pour me sentir un peu plus à l'aise. J'avais dépassé le stade de la fatigue et j'avais l'impression de flotter légèrement, je préférais en être là qu'une heure auparavant, lessivé mais pratiquement au bout de mes peines. Je l'ai embrassée doucement dans le cou. Tout à l'heure, elle était glacée, maintenant elle était vivante. J'ai avalé mon verre pour fêter ça, c'était la moindre des choses.

— En général, c'est de l'autre côté du bar que les types dégringolent, j'ai dit. Je suis content d'être arrivé à me distinguer.

Cette nuit-là, j'ai baisé Betty avec une rage nouvelle. Par miracle, on était tombés sur un taxi en sortant du restau et je l'avais gardée serrée tout le long du chemin, vachement serrée. On avait fait le tour pour éviter de tomber sur Lisa ou Eddie, mais la baraque était sombre et silencieuse et on avait pu filer tout droit au lit. On avait à peine échangé deux ou trois mots, on s'est rattrapés d'une autre manière, je suis allé buter plusieurs fois dans le fond de son vagin.

Seulement juste après ça, elle s'est endormie et je me suis retrouvé seul dans la pénombre, les yeux grands ouverts et j'avais pas envie de dormir du tout, j'étais complètement mort mais impossible de fermer l'œil. Je suis resté un long moment à penser à ce qui était arrivé. J'en ai conclu que la bonne femme avait eu ce qu'elle méritait et tout le reste était sans importance. Simplement, Betty était une fille qu'il fallait pas énerver. Et puis le vendredi soir, c'était toujours la même chose, c'était la mort. Je me suis levé pour aller pisser. A la vue du truc blanc, je me suis mis à dégueuler. Bon Dieu, je me suis dit, voilà pourquoi j'arrivais pas à m'endormir. Je me suis rincé la bouche et je suis retourné au lit. Au bout d'une minute, je glissais dans un rêve sans problème. Ça se passait dans la jungle. J'étais perdu au milieu de la jungle. Et il pleuvait comme j'avais jamais vu.

10

Le lendemain matin, je me suis réveillé relativement tôt et je me suis levé sans faire de bruit pour la laisser dormir. Je suis descendu en bas. Lisa était déjà partie au boulot mais Eddie prenait son petit déjeuner avec un journal grand ouvert devant lui. Il portait un kimono rouge avec un oiseau blanc de chaque côté, c'était très reposant.

— Bon sang... il a fait. C'est toi ? Salut.
— Salut, j'ai dit.

Je me suis installé devant lui et je me suis servi une tasse de café. Bongo est venu mettre sa tête sur mes genoux.

— Et alors... ? il a demandé. Qu'est-ce qu'elle fait, elle dort... ?

— Evidemment, bien sûr qu'elle dort. Qu'est-ce que tu crois... ?

Il a attrapé le journal devant lui, l'a plié en huit et l'a envoyé dans un coin. Il s'est penché un peu au-dessus de la table.

— Eh, tu peux me dire, toi, ce qui lui a pris hier... ? T'as vu un peu ça... ?

— Merde, on dirait que ça t'est jamais arrivé de te mettre en colère. En plus, tu viens de lire le canard, le monde est couvert de sang et t'es en train de me faire une montagne parce qu'elle a bousculé une espèce de cinglée que j'aurais dû étrangler depuis le début... !

Il s'est passé une main sur la figure, il gardait le sourire, mais je voyais bien que quelque chose le tracassait. J'ai bu tranquillement mon café.

— Ouais, ben on peut dire qu'elle m'a fichu la trouille, il a ajouté.

— Elle était crevée, bon Dieu, c'est pas difficile à comprendre !

— Dis donc, j'étais juste en train de la regarder quand elle a renversé la table. Je te jure, si tu l'avais vue, elle m'a fait peur.

— Bien sûr, c'est pas le genre de fille à se laisser marcher sur les pieds. Tu sais bien qu'elle est comme ça...

— Si tu veux mon avis, paye-lui un peu de vacances quand tu recevras du fric de tes bouquins...

— Ah, c'est pas vrai... ! Arrête de me faire chier avec ça. J'ai pas écrit DES bouquins, j'ai écrit UN bouquin, j'ai fait ça une seule fois dans ma vie et je sais même pas si je serai capable de recommencer. En ce moment, y a peut-être un type dans son bureau qui fait tourner les pages de mon manuscrit mais ça veut pas dire que je vais être publié. Alors tu vois, j'attends pas tellement de fric dans l'immédiat.

— Merde, je croyais que...

— Ouais, ben c'est pas ça, c'est pas ce que tu croyais. Il se trouve que Betty est tombée là-dessus un jour par hasard et depuis elle s'est fourré dans la tête que j'étais un petit génie et elle en démord pas. Eddie, regarde-moi, depuis ce temps-là j'ai pas été foutu d'écrire une seule ligne, pas une seule, t'entends, Eddie et maintenant on en est là. On est là à attendre les réponses et je sais qu'elle y pense du matin au soir. Tout ce truc la rend nerveuse, tu comprends... ?

— Et pourquoi t'écris pas dans l'après-midi. T'as quand même le temps...

— C'est pas du temps dont j'ai besoin, tu me fais marrer.

— Qu'est-ce qu'y a ? T'es pas tranquille ici... ?

— Non, c'est pas ça, j'ai dit.

— Ben quoi, alors... ?

— Ah !... J'en sais rien. Peut-être qu'il faut que j'attende d'être touché par la grâce, comment veux-tu que je sache ?

Il a fallu quelques jours pour que les dernières traces de cette histoire s'effacent tout à fait. Chaque soir, j'abattais un maximum de boulot à la pizzeria, je raflais les trois quarts des clients et je courais dans tous les sens. Dès que je voyais arriver un connard ou une emmerdeuse, je m'en occupais et je laissais pas Betty s'en approcher. En général, à l'heure de la fermeture, j'étais livide et Betty me disait mais t'es con, qu'est-ce qui t'arrive... T'es même pas venu fumer une seule cigarette alors que je me croisais les bras !

— Ah ! j'ai envie de me détraquer un peu, c'est tout.

— Je crois plutôt que t'as peur que j'en mange un deuxième...

— Betty, tu déconnes... Crois pas ça.

— En tout cas, je me sens pas du tout crevée. T'as pas envie qu'on rentre à pied... ?

— Bien sûr. Bonne idée !

On faisait un petit signe à Eddie et sa belle bagnole confortable démarrait doucement dans la nuit, j'avais l'impression d'être victime d'une illusion, j'avais les jambes sciées. Ça faisait un sacré bout de chemin pour rentrer à la baraque. Je me donnais du courage en me disant que pour aller au Ciel, ça devait être encore pire. J'enfonçais mes mains dans mes poches, je relevais mon col et on partait à l'attaque, le petit génie avait la cervelle vide et les pieds douloureux. N'empêche que je tenais le coup. Le seul truc qui m'intriguait, c'était quelle différence elle pouvait faire entre serveur ou plombier mais ça m'empêchait pas de dormir. Avec elle, j'avais sans arrêt l'impression qu'il fallait tout réapprendre. Mais j'avais rien de plus urgent à faire.

Un matin, en me réveillant, je l'ai pas trouvée près de moi. Il était plus de midi et j'avais dormi comme une masse. J'ai bu un café debout près de la fenêtre en regardant la rue. Il faisait beau, une lumière très blanche, mais je sentais l'air froid à travers le carreau. Je suis allé jeter un coup d'œil en bas, il y avait personne à part Bongo couché devant la porte. Je lui ai demandé si ça allait et je suis remonté. Le silence de la baraque me rendait perplexe. Je suis allé prendre une douche. C'est seulement en sortant que j'ai remarqué l'enveloppe qui se trouvait sur la table.

Elle était ouverte. Il y avait le nom de l'expéditeur imprimé dessus, le nom de l'éditeur avec des arabesques. Il y avait le mien aussi, écrit dans le bas à droite, en plus petit, simplement tapé à la machine. Alors nous y voilà! je me suis dit, voilà la première réponse. J'ai attrapé le papier plié à l'intérieur.

La réponse était non. Désolé, non. « J'aime bien vos idées, expliquait le type, mais votre style est insupportable. Vous vous placez délibérément en dehors de la littérature. » Je suis resté un moment à essayer de comprendre ce qu'il avait voulu dire et aussi de quelles idées il voulait parler, mais impossible de tirer ça au clair. J'ai remis la feuille dans l'enveloppe et j'ai décidé de me raser.

Je sais pas comment ça se fait, mais c'est au moment où je me suis vu dans la glace que j'ai pensé à Betty. J'ai commencé à me sentir pas bien. Evidemment, c'était elle qui avait ouvert la lettre, je pouvais facilement l'imaginer en train de déchirer l'enveloppe le cœur battant, l'espoir lui filant la chair de poule et le type à la fin qui exprimait ses regrets pendant que le monde s'écroulait tout autour.

— Oh! merde! C'est pas vrai...! j'ai dit.

Je me suis appuyé sur le lavabo et j'ai fermé les yeux. Et alors, où elle est passée maintenant, dis-moi, qu'est-ce qui a pu lui traverser encore la tête? Je la voyais courir dans les rues, j'avais cette image enfoncée dans le crâne comme un pic à glace et elle bousculait les gens et toutes les bagnoles freinaient à mort quand elle surgissait au milieu de la rue et elle repartait de plus belle, le visage déformé par une affreuse grimace. Et moi j'étais la cause de tout ça, moi et mon bouquin, moi et ce machin ridicule qui était sorti de mon cerveau, toutes ces nuits blanches pour forger et aiguiser la lame qui venait de me rentrer dans le ventre. Pourquoi est-ce que c'était comme ça...? Pourquoi sommes-nous toujours la source de nos malheurs?

J'étais là à me faire un sang d'encre, à dérailler complètement, suspendu au-dessus d'un brasero crachant des flammes et vieilli de dix ans, quand elle est arrivée. Toute fraîche, toute pimpante, une reine avec le bout du nez gelé.

— Hou hou... elle a fait. Bon sang, ça commence à cailler...! Ben qu'est-ce que t'as...? T'en fais une tête!

— Non... Je me lève. Je t'ai pas entendue monter l'escalier.

— C'est l'âge. Tu deviens un peu sourd.

— Ouais. Le plus triste, c'est que ça va aller en empirant...!

Je faisais le malin mais j'étais un peu décontenancé. J'étais tellement persuadé qu'elle aurait gémi ou hurlé en apprenant la nouvelle que je pouvais pas avaler son petit air moqueur et décontracté. A tout hasard, je me suis assis sur une chaise, je me suis penché en arrière pour attraper une bière dans le frigo. Peut-être aussi qu'il s'agissait d'un miracle, peut-être bien, peut-être qu'il y avait une chance sur un milliard pour qu'elle prenne ça à la rigolade et on avait tiré le bon numéro...? Cette bière m'a fait l'effet d'un paquet d'amphétamines. Je sentais ma bouche se tordre d'une drôle de façon, moitié sourire, moitié rictus.

— Et cette balade... j'ai dit. Raconte-moi, t'as fait une belle balade...?

— Formidable. J'ai piqué un ou deux petits sprints pour me réchauffer. Hé, regarde mes oreilles, touche mes oreilles, elles sont glacées!

Il y avait encore une autre hypothèse, c'était qu'elle se foutait de ma gueule. Mais bon sang, je me suis dit, merde, MERDE, elle l'a pourtant bien lue cette lettre, qu'est-ce que c'est que ce cirque...?! Qu'est-ce qu'elle attend pour fondre en larmes et balancer le mobilier par la fenêtre...? J'y comprenais plus rien.

J'ai touché ses oreilles mais je savais même plus pourquoi je faisais ça, elle sentait l'air frais, l'air neuf du dehors et je restais pendu à ses oreilles.

— Bon, t'as vu... Elles sont froides, hein?

Je les ai lâchées. A la place, j'ai pris ses hanches, j'ai appuyé mon front sur son ventre. Un rayon de soleil a traversé la fenêtre et s'est posé sur ma joue. Elle m'a caressé la tête. Quand j'ai voulu embrasser sa main, je me suis aperçu d'un truc, ses doigts étaient rouge vermillon. Ça m'a paru tellement bizarre que j'ai eu un mouvement de recul.

— Mais qu'est-ce que ça veut dire...? j'ai fait. Qu'est-ce que c'est que ça, ma belle...?

Elle a reniflé en regardant le plafond.

— Eh ben c'est rien... C'est de la peinture, c'est de la peinture rouge.

Un signal d'alarme a clignoté dans mon cerveau, comme qui dirait. Rictus total. J'ai eu la sensation que toute la machine commençait à s'emballer mais j'ai pas cherché de frein.

— Mais comment ça, de la peinture...? T'as été faire de la peinture de bon matin...??

Une lueur s'est allumée dans son regard, elle s'est figée avec un petit sourire.

— Ouais, j'en ai fait un peu, elle a lancé d'une voix claire. Je me suis donné un peu d'exercice...!

Je me suis à moitié étranglé à la suite d'un flash hallucinant.

— Putain, Betty... T'as pas fait ça...?

Elle a souri carrément mais l'ensemble avait un goût amer.

— Si, je l'ai fait. Bien sûr que si!

J'ai secoué la tête en regardant par terre, ça a fait danser des reflets dans mes yeux.

— Non, mais c'est pas vrai... j'ai dit. C'est pas vrai...!

— Et alors, qu'est-ce que ça peut bien faire...? T'aimes pas le rouge...?

— Mais à quoi ça rime...?

— J'en sais rien, c'est comme ça. Ça me fait du bien.

Je me suis levé et j'ai gesticulé un peu autour de la table.

— Alors à chaque fois qu'un éditeur va refuser mon bouquin, tu vas lui bomber sa façade en rouge, c'est bien ça...?

— Ouais, ça se pourrait bien. J'aurais voulu que tu sois là pour voir la gueule des mecs dans les bureaux...!

— Mais ma parole, c'est dingue...!

Je frissonnais de colère et d'admiration. Elle a secoué ses cheveux en riant.

— Il faut savoir se donner un peu de bon temps, dans la vie. Tu peux pas savoir le bien que ça m'a fait...!

Elle s'est débarrassée de son blouson et de l'écharpe enroulée comme un serpent multicolore autour de son cou.

— Je veux bien un peu de café, elle a ajouté. Malheur, faut que je me lave les mains, t'as vu ça...?

Je me suis approché de la fenêtre, j'ai soulevé le rideau d'un doigt.

— Eh, dis donc, y a personne qui t'a couru après...? T'es sûre qu'on t'a pas suivie...?

— Non, ils sont restés sidérés. Y en a pas un qui a eu le temps de lever le cul de son fauteuil.

— La prochaine fois, il y aura peut-être un bataillon de flics pour cerner la baraque. Je vois ça d'ici.

— Bon sang, tu penses toujours au pire ! elle a fait.

— Ouais, bien sûr, je dois être un peu malade. T'es sur le point de repeindre la moitié de la ville en rouge vif, mais je dois pas m'inquiéter...!

— Ecoute, elle a soupiré. Faut qu'il y ait un minimum de justice, tu crois pas ? Je vais pas me laisser emmerder toute ma vie sans rien faire...!

Le lendemain, l'histoire était dans le journal, en dernière page. Les témoins racontaient qu'ils avaient vu surgir « une furie armée de deux bombes de laque » et le type terminait l'article en précisant que l'attentat avait pas encore été revendiqué. J'ai découpé le papier et je l'ai glissé dans mon portefeuille, j'ai remis le journal sur la pile pendant que le marchand avait le dos tourné, le reste m'intéressait pas. J'ai acheté des cigarettes et du chewing-gum et je suis sorti.

Betty m'attendait juste en face, assise à une terrasse, devant un bol de chocolat fumant. Il faisait beau et frais, elle fermait les yeux dans un rayon de soleil, les mains dans les poches et le col de son blouson relevé. J'ai ralenti l'allure en m'approchant tellement elle était belle à voir, c'était quelque chose dont je me serais jamais lassé et ça m'a fait sourire dans la lumière matinale comme si j'avais mis le pied sur une liasse de billets.

— Prends ton temps, j'ai dit. On y va quand tu veux.

Elle s'est penchée en avant pour m'embrasser sur la bouche puis elle a attrapé son chocolat. On était pas pressés, on avait décidé de faire un peu de lèche-vitrines et de s'acheter quelques trucs pour traverser l'hiver sans claquer des dents. Les rues étaient déjà sillonnées par les loups, les chats sauvages et les renards argentés et la plupart avaient les joues rouges, c'était bien le signe que la température baissait et que les marchands de fourrure se faisaient des couilles en or.

On s'est baladés bras dessus, bras dessous pendant

une petite heure, sans trouver ce qu'on cherchait, mais sans savoir ce qu'on voulait vraiment, les petites vendeuses nous regardaient sortir en soupirant avant de se mettre au boulot et replier la montagne de fringues qu'on avait descendue des rayons.

Pour finir, on a poussé les portes d'un grand magasin et j'ai eu l'impression d'atterrir dans une boîte de loukoums laissée en plein soleil. J'ai serré les dents à cause de la petite musique parfumée qui flottait dans l'air, j'avais pas du tout envie de respirer ça par la bouche, j'y tenais vraiment pas. Mais j'ai fait aucune réflexion, j'ai limité les dégâts avec deux tablettes de chewing-gum à la chlorophylle et j'ai suivi Betty dans le coin réservé aux femmes.

Il y avait pas trop de monde et j'étais le seul type dans les parages. J'ai traîné un moment autour du rayon lingerie, regardant quelques trucs dans la lumière et me familiarisant avec les nouveaux systèmes de fermeture, c'était une espèce de petit voyage dans la brume sauf que la responsable du stand était plutôt une gardienne de l'enfer, la cinquantaine avec des bouffées de chaleur et le front brûlé par les permanentes, le genre qui a baisé deux ou trois fois dans toute sa putain de vie et qui fait tout pour oublier. Chaque fois que je plongeais la main dans un sac rempli de culottes ou si j'avais le malheur de tirer un peu sur l'élastique d'un slip, elle essayait de me fusiller du regard mais je gardais le sourire du type immortel. A la fin, quand elle s'est avancée vers moi, elle était rouge comme le sang du Christ.

— Bon, dites-moi, elle a fait, qu'est-ce que vous cherchez au juste...? Je vais peut-être pouvoir vous aider...?

— Ça dépend, j'ai dit. Je veux acheter un slip pour ma mère. Mais faut qu'on puisse voir les poils au travers...

Elle a poussé un gémissement ridicule mais j'ai pas eu le temps de voir la suite car juste à ce moment-là, Betty m'a attrapé par un bras.

— Qu'est-ce que tu fabriques? elle a demandé. Viens avec moi, il faut que j'essaie quelques trucs.

Elle portait tout un tas de vêtements colorés et pendant qu'on se dirigeait vers les cabines d'essayage, j'ai jeté un œil sur une étiquette qui pendait du lot. En voyant le prix, j'ai failli m'étaler de tout mon long, comme un arbre abattu par la foudre. Ensuite, j'ai rigolé.

— Eh, t'as vu? j'ai fait. Ils ont dû se gourer. C'est ce que gagne un type en quinze jours de boulot...!

— Ça dépend quel type, elle a répondu.

J'ai poireauté devant la cabine comme si elle m'avait abandonné en plein soleil, la tête nue et les jambes brisées, je me sentais pas très bien, je devais pas avoir assez de fric dans les poches pour payer la moitié de tout ce qu'elle avait embarqué, la pauvre chérie, elle se rendait pas compte, je me demandais comment j'allais faire pour la consoler autrement qu'avec un pâle sourire. Je voyais bien que le monde était pas encore à nos pieds. J'entendais Betty souffler et s'agiter derrière le rideau.

— Ça va? j'ai demandé. Tu sais, te casse pas trop la tête... Les filles comme toi, un rien les habille...

Elle a tiré le rideau d'un coup sec et en la voyant, je me suis étranglé, je me suis touché la figure. Elle avait enfilé toutes les fringues les unes sur les autres, on aurait dit une fille de cent kilos avec les joues creuses et le regard décidé.

— Oh bordel de Dieu... non, j'ai fait.

J'ai refermé le truc en vitesse et j'ai regardé tout autour pour voir si on nous avait pas repérés. Maintenant, je respirais par la bouche. Le rideau s'est rouvert presque immédiatement.

— Sois pas bête, elle a dit. Dans trente secondes, on est dehors.

— Betty, je t'en prie, je le sens pas du tout ce coup-là. Je suis sûr qu'on va se faire coincer...!

— Ha ha, elle a fait. Tu plaisantes...? Toi et moi on va se faire coincer...?

Elle m'a envoyé un regard fiévreux en m'attrapant par le bras.

— Bon, maintenant on y va! elle a ajouté. Mais essaie quand même de prendre un air un peu plus détaché.

On a démarré. J'ai eu l'impression d'être en train de traverser une rizière avec des Viets cachés dans les arbres, j'étais certain qu'on nous épiait et j'avais envie de gueuler : MONTREZ-VOUS, TAS D'ENCULÉS ET QU'ON EN FINISSE!!!, j'avais du mal à mettre un pied devant l'autre et une espèce de palu me tordait les tripes. Plus on s'avançait vers la sortie, plus la tension augmentait. Betty avait les oreilles rouges et les miennes sifflaient. Bon Dieu de bon Dieu, je me suis dit, plus que deux ou trois mètres et on va pouvoir rentrer au pays...!

La lumière du dehors semblait survoltée. J'ai été secoué d'un rire nerveux quand Betty a tendu un bras vers la porte. Tout compte fait, c'était plutôt grisant. J'étais sur ses talons, prêt à lancer tous les gaz, elle avait déjà un pied dans la rue quand j'ai senti une main s'abattre sur mon épaule. Ça y est, je suis mort, c'est trop con, j'ai pensé, j'ai vu mon sang gicler dans tous les sens et asperger la clairière.

— ON BOUGE PLUS! ON S'ARRÊTE!! a fait la main.

Betty a franchi le seuil comme un avion à réaction.

— T'arrête pas! Dégomme-le! elle a conseillé.

Mais je me suis retourné comme un idiot, sans savoir pourquoi. Il y a le goût de la défaite qui sommeille en chacun de nous. Le type avait deux bras, deux jambes et un badge, il a dû penser que j'allais mettre le plan de Betty à exécution. Il se trompait, j'étais plutôt en état de choc, la guerre était finie pour moi et j'avais dans l'idée de lui rappeler les conventions de Genève. N'empêche que ce salaud a pris les devants et il m'a balancé un direct dans l'œil droit.

Ma tête a explosé, j'ai battu des bras et je suis parti en arrière. Sous le choc, la porte s'est ouverte, je me suis emmêlé les jambes et j'ai atterri dans la rue, sur le dos. J'ai regardé le ciel une seconde puis la tête du type s'est découpée au-dessus de moi comme un nuage atomique. J'y voyais plus que d'un œil et le film passait en vitesse accélérée. Le type s'est penché pour cramponner mon blouson.

— Allez, debout ! il a fait.

Quelques personnes s'étaient arrêtées sur le trottoir. C'était gratuit. Je me suis accroché au bras du mec pendant qu'il me relevait, je me préparais à un baroud d'honneur du genre grand coup de pied à l'aveuglette mais j'ai pas eu besoin de faire ça. Une grosse fille a surgi à fond de train derrière lui et l'a percuté de plein fouet alors qu'il était encore à moitié penché sur moi. Je suis reparti à la renverse pendant que le type s'encadrait dans la portière d'une voiture en stationnement comme une pomme cuite. Un rayon de soleil m'a ébloui. La grosse nana m'a tendu la main.

— T'es pas mon genre, j'ai dit.

— On verra ça plus tard, elle a répondu. Filons en vitesse !

Je me suis relevé et j'ai cavalé derrière elle. Ses longs cheveux noirs flottaient au vent comme un drapeau de pirate.

— Hé, Betty... c'est toi...? j'ai demandé. C'est toi, Betty...?

J'ai pris une bière et je me suis assis sur une chaise pendant qu'elle préparait les compresses et se débarrassait de tous ces trucs qu'elle avait sur le dos. Mon œil ressemblait à une anémone de mer un peu malade. J'en avais ras-le-cul de toutes ses conneries.

— J'en ai ras-le-cul de toutes ces conneries, j'ai dit.

Elle s'est pointée avec une compresse. Elle s'est assise sur mes genoux et a posé le machin sur mon œil.

— Je sais pourquoi t'es énervé, elle a fait. C'est parce que tu t'es battu.

— Tu rigoles, je me suis pas battu. J'ai juste pris un coup de poing en pleine gueule, oui !

— Bon, mais c'est pas le bout du monde. Ça se voit pas beaucoup, tu sais... C'est juste un peu enflé autour...

— Ouais, juste un peu enflé, qu'elle dit, à peine si c'est rouge!

Je l'ai regardée avec l'œil qui me restait. Elle souriait, oui exactement, elle souriait et je pouvais rien faire du tout contre ça, le monde devenait insignifiant et elle désamorçait le moindre reproche. Je pouvais râler un peu pour la forme mais le poison m'avait déjà envahi la cervelle, qu'est-ce que ce petit monde desséché et rabougri pouvait peser à côté d'elle, qu'est-ce qui valait vraiment la peine au fond, à part ses cheveux, ses poumons, ses genoux et tout le tremblement, est-ce que j'aurais été capable de fabriquer autre chose, est-ce que je tenais pas enfin quelque chose d'énorme, de vivant...? Grâce à elle, par moments, j'avais l'impression de pas être tout à fait inutile et forcément j'étais prêt à payer le prix fort pour ça. J'avais pas réduit le monde à la dimension de Betty, simplement j'en avais rien à foutre. Elle souriait et ma colère s'évanouissait comme une empreinte de pas humide abandonnée sous le soleil brûlant, ça me sidérait à chaque fois. J'en croyais pas mes oreilles.

Elle a enfilé un de ces trucs qu'elle avait piqués, elle a tourné un peu autour de moi en prenant des poses.

— Alors, qu'est-ce que tu penses de ça...? Comment tu me trouves...?

J'ai d'abord fini ma bière. Ensuite, j'ai envoyé la guimauve :

— Je voudrais avoir mes deux yeux pour te regarder, j'ai murmuré.

11

Quand j'ai reçu la sixième lettre de refus d'un éditeur, j'ai compris que mon bouquin serait jamais publié. Mais ça, Betty l'a pas compris. Une fois de plus, elle est restée pendant deux jours sans desserrer les dents, le regard sombre, et tout ce que je pouvais lui raconter servait à rien, elle m'écoutait pas. A chaque fois, elle avait remballé mon manuscrit sur-le-champ et l'avait renvoyé à une nouvelle adresse. Comme ça, c'est parfait, je me disais, c'était un peu comme prendre une petite carte d'abonnement pour la souffrance, boire le poison jusqu'à la lie. Bien sûr, je lui disais pas et mon beau roman continuait à prendre du plomb dans l'aile. Mais je me souciais pas pour lui, je me souciais pour elle. Comme elle avait renoncé à barbouiller tous ces gens-là en rouge, je m'inquiétais de pas la voir recracher la fumée.

Eddie se donnait du mal pour remettre un peu d'ambiance dans ces moments-là. Il déconnait constamment et remplissait la baraque de fleurs en me lançant des coups d'œil interrogateurs, mais rien n'y faisait. Je crois que si j'avais éprouvé le besoin d'avoir un véritable ami, c'est lui que j'aurais choisi, il était parfait, mais on peut pas tout avoir dans la vie et j'avais pas grand-chose à donner.

Lisa aussi était formidable, douce et compréhensive, on se donnait tous un mal de chien pour lui changer les idées. Ça servait à rien. Chaque fois qu'on retrouvait un de mes manuscrits coincé dans la boîte aux lettres, on levait les yeux au ciel en soupirant. C'était reparti.

Par-dessus le marché, il faisait un froid de canard dehors et un vent bleu soufflait dans les rues. Noël approchait. Un matin, on s'était réveillés sous une tempête de neige. Le soir, on avait pataugé dans la boue. Par moments, la ville me pesait. Mes plus beaux rêves se déroulaient dans des coins perdus, dans des déserts silencieux et colorés et je pouvais laisser traîner mon regard sur la ligne d'horizon et penser tranquillement à un nouveau roman ou au repas du soir ou prêter l'oreille aux premiers cris d'appel d'un oiseau de nuit déboulant dans le crépuscule.

Je savais parfaitement ce qui clochait avec Betty, ce damné roman la clouait sur place, lui ficelait les bras et les jambes. Elle était comme un cheval sauvage qui s'est tranché les jarrets en franchissant une barrière de silex et qui essaie de se relever. Ce qu'elle avait pris pour une prairie ensoleillée n'était en fait qu'un enclos triste et sombre et elle connaissait rien du tout à l'immobilité, elle était pas faite pour ça. Mais elle s'accrochait quand même de toutes ses forces, avec la rage au cœur et chaque jour qui passait se chargeait de lui écraser les doigts. Ça me faisait mal de voir ça, seulement je pouvais rien y faire, elle se retranchait dans un endroit inaccessible où plus rien ni personne pouvait l'atteindre. Dans ces moments-là, je pouvais attraper une bière et m'envoyer tous les mots croisés de la semaine, j'étais sûr qu'elle allait pas me déranger. Je restais quand même près d'elle, pour le cas où elle aurait eu besoin de moi. Attendre, c'était la pire des choses qui pouvait lui arriver. Écrire ce bouquin, c'était sûrement la plus grosse connerie que j'avais faite.

D'une certaine manière, je pouvais imaginer ce qu'elle ressentait chaque fois qu'une de ces fameuses lettres de refus nous tombait sur la tête, tout ce que ça impliquait et comme je commençais à la connaître, je trouvais qu'elle encaissait plutôt bien. Ça devait pas être toujours facile de se laisser arracher un bras ou une jambe et de serrer simplement les dents sans rien dire. Moi, bien sûr, j'avais ce que je voulais et ces trucs-là me faisaient ni chaud ni froid, c'était un peu comme si je recevais des nouvelles de la planète Mars et ça m'empêchait pas de dormir, ni de me réveiller le matin à côté d'elle, je voyais pas le rapport entre ce que j'avais écrit et ce bouquin que les types balançaient régulièrement à la poubelle. Je me sentais un peu dans la position d'un type qui essaierait de fourguer des maillots de bain à une bande d'Esquimaux frileux sans parler un seul mot de leur langue.

En fait, le seul espoir que j'avais, c'était que Betty finisse par se fatiguer de tout ça, qu'elle envoie valser l'écrivain et qu'on reprenne les choses comme au début, s'envoyer des Chilis dans le soleil et sortir sur la véranda avec l'âme sereine en jetant un coup d'œil sur l'intensité des choses. Peut-être que quelque chose comme ça aurait pu arriver, peut-être que l'espoir aurait fini par pourrir et tomber comme une branche morte un beau matin, c'était pas impossible, non. Seulement il a fallu qu'un de ces types, un pauvre connard, vienne mettre le feu aux poudres et quand j'y pense, je me dis que ce moins que rien a même pas eu un dixième de tout ce qu'il méritait.

On venait donc de refuser mon bouquin pour la sixième fois et Betty commençait à retrouver vaguement le sourire après deux jours de dépression. La baraque revenait peu à peu à la vie, le parachute s'était bien ouvert et on redescendait tranquillement. Ce début d'éclaircie commençait à sécher nos peines et j'étais en train de préparer un vrai café de malheur quand Betty s'est pointée avec le courrier. Il y avait une lettre. Depuis quelque temps, ma vie était piétinée par ces putains de lettres. J'ai regardé celle que Betty tenait ouverte dans la main avec une espèce de dégoût.

— Le café est prêt, j'ai dit. Quoi de neuf, ma belle... ?

— Pas grand-chose, elle a fait.

Elle s'est avancée jusqu'à moi sans me regarder puis elle a coincé la saloperie dans l'échancrure de mon pull. Elle a donné deux ou trois petites tapes dessus avant de se tourner vers la fenêtre, elle a appuyé son front sur le carreau sans ajouter un seul mot. Le café s'est mis à bouillir. J'ai éteint. Ensuite j'ai pris la lettre. C'était une feuille à en-tête, avec le nom et l'adresse d'un mec et voilà ce qu'il racontait :

Cher monsieur,

Je suis lecteur dans cette maison depuis une bonne vingtaine d'années. Et croyez-moi, il m'est passé entre les mains de bonnes et de moins bonnes choses. Mais rien de comparable, toutefois, avec ce que vous avez eu le mauvais goût de nous faire parvenir.

Il m'est souvent arrivé d'écrire à de nouveaux auteurs pour leur dire toute l'admiration que j'avais éprouvée devant leur travail. L'inverse ne s'était encore jamais produit. Mais vous, monsieur, vous dépassez les bornes.

Votre écriture évoquant pour moi, à bien des égards, les signes avant-coureurs de la lèpre, c'est avec un dégoût profond que je vous retourne cette fleur nauséabonde qui vous est apparue comme un roman.

La Nature engendrant parfois des choses monstrueuses, vous conviendrez avec moi qu'il est du devoir d'un honnête homme de mettre fin à de telles anomalies. Comprenez que je vais me charger de votre publicité. Je déplore toutefois que cette chose ne puisse retourner dans un endroit qu'elle n'aurait jamais dû quitter : je veux parler d'une zone marécageuse de votre cerveau.

Suivait une espèce de signature nerveuse qui avait presque traversé le papier. J'ai replié la feuille et je l'ai balancée mollement sous l'évier comme s'il s'était agi d'une réclame pour le beurre en branche. Je me suis occupé du café en surveillant Betty du coin de l'œil. Elle avait pas bougé, elle semblait intéressée par ce qui se passait dans la rue.

— Tu sais, ça fait partie du jeu, j'ai dit. Il y a toujours le risque de tomber sur un imbécile. On peut pas échapper à ça...

Elle a chassé quelque chose dans l'air, d'un geste agacé.

— Bon, ne parlons plus de ça, elle a fait. Au fait, j'ai oublié de te dire.

— Oui... ?

— J'ai pris rendez-vous chez le gynéco.

— Hé, y a quelque chose qui cloche... ?

— Faut que je fasse regarder mon stérilet. Faut voir s'il est pas un peu descendu...

— Ouais-ouais.

— Tu veux pas venir avec moi ? Ça va nous balader...

— Bien sûr. Je t'attendrai. En plus de ça, j'adore feuilleter les magazines des mois passés. Je trouve ça rassurant.

J'ai pensé que cette fois-là, on s'en tirait à bon compte. Ça m'a rendu tout joyeux. Ce crétin avec sa lettre m'avait fichu une peur bleue.

— Et on y va vers quelle heure ? j'ai demandé.

— Ben j'ai juste le temps de me mettre un peu de crème sur le nez.

J'exagère pas quand je dis qu'elle était merveilleuse.

Dehors, il faisait un petit soleil froid et sec, j'en ai profité pour respirer un grand coup.

Un peu plus tard, on se retrouvait devant la porte du gynéco. Ce qui m'a étonné, c'est qu'il y avait pas de plaque sur cette porte, mais Betty avait déjà un doigt enfoncé dans la sonnette et mon cerveau devait marcher au ralenti. Un type en robe de chambre est venu nous ouvrir et la robe en question semblait sortir tout droit d'un conte des *Mille et Une Nuits*, le tissu scintillait comme un lac argenté. Le Prince Charmant avait les tempes grisonnantes ainsi qu'une longue pipe d'ivoire coincée entre les dents. Il a levé un sourcil en nous voyant. Si ce type-là est gynéco, moi je suis la coqueluche des revues littéraires, j'ai pensé.

— Oui... c'est à quel sujet ? il a demandé.

Betty l'a fixé sans répondre.

— Ma femme a pris rendez-vous, j'ai dit.

— Pardon... ?

A ce moment-là, Betty a sorti la lettre de sa poche. Elle l'a tendue sous le nez du gars.

— C'est vous qui avez écrit ça ? elle a demandé.

J'ai pas reconnu sa voix, j'ai pensé à un volcan qui ouvrait un œil. L'autre a enlevé sa pipe de sa bouche et l'a serrée sur son cœur.

— Mais qu'est-ce que ça veut dire... ? il a demandé.

Je me suis dit que j'allais me réveiller d'une seconde à l'autre, je me suis pas inquiété. Ce qui était surprenant, c'était de voir à quel point toute la scène paraissait bien réelle, le couloir silencieux et vaste, la moquette sous mes pieds, le type qui se mordillait doucement la lèvre et la lettre qui tremblait au bout du bras de Betty comme un feu follet invulnérable. Je suis resté stupéfié.

— J'ai posé une question, a repris Betty d'une voix vibrante. Est-ce que c'est vous qui avez écrit ça, oui ou merde... ?!

Le type a fait semblant de regarder la lettre de plus près puis il s'est gratté la gorge en nous regardant à toute vitesse.

— Eh bien... voyez-vous, j'écris des lettres à longueur de journée et ça ne serait pas étonnant... .

Je voyais ce qu'il était en train de faire tout en continuant de parler, un petit garçon de trois ans se serait aperçu du manège. Il reculait sensiblement à l'intérieur de l'appartement et se préparait à bondir sur la porte. Je me demandais s'il allait y arriver, il donnait pas l'impression d'être particulièrement adroit.

Il a fait une grimace lamentable avant de jouer son va-tout et sincèrement, ça pouvait pas être pire, sauf si c'était pour tourner un truc au ralenti. Betty a eu le temps de donner calmement un coup d'épaule contre la porte et le champion a reculé en trébuchant dans l'entrée. Il se tenait un bras.

— Mais qu'est-ce qui vous prend... ? Vous êtes folle...!!

Il y avait un gros vase bleu posé sur une colonne. Betty a fait tournoyer son sac et le truc a dégagé aussi sec. J'ai entendu un bruit de porcelaine fine qui explosait. Ça m'a réveillé. Sous le choc, le sac de Betty s'était ouvert et toutes ces choses qu'on peut trouver dans le sac d'une fille étaient répandues par terre, avec les morceaux du vase brisé.

— Attends, je vais t'aider à ramasser, j'ai dit.

Elle était livide. Elle m'a envoyé un regard farouche.

— MERDE, T'OCCUPE PAS DE ÇA!! DIS-LUI CE QUE TU PENSES DE SA LETTRE...!!!

Le type nous regardait avec des yeux affolés. Je me suis baissé pour récupérer un tube de rouge à lèvres qui brillait à mes pieds.

— J'ai rien à lui dire, j'ai dit.

J'ai continué à ramasser les trucs avec un poids de cinq cents kilos sur les épaules.

— Tu te fiches de moi? elle a demandé.

— Non, mais ce qu'il pense m'intéresse pas. J'ai d'autres soucis.

L'autre a pas été capable de voir la chance qu'il tenait à ce moment-là. Décidément, ce type comprenait rien à rien. Au lieu de rester dans son coin, de se taire et de nous laisser rembarquer nos affaires, je sais pas quelle mouche l'a piqué, il a dû s'apercevoir que j'allais pas lui sauter dessus et il s'est laissé griser par cette soudaine absence de danger. Il s'est avancé vers nous.

Je suis certain qu'à cet instant précis, Betty l'avait complètement oublié. Toute sa colère était maintenant tournée contre moi. On était en train de ratisser le tapis pour reconstituer le puzzle qui avait jailli de son sac et je sais même pas comment elle s'y prenait parce qu'elle me quittait pas des yeux, elle respirait très vite et le regard qu'elle me lançait était une variation furieuse et triste sur le thème de la douleur. Le type s'est donc pointé dans son dos et il a eu ce geste insensé, il lui a touché l'épaule du bout du doigt.

— Dites donc, je ne suis pas habitué à ces exercices de foire, il a déclaré. Et je ne saurais utiliser qu'une seule arme, celle de mon esprit...

Betty a fermé les yeux, sans se retourner.

— Me touche pas! elle a fait.

Mais le type s'était enivré de sa propre audace, une mèche folle dansait sur son front et son regard brillait.

— Je n'accepte pas vos manières, il a ajouté. Il est évident qu'il ne peut y avoir de dialogue entre nous car la Parole comme l'Ecriture requièrent un minimum d'élégance, ce qui semblerait vous faire particulièrement défaut...

Il s'est écoulé une petite période de silence particulier après ça, le genre d'espace frémissant qui sépare le tonnerre de l'éclair. Betty venait juste de ramasser un peigne, elle le tenait dans la main, un truc bon marché en plastique transparent, dans les rouges, avec des grosses dents. Elle s'est relevée d'un bond tout en se retournant et son bras a tracé un arc de cercle dans les airs. D'un coup de peigne, elle lui a ouvert la joue.

Le type l'a d'abord regardée d'un air étonné puis il a porté une main à sa blessure en reculant et le sang pissait, c'était assez théâtral sauf qu'il semblait avoir oublié son texte, il faisait uniquement bouger ses lèvres. Ça commençait à devenir chiant. Betty respirait comme une forge, elle s'est avancée vers lui mais mon bras est parti en avant et ma main s'est refermée sur son poignet. J'ai tiré dessus comme si je voulais déraciner un arbre, j'ai vu ses deux pieds décoller du sol.

— Ça va, on arrête les frais, j'ai grogné.

Elle a essayé de se dégager mais j'ai serré de toutes mes forces, je lui ai arraché un petit cri. Il faut dire que j'avais pas fait semblant. Si à la place de son bras j'avais cramponné un tube de mayonnaise, la sauce aurait giclé à des kilomètres en sifflant. Je l'ai entraînée vers la sortie en serrant les dents. Avant de passer la porte, j'ai jeté un dernier coup d'œil au type qui venait de s'affaisser dans un fauteuil avec l'air hébété. Je l'ai imaginé en train de lire mon roman.

On a descendu les étages quatre à quatre, on les a dégringolés. J'ai ralenti à la hauteur du premier pour qu'elle puisse reprendre son équilibre et elle s'est mise à hurler.

— BON DIEU, ESPÈCE DE SALAUD, POURQUOI TU TE LAISSES TOUJOURS FAIRE...??!!

Je me suis carrément arrêté. Je l'ai coincée contre la rampe et je l'ai regardée vraiment en face.

— Ce type m'a rien fait du tout, j'ai dit. Rien, tu comprends...?

Elle était sur le point de verser des larmes de rage et j'avais l'impression que mes forces s'épuisaient comme si on m'avait soufflé une fléchette au curare.

— MAIS MERDE À LA FIN!! ON DIRAIT QU'IL Y A RIEN QUI TE TOUCHE DANS LA VIE...!!

— Tu te trompes, j'ai dit.

— ALORS QU'EST-CE QUE C'EST...? DIS-LE-MOI, VAS-Y...!!

J'ai tourné la tête de côté pour regarder ailleurs.

— On passe la nuit ici...? j'ai demandé.

12

Deux jours plus tard, les flics l'embarquaient. J'étais pas là quand c'est arrivé, j'étais avec Eddie. C'était un lundi après-midi et on sillonnait toute la ville à la recherche de quelques olives, tous les magasins étaient pratiquement fermés et on s'était aperçus la veille au soir que le stock était épuisé. Il semblait que Mario avait commis un petit oubli en passant la commande, ouais pour la cuisine, il touche sa canette, m'avait expliqué Eddie, mais pour le reste, il faut pas lui demander la lune. Il y avait du vent ce jour-là et il faisait pas plus de trois ou quatre degrés dehors, la température était descendue d'un seul coup.

On était pas pressés, Eddie roulait doucement, c'était plutôt une balade agréable sous une lumière glacée et il faisait bon dans la voiture. Il y avait pas vraiment de raison spéciale à ça, mais je me sentais vraiment détendu. Peut-être que traverser la ville dans tous les sens en courant après une poignée d'olives, ça faisait partie des grands moments, ne serait-ce que pour la paix qui descendait sur l'âme comme une légère chute de neige sur un champ couvert de morts.

On a fini par trouver ce qu'on cherchait dans le quartier chinois, sans blague, et par-dessus le marché, on a pu s'offrir quelques verres de saké, ça nous a permis de retourner à la voiture sans prendre froid. On a discuté un peu plus fort sur le chemin du retour. Eddie avait les oreilles rouges, il était remonté.

— Tu vois, mon petit pote, une pizza sans olives, c'est comme une cacahuète avec personne dedans !

— Ben regarde quand même devant toi, je disais.

On s'est garés en face de la baraque. J'avais à peine mis un pied sur le trottoir que j'ai vu Lisa arriver vers nous en courant. On gelait littéralement sur place et elle avait juste un petit pull sur le dos. Elle s'est accrochée à moi.

— Oh, je te jure, je sais pas ce que c'est, ils l'ont emmenée...! elle a pleurniché.

— Qu'est-ce qu'il se passe, qu'est-ce que tu racontes...? j'ai demandé.

— Oui.. deux flics... Ils sont venus et ils l'ont embarquée...!

Je me suis mordu les lèvres. Eddie nous regardait par-dessus le toit de la bagnole, il rigolait pas. Lisa était complètement retournée, elle claquait des dents et la lumière commençait à baisser.

— Bon, j'ai dit. Tu vas me raconter tout ça à la maison. Tu vas attraper la mort si tu restes comme ça.

Une heure plus tard, après une petite discussion et quelques coups de téléphone, j'avais toutes les données du problème entre les mains. J'ai avalé un grog et j'ai renfilé mon blouson.

— Je t'accompagne, a fait Eddie.

— Non, je te remercie.

— Bon, alors prends au moins la bagnole...

— Non, je crois que ça va me faire du bien de marcher un peu. C'est rien, vous inquiétez pas.

Je suis donc sorti. Il était pas très tard mais la nuit tombait déjà. Je me suis mis à marcher très vite, les poings enfoncés dans les poches et la tête rentrée dans les épaules. Les rues n'étaient plus qu'une enfilade de lumières merdiques mais je connaissais le chemin, j'avais réparé une chasse d'eau dans l'immeuble d'à côté et j'aimais pas tellement passer devant chez les flics avec ma boîte à outils en bandoulière, j'avais l'impression qu'ils me regardaient.

J'avais pas fait la moitié du chemin que je me chopais un point de côté vraiment terrible. La douleur m'a fait cligner des yeux et j'ai ouvert la bouche, j'ai cru que j'allais m'étaler. Je me suis arrêté pour respirer un peu. Comme ça, c'est formidable, j'ai pensé, comme si toute cette merde suffisait pas. Ce qui m'inquiétait surtout, c'était cette histoire de plainte et le flic au téléphone m'avait pas caché que c'était plutôt ennuyeux. J'ai fait la dernière partie du trajet avec la cervelle brûlante et à moitié plié en deux. Je me demandais ce que ça voulait dire pour un flic, ennuyeux. Les passants et moi, on crachait tous nos petits paquets de fumée blanche, c'était quand même le signe qu'on était vivants.

Juste avant d'arriver, j'ai eu la chance de trouver un petit magasin d'ouvert, je suis entré. Ça me paraissait un peu con d'acheter des oranges mais je savais pas du tout ce qu'il fallait acheter à une fille qui se trouvait derrière les barreaux et j'arrivais pas à me concentrer là-dessus. D'un autre côté, les oranges c'était rempli de vitamines. Je me suis décidé pour deux cartons de jus. Y avait une fille qui dansait à moitié à poil sur l'étiquette, une plage déserte avec de l'eau bleue, les types s'étaient pas cassé le citron.

On m'a conduit dans un bureau et un gars m'attendait derrière en jouant avec une règle. J'étais nerveux. Il m'a fait signe de m'asseoir en m'indiquant une chaise du bout de la règle. C'était un type dans les quarante avec de belles épaules et une moitié de sourire aux lèvres. Je me sentais vachement nerveux.

— Eh bien voilà... j'ai fait.

— Vous fatiguez pas, il m'a coupé. Je connais l'histoire de A à Z. C'est moi qui ai enregistré la plainte et j'ai parlé un peu avec votre amie...

— Ah bon...! j'ai fait.

— Oui, il a enchaîné. Entre nous, belle fille mais un peu nerveuse...

— Ça dépend, elle est pas toujours comme ça. Vous savez, je sais pas comment dire... mais ça revient tous les mois. C'est difficile pour nous, de comprendre ce que ça leur fait. Ça doit pas être très marrant.

— Bon, faut rien exagérer...

— Non, bien sûr.

Il m'a regardé attentivement puis il s'est mis à sourire. Je restais méfiant mais je commençais à me sentir mieux, il avait l'air pas mal ce type, j'étais peut-être tombé sur un bon numéro pour une fois.

— Alors comme ça, vous écrivez des romans? il a fait.

— Oui. Oui oui... Enfin j'essaie de me faire publier...

Il a hoché la tête pendant quelques secondes. Il a posé la règle sur son bureau, il s'est levé puis il est allé voir s'il y avait personne derrière la porte. Ensuite il a attrapé une chaise et l'a placée devant moi. Il s'est assis dessus à califourchon. Il m'a touché l'épaule.

— Ecoutez-moi, il a démarré, je sais de quoi je parle. Dans ces boîtes d'édition, c'est tous des enfoirés...

— Vraiment...?

— Ouais. Attendez, bougez pas, je vais vous montrer quelque chose...

Il a sorti un gros paquet de feuilles d'un tiroir et il l'a laissé tomber sur le bureau. J'aurais dit un kilo et demi à vue de nez, retenu par un élastique.

— Qu'est-ce que c'est, à votre avis...? Vous donnez votre langue au chat...?

— Non, j'ai dit. C'est un manuscrit.

J'ai cru qu'il allait m'embrasser mais il s'est contenté de me taper sur la cuisse et de me sourire comme un bienheureux.

— Bonne réponse! Vous commencez à me plaire, mon vieux...

— Je suis content de vous être agréable.

Il a caressé son paquet de feuilles en me regardant droit dans les yeux.

— Tenez-vous bien, il a fait. Ils m'ont refusé ce bouquin vingt-sept fois!

— Vingt-sept?

— Ouais. Et j'imagine que c'est pas fini, ils ont dû se donner le mot. C'est vraiment des enfoirés!

— Merde, vingt-sept fois.. Dieu du Ciel!

— Et pourtant, je suis certain que ça pourrait se vendre comme des petits pains. Les gens, c'est ça qu'ils aiment. Mon vieux, quand j'y pense, il y a dix ans de ma vie, là-dedans, dix années d'enquêtes et j'ai gardé que les meilleures, les plus belles, c'est un vrai paquet de dynamite...! Je me suis peut-être pas occupé d'Al Capone ou de Pierrot le Fou, mais je vous prie de croire que ça fait très mal, faites-moi confiance...!

— D'accord.

— Alors, vous voulez me dire, vous, pourquoi ils publient pas mon livre, qu'est-ce qu'ils ont dans la nénette...? Je connais des flics qui ont vendu leurs mémoires à des millions d'exemplaires, alors qu'est-ce qui leur prend d'un seul coup? Ils aiment plus les histoires de flics...?

— Ouais, faut pas chercher à comprendre.

Il a hoché lentement la tête. Puis il a lorgné sur mes packs de jus d'orange.

— Je peux...? Vous avez pas envie de boire un coup? il a demandé.

J'étais pas en position de lui refuser quoi que ce soit. Je lui ai donné une boîte en réprimant une grimace. Il a sorti une lame de vingt centimètres de sa poche pour faire sauter le petit bout de carton. Un vrai rasoir, mais j'ai pas bronché. Ensuite il a posé sur le bureau deux gobelets en plastique et j'ai vu apparaître une bouteille de vodka bien entamée. Pendant qu'il remplissait les verres, je me suis demandé où j'étais.

— On va boire à notre succès ! il a fait. On va pas se laisser abattre.

— Sûr !

— Alors vous comprenez, votre amie, je peux pas lui donner raison, mais je lui donne pas tort non plus. Tous ces types sont là tranquillement assis et ils vous sabrent une année de boulot en cinq minutes. Parce que vous allez quand même pas me dire que les histoires de flics ça intéresse plus personne, faut quand même pas déconner...!!

Il a rempli une nouvelle fois les verres. Je commençais à être bien, j'avais encore les sakés et le grog sur le dos et je me sentais en sécurité dans ce bureau, ça se passait vraiment au poil.

— Bon sang ! Quand ce connard a téléphoné et qu'il m'a raconté l'histoire, ça m'a fait chaud au cœur. Ah, c'était bien fait pour sa gueule...! Je me suis envoyé quelques bonnes rasades pour fêter ça. Enfin ! je me suis dit, en voilà un qui paie pour les autres...!

— Ouais, mais c'est juste une égratignure... Il faudrait pas qu'il en fasse une montagne.

— Ouais, moi je l'aurais carrément sonné. Non, mais pour qui ils se prennent ces types-là...?! Bon, on s'en refait une petite goutte...?

La vodka me bombardait le crâne comme une nuée de soleils brûlants. J'ai tendu mon verre en souriant. Parfois la vie était belle, surprenante et aussi douce qu'une femme peut l'être par moments, c'est pour ça qu'il faut toujours se tenir prêt. J'ai posé une main sur le manuscrit du gars et je l'ai regardé dans les yeux. On était ex aequo tous les deux, on était mieux assis.

— Ecoutez, j'ai fait, je me trompe pas souvent là-dessus et je vais vous dire une chose, votre bouquin va être publié. Je le sens. J'espère que vous m'en enverrez un exemplaire dédicacé.

— C'est vrai, vous croyez...?

— Il y a des signes qui trompent pas. Votre bouquin est chaud sous ma main. On dirait un zinc sur le point de s'envoler.

Le flic a grimacé comme un type qui franchit la ligne d'arrivée d'un marathon. Il s'est passé une main sur la figure.

— Oh merde! il a fait. Je peux à peine y croire...!

— C'est comme ça, j'ai dit. Bon, qu'est-ce qu'on fait pour Betty? Peut-être qu'après ça, on pourrait passer l'éponge, non...?

— Bon sang, je vais peut-être pouvoir enfin quitter ce bureau à la con...!

— Oui, sûrement. Bon alors, je peux aller la chercher...?

Il fallait attendre qu'il se remette un peu de ses émotions. J'ai jeté un œil par la fenêtre, dans la nuit noire, j'espérais que tout ça allait être bientôt fini. D'une main, il s'est gratté la tête, de l'autre il a partagé ce qui restait de la bouteille, il a attendu que la dernière goutte se décide à tomber.

— Pour votre amie, je suis quand même un peu ennuyé, il a grimacé. Il y a cette foutue plainte, vous comprenez... Ça me laisse pas les mains tellement libres.

— Merde, souvenez-vous, j'ai dit. Elle a fait ça pour tous les types comme vous et moi, elle s'est sacrifiée pour que ces imbéciles y réfléchissent à deux fois avant d'enterrer un bouquin, elle s'est battue pour nous. Maintenant c'est à notre tour de faire quelque chose pour elle...!

— Bon Dieu, je sais bien. Oui, je sais bien. Mais c'est cette plainte qui m'emmerde...

Il me regardait même plus dans les yeux, il était occupé à gratter une petite tache invisible sur son pantalon. Avec toute cette vodka qu'on avait descendue, je me suis un peu échauffé, je me suis mis à élever la voix comme si j'avais oublié qu'on était chez les flics.

— Et alors, j'ai dit, qui c'est qui fait la loi, ici? On va laisser ce trou du cul avoir le dernier mot, on va continuer à écrire simplement pour avoir le droit de mordre la poussière...?

— Vous comprenez pas, c'est cette plainte...

Il avait l'air vraiment ennuyé mais il restait mou comme une chiffe, ligoté des pieds à la tête. Je commençais à étouffer.

— Ecoutez, j'ai dit, me dites pas qu'il y a rien à faire. On est quand même dans les bureaux de la police, ici, on doit bien pouvoir se démerder, vous croyez pas...?

— Oui, mais c'est pas si facile... Une plainte, ça laisse des traces.

— Bon, ça va, j'ai compris...

— Je vous assure, mon vieux, je suis vraiment désolé... Oh bien sûr, il y aurait une solution...

On s'est regardés droit dans les yeux. Je me suis demandé si ça l'amusait de se faire arracher les mots un par un, si c'était pas une déformation professionnelle. J'ai attendu qu'il soit bien mûr.

— Je crois que c'est le moment de te mettre à table, j'ai fait.

Il a regardé ses chaussures en faisant bouger ses pieds.

— Il faudrait pas grand-chose, il a soupiré. Il suffirait tout bêtement que ce type retire sa plainte...

On est restés silencieux un petit moment. Ensuite je me suis levé en cramponnant mon pack de jus 100% naturel.

— Je peux la voir? j'ai demandé. C'est possible...?

— Ouais, on peut arranger ça.

— Je croise les doigts pour votre bouquin, j'ai dit.

Il y avait juste une autre femme avec elle, une vieille couchée dans le fond sur une banquette. Il y avait pas trop de lumière non plus, c'était le minimum. C'était affreux. Sauf qu'elle avait l'air de tenir la forme, je l'ai même trouvée détendue. On pouvait se demander lequel de nous deux était sous les verrous. Je lui ai passé le jus d'orange avec un pâle sourire et je me suis accroché aux barreaux.

— Comment ça va? j'ai demandé.

— Ça va et toi, qu'est-ce qu'il y a...? T'en fais une tête!

— Merde, tout ça c'est de ma faute... Mais je vais te sortir de là en vitesse. Tiens bon, ma belle...

C'était des gros barreaux, pas moyen de les écarter après tout ce que j'avais bu, j'avais plus la force. Ses cheveux essayaient de me dire quelque chose, j'ai tendu la main pour les toucher.

— Je me sentirais mieux si je pouvais en emporter une petite mèche, j'ai balbutié.

Elle les a fait bouger en riant, c'était plus une cellule, c'était la caverne d'Ali Baba, je devais être à moitié cinglé mais j'aime ça être cinglé, frémir devant une image un peu conne sans avoir la moindre honte, avancer la main vers une fille avec une espèce de terreur sacrée et me sortir de toute cette merde insensée qui nous entoure avec une petite flamme dans le ventre.

Elle m'a fait un tel effet à ce moment-là que je me suis senti tituber, je me suis rattrapé de justesse en gardant le sourire. L'important, c'est qu'elle soit vivante, je me disais, le reste existe pas.

— Hé, dis donc... elle a fait. Mais ma parole, tu tiens à peine debout...! Approche un peu...

Je me suis pas approché, je me suis même reculé un peu.

— Hé, j'ai dit, tu peux pas savoir ce que j'ai enduré. J'ai pas arrêté de penser à toi une seconde.

— Ouais, mais tu te laisses quand même pas mourir, on dirait. Tu as pas perdu de temps...!

J'ai eu l'impression d'être grimpé sur un tapis roulant qui m'entraînait vers la sortie. J'ai reculé en longeant le mur, il fallait absolument que je sorte d'ici avec une image douce dans la tête, un truc que j'aurais emporté comme un talisman.

— Tout va s'arranger, j'ai fait. Il faut que j'y aille, mais je te garantis que tu vas pas moisir ici, tu sais, parce que je m'occupe de tout. Je vais régler tous les problèmes...!

— Ouais, je vois ça d'ici, alors que tu tiens à peine sur tes jambes. Je suis sûre que tu vas faire du bon boulot. Hé... mais te sauve pas comme ça...!

C'est pourtant ce que j'ai fait. J'ai encore reculé d'un ou deux pas et je me suis retrouvé dans l'ombre d'un couloir, je la voyais plus.

— N'oublie pas que je vais te sortir de là, j'ai crié. N'aie pas peur...!

Il y a eu un bruit sombre, comme si elle avait envoyé un coup de pied dans les barreaux.

— HA HA! elle a fait. TU CROIS QUE CE GENRE DE TRUC ME FAIT PEUR...!??

Je suis rentré lentement jusqu'à la baraque, je suis passé par-derrière pour éviter Eddie et Lisa et je suis allé jusqu'au lit sans allumer la lumière. Je les entendais discuter en bas. Je me suis allongé et j'ai fumé une cigarette tout entière en respirant doucement et en faisant apparaître son image devant moi autant de fois et aussi longtemps que ça me plaisait. Après ça, je me suis senti mieux, je me suis jeté un peu d'eau sur la figure et je suis descendu.

J'étais à peine arrivé à mi-hauteur qu'ils avaient déjà les yeux levés sur moi.

— Ça va, vous inquiétez pas, j'ai dit. C'est pratiquement arrangé.

— Hé, mais y a longtemps que t'es là? a demandé Eddie.

— Je voudrais pas t'affoler, mais je te signale que Mario a plus une seule olive. T'as vu l'heure?

On a sauté dans la bagnole et toute la soirée je me suis donné un mal de chien, mais j'avais l'esprit ailleurs. Côté pourboires, j'ai fait zéro.

13

Le lendemain matin, en me réveillant, j'ai pas eu besoin de réfléchir. Je me suis levé vraiment sans penser à rien et pendant que le café chauffait, je me suis jeté sur le sol et j'ai exécuté une vingtaine de pompes sans sourciller. Normalement, je fais jamais ça, mais ça m'a même pas étonné et quand je me suis relevé, je me suis avancé vers la fenêtre et j'ai regardé un rayon de soleil bien en face, ça m'a arraché un sourire, j'en ai profité pour me caresser les poings et quand j'ai voulu éteindre le feu, j'ai démoli un bouton de la cuisinière. Je me sentais en forme, incapable d'émettre la moindre idée mais plutôt remonté à bloc et aussi obéissant qu'un engin téléguidé. J'avais pas de mal à trouver ça bon. C'est quand même agréable, de temps en temps, cette impression d'avoir le cerveau débranché. Je me suis regardé en train de m'habiller, remettre un peu d'ordre dans la pièce et liquider une petite vaisselle en un clin d'œil. J'ai fumé une cigarette avant de sortir, la cigarette du condamné en quelque sorte. Sauf que le condamné c'était pas moi et je la fumais à sa place pour gagner du temps.

Quand il m'a demandé qui j'étais à travers la porte, j'ai répondu c'est la télévision, c'est pour une émission sur les Belles Lettres. Quand il a ouvert, j'ai tout de suite remarqué le pansement qu'il avait sur la joue et ses yeux se sont agrandis pendant que je lui envoyais une droite à l'estomac. Il s'est plié en deux. Je suis entré, j'ai refermé la porte derrière moi et je lui en ai collé une autre. Ce coup-là, il est tombé à genoux et de le voir comme ça, les yeux exorbités et la bouche tordue par un cri inaudible, j'ai eu mal pour lui, je l'ai envoyé rouler dans la grande pièce en le poussant du pied.

Il a atterri sous un guéridon, il a essayé de se relever mais en deux pas j'étais sur lui. Je l'ai attrapé par le revers de sa robe de chambre et j'ai fait un demi-tour avec mon poing pour l'étrangler à moitié. Il toussait, il crachait, il était tout rouge et je l'ai traîné jusqu'à un fauteuil où je me suis assis. J'ai relâché un peu ma prise pour le laisser respirer mais dans le même temps, je lui ai balancé mon genou dans le nez d'un coup sec pour maintenir une bonne pression psychologique. Je me suis écarté en vitesse pour éviter qu'il me flanque du sang partout.

— Tu crois que je fais ça parce que tu as descendu mon livre ? Eh ben tu y es pas du tout ! j'ai déclaré.

Il reprenait lentement sa respiration et se barbouillait la figure de sang à force de toucher à son nez. Je le tenais bien serré.

— Si tu crois ça, tu te trompes, j'ai enchaîné. Tu te trompes lourdement, tu m'entends... ?

Je lui ai décoché un coup de poing sur le sommet du crâne, il a gémi.

— Je t'en veux pas pour ça, parce que ça, c'est pas ta faute, je le reconnais. J'avais pas précisément écrit ce bouquin pour un type comme toi, c'est une espèce de malentendu, tu vois, alors y a pas de bobo, toi et moi on va en rester là, t'es d'accord... ?

Il a fait signe qu'il était d'accord. Je l'ai attrapé par les cheveux et j'ai tiré dessus. Nos regards se sont croisés.

— N'empêche que t'as de la merde dans les yeux, j'ai ajouté.

Je lui ai mis un coup de poing dans l'oreille et j'ai pris le téléphone sur mes genoux.

— Je t'explique l'histoire en deux mots, j'ai dit. Cette fille, c'est la seule chose qui compte dans ma vie. Alors tu prends ce téléphone et tu retires ta putain de plainte avant que je fasse une connerie, d'accord... ?

Tous ces gros mots balancés dans une pièce meublée en Louis XVI, c'était comme des confettis sur le lit d'un mourant. Il a hoché aussitôt la tête avec une petite bulle de sang accrochée à la lèvre. J'ai fait un tour mort autour de sa gorge avec les fils du téléphone et je l'ai plus emmerdé, j'ai juste empoigné l'écouteur quand il a envoyé son petit boniment chez les flics.

— C'est bien, j'ai dit. Allez, vas-y, répète-le encore une fois...

— Mais...

— Répète-le, je te dis.

Il a reprononcé les mots magiques d'une voix fatiguée et je lui ai fait signe que ça allait, qu'il pouvait raccrocher. Je me suis redressé en me demandant si j'allais pas encore casser deux ou trois trucs avant de sortir, mais je me suis ravisé, je commençais à perdre mon élan. J'ai juste tiré un peu sur le fil pour lui coincer la pomme d'Adam.

— Ça serait une connerie de ta part de pas mettre un point final à cette histoire, j'ai dit. Ça ne tient qu'à toi si on doit se revoir un jour... De nous deux, je suis celui qui a rien à perdre.

Il m'a regardé en hochant la tête, cramponné au fil du téléphone. Le sang commençait à sécher sous son nez, le sang c'est quelque chose qui tient pas la distance. Pour un peu, je me serais demandé ce que je faisais là, mais je suis habitué à ce genre de rupture, je dérape d'un niveau de conscience à un autre avec la même facilité qu'une feuille descendant un cours d'eau et qui reprend gentiment sa route après une chute de vingt mètres. Ce type représentait rien pour moi, c'était une image un peu trop facile et sans commune mesure avec la réalité.

Je suis sorti sans ajouter un mot et j'ai refermé doucement la porte. Dehors, le petit vent glacial m'a donné un coup de fouet.

Le soir du réveillon, on a fait un maximum de fric à la pizzeria, on a frappé un grand coup. Eddie en croyait pas ses yeux. Il faut dire qu'on avait mis le paquet et la veille, j'avais fait rentrer le double de caisses de champagne sans rien dire à personne. Il en restait plus une seule debout et le fric débordait de tous les côtés. Quand le dernier client est sorti, il faisait presque jour et nous, on était morts. Lisa s'est pendue à mon cou, Lisa avait bossé avec nous toute la nuit et elle s'en était vraiment bien tirée, je l'ai attrapée par la taille et je l'ai assise sur le comptoir.

— Dis-moi, qu'est-ce que je peux t'offrir ? j'ai demandé.

— Je boirais bien quelque chose de génial, elle a répondu.

Betty s'est effondrée sur une chaise en soupirant.

— La même chose, elle a fait.

Je me suis approché d'elle, j'ai soulevé son menton et je lui ai roulé une pelle un peu théâtrale. J'entendais les autres qui riaient derrière moi mais ça me gênait pas, j'ai pris tout mon temps et j'ai trouvé que c'était encore meilleur après une journée pareille, je lui ai servi un baiser brûlant. Ensuite, je me suis occupé des verres. Mario est venu voir ce qui se passait mais il était trop crevé pour rester, il a simplement embrassé les deux filles et il s'est tiré. J'avais compté large pour cinq, ce qui fait qu'on s'est retrouvés avec quatre verres bien remplis, un truc que je venais d'inventer dans la seconde écoulée, un truc un peu raide.

D'ailleurs, Eddie a été fauché sur le coup et à part lui, tout le monde s'en est rendu compte. Il s'est mis à nous bassiner avec une histoire de soleil qui se levait sur la neige, il tenait absolument à voir ça.

— Mais qu'est-ce que t'as à nous faire chier avec ça ? j'ai demandé.

— Mon vieux, tu connais un truc de plus beau à voir, toi... ? Qu'est-ce que c'est un Noël si on a pas un peu de neige...

— C'est une cacahuète avec personne dedans.

— Hé... je vous amène d'un coup de bagnole. Essayez pas de me gâcher mon plaisir.

Les filles, je les sentais molles, cette idée avait pas l'air de leur déplaire plus que ça.

— Merde, mais vous imaginez un peu le froid qu'il fait... ? Hé, bonhomme, t'es pas tombé un peu sur la tête... ?

— Je veux voir ta gueule quand le premier rayon de soleil va se lancer au-dessus des flocons, je vais voir si tu vas faire le malin... !

— Mais il s'agit pas de ça, c'est sûrement très bien, le soleil, la neige et tous les trucs du genre, c'est forcément du solide, mais il s'agit pas de ça. Ce que je me demande, Eddie, c'est où tu espères nous conduire dans l'état où tu es...?!

— Merde, il a fait, merde, t'apprendras une chose. Je me suis encore jamais retrouvé dans un état à pas pouvoir conduire une bagnole...!

Ses yeux brillaient comme des soucoupes volantes. Ça, c'est à cause du gin, je me suis dit, je reconnais que j'avais eu la main un peu lourde avec le gin, je m'étais laissé aller.

— Tu vas tous nous tuer! j'ai dit.

Tout le monde a rigolé, sauf moi, bien sûr. Cinq minutes plus tard, on était dans la voiture et on attendait qu'Eddie retrouve ses clés. J'ai soupiré doucement.

— Eh ben quoi...? il a fait. Tu trouves pas ça marrant, c'est Noël, te fais donc pas de soucis... Tout va marcher comme sur des roulettes. Tiens, les voilà...

Il a fait danser les clés sous mon nez et l'une d'elles m'a jeté un éclair bleu et froid. Pauvre petite conne de clé, j'ai pensé, va te faire sucer par ta mère. Je me suis carré dans mon fauteuil.

On a traversé la ville au petit matin. Les rues étaient pratiquement désertes et c'était plutôt agréable, ça nous permettait de rouler en plein milieu à petite vitesse et de repérer les feux d'assez loin, dans les petites brumes de l'aube. Je me demandais où étaient passés tous les gens pendant que les filles rigolaient derrière, je me demandais si les trottoirs les avaient pas avalés dans la nuit. On est sortis de la ville en pointant vers l'horizon flamboyant, il fallait pas traîner. On avait tous les traits tirés, on était drôlement fatigués sauf qu'une énergie nouvelle se glissait doucement dans la bagnole, on avait passé une espèce de cap singulier, plus connu sous le nom de Passage de l'Homme Lessivé et on filait vers le soleil un 24 décembre, allumant des clopes et discutant de petits riens alors qu'il se préparait un nouveau jour à vivre.

On a roulé pendant un petit moment puis on a trouvé un terrain couvert de neige avec juste quelques grands bâtiments dans le fond, pour pas dire des usines. Mais on avait pas le temps de chercher mieux, c'était plus que l'affaire de quelques minutes et on s'est garés sur le bord de la route. Le ciel était bien dégagé. Il émanait de l'ensemble une sensation de température abominable, dans les moins dix avec un courant d'air glacé. On est quand même sortis. On s'est envoyé des grandes claques sur les bras.

En moins de deux, je me suis retrouvé avec la goutte au nez et les yeux tout mouillés. Les places étaient plutôt chères dans ce petit matin exsangue, il y avait de quoi vous faire tomber les cheveux de la tête. Après la séance de boulot qu'on venait de se coltiner, la tranquillité de ce coin avait quelque chose de grotesque. J'exagère rien. Eddie avait baissé son chapeau sur ses yeux, il fumait une cigarette, assis sur le capot, le visage tourné vers l'incendie.

— Putain, j'ai fait. Putain, Eddie, tu t'endors...?

— Dis pas n'importe quoi, il a fait. Tu ferais mieux de regarder...

Il m'a fait signe de me retourner et juste à ce moment-là, un rayon de soleil rasant a balayé le champ de neige, on a eu droit à un festival de paillettes dans les dorés et les bleus, mais pas de quoi fouetter un chat. Je me suis retenu pour pas bâiller. Tout n'est qu'une question de disponibilité ici-bas et ce matin-là, j'avais choisi de grelotter et de battre la semelle dans ses petits flocons chéris, j'avais pas envie d'éprouver quelque chose de profond, j'avais juste envie de trouver un coin au chaud et m'installer pour regarder le temps passer en clignant des yeux un minimum ou alors quelque chose de pas trop fatigant. Ça faisait deux jours que Betty était sortie de chez les flics, trois nuits que j'avais pas dormi, il aurait fallu autre chose qu'un rayon de soleil pour m'exciter, je tenais encore debout par l'opération du Saint-Esprit. Une nuit à discuter avec Betty, une nuit à décorer la salle et pour finir, ce réveillon de malheur à courir entre les tables avec le corps douloureux, j'allais quand même pas me mettre à sourire et laisser un petit vent glacial s'enfoncer dans ma bouche pour me casser les dents.

Je crevais de froid, mais malgré ça, on est pas partis tout de suite. Les filles ont voulu donner à manger aux petits oiseaux, voilà ce qu'elles venaient de décider, ce qui fait qu'on était pas sur le point de décoller. Je commençais à faiblir, le soleil se levait mais il chauffait rien du tout, je sentais la mort venir. Comme par miracle, elles ont retrouvé un vieux paquet de gâteaux secs dans la boîte à gants, elles avaient les joues rouges et le sourire du Père Noël et que je te pousse des OH et des AH et que je t'écrase les petites galettes en mille miettes et que je t'en balance des poignées entières en plein ciel.

Je me suis assis dans la voiture en laissant la portière ouverte, les deux pieds dehors, et je me suis fumé une cigarette sans âme pendant que les petits moineaux rappliquaient et atterrissaient dans la neige comme s'il en pleuvait.

Eddie avait rejoint les filles et je les regardais en train de rigoler et balancer des tonnes de nourriture sur le crâne des petits malheureux, j'imaginais que chaque miette représentait l'équivalent d'un steak saignant garni de frites et peut-être qu'on pouvait les tuer en faisant un truc comme ça, il y en avait pour s'envoyer quinze ou vingt plats d'affilée et qui en redemandaient.

— Joyeux Noël, les gars...! braillait Eddie. Allez, ramenez-vous mes petits potes...!!

Il y en a un qui s'est pointé bien après les autres, je l'ai vu arriver du fond du ciel et renverser la vapeur sans hésiter, les deux pattes en avant. Il s'est posé un peu à l'écart des autres, sans s'intéresser à ce que fabriquaient les copains et il s'est mis à regarder ailleurs pendant que les steaks continuaient à dégringoler dans son dos. J'ai pensé que c'était peut-être une espèce d'idiot du village et qu'il lui faudrait un moment avant de comprendre ce qui se passait.

Au lieu de ça, il s'est pointé vers moi en faisant des petits bonds à pieds joints. Il s'est arrêté à vingt centimètres de mes chaussures. On s'est regardés pendant quelques secondes.

— D'accord, j'ai dit. T'es peut-être moins bête que t'en as l'air...

J'ai eu l'impression qu'il se passait quelque chose entre cet oiseau et moi, j'ai décidé de prendre les choses en main. J'ai demandé aux autres de m'envoyer une galette et je l'ai attrapée au vol. Je trouvais qu'il faisait moins froid. La vie est remplie de petits riens qui vous réchauffent le cœur, il faut pas toujours demander la lune. J'ai écrasé la galette entre mes doigts et je me suis penché doucement en avant. Il fourrageait sous ses ailes comme un type qui a perdu son portefeuille. J'ai commencé à laisser tomber les miettes sous son nez, je souriais d'avance, je me rendais compte que j'étais en train d'accomplir un vrai miracle, j'étais en train de faire surgir une petite montagne de bouffe à ses pieds. Il me regardait en penchant la tête de côté.

— Ouais, j'ai dit. T'es pas en train de rêver...

Je sais pas où ce petit crétin avait la tête à ce moment-là, mais il y avait ce wagon de marchandises devant lui et il y voyait que du feu, c'était à peine croyable, ma parole j'en revenais pas, je me suis demandé s'il y avait quelque chose qui clochait avec les galettes. Le petit tas brillait dans le soleil comme un temple recouvert de feuilles d'or, comment on pouvait se démerder pour ne pas remarquer un truc pareil, à moins de le faire exprès... ? Toujours est-il qu'il a carrément ignoré mon machin et qu'il a regardé ailleurs, puis il s'est éloigné en quelques bonds vers un coin où il y avait personne et pas le moindre morceau à se mettre sous la dent. On aurait dit un manchot s'avançant tout droit vers un précipice.

Je suis sorti de la voiture, je me suis fait envoyer un gâteau et je lui ai collé au train. De la neige est entrée dans mes chaussures. Quand il s'est arrêté, je me suis arrêté et quand il s'est envolé, il m'est plus resté qu'à faire demi-tour et revenir à la voiture avec le poids des gestes inutiles en guise de fardeau à la manque. En définitive, c'est moi qui me le suis mangé, ce gâteau et il était pas mauvais, loin de là, j'aurais voulu voir ça avec de la confiture de cerises, non mais sans blague...!

Ensuite on est rentrés et j'ai coincé mes pieds dans le radiateur pendant qu'Eddie attrapait des bouteilles de champagne et que les filles faisaient sauter la cellophane des coquilles Saint-Jacques.

— Je peux aider à faire quelque chose ? j'ai demandé.

Non, ils avaient pas besoin de moi, il y avait rien de spécial à faire. Je me suis installé du mieux que je pouvais et j'ai fermé les yeux en cramponnant mon verre. Il aurait pas fallu qu'un abruti quelconque vienne me glisser dans l'oreille qu'on ne meurt qu'une fois. Il serait tombé sur un os.

Un peu après, on est passés à table. Il devait être aux environs de dix heures et j'avais rien avalé depuis la veille mais j'avais pas faim. Je misais plutôt sur le champagne pour me donner un coup de fouet, je voulais plus lâcher mon verre et en fin de compte, bien m'en a pris, j'ai eu raison de persévérer, j'ai eu droit à ma récompense. Je me suis senti soulevé de ma chaise et je suis redescendu en vol plané au milieu de la bonne humeur générale, surprenant quelques rires au passage.

— Comment ça se fait que tu manges rien ? a demandé Eddie. T'es malade...?

— Non, te fais pas de soucis, je me réserve pour la bûche...

Il avait noué une serviette autour de son cou et plissait les yeux de satisfaction. Je l'aimais bien. C'est pas à tous les coins de rue qu'on tombe sur un type qui vaut quelque chose sur le plan humain, ça ressemble presque à un petit miracle. J'ai décidé de m'allumer un cigare. Ils avaient tous le sourire aux lèvres et un cigare, il faut savoir l'allumer au bon moment parce que la vie va disparaître dans un nuage de fumée bleue quand on sait bien s'y prendre. Je me suis balancé tranquillement sur ma chaise avec la légèreté du type qui a envie de rien et qui s'écoute se rouler un cigare près de l'oreille. La lumière du jour était sans force mais je tenais bon, j'avais juste la nuque un peu raide, c'était trois fois rien et je leur ai dit que personne ne bouge, restez à vos places parce que maintenant je vais envoyer la bûche et je veux pas en avoir un seul dans mes jambes, je prends toute cette affaire en main.

Je me suis donc levé, direction le frigo et j'étais juste en train de sortir la bûche quand le téléphone a sonné. Eddie est allé répondre. Il y avait des petits nains plantés sur le gâteau et un sapin de Noël, ils étaient toute une bande et celui qui marchait en avant tenait une scie égoïne dans la main et tous ils s'avançaient vers le pauvre sapin haut comme trois pommes avec l'intention, visiblement, de lui faire sa fête. Et puis, quoi encore? Je me suis demandé si le type qui avait pondu ça, il s'en coupait un tous les matins, lui, d'arbre avec une égoïne et pourquoi pas avec un couteau à pain...? J'ai viré les petits gars d'une pichenette et le dernier a poussé un hurlement terrible en basculant dans le vide, comme si je lui avais arraché un bras. Son cri m'a percé les oreilles.

J'ai levé les yeux et j'ai vu Eddie chanceler près du téléphone, la bouche encore ouverte et le visage défait. Lisa a renversé son verre en reculant de la table. Je sais pas pourquoi, mais ma première idée a été qu'il venait de se faire mordre la jambe par un serpent à sonnettes, d'ailleurs le combiné se balançait au bout du fil d'une drôle de manière, mais cette image m'a juste effleuré, un peu comme le passage d'un avion de chasse en rase-mottes qui vous fait sursauter et vous retourne comme une crêpe avant de vous faire dégringoler du hamac. Tout ça n'a duré qu'un petit quart de seconde, puis Eddie a passé une main dans ses cheveux d'un air hébété.

— Bon sang, les gars... il a gémi. Oh bon sang de merde...!

Lisa s'est levée d'un bond mais quelque chose la clouait sur place.

— Mais Eddie, qu'est-ce qu'il t'arrive...? elle a fait.
Eddie...!

J'ai vu le moment où il allait s'étaler par terre avec
les cheveux en bataille, il nous a jeté un regard pathéti-
que.

— Hé... mais c'est pas vrai, il a balbutié. C'est ma
petite maman... Hé, j'ai mal... Ma petite maman chérie,
j'ai mal, tu m'as pas fait une chose pareille...???!!

Il a arraché la serviette de son cou et l'a tortillée
dans sa main. Quelque chose a grimpé dans sa poitrine
comme un geyser. On a attendu. Il a secoué la tête de
droite à gauche en se tordant la bouche.

— JE DÉCONNE PAS, ELLE EST MORTE!!! il a
braillé.

Un type est passé sur le trottoir avec un transistor
hurlant une pub sur la lessive, celle qui vous redonne
la joie de vivre. Quand le silence est revenu, on s'est
occupés d'Eddie, on l'a attrapé et on l'a assis sur une
chaise, ses jambes le tenaient plus beaucoup. La fatigue, l'alcool, plus une mère qui venait de mourir dans
la nuit de Noël, ça dépassait de beaucoup le poids total
en charge.

Il a regardé fixement devant lui, les mains croisées
sur la table. Personne trouvait les mots qu'il fallait, on
se lançait des coups d'œil sans savoir quoi faire pendant que Lisa lui posait des petits baisers sur le crâne
et lui suçait un début de larme.

Ça servait pas à grand-chose qu'on reste là, Betty et
moi, à danser d'un pied sur l'autre sans dire un mot, je
me voyais pas en train de lui tapoter l'épaule et de
l'appeler mon petit vieux, j'ai pas ce genre de facilité, la
mort ça m'a toujours laissé sans voix. J'allais faire
signe à Betty qu'il valait mieux les laisser seuls mais
Eddie s'est levé d'un seul coup à ce moment-là, les deux
poings appuyés sur la table et la tête baissée.

— Faut que j'y aille...! il a fait. On l'enterre demain,
faut que j'y aille...!

— Oui, bien sûr... a murmuré Lisa. Mais avant, il
faut te reposer un peu, tu vas pas y aller comme ça...

Il suffisait de le regarder une seconde pour voir qu'il tiendrait même pas sur cent mètres, Lisa avait raison. Ce qu'il lui fallait avant tout, c'était quelques heures de sommeil, on en avait tous besoin, n'importe quelle mère l'aurait compris facilement. Seulement, il a continué sur sa lancée.

— Je vais me changer... J'ai juste le temps de me changer...

A mon avis, il était en train de dérailler, éplucher une banane aurait été au-dessus de ses forces. J'ai essayé de le remettre sur le droit chemin.

— Ecoute-moi, Eddie, il faut être raisonnable... Repose-toi quelques heures, ensuite je t'appellerai un taxi... Tu verras, ça sera bien mieux comme ça.

Il m'a envoyé un regard vide avant de s'attaquer maladroitement aux boutons de sa chemise.

— Qu'est-ce que tu veux que je fasse d'un taxi...?

— Eh ben, j'en sais rien, moi, tu vas pas y aller à pied... Je sais pas, c'est loin?

— En partant tout de suite, je crois que j'arriverai avant la nuit, il a fait.

Ce coup-ci, c'est moi qui me suis effondré sur une chaise. Je me suis enfoncé deux doigts dans les yeux et ensuite je l'ai accroché par un bras.

— Non, mais tu te fous de moi, Eddie, c'est une plaisanterie...?! Tu te vois en train de conduire sept ou huit heures d'affilée alors que t'as déjà du mal à garder les yeux ouverts... Tu crois qu'on va te laisser partir comme ça, t'es pas un peu cinglé...?!

Il a gémi comme un petit garçon en se penchant vers moi et ça, c'était la pire chose qui pouvait m'arriver, je connaissais mes limites. Il a quand même cru bon d'insister :

— Mais tu comprends pas...? il a grimacé. C'est ma mère... mon vieux, ma mère est morte!!

J'ai regardé ailleurs, sur la table, par terre, dans la lumière blanche qui m'attendait à la fenêtre et je me suis arrêté là. Il y a toujours un bref instant de terreur hypnotique quand on s'aperçoit qu'on est fait comme un rat. Comme sensation, c'était plutôt écœurant.

14

Je me suis arrêté au premier truc ouvert sur le bord de la route. J'ai laissé la voiture devant les pompes et je suis descendu sans dire un mot.

Au bar, je me suis fait aligner trois express sous le nez. Je me suis un peu brûlé les lèvres mais j'étais plus à ça près, j'avais mal partout sans parler de mes yeux qui avaient doublé de volume, je prenais la moindre petite ampoule pour une supernova. Ça faisait environ quatre-vingt-dix heures que j'avais pas dormi et je m'embarquais pour une petite virée de sept cents kilomètres. Est-ce que c'était pas bien joué...? Est-ce que j'avais pas l'étoffe d'un héros du Vingtième...? Oui, sauf que dans la vie je servais des pizzas et je traversais pas le pays comme un Ange de l'Enfer, j'allais juste à l'enterrement d'une vieille. Cette mort qui m'attendait au bout du voyage, c'était pas la mienne, non, les temps avaient changé.

Je me suis mis à rigoler tout seul, c'était nerveux, impossible d'arrêter ça. Le type du bar m'a lancé un regard inquiet. Pour le rassurer j'ai pris la salière et un œuf dur en lui faisant signe que tout allait bien. Bien sûr que tout allait bien. J'ai pas réfléchi à ce que je faisais en cognant l'œuf sur le comptoir, j'y suis allé trop fort et j'ai complètement écrabouillé le truc dans ma main. Le type a sursauté. J'ai laissé pendre ma main avec tous les morceaux d'œuf collés et de l'autre, j'ai essuyé les larmes qui me venaient dans les yeux, j'arrivais pas à me contrôler. L'autre est venu essuyer les dégâts sans dire un mot.

Quand Betty est venue me rejoindre sur le tabouret d'à côté, je commençais tout juste à me calmer.

— Hé, t'as l'air en pleine forme ! elle a fait.

— Ouais, je crois... Ça peut aller.

— Eddie vient juste de s'endormir. Le pauvre, il tenait plus du tout...

Je me suis remis à rigoler. Elle m'a regardé en souriant.

— Et alors... Qu'est-ce qui te fait rire ?

— C'est rien... C'est parce que je suis crevé.

Elle a commandé un café. J'en ai repris trois. Elle a allumé une cigarette.

— J'aime bien ça, elle a enchaîné. Me retrouver avec toi dans ce genre d'endroit, comme si on mettait les voiles...

Je savais ce qu'elle ressentait, mais je croyais plus à tout ça. J'ai bu mes petits cafés en lui clignant de l'œil. J'étais pas en état de résister.

On est retournés à la voiture, serrés l'un contre l'autre, comme deux sardines s'enfonçant sous la banquise.

Bongo est arrivé sur nous en cavalant et ce con de chien a failli me faire tomber dans la neige, je devais me tenir un peu trop raide sur mes jambes, peut-être qu'une petite rafale de vent aurait pu m'emporter.

Je me suis remis au volant. Eddie dormait sur la banquette arrière, à moitié couché sur les genoux de Lisa. J'ai secoué la tête avant de démarrer, quand je pense que cet imbécile se préparait à sauter tout seul dans sa voiture, je voyais ça d'ici, bien sûr, et que je te pique du nez en avant à cheval sur la ligne blanche et puis bye bye mon amour. D'un seul coup, je me suis senti énervé. J'ai pas desserré les dents pendant un bon moment.

Au bout de quelques heures, tout le monde dormait. C'était pas quelque chose de très étonnant. Il faisait assez beau et au fur et à mesure qu'on descendait, la neige disparaissait du paysage et l'autoroute était plutôt déserte, je pouvais me permettre de changer de file à tout bout de champ pour briser la monotonie, j'essayais de passer entre les lignes pointillées sans les toucher et la bagnole tanguait doucement, je savais pas si je devais regarder l'heure ou les kilomètres pour savoir quand on allait arriver, je pouvais pas me décider. Cette pensée menaçait de tourner à l'idée fixe, c'était pas le moment. J'ai monté le son de la radio et un type s'est mis à me parler tranquillement de la vie du Christ, insistant sur le fait qu'Il nous avait pas abandonnés. J'espérais qu'il avait raison, qu'il se mettait pas le doigt dans l'œil, parce que le ciel restait toujours désespérément vide, il y avait pas le moindre signe, sans compter que j'aurais parfaitement compris qu'Il nous ait tourné le dos une bonne fois pour toutes, n'importe qui en aurait fait autant à sa place.

J'en ai profité pour sourire à la petite étincelle de mon âme et j'ai avalé quelques gâteaux secs pour passer le temps, un œil sur le compte-tours pour maintenir l'aiguille au ras de la zone rouge. Je m'étonnais, vraiment je m'étonnais, je me demandais où je trouvais la force de rester encore éveillé. Bien sûr, d'une manière générale, j'avais le corps assez tendu, la nuque raide, les mâchoires douloureuses et les paupières brûlantes, mais j'étais quand même là, les yeux grands ouverts, grimpant et dévalant les collines pendant que le temps passait, je m'arrêtais pour avaler des cafés et je repartais sans que les autres ouvrent seulement un œil et cette balade ressemblait à une vie en miniature, avec ses hauts et ses bas, et le paysage qui changeait un peu et le petit vent de la solitude qui sifflait à travers le carreau entrouvert.

Betty s'est tournée en dormant. Je l'ai regardée. Au moins, je me demandais pas où j'allais, ni ce que je faisais avec elle, ça me venait même pas à l'esprit et j'étais pas du genre à me demander pourquoi je me posais pas de questions. J'aimais bien la regarder. Le soleil se couchait quand je me suis arrêté pour faire le plein. J'ai vidé le cendrier dans un petit sac de papier que j'ai balancé dans une poubelle pendant qu'un type nettoyait mon pare-brise et je me suis remis à rire sans raison. Je me suis arc-bouté sur mon siège pour attraper un peu de monnaie dans mes poches et j'en ai

donné une poignée au gars en pleurant à moitié. Il m'a
envoyé une grimace. J'ai dû m'essuyer les yeux pendant
au moins deux ou trois kilomètres.

J'ai réveillé tout le monde un peu avant d'arriver, je
leur ai demandé s'ils avaient bien dormi. C'était une
petite ville sans importance, d'allure plutôt agréable et
on l'a traversée doucement, Eddie était penché sur le
siège avant pour m'indiquer le chemin et les filles se
regardaient dans des petites glaces.

Il faisait nuit, les rues étaient larges et propres et la
majorité des baraques dépassait pas deux étages, ça
donnait l'impression de pouvoir respirer. Eddie m'a
fait signe de m'arrêter. On se trouvait devant un magasin de pianos. Il m'a touché l'épaule.

— Elle vendait des pianos, il a fait.

Je me suis tourné vers lui.

— Ma parole! il a ajouté.

On est montés directement à l'étage. Je suis arrivé le
dernier, ces sacrées marches en finissaient plus et le
papier fleuri me tournait dans la tête. Il y avait quelques personnes dans la pièce, je voyais pas très bien à
cause du manque de lumière, c'est tout juste si une
petite lampe brillait dans un coin. Elles se sont levées
en voyant Eddie, elles lui ont pris les mains, elles l'ont
embrassé, elles ont dit quelques trucs à voix basse en
nous jetant des coups d'œil par-dessus ses épaules,
c'était des personnes qui semblaient avoir une bonne
expérience de la mort. Eddie a fait les présentations
mais j'ai pas essayé de comprendre qui était qui, ni qui
j'étais, moi, je me suis contenté de sourire. Dès l'instant où j'avais posé un pied sur le trottoir, j'avais vraiment senti à quel point j'étais fatigué et maintenant, je
devais manœuvrer un corps de cent cinquante kilos,
j'hésitais à lever un bras, je crois que j'en aurais pleuré.

Quand tout le monde s'est dirigé vers la chambre de
la morte, j'ai suivi sans raison en traînant les pieds. J'ai
rien vu parce qu'Eddie s'est précipité vers le lit où se
tenait le corps et ses épaules me cachaient tout, à part

deux pieds serrés qui pointaient sous le drap comme des stalagmites. Il s'est remis à pleurer doucement et sans le faire exprès, j'ai bâillé, j'ai juste eu le temps de mettre ma main devant ma bouche. Une bonne femme s'est retournée, j'ai fermé les yeux.

Par chance, je me trouvais derrière tous les autres. J'ai reculé de quelques pas jusqu'au fond de la chambre et j'ai pu m'appuyer contre le mur, la tête baissée et les bras croisés. Pour un peu, je me serais senti presque bien, j'avais plus besoin de lutter pour garder l'équilibre, il suffisait que je pousse un peu sur mes jambes et le tour était joué. J'entendais juste quelques respirations autour de moi, le silence paraissait tout près.

Je me suis retrouvé sur une plage au milieu de la nuit, les deux pieds dans l'eau. J'étais en train de plisser des yeux dans un rayon de lune, quand une immense vague noire a surgi de je ne sais où, tendue vers le ciel avec une petite frange d'écume tout là-haut, comme une armée de serpents dressés sur leurs queues. Elle a paru un instant s'immobiliser puis elle s'est effondrée sur ma tête avec un sifflement glacé. J'ai ouvert les yeux, je venais de m'étaler par terre en renversant une chaise, j'avais mal au coude. Les autres se sont tournés vers moi, les sourcils froncés. J'ai jeté un regard éperdu à Eddie.

— Je suis désolé, j'ai dit. Je voulais pas faire ça...

Il m'a fait signe qu'il comprenait. Je me suis relevé et je suis sorti, j'ai refermé la porte doucement derrière moi. Je suis redescendu jusqu'à la voiture pour prendre des cigarettes. Il faisait pas tellement froid dehors, rien à voir avec ce qu'on connaissait à sept cents bornes de là. Je m'en suis allumé une et j'ai fait quelques pas avec Bongo dans la rue. Il y avait pas un chat, personne pour me voir avancer à petits pas sur ce trottoir désert, comme une mémé qui a peur de se casser le col du fémur.

J'ai poussé jusqu'au coin de la rue, j'ai balancé ma cigarette sur le trottoir d'en face, par-dessus le vide, et je suis revenu. Pour une fois, je voulais bien reconnaître que Betty avait raison. Ça faisait du bien de changer un peu d'endroit. Sauf que pour ma part, je voyais plutôt le bon côté de la chose dans le fait qu'on laissait derrière nous un petit paquet d'amertume, même si c'était seulement pour un jour ou deux... Sur le coup, j'ai été étonné de penser ça, j'ai vraiment été surpris d'éprouver cette sensation d'amertume en jetant un coup d'œil sur cette vie qu'on menait depuis que Betty avait foutu le feu au bungalow. Bien sûr, on avait peut-être pas rigolé tous les jours, mais les bons moments s'étaient aussi trouvés au rendez-vous et un type intelligent peut difficilement espérer plus que ça. Non, décidément, c'était à cause de mon bouquin si la vie prenait ce goût un peu bizarre, si la couleur générale tirait légèrement sur le mauve. Et s'il suffisait de fermer la porte derrière soi et de grimper dans une bagnole pour que tout recommence à zéro, est-ce que la vie serait pas un peu plus chouette...? Est-ce que ça serait pas un peu plus facile...? A ce moment précis, j'aurais presque eu envie d'essayer, je me voyais en train de prendre Betty par les épaules et de lui dire voilà, ma belle, on va repartir sur autre chose, on parle plus des pizzas, ni de la ville, et on oublie mon bouquin, ça marche...?

C'était agréable de penser à ça en remontant cette rue large et calme et rien que pour ces quelques images, tout ce voyage valait la peine, je m'y voyais tellement que je pensais même pas au retour. Si j'y avais pensé, j'aurais été nettoyé sur place, mais le saint qui protège les types en train de rêver a veillé, j'ai pas été dérangé par les idées noires. Au contraire, Betty et moi, on s'installait dans le coin et on entendait plus jamais parler de cette histoire de manuscrit, on se levait tous les matins sans jeter un coup d'œil anxieux vers la boîte aux lettres. Les bons et les mauvais moments, mais rien de plus, rien qui puisse nous échapper, voilà tout à fait le genre de choses qui me faisait sourire comme un débutant, j'ai repassé le seuil de la baraque en laissant fondre tout ça doucement dans ma bouche.

J'ai regrimpé l'escalier qui menait à l'étage, je l'ai trouvé encore plus raide que la première fois et je me suis servi de la rampe sans me faire prier. La pièce était vide, ils devaient toujours être aux côtés de la morte, entassés dans cette petite chambre, j'avais pas envie de les déranger. Je me suis assis. Je me suis servi un verre d'eau sur la table, j'ai incliné la carafe, je l'ai pas soulevée. Avec un peu de chance, ils allaient la veiller toute la nuit et personne allait s'inquiéter de savoir si j'avais pas un peu sommeil, j'avais vaguement l'impression qu'on m'avait oublié. Il y avait un rideau dans le fond. Je l'ai regardé pendant au moins dix minutes en plissant des yeux comme pour lui arracher un secret. A la fin, je me suis levé.

Il y avait un escalier derrière, ça donnait dans le magasin. Cette nuit-là, je devais pas aller très bien, je devais ressentir une attirance morbide pour ces putains d'escaliers et que je te les montais et les descendais en soufflant comme un damné. Celui-là, je l'ai descendu.

Je me suis retrouvé au milieu des pianos. Ils brillaient dans la lumière qui venait de la rue comme des pierres noires sous une chute mais il y avait pas le moindre bruit, ils étaient silencieux ces pianos. J'en ai choisi un au hasard et je me suis assis devant, je l'ai ouvert. Heureusement, sur le côté, juste après les notes, il y avait un endroit où l'on pouvait appuyer un coude, je m'en suis occupé et j'ai pu poser le menton dans ma main, je voyais toutes les touches en enfilade, j'ai bâillé un brin.

C'était pas la première fois que je me retrouvais derrière un piano, je connaissais la manière de s'en servir et sans jamais avoir atteint les sommets, j'étais capable d'en tirer une petite mélodie avec trois doigts, en choisissant un rythme assez lent et un éclairage minimum. J'ai commencé par faire un *do*. Je l'ai écouté avec beaucoup d'attention et je l'ai suivi des yeux à travers le magasin sans en perdre une miette. Quand le silence est revenu, j'ai recommencé. A mon goût, ce piano était un sacré piano, il avait compris quel genre de joueur j'étais et malgré ça, il se donnait quand même à fond, il offrait le meilleur de lui-même, ça faisait plaisir de tomber sur un piano qui avait trouvé La Voie.

J'ai embrayé sur un petit truc très simple qui restait dans mes cordes et qui me permettait de conserver une position relativement confortable, avachi sur le côté et la tête reposant dans ma main. Je jouais lentement, je m'appliquais du mieux que je pouvais et petit à petit, j'ai plus du tout pensé à rien, j'ai juste regardé ma main et les tendons qui roulaient sous la peau quand j'enfonçais un doigt. Je suis resté comme ça un bon moment, avec mon petit air qui revenait sans cesse, c'était comme si je pouvais plus m'en passer, comme si je parvenais à le jouer un peu mieux à chaque fois et que ce petit machin avait le pouvoir d'apporter quelque chose à mon âme. Mais j'étais dans un tel état de fatigue que j'aurais pris un ver luisant pour le reflet d'une lumière divine, je commençais à m'engager sur le chemin des hallucinations. D'ailleurs, à partir de là, les choses se sont mises à empirer.

Je m'étais mis à fredonner ma délicieuse mélodie et j'en tirais un plaisir démesuré, presque irréel, à tel point qu'il me semblait entendre tous les accords d'accompagnement, d'une manière de plus en plus nette. Ça me faisait vraiment plaisir d'être vivant, ça me donnait des forces. Je me suis un peu excité, j'avais oublié où j'étais et j'ai monté le son, j'ai chanté plus fort, j'arrivais à faire avec trois doigts ce qu'un type normal aurait fait avec ses deux mains. C'était tout simplement magnifique. Je commençais à avoir chaud. Jamais, de toute ma vie, il m'était arrivé une histoire pareille avec un piano. Jamais j'avais pu en tirer quelque chose qui ressemblait à ça. Quand j'ai entendu une voix de fille s'ajouter à la mienne, je me suis dit ça y est, un ange est descendu du ciel pour t'empoigner par les cheveux.

Je me suis redressé sans m'arrêter de jouer et j'ai repéré Betty sur le piano d'à côté. Elle tenait une main serrée entre ses jambes et de l'autre, elle plaquait les accords. Elle chantait bien, elle était rayonnante. J'ai jamais oublié le regard qu'elle m'a lancé à ce moment-là, mais j'ai aucun mérite, je suis fait comme ça, j'ai une bonne mémoire des couleurs. On s'en est donné à cœur joie pendant de longues minutes, frôlant la béatitude et tout à fait inconscients du bruit qu'on faisait, mais il ne pouvait y avoir aucune limite à ce qu'on éprouvait, c'était impossible. Pour ma part, j'étais complètement largué. Je pensais que ça finirait jamais.

Pourtant, un type est apparu en haut de l'escalier, il s'est mis à faire des grands gestes. On a fini par s'arrêter.

— Hé...! Vous êtes fous? il a fait.

On l'a regardé sans savoir quoi répondre, j'étais encore essoufflé.

— Où est-ce que vous vous croyez...? il a ajouté.

Eddie est apparu derrière lui. Il nous a jeté un rapide coup d'œil, puis il a pris le type par l'épaule pour lui faire faire demi-tour.

— Laisse-les, il a dit. Ça fait rien, laisse-les, ils font rien de mal. C'est mes amis...

Ils ont disparu derrière le rideau et le silence m'a sifflé aux oreilles. Je me suis tourné vers Betty comme on traverse la rue pour profiter du soleil quand on a les mains vides.

— Merde, pourquoi tu m'avais caché ça...? j'ai demandé.

Elle a relevé ses cheveux en riant, elle portait des satanées boucles d'oreilles de dix centimètres qui brillaient comme des enseignes au néon.

— Tu rigoles, je sais pas jouer, elle a fait. Je connais simplement deux ou trois trucs...

— Simplement deux ou trois trucs, hein...?

— Oui, je t'assure... C'était pas très compliqué.

— Tu me fais marrer. T'es une drôle de fille...

J'ai posé une main sur sa cuisse, j'avais besoin de la toucher. Si j'avais pu, je l'aurais avalée.

— Tu sais, j'ai enchaîné, j'ai toujours cavalé après

les choses qui pouvaient donner un sens à ma vie. Vivre avec toi, c'est peut-être le truc le plus important qui me soit arrivé.

— C'est gentil, ce que tu dis là, mais c'est parce que t'es fatigué, t'as plus les yeux en face des trous...

— Non, c'est la pure vérité.

Elle est venue s'asseoir sur mes genoux. Je l'ai attrapée pendant qu'elle glissait vers mon oreille :

— Si c'était moi qui avais écrit ce bouquin, elle a murmuré, je serais pas en train de me demander si ma vie a un sens. J'aurais pas besoin de réfléchir pour savoir ce qui est le plus important. Moi, je suis rien, mais toi, tu peux pas en dire autant, pas toi...

Elle a terminé sa phrase en me posant un baiser dans le cou, je pouvais pas m'énerver.

— Tu me fais chier avec ça, j'ai soupiré. Sans compter que ça nous attire que des emmerdes.

— Bon Dieu ! Le problème est pas là... !

— Si, il est là !

— Alors t'as écrit ce bouquin pour quoi, au juste...? Simplement pour m'emmerder...?

— Pas vraiment.

— Ça représente vraiment rien pour toi ?

— Si. Je me suis donné à fond quand je l'ai écrit. Mais je peux pas obliger les gens à aimer ça. Tout ce que je pouvais faire, c'était de l'écrire, j'y peux rien si ça s'arrête là.

— Et moi, tu me prends pour une idiote ? Tu crois que je tombe à genoux devant n'importe quel bouquin, tu crois que c'est uniquement parce que c'est toi qui l'as écrit...?

— J'espère que tu me jouerais pas un tour comme ça.

— Par moments, je me demande si tu le fais pas exprès...

— De quoi...?

— On dirait que ça t'amuse de nier l'évidence. T'es un putain d'écrivain et t'y peux rien.

— Bon, alors tu peux me dire pourquoi j'arrive plus à écrire une seule ligne...?

— Bien sûr. Parce que t'es le Roi des Cons.

J'ai écrasé ma figure sur sa poitrine. Elle a joué avec mes cheveux. J'aurais pas aimé que mes futurs fans me regardent à ce moment-là, la tendresse c'est un truc impossible à faire passer, c'est toujours un drôle de risque à prendre, comme de tendre sa main à travers les barreaux d'une cage.

C'était tellement bon que j'ai failli nous flanquer par terre, Betty avait pas de soutien-gorge et mon tabouret avait pas de dossier, j'ai réussi à donner un bon coup de reins au dernier moment en poussant un petit cri épouvanté. Maintenant, je sentais que la fin approchait, que mes dernières forces s'envolaient comme des fleurs de cerisier dans un jardin japonais, qu'ainsi qu'il est dit dans *L'Art de la guerre*, l'homme courageux doit connaître ses limites. J'ai bâillé dans son petit pull.

— T'as l'air fatigué, elle a fait.

— Non, tout va bien.

Mes cheveux lui plaisaient, ils s'entendaient bien avec sa main. Moi-même, ça me faisait plaisir de sentir tout le poids de son corps sur mes genoux, ça ressemblait moins à un rêve, ça me donnait vraiment l'impression qu'elle était là et pas ailleurs, j'aurais pu me lever et l'emporter. Mais j'ai rien tenté d'impossible, j'aurais préféré mourir plutôt que d'avoir à bouger, je grimaçais pendant qu'on me coulait du plomb dans la colonne. Par contre, mon âme devenait d'une légèreté étonnante, insouciante et docile comme la plume que soulève le moindre courant d'air ou le plus petit souffle du monde. J'y comprenais rien.

— En plus, y a rien pour s'installer là-haut, elle a dit. Je me demande comment on va faire...

Ce genre de remarque m'aurait anéanti quelques instants plus tôt mais maintenant j'étais au plus bas. Parler était douloureux, respirer était douloureux, réfléchir tenait du miracle, pourtant j'ai fait tout ça.

— Je vais aller dans la bagnole, j'ai dit.

Heureusement, elle est venue avec moi. J'étais plus grand qu'elle, je pouvais facilement passer mon bras autour de ses épaules. La porte du magasin était fermée ainsi que je le craignais et il a fallu monter et descendre ces escaliers de malheur. Dans le couloir, je me suis fait une peur bleue, je me suis vu digéré par un boa constrictor. Quand je me suis effondré à l'arrière de la voiture, je claquais presque des dents. Betty m'a lancé un regard inquiet.

— Ça va pas...? Ma parole, on dirait que t'as de la fièvre...

J'ai agité une main avec les doigts tendus comme un drapeau blanc :

— Non, non, ça va bien.

J'ai tiré une couverture sur mes jambes dans un dernier accès de lucidité.

— Betty, où tu es...? Me laisse pas tout seul...

— Mais je suis là...! Qu'est-ce qui te prend? Tu veux une cigarette?

Mes yeux se sont fermés tout seuls.

— Tout va bien, j'ai dit.

— Hé, t'as vu un peu toutes ces étoiles, t'as vu ça...?

— Hhmmm, il fait très beau, j'ai murmuré.

— Hé, tu t'endors...?

— Non, non, ça va bien.

— Tu crois qu'on va rester là toute la nuit...?

15

Vers onze heures, on s'est retrouvés à l'enterrement. Il y avait un beau soleil et le ciel était tout bleu, ça faisait des mois et des mois qu'on avait pas profité d'un temps comme ça, l'air sentait bon. J'avais bien dormi, c'était l'avantage qu'il y avait dans les bagnoles un peu luxueuses, on pouvait pratiquement étendre les jambes et les sièges étaient confortables, j'avais pas eu froid, j'étais là, dans la lumière, les yeux mi-clos, pendant que les types soufflaient en descendant le cercueil, j'étais en train de penser à ce petit rayon de chaleur sur mon visage, je me disais l'homme ne fait qu'un avec l'univers, je me disais ce genre de choses pour passer le temps, je me demandais si on allait manger.

Mais personne semblait se soucier de ça. On est rentrés à la maison sans prononcer un mot, je marchais derrière. Il a fallu qu'on tourne un moment en rond au-dessus des pianos avant qu'il y en ait un qui se décide à ouvrir le frigo. Seulement, c'était une vieille femme qui vivait seule, une petite créature sur le point de mourir, avec un appétit d'oiseau. Il a fallu se contenter d'une petite côtelette, une demi-boîte de maïs, des yaourts nature à la date périmée et quelques biscottes. Eddie se sentait mieux. Il était très pâle et son front restait plissé mais il avait retrouvé son calme et au bout d'un moment, il m'avait demandé le sel d'une voix tranquille, heureusement qu'il fait beau il avait ajouté.

Il a passé une partie de l'après-midi devant un tiroir rempli de photos, il a trié quelques papiers en parlant tout seul. On l'a regardé faire en bâillant, puis on a allumé la télé, on s'est levés je sais pas combien de fois pour changer de chaîne, jusqu'à ce que la nuit se mette à tomber. Je suis allé faire quelques courses avec Betty, on a emmené Bongo avec nous.

C'était un coin épatant, avec des arbres sur les trottoirs et très peu de voitures dans les rues, j'avais l'impression de pas avoir respiré depuis des siècles, je souriais presque en marchant. En rentrant, j'ai mis un énorme gratin au four. Eddie s'était rasé, lavé, recoiffé. Ensuite de ça, trois kilos de fromage et une tarte aux pommes grande comme la table. J'ai débarrassé et je suis allé m'occuper de la vaisselle dans la cuisine, les filles avaient envie de regarder un western que j'avais déjà vu cent fois et ça me faisait pas chier, j'avais retrouvé la forme.

Je me suis assis pour fumer une cigarette en attendant que Bongo finisse le gratin. J'entendais des coups de feu à côté mais malgré ça, j'écoutais le silence de la rue, je me sentais presque aussi bien qu'au cœur d'une nuit d'été. Ensuite, j'ai relevé mes manches et j'ai fait mousser l'évier, j'ai tenu ma cigarette entre les dents.

J'étais en train de bichonner une assiette à fleurs quand Eddie est venu me rejoindre. Je lui ai cligné de l'œil. Il est resté derrière moi, son verre à la main, à regarder ses pieds. Je me suis mis à gratter un machin tout collé.

— Dis-moi... J'ai une proposition à vous faire à tous les deux, il a démarré.

Je me suis contracté en gardant les mains sous l'eau. J'ai regardé fixement le carrelage devant moi, j'étais en train de m'éclabousser.

— Betty et moi on reste là pour s'occuper du magasin, j'ai articulé.

— Comment t'as deviné...?

— J'en sais rien.

— Bon... Je vais demander à Betty ce qu'elle en pense. Sinon, toi ça te va...?

— Ouais, ça me va.

Il est retourné dans l'autre pièce en hochant la tête pendant que je redémarrais la vaisselle. J'ai expiré deux ou trois fois profondément pour reprendre les choses en main et finir la vaisselle sans trop de casse, j'avais du mal à me concentrer sur ce que je faisais. J'avais plutôt tendance à regarder bêtement l'eau couler et à me glisser dans cette image sereine. De temps en temps, je lavais une assiette. Je voulais pas délirer sur la proposition d'Eddie, je voulais pas me laisser embarquer dans des visions trop précises, je les chassais de mon cerveau. Je préférais rester dans le vague et me laisser envahir par une sensation assez douce sans penser à rien. C'était dommage que la musique du film soit aussi chiante, j'aurais mérité mieux que ça.

Comme je m'y attendais, Betty a sauté au plafond. Betty était toujours partante quand il y avait du nouveau. Elle avait toujours dans l'idée que quelque chose nous attendait quelque part et quand j'avais le malheur d'introduire une petite nuance là-dessus, quand je lui disais mais non, AUTRE CHOSE nous attend autre part, elle m'éclatait de rire sous le nez, elle me foudroyait du regard, pourquoi tu t'amuses à couper les cheveux en quatre, elle demandait, où tu vois une différence...? J'essayais pas de trouver la parade, en général j'allais m'allonger, j'attendais que ça passe.

On a passé une partie de la soirée à mettre les trucs au point, on a essayé de simplifier toute l'histoire au maximum. Mais c'était pas difficile de comprendre qu'Eddie avait décidé de nous faire un cadeau, même s'il présentait les choses différemment.

— De toute façon, j'avais plus qu'elle et dans l'immédiat, Lisa et moi on a besoin de rien. En ce moment, c'est plutôt mal choisi pour vendre et je vais pas mettre n'importe qui dans la maison de maman...

N'empêche qu'il nous regardait tous les deux du coin de l'œil comme si on était ses enfants. Je lui débouchais des canettes en rigolant pendant qu'il m'expliquait la vente des pianos. Dans l'ensemble, ça paraissait pas tellement sorcier.

— Remarque, je me fais pas de soucis, il a déclaré.

— Moi non plus.

— S'il y a quelque chose qui va pas, tu sais où me trouver...

— On va se démerder, tu peux avoir confiance.

— Ouais, vous êtes ici chez vous.

— Tu passes quand tu veux, Eddie.

Il a hoché la tête puis il a serré Betty contre son épaule.

— Ça va, vous deux... il a murmuré. On peut dire que vous me tirez une belle épine du pied.

Ça sautait aux yeux. S'en est ensuivi un petit silence rempli d'euphorie, comme une couche de crème glissée entre deux gâteaux secs.

— Y a juste une chose que je voudrais vous demander, a repris Eddie.

— Bien sûr...

— De temps en temps, ça vous ennuierait pas de lui apporter quelques fleurs...?

Ils sont partis dans la nuit. Pendant que je buvais une dernière bière, Betty tournait en rond dans la pièce en plissant les yeux. Ça me donnait envie de rigoler.

— Le canapé, je le verrais plutôt dans ce coin-là, elle a déclaré. Qu'est-ce que t'en penses...?

— Ouais, pourquoi pas...

— Bon, on a qu'à essayer.

Il y avait pas cinq minutes qu'on était seuls dans cette baraque. J'entendais encore Eddie nous souhaiter bonne chance et la portière de la voiture venait à peine de claquer. Je me demandais si c'était pas une plaisanterie.

— Maintenant...? Tu veux attaquer ça tout de suite...?!!?

Elle m'a regardé d'un air étonné, elle a ramené une longue mèche derrière son oreille.

— Ben quoi... il est pas tard.

— Non, mais je me disais que ça pourrait peut-être attendre demain...

— Ooohh, t'es pas marrant. Y en a pour une minute...

Ce truc datait de la guerre. Il pesait au moins trois tonnes. Il a fallu rouler le tapis et on a traversé la pièce centimètre par centimètre parce que les roues étaient bloquées et il était tard pour ce genre de trucs. Mais il y a certaines choses qu'on peut faire sans trop rechigner quand on vit avec une fille qui en vaut la peine. C'est ce que je me disais en déplaçant le buffet qui à son tour se trouvait plus à la bonne place. Je râlais pour la forme, mais dans le fond, je prenais du bon temps. Même si je désirais pas autre chose que d'aller me coucher, je pouvais bien bouger deux ou trois meubles pour elle, la vérité c'est que pour elle j'aurais déplacé des montagnes si j'avais su comment m'y prendre. Parfois je me demandais si j'en faisais assez, parfois j'avais peur que non, mais c'est pas toujours facile d'être à la hauteur comme type, il faut reconnaître qu'elles sont un peu bizarres et chiantes comme pas deux quand elles s'y mettent, n'empêche que ça m'arrivait souvent de me demander si je faisais assez d'efforts pour elle, ça m'arrivait surtout en fin de soirée, quand j'étais le premier couché et que je la regardais attraper ses crèmes sur l'étagère de la salle de bains. De toute façon, s'il y avait une chance pour être à la hauteur dans cette vie, c'était pas quelque chose qui vous tombait tout cru, il fallait pas se laisser aller.

On s'est retrouvés en sueur, tous les deux. Franchement, je me sentais les jambes un peu molles tout compte fait, j'avais peut-être pas encore récupéré toutes mes forces. Je me suis assis sur le canapé en regardant autour de moi d'un air exagérément satisfait.

— C'est quand même autre chose, j'ai dit.

Elle s'est assise à côté de moi, les genoux relevés sous le menton et se mordillant les lèvres.

— Ouais, je sais pas... Il faudrait essayer différents trucs.

— Et mon cul ? j'ai demandé.

Elle m'a pris la main en bâillant :

— Non, mais moi aussi je suis crevée. Je disais ça comme ça...

Un peu plus tard, on s'est retrouvés devant le lit. J'allais soulever la couverture mais elle m'a arrêté.

— Non, ça je peux pas... elle a dit.

— De quoi tu veux parler... ?

Elle regardait le lit fixement avec un air étrange. C'est vrai que par moments, elle avait l'air de déraper complètement, je la reconnaissais pas vraiment et son attitude m'intriguait. Mais je me cassais pas trop la tête. Les filles, d'une manière générale, ça m'avait toujours intrigué et j'avais fini par m'y habituer. J'avais fini par accepter de jamais pouvoir les comprendre tout à fait, j'en avais pris mon parti et je les observais souvent, mine de rien, c'était pas rare qu'elles entreprennent un drôle de truc au bout d'un moment, quelque chose d'incompréhensible et de fulgurant. Je me retrouvais comme un type qui s'arrête devant un pont écroulé et qui balance rêveusement quelques cailloux dans le vide avant de retourner sur ses pas.

Bien sûr, elle a pas répondu. Il suffisait de voir sa tête pour se demander où elle était passée. J'ai insisté.

— Tu peux pas quoi ? j'ai demandé.

— Dormir là-dedans... je peux pas dormir là-dedans...!!

— Ecoute, même si c'est pas très marrant, y a pas d'autre lit dans la baraque. C'est ridicule... Réfléchis un peu.

Elle s'est reculée vers la porte en secouant la tête.

— Non, y a rien à faire. Pour l'Amour du Ciel, n'insiste pas...

Je me suis assis sur le bord du lit en rigolant pendant qu'elle tournait les talons. Je voyais deux ou trois étoiles par la fenêtre, le ciel devait être bien dégagé. Je suis retourné dans l'autre pièce. Elle était en train de secouer les accoudoirs du canapé. Elle s'est arrêtée un instant pour me sourire :

— On va déplier ce machin, je suis sûre qu'on sera très bien.

J'ai rien dit, j'ai attrapé un accoudoir et je l'ai secoué comme un prunier jusqu'à ce qu'il me reste dans les mains. Ce canapé devait pas avoir été déplié depuis vingt ans. Comme elle n'avait pas l'air de s'en sortir, je suis allé lui donner un coup de main.

— Essaie de trouver des draps, j'ai demandé. Je vais m'occuper de ça.

Cet accoudoir m'a donné un mal de chien, j'ai dû me servir d'un pied de chaise en guise de levier pour le faire sauter. J'entendais Betty ouvrir des portes de placard qui grinçaient. J'avais aucune idée de la manière dont pouvait fonctionner ce truc. Je me suis couché pour regarder en dessous. Il y avait de gros ressorts tendus dans tous les sens, des espèces de ferrailles coupantes, somme toute c'était un engin assez dangereux, une mécanique un peu écœurante qui attendait le bon moment pour vous arracher une main. J'ai repéré une grosse pédale sur le côté. Je me suis levé, j'ai fait de la place autour du canapé, j'ai cramponné le dossier et j'ai enfoncé mon pied sur la pédale.

Seulement il s'est rien passé, le truc a pas bougé d'un millimètre. Et j'ai eu beau recommencer, envoyer des coups de pied en rafales ou sauter là-dessus de tout mon poids, j'ai pas réussi à faire apparaître ce bon Dieu de lit, ni ça ni autre chose. Je commençais à transpirer quand Betty s'est pointée avec ses draps.

— Eh ben, tu y arrives pas... ? elle a fait.

— Tu parles... Peut-être que ce machin a jamais marché de sa vie. Faudrait que j'aie le temps de m'en occuper, j'ai même pas un outil, c'est vrai... Ecoute-moi, c'est juste pour cette nuit, on va pas en mourir, c'est pas comme si elle était morte d'un machin contagieux, tu crois pas, qu'est-ce que t'en dis... ?

Elle semblait pas avoir entendu, elle a pris un air innocent en pointant son menton vers la cuisine.

— Je crois que j'ai vu une boîte à outils sous l'évier, elle a dit. Ouais, il me semble...

Je suis allé jusqu'à la table, j'ai terminé une canette de bière une main sur la hanche. Ensuite j'ai pointé le goulot de la canette vers Betty :

— Tu te rends compte de ce que tu me demandes... ? Tu sais l'heure qu'il est... ? Tu crois que je vais me mettre à bricoler cette saloperie MAINTENANT... ?!

Elle est venue vers moi en souriant, elle m'a serré dans ses bras avec les draps.

— Je sais bien que tu es fatigué, elle a murmuré. Tout ce que je te demande, c'est de t'asseoir dans un coin et de me laisser faire. Je vais m'occuper de tout ça, d'accord... ?

Elle m'a pas laissé le temps de lui expliquer qu'il était plus sage de faire une croix sur le canapé pour cette nuit, je suis resté planté au milieu de la pièce avec un paquet de draps sous le bras pendant qu'elle plongeait ses mains sous l'évier.

Au bout d'un moment, j'ai été obligé de m'en mêler. Je me suis levé en soupirant, j'ai ramassé la tête noire du marteau qui venait de passer en sifflant à trois centimètres de mon oreille et je suis allé récupérer le manche dans les mains de Betty.

— Bon, laisse-moi faire. Tu vas te faire mal.

— Hé, c'est pas de ma faute si le truc s'est démanché, j'y suis pour rien !

— Non, j'ai pas dit ça... Mais j'ai pas envie de chercher un hôpital en pleine nuit, dans un coin que je connais pas, sans voiture, complètement crevé et paniqué parce que l'un de nous deux est en train de perdre tout son sang. Vaudrait mieux que tu t'écartes un peu...

J'ai commencé par envoyer quelques coups de burin sur les endroits qui me semblaient un peu stratégiques mais en fait, je comprenais pas très bien les subtilités du mécanisme, je voyais pas où certains ressorts voulaient en venir. Betty proposait de retourner le canapé à l'envers.

— Non ! j'ai grogné.

N'empêche que le truc résistait et qu'un filet de sueur me coulait dans les reins. J'avais qu'une envie, c'était de bousiller tout le bastringue, j'aurais tapé dessus toute la nuit pour le réduire en miettes, mais Betty me regardait, c'était hors de question, j'allais pas me laisser sortir par un canapé-lit. Je suis retourné voir en dessous, j'ai suivi toutes les ferrailles du bout des doigts. A un moment, j'ai senti quelque chose de bizarre. Je me suis relevé en faisant la grimace, j'ai viré les coussins et j'ai regardé ce que c'était.

— Peut-être qu'il va falloir réveiller les voisins d'à côté, j'ai dit. Je vais avoir besoin d'un chalumeau... !

— C'est si compliqué que ça... ?

— Non, c'est pas compliqué. Ils ont simplement soudé ce truc sur vingt centimètres...

Pour finir, on a disposé quelques coussins par terre. On a fabriqué une espèce de lit qui m'a fait penser à un plat de raviolis géants nappés d'une sauce à rayures.

Betty m'envoyait des coups d'œil à la dérobée pour voir ce que j'en pensais. Je savais qu'on allait dormir comme des chiens là-dessus, mais si ça pouvait lui faire plaisir, si cette fois-ci était la bonne, j'étais O.K., je commençais déjà à me sentir un peu chez moi, même que c'était plutôt marrant de se dire qu'on allait passer notre première nuit à dormir par terre. C'était complètement con mais ça ne manquait pas d'une pointe de poésie bon marché comme on en trouve dans les grandes surfaces. Camper, ça me rappelait mes seize ans, quand je m'attardais dans les surprises-parties et que je m'estimais heureux avec un seul coussin et une moitié de fille. Je pouvais facilement voir le chemin que j'avais parcouru. Maintenant j'avais tout un tas de coussins et Betty se déshabillait devant moi. Autour, la ville était endormie. J'ai pris le temps de fumer une dernière cigarette debout près de la fenêtre. Quelques voitures passaient sans faire de bruit. Le ciel était nickel.

— On dirait qu'ils viennent tous de faire régler leur moteur, j'ai dit.

— De qui tu parles ?

— J'aime bien ce coin. Je parierais que demain il va faire beau. Hé, tu me croirais pas, mais je suis mort.

Le lendemain matin, je me suis réveillé avant elle. Je me suis levé sans faire de bruit et je suis allé acheter des croissants. Il faisait beau que j'en croyais pas mes yeux. J'ai fait quelques courses. Je suis rentré tranquillement avec un sac sous le bras, au passage j'ai ramassé le courrier glissé sous la porte du magasin, que des pubs et des concours et en me baissant, j'ai remarqué la couche de poussière sur la vitrine, je l'ai notée.

Je suis allé tout droit dans la cuisine, j'ai sorti les trucs sur la table et je me suis activé. C'est le moulin à café électrique qui l'a réveillée. Elle est venue bâiller dans l'encadrement de la porte.

— Le marchand de lait, c'est un albinos, j'ai dit.

— Ah ouais...?

— T'imagines un albinos en blouse blanche avec une bouteille de lait dans chaque main?

— Ouais, ça me glace le sang!

— Tout juste! C'est ce que ça m'a fait.

Pendant que l'eau du café chauffait, je me suis déshabillé en vitesse et on a longé le mur pour commencer. Ensuite, on a fait un crochet vers les coussins. Durant ce temps-là, l'eau s'évaporait, c'est comme ça qu'on a grillé notre première casserole. J'ai foncé vers la cuisine et elle vers la salle de bains.

Vers dix heures, on a rangé les bols et fait disparaître les miettes de la table. La baraque était orientée plein sud, on avait ce qu'il fallait comme lumière. Je me suis gratté la tête en regardant Betty:

— Bon, j'ai fait. Par quoi on commence...?

En fin d'après-midi, j'ai pu enfin m'asseoir sur une chaise. Une terrible odeur d'eau de Javel flottait dans la baraque, si épaisse que je me demandais s'il serait pas dangereux d'allumer une cigarette. Le jour déclinait tout doucement, il avait fait un temps magnifique mais on avait pas mis le nez dehors, on avait traqué l'odeur de la morte dans le moindre recoin, dans les placards, sur les murs, sous les assiettes, avec une attention particulière pour la lunette des W.-C., jamais j'aurais pu imaginer qu'on puisse faire un ménage pareil, il restait plus rien de la vieille femme, pas un seul cheveu, pas un poil, pas un regard accroché dans les rideaux, même pas l'ombre d'une respiration, on avait tout effacé. J'ai eu l'impression de l'avoir tuée une deuxième fois.

J'entendais Betty qui frottait dans la chambre. Elle s'était pas arrêtée une seconde, elle avait tenu un sandwich d'une main, avec l'autre elle avait fait les carreaux, l'expression de son visage me rappelait Jane Fonda dans *On achève bien les chevaux*, quand elle en est à son troisième jour de merde. Mais elle, Betty je veux dire, elle avait bien ce qu'elle cherchait, non? Enfin moi, c'était mon avis. L'ennui, c'est que pendant qu'elle frottait, les idées lui pleuvaient en cascade dans la tête. Parfois, je l'entendais qui parlait toute seule et mine de rien, je m'approchais pour écouter. Il y avait de quoi frémir.

Ce qui m'avait achevé, c'était d'avoir descendu le matelas dans la rue, j'en avais bavé surtout dans l'escalier, j'avais mis un moment avant de m'apercevoir que j'étais accroché dans la lampe du plafond, entre-temps j'avais fait pas mal d'efforts. J'avais couché le matelas en travers des poubelles et j'étais remonté astiquer les derniers trucs et tordre deux ou trois serpillières. A la suite de ça, quand je me suis assis, j'ai pas éprouvé la moindre honte, de cette journée j'en avais ras-le-cul, oui sincèrement. Seulement Betty tenait à savoir ça tout de suite, ça pouvait pas attendre, mais qu'est-ce que ça peut bien te faire de téléphoner maintenant, elle m'avait demandé, à quoi ça sert d'attendre, hein...?

J'ai donc tourné le téléphone vers moi, toute la baraque brillait comme un sou neuf et j'ai appelé Eddie.

— Salut ! C'est nous... Y a longtemps que vous êtes arrivés ?

— Ouais. Tout se passe bien, là-bas... ?

— On est en plein ménage. On a même changé deux ou trois meubles de place...

— C'est bien, c'est parfait. Demain, je mets toutes vos affaires dans le train.

— Je compte sur toi. Dis donc... Betty et moi on se demandait si on pourrait pas mettre un petit coup de peinture dans la cuisine, un de ces quatre...

— Oui, bien sûr...

— Ah... eh bien sûrement qu'on va le faire, oui, on va bientôt s'y mettre. Ben c'est une bonne nouvelle.

— Ça me gêne vraiment pas.

— Ouais, c'est bien ce que je me disais. Tiens, pendant que j'y suis, je voulais te parler de cette espèce de papier dans le couloir, tu sais le machin à fleurs...

— Ouais, qu'est-ce qu'il a... ?

— Il a rien... Mais tu vois, si à l'occasion on pouvait le changer et mettre quelque chose de plus gai à la place. Tu verrais pas un truc dans les bleus, ça te dit rien le bleu...?

— J'en sais rien... Et toi, qu'est-ce que t'en penses...?

— C'est vachement plus calme.

— Bah, fais comme tu veux, moi j'y vois pas d'inconvénient.

— D'accord vieux, je vais pas t'emmerder plus longtemps avec ça... Mais tu comprends, je voulais avoir ton accord, tu vois ce que je veux dire.

— Te tracasse pas.

— Ouais, ouais.

— Bon...

— Eh, attends, j'oubliais un truc... Je voulais aussi te demander...

— Hum?

— C'est Betty. Elle a envie d'abattre une ou deux cloisons...

— ...

— Tu m'entends...? Tu sais ce que c'est, quand elles ont une idée dans la tête, enfin je te dirais, c'est des petites cloisons de rien, c'est pas le genre de travaux importants que tu pourrais imaginer. C'est des bricoles.

— Ouais, des bricoles, c'est quand même pas des bricoles... Faire sauter des murs, c'est déjà un cran au-dessus, vous êtes des rigolos...

— Ecoute, Eddie, tu me connais, je te ferais pas chier avec ça si c'était pas important, mais tu sais comment sont les choses, Eddie, tu sais qu'une poussière peut faire basculer le monde. Imagine que cette cloison soit comme une barrière dressée entre nous et une clairière ensoleillée, tu crois pas que ce serait comme une insulte à la vie de se laisser arrêter par cette petite barrière ridicule...? Ça te ficherait pas la trouille à toi, de passer à côté du but à cause de quelques malheureuses briques de cinq...? Eddie, tu vois pas que la vie est remplie de symboles épouvantables...?

— Bon, c'est d'accord. Mais allez-y mollo...

— Sois tranquille, je suis pas dingue.

Quand j'ai raccroché, Betty me regardait avec un sourire de bouddha. J'ai cru déceler dans son œil une étincelle qui remontait à l'âge des cavernes, quand le type suait et grognait pour préparer un abri à sa bonne femme qui souriait dans l'ombre. D'une certaine manière, ça me faisait plaisir de penser que j'obéissais à un besoin qui remontait à la nuit des temps. J'avais l'impression de faire quelque chose de juste et d'apporter ma goutte d'eau au grand fleuve de l'humanité. Sans compter qu'un peu de bricolage n'a jamais tué personne et c'est bien le diable aujourd'hui de pas tomber sur un truc en promotion au rayon des perceuses et des scies électriques. Ça permet de relever un peu la tête et de s'en sortir au niveau des étagères. Le secret, c'est de pas se faire péter les plombs à la gueule.

— Bon, alors, t'es contente ? j'ai demandé.

— Ouais.

— T'as pas faim ?

On a mangé en regardant un film d'horreur, des types qui sortaient d'une tombe et cavalaient dans la nuit en poussant des cris effroyables. Vers la fin, je bâillais et même je m'endormais par moments pendant deux ou trois secondes et quand je rouvrais les yeux, le cauchemar continuait, ils avaient trouvé une vieille femme dans une rue déserte et ils étaient en train de lui manger une jambe. Ils avaient des yeux dorés et me regardaient éplucher une banane. On a attendu que tous ces salauds soient passés au lance-flammes pour aller se coucher.

On a transporté les coussins dans la chambre et je me suis juré que la première chose que je ferais le lendemain, j'irais acheter un matelas, je me le suis juré sur ma tête. On a fait le lit en silence, on était lessivés mais pas le plus petit grain de poussière s'est manifesté pendant que les draps descendaient comme des parachutes en brassant l'air de la pièce. On allait pouvoir dormir sur nos deux oreilles sans risquer d'avaler un microbe.

Au petit matin, j'ai entendu qu'on tambourinait à la porte. J'ai pensé que j'étais en train de rêver car je voyais juste la lueur pâlichonne de l'aube flotter timidement derrière la fenêtre et le cadran du réveil était encore lumineux. J'ai été obligé de me lever, ça me faisait mal au ventre mais je me suis habillé en vitesse, j'ai fait gaffe de pas réveiller Betty et je suis descendu.

J'ai ouvert la porte. Le petit matin m'a fait frissonner. Il y avait un type devant moi, avec une casquette, un vieux pas rasé de deux jours qui me regardait en souriant.

— Hé, j'espère que je vous dérange pas? il a fait. Mais c'est vous qui avez mis ce matelas, là, sur les poubelles...?

Derrière lui, j'ai repéré la benne à ordures qui tournait au ralenti avec un gyrophare orange planté sur la tête. J'ai fini par faire le rapprochement avec lui.

— Ben oui, j'ai répondu. Qu'est-ce qu'y a qui va pas...?

— Eh ben on s'occupe pas de ces machins-là. On veut pas en entendre parler...

— Et alors, qu'est-ce qu'il faut que j'en fasse...? Le découper en morceaux et m'en avaler un bout tous les jours...?

— J'en sais rien. Après tout, c'est votre matelas, hein...?

La rue était silencieuse et vide à part ça. Le jour semblait s'étirer comme un chat qui descend d'un fauteuil, le vieux en a profité pour s'allumer un bout de clope dans la lumière dorée.

— Je comprends que ça vous emmerde, il a ajouté. Je me mets à votre place. Y a rien de plus chiant que de se débarrasser d'un matelas... Mais après ce qui est arrivé à Bobby, on prend plus ces trucs-là. Sans compter que c'était exactement le même, un gris à rayures, je revois Bobby en train d'essayer d'enfoncer le matelas dans la benne et cinq minutes après, il se faisait arracher un bras. Vous voyez le topo...?

Il me prenait de court. J'avais les yeux encore à moitié coincés par le sommeil. Et d'abord, qui c'était Bobby...? C'est ce que j'allais lui demander quand le type qui était au volant de la benne s'est penché à la portière et s'est mis à gueuler de l'autre côté du trottoir.

— Hé, qu'est-ce qu'y a...? Y a quelqu'un qui t'emmerde...?!

— C'est lui, c'est Bobby, a fait le vieux.

Bobby a continué à s'agiter dans le camion, il avait la tête sortie par le carreau et envoyait des petits nuages de vapeur autour de lui.

— Est-ce que ce type nous fait chier avec ce putain de matelas...? il a hurlé.

— T'énerve pas, Bobby, a fait le vieux.

J'ai eu froid. Je me suis aperçu que j'étais pieds nus. Il y avait même quelques plaques de brouillard par endroits, suspendues dans le petit matin. J'avais le cerveau qui marchait au ralenti. Bobby en a profité pour ouvrir sa portière et sauter du camion en gémissant. J'ai frissonné. Il portait un gros pull à manches retroussées et un de ses bras lançait des reflets et se terminait par une grosse pince. C'était une de ces prothèses bon marché en métal chromé, le truc remboursé à fond par la Sécu et taillé comme un pare-chocs. Je suis resté sidéré, le vieux regardait le bout de son clope en croisant une jambe.

Bobby s'est avancé vers nous en roulant des yeux, la bouche tordue par une grimace. Pendant une seconde, j'ai cru que je me retrouvais devant la télé, plongé dans une scène de ce film d'horreur sauf que maintenant j'étais passé en trois D. et que Bobby paraissait complètement cinglé. Heureusement, il s'est arrêté devant le matelas. Je le voyais parfaitement bien, il se trouvait qu'un lampadaire plongeait juste au-dessus de sa tête, comme un fait exprès. Les larmes sur ses joues ressemblaient à des éclairs tatoués. J'entendais pas bien, mais je crois qu'il s'est mis à parler au matelas en poussant des couinements. Le vieux a tiré une dernière bouffée de sa cigarette et l'a recrachée doucement en regardant en l'air.

— Y en a plus pour longtemps, il m'a dit.

Le cri de Bobby est venu me percuter l'oreille comme un javelot. Je l'ai vu soulever le matelas de sa seule vraie main, comme s'il l'avait empoigné par le cou et il l'a regardé dans les yeux comme s'il avait tenu devant lui le type qui avait gâché toute sa vie. Ensuite il a envoyé son poing dans le matelas et la pince est passée au travers, faisant rouler des petits bouts de kapok sur le trottoir. Le gyrophare me donnait l'impression d'être une araignée géante tissant sa toile autour de nous.

Le vieux a écrasé son mégot pendant que Bobby arrachait sa prothèse du matelas en sanglotant. Ce pauvre Bobby titubait sur ses jambes mais il tenait bon. Le jour se levait. Il a poussé un nouveau cri et cette fois-ci, il a visé un peu plus bas, à la hauteur du ventre et le bras articulé est passé au travers comme un obus. Le matelas s'est plié en deux. Sans attendre, Bobby s'est dégagé et il a visé la tête. Le tissu devait être un peu cuit, il se crevait avec le bruit d'un cochon qu'on égorge.

Pendant que Bobby se déchaînait et réduisait le matelas en miettes, le vieux regardait ailleurs. Le trottoir était désert, avec un pied dans la nuit et un doigt dans la lumière. J'avais le sentiment qu'on attendait quelque chose.

— Bon, maintenant ça devrait aller, a fait le vieux. Vous voulez pas me donner un coup de main...?

Bobby était complètement épuisé, ses cheveux étaient collés sur son front comme s'il s'était trempé la tête dans une cuvette de flotte. Il s'est laissé conduire gentiment jusqu'à la benne et on l'a installé derrière le volant. Il m'a demandé une cigarette, je lui ai tendu le paquet. C'était des blondes. Il s'est mis à me charrier avec sa tête de somnambule :

— Hé, ça c'est des cigarettes de pédé!

— Tout juste.

Je voyais bien qu'il se souvenait même plus de ce qui s'était passé. Pour plus de sécurité, j'ai jeté un coup d'œil sur le matelas, parce que ces types-là vous feraient douter de la réalité et c'est déjà assez dur comme ça en temps normal, il faut pas venir en rajouter. Maintenant, j'avais les pieds complètement gelés. Le vieux a balancé une poubelle dans la benne et je suis rentré mettre mes chaussures sans faire de bruit. Elle dormait toujours. Je les ai entendus démarrer et descendre lentement la rue pendant que je me demandais pour quelle raison je venais d'enfiler ces chaussures alors qu'il était à peine sept heures du matin, que j'avais rien de spécial à faire et que j'étais encore plus ou moins fatigué.

16

Pendant une bonne quinzaine, on a travaillé sur la baraque et Betty m'a étonné de bout en bout. J'ai été très heureux de faire ça avec elle, surtout qu'elle avait adopté mon rythme. Elle me laissait tranquille quand j'avais pas envie de parler et on s'arrêtait pour s'envoyer des bières, il faisait bon, elle me mettait des clous dans la bouche, elle faisait pas de conneries et elle pouvait tenir un pinceau pendant un petit moment sans que la peinture lui coule jusqu'en bas du coude. Je pouvais voir à des millions de détails qu'elle s'y prenait intelligemment, elle trouvait tout naturellement les gestes qu'il fallait. Il y a des filles comme ça, on se demande, des mouchoirs, si elles vont encore en sortir beaucoup de leur chapeau. Dans ces cas-là, travailler avec une fille, c'est au-dessus de tout. Surtout quand vous avez été assez malin pour vous payer un matelas neuf, trente-cinq centimètres de pur latex, et que vous savez comment vous y prendre pour la faire descendre de l'échelle avec un seul regard.

Comme on faisait toutes nos courses à pied et qu'on avait un peu de fric d'avance, je me suis mis à lorgner sur les voitures d'occasion, à lire les annonces avec Betty penchée sur mon épaule. Les grosses bagnoles étaient à des prix intéressants parce que les types paniquaient sur le plein d'essence, les grosses bagnoles étaient les derniers feux d'une civilisation et c'était le moment si on voulait en profiter. Qu'est-ce que ça peut bien faire, vingt-cinq ou trente litres au cent, est-ce qu'il faut être vraiment normal pour s'occuper de ça...?

On s'est retrouvés avec une Mercedes 280 d'une quinzaine d'années repeinte en jaune citron. J'étais pas fou de la couleur mais j'avais l'impression qu'elle marchait bien. Le soir, avant de me coucher, je la regardais par la fenêtre et il était pas rare qu'un petit rayon de lune vienne la toucher, c'était de loin la plus splendide bagnole de toute la rue. L'aile avant était un peu abîmée mais c'était rien, ce qui m'ennuyait c'est qu'il manquait l'enjoliveur du phare, mais j'évitais de le regarder. De trois quarts arrière, elle paraissait neuve, c'est comme ça, tout n'est qu'illusion dans la vie. Le matin, j'allais vérifier qu'elle était toujours là, puis ça m'a passé du jour au lendemain, ça m'a passé du jour où on s'est disputés avec Betty, un jour qu'on revenait du supermarché.

Elle venait de griller tranquillement un feu rouge et il s'en était fallu d'un cheveu pour qu'on soit pas piétinés comme des crêpes. J'avais glissé une petite remarque à ce sujet-là :

— Encore un petit effort et on pourra rentrer à pied avec le volant dans les mains, tu crois pas...?

On s'était levés tôt ce jour-là, on devait s'attaquer au plus gros morceau. A sept heures du matin, j'envoyais le premier coup de masse dans la cloison qui séparait la chambre de la pièce principale et je passais facilement au travers. Betty se tenait de l'autre côté, on s'est regardés par le trou pendant que la poussière retombait.

— T'as vu ça ! j'ai fait.

— Ouais, tu sais à quoi ça me fait penser... ?

— Ouais, à Stallone dans Rocky III.

— Mieux que ça. A toi en train d'écrire ton bouquin !

De temps en temps, elle me sortait des trucs comme ça. Je commençais à être habitué. Je savais qu'elle le disait sincèrement mais il y avait aussi ce besoin de m'enfoncer une aiguille pour voir si ça me faisait quelque chose. Ça me faisait pas du bien. Quand je pensais à ça, j'avais l'impression de me souvenir que j'avais une balle dans le dos, elle bougeait sans prévenir et la douleur me faisait soupirer intérieurement, je regardais ailleurs. Mais c'était pas la chose la plus importante pour moi. La vie pouvait parfois ressembler à une forêt de lianes, il fallait en lâcher une dès qu'on avait attrapé l'autre ou on se retrouvait par terre avec les deux jambes cassées. Au fond, c'était d'une simplicité étonnante, même un enfant de quatre ans aurait compris ça. Je découvrais plus de choses en vivant avec elle qu'en m'asseyant devant une feuille avec la cervelle en ébullition. Tout ce qui vaut vraiment la peine, ici-bas, ça s'apprend sur le tas.

J'ai décroché d'un doigt une petite brique qui menaçait de tomber.

— Je vois pas bien le rapprochement entre démolir un mur et écrire un bouquin, j'ai dit.

— Ça fait rien, ça m'étonne pas, elle a répondu.

Je me suis remis à cogner dans la cloison sans dire un mot. Je savais que je la blessais quand je lui répondais des trucs comme ça, que je lui gâchais son plaisir, mais je pouvais pas m'y prendre autrement, j'avais l'impression que je me parlais à moi. On a passé une partie de la matinée à empiler des cartons de gravats sur le trottoir sans qu'elle veuille desserrer une seule fois les dents. J'ai pas cherché à l'emmerder, j'ai même lâché quelques remarques çà et là sans attendre spécialement une réponse, qu'il faisait incroyablement doux pour un mois de janvier, qu'avec un coup d'aspirateur on y verrait plus rien, qu'elle devrait prendre au moins le temps de boire une bière, que putain comme ça la baraque changeait tout à fait de gueule, que c'était certain qu'Eddie allait se retrouver sur le cul quand il allait voir ça.

Je me suis lancé dans une omelette aux pommes de terre pour essayer de la dérider, mais ça a pas marché, les patates sont restées collées dans le fond de la poêle comme des ventouses et des saloperies qu'elles étaient. Je connais rien de plus déprimant que de se raccrocher à une branche quand elle finit par casser.

C'était difficile de se remettre tout naturellement au travail après ça, je sentais qu'il valait mieux changer un peu d'air. On a pris la voiture, direction le supermarché, il me fallait de la peinture et je savais qu'elle avait deux ou trois trucs à acheter, c'est rare qu'une fille soit pas en panne d'une crème ou d'une lotion hydratante, c'est rare qu'une fille refuse d'aller faire des courses. Si tout se passait bien, je pouvais chasser les nuages avec une tube de rouge à lèvres, deux ou trois culottes ou une tablette de chocolat praliné.

On a remonté doucement l'avenue principale avec les carreaux à moitié ouverts et le soleil de midi était comme du beurre de cacahuètes étalé sur du pain bénit. Je me suis garé sur le parking en sifflotant. Elle avait pourtant pas dit un mot, mais je m'inquiétais pas, dans trente secondes, je la plantais devant le rayon cosmétiques et le tour était joué. Comme elle gardait les mains dans les poches, la tête tournée de l'autre côté, c'est moi qui me suis appuyé le caddy. Plus que vingt secondes, je me suis dit.

Il y avait pas beaucoup de monde. Je restais un peu derrière elle, je la laissais faire, je la regardais balancer des boîtes et des boîtes dans mon caddy. Je me demandais si je pourrais pas en tirer un prix à la caisse, en prétextant qu'elles étaient du genre cabossé, leurs boîtes. Mais je disais rien, j'avais encore deux ou trois bonnes cartes dans ma manche.

On s'est avancés vers le rayon beauté. On s'est pas arrêtés, on l'a dépassé. J'y comprenais rien. Les types passaient un slow dans les haut-parleurs. Peut-être qu'elle avait décidé de me faire la gueule jusqu'à la nuit tombée, en tout cas ça en prenait le chemin, il fallait jouer serré.

Même topo devant le rayon lingerie, elle a même pas ralenti l'allure. Ça fait rien, je me suis arrêté. Je me suis garé en deuxième position, j'ai choisi deux culottes vite fait, des brillantes, et je l'ai rattrapée un peu plus loin.

— Regarde, j'ai fait. Je t'ai pris du 38. Elles sont bien, non ?

Elle s'est pas retournée. Très bien, j'ai attrapé les culottes et je les ai balancées en passant dans un bac de produits surgelés. Au pire, je me disais, la nuit finira par tomber dans quelques heures et elle sera délivrée de son serment. Je commençais à envisager de prendre mon mal en patience, j'ai ralenti le pas et j'ai stoppé devant les pots de peinture avec un sourire de béatitude. Pendant que je lorgnais les étiquettes, j'ai entendu comme un battement d'ailes d'oiseau dans mon dos suivi d'un petit choc. J'ai levé le nez. Il y avait que Betty et moi dans l'allée, elle se tenait un peu plus loin et regardait des bouquins. Tout paraissait calme. Les livres étaient présentés sur cinq ou six tourniquets rangés en file indienne, juste avant les cuisinières à mémoire et les bidules à micro-ondes et malgré qu'une belle fille se trouvait dans les parages, les oiseaux se bousculaient pas dans le coin. Pourtant, j'aurais juré... Je baissais à peine les yeux sur un bidon d'acrylique en une seule couche que ce fameux bruit d'ailes recommençait. Cette fois-ci, ils étaient deux, se suivant l'un derrière l'autre dans je ne sais quel ballet aérien, voire quel mystérieux prologue amoureux dont j'avais pu surprendre l'ombre avant de les entendre s'aplatir sur le mur du fond.

Je me suis tourné vers Betty. Elle venait de prendre un livre, un gros. Elle en a feuilleté trois pages puis l'a balancé rageusement au-dessus de sa tête. Celui-là a fait moins de chemin, il est tombé presque à mes pieds avant d'entamer sa glissade et de traverser l'allée centrale. Malgré tout, j'ai décidé de pas m'en occuper, j'ai penché mon bidon et je me suis mis à lire le mode d'emploi tranquillement pendant qu'une série de bouquins volaient dans tous les sens.

Quand j'en ai eu assez, je me suis levé, j'ai soulevé mon bidon et je l'ai couché dans le caddy. Pendant une seconde, nos regards se sont croisés. Il faisait chaud dans ce magasin, j'aurais bien voulu boire quelque chose dans la seconde qui suivait. Elle a secoué tous ses cheveux autour d'elle, ensuite elle a attrapé le premier tourniquet qui se trouvait devant elle et elle l'a poussé de toutes ses forces. Le truc s'est renversé avec un bruit épouvantable. Dans la foulée, elle a fait la même chose avec les autres puis elle a filé en courant. Je suis resté un moment cloué sur place. Quand je me suis senti mieux, j'ai fait faire demi-tour au caddy et je suis parti avec lui dans la direction opposée.

Un type en blouse blanche s'est ramené en courant vers moi. Il faisait une telle grimace que j'ai cru qu'il avait le diable à ses trousses, il était rouge comme un coquelicot qui vient de prendre un coup de sang. Il a posé sa main sur mon bras.

— Dites donc, il a fait. Qu'est-ce qu'il s'est passé, là-bas...?!

J'ai décroché sa main pour commencer.

— J'en sais rien, j'ai dit. Vous avez qu'à y aller voir...

Il savait pas s'il devait me laisser filer ou cavaler sur le lieu des dégâts et je voyais bien que ça lui posait un sacré problème. Il avait les yeux grands ouverts, il se mordillait la lèvre, incapable de prendre une décision, j'aurais pas été surpris de l'entendre pousser un petit gémissement. Il arrive des trucs tellement épouvantables dans une vie qu'un type a le droit, de temps en temps, de se tourner vers le ciel pour crier sa rage et son impuissance. J'ai eu pitié de lui parce que ce type était peut-être né ici, peut-être qu'il avait grandi dans le magasin et que toute sa vie était là, que c'était tout ce qu'il connaissait au monde. Si tout se passait bien, il pouvait tenir encore vingt ans.

— Ecoutez-moi, j'ai dit. Détendez-vous, c'est rien de catastrophique. J'ai tout vu, vous avez rien de cassé. C'est une petite vieille qui a fait tomber des livres mais vous avez rien d'abîmé. Ouais, vous avez eu plus de peur que de mal...

Il a réussi à m'envoyer un pâle sourire :

— Oui...? C'est vrai...?

Je lui ai cligné de l'œil.

— C'est juré. T'as vraiment que dalle !

J'ai poursuivi mon chemin jusqu'aux caisses. J'ai payé ma note à une fille maquillée qui se rongeait les ongles. Je lui ai souri en attendant ma monnaie. Ça lui a rien fait. J'étais le cinq millième type qui lui souriait comme ça depuis le début de la semaine, j'avais qu'à ramasser mon argent et filer. N'empêche que le soleil était toujours là quand je suis sorti. Heureusement, parce que s'il y a vraiment un truc que je déteste, c'est d'être lâché par tout le monde au même moment.

Betty m'attendait. Elle était assise sur le capot comme dans les années cinquante. Je me souvenais plus dans quel état ils étaient les capots durant ces années-là, mais ça m'étonne pas, les types avaient tous des têtes de cons, moi personnellement je regrettais rien, j'avais pas envie qu'elle me froisse de la tôle, on pouvait faire durer cette voiture jusqu'à l'an 2000 en y faisant un peu attention, j'avais pas envie de me mettre à porter des pantalons à plis avec la place pour trois mecs dedans et les bretelles ça me tire le cul.

— T'as pas attendu trop longtemps ? j'ai demandé.

— Non, je me chauffais les fesses.

— Tu feras attention de pas trop rayer la peinture en descendant. Le type du garage vient juste de lui donner un coup de polish...

Elle m'a dit qu'elle voulait conduire. Je lui ai passé les clés et elle a sauté derrière le volant pendant que je rangeais les trucs dans la malle en rêvassant dans la douceur de l'air, transpercé l'espace d'un instant par l'immobilité surnaturelle des choses et leur intensité, je cramponnais un paquet de spaghettis et j'entendais les trucs se briser dans la main comme du verre, mais je me leurrais pas, on a jamais entendu dire qu'un type puisse se faire toucher par la Grâce sur le parking d'un supermarché, surtout avec une fille qui pianote nerveusement sur le volant et encore cinquante-sept boîtes de ceci cela à sortir du caddy, en comptant les bières.

Je me suis installé à côté d'elle en souriant. Elle a emballé un peu le moteur avant de démarrer. J'ai ouvert mon carreau, j'ai allumé une cigarette, j'ai mis mes lunettes, je me suis penché en avant pour mettre de la musique, on descendait une longue rue avec le soleil qui cognait dans le pare-brise. Betty était comme une statue dorée avec les yeux mi-clos et des types s'arrêtaient sur le trottoir pour nous regarder passer à 40 à l'heure, mais ils savaient rien, ils étaient encore loin du compte, les pauvres. J'ai fait siffler un peu mon bras dans le vent, l'air était presque tiède et la radio enchaînait des morceaux potables. C'était tellement rare que j'ai cru y voir un signe, je me suis mis dans l'idée que le moment était venu, qu'on allait se raccommoder dans cette voiture et qu'on finirait le trajet en rigolant, parce qu'au début je croyais que c'était des oiseaux qui passaient dans mon dos, sans déconner.

J'ai pris une de ses mèches sur le dossier pour jouer avec.

— Ça serait ridicule que tu continues à me faire la gueule toute la journée...

J'avais déjà vu cette scène dans *Les Envahisseurs,* la fille qui tenait le volant n'était autre qu'une de ces créatures sans âme, tout à fait insensible à cette main que je lui tendais et pas un seul des muscles de son visage avait bougé. Je voudrais bien qu'un jour il y en ait une qui m'explique pourquoi elles font ça et comment elles s'arrangent avec le temps perdu. C'est un peu facile de profiter d'une espérance de vie qui nous laisse sur place, n'importe qui pourrait en faire autant.

— Hein...? j'ai insisté. Tu crois pas...?

Pas de réponse. Je m'étais donc trompé, je m'étais laissé berner par un rayon de soleil et un léger courant d'air comme le pire des débutants, mes derniers mots semblaient encore me tomber de la bouche comme des vieux bonbons pétrifiés. Il devait être aux environs de quatre heures, il y avait pas de voiture devant nous. Maintenant, je me sentais un peu énervé, c'était assez compréhensible. Après la séance du supermarché, est-ce que c'était lui demander la lune que de lui proposer de faire un break? Il y avait un croisement avec un feu vert, tout au bout. Le feu était au vert depuis un bon moment, une éternité je dirais. Quand on est passés il était carrément rouge vif.

Et donc, elle a brûlé le feu sans sourciller. Et donc, à ce moment-là, je lui ai dit qu'elle devrait faire encore un petit effort et qu'on pourrait rentrer à pied, et donc on en était là. Cette fois-ci, je l'attendais de pied ferme. Au lieu de ça, elle est descendue de la voiture et elle m'a regardé en tenant la porte comme si c'était moi qui avais fait toutes ces conneries.

— Je suis pas près de remettre les pieds dans cette voiture! elle a fait.

— Sans blague! j'ai fait.

Je me suis mis au volant pendant qu'elle regagnait le trottoir, j'ai embrayé et j'ai filé. J'ai remonté la rue.

Au bout d'un moment, j'ai décidé que j'étais pas pressé. J'ai fait un détour et je me suis arrêté devant le garage. Le type était derrière son bureau, les jambes croisées et derrière un journal aussi, je le connaissais, c'était le patron de la boîte, c'était lui qui m'avait vendu la Mercedes. Il faisait bon dehors, ça sentait le printemps. Il y avait un paquet de boules de gomme ouvert sur le bureau, c'était une marque que j'aimais.

— Bonjour, j'ai dit. Quand vous aurez une minute, on pourrait pas regarder l'huile...?

J'étais en train d'essayer de lire les gros titres à l'envers quand le journal s'est froissé d'un seul coup et j'ai vu sa grosse tête à la place, sa tête était beaucoup plus grosse que la normale, une fois et demie si vous mordez un peu le topo. Je me demandais où il pouvait bien acheter ses lunettes.

— Mais bon Dieu... mais POURQUOI???!! il a fait.

— Eh ben, il faudrait pas qu'elle en manque...

— Mais c'est la cinquième fois que vous venez en l'espace de quelques jours et à chaque fois on a regardé ce bon sang de niveau et il en manquait pas, hein, je raconte pas d'histoires, il en manquait pas une goutte... Alors vous allez venir comme ça tous les jours, vous allez venir me casser les pieds alors que je vous dis que cette bagnole bouffe pas une seule goutte d'huile...?

— Bon, c'est la dernière fois, mais je veux en être sûr, j'ai dit.

— Non, parce que comprenez-moi, c'est pas en vendant une voiture de ce prix-là que je peux m'endormir sur mes lauriers, je suis obligé de m'occuper de choses un peu plus sérieuses, vous me suivez...?

Je lui ai lâché un morceau de jambon :

— Je viendrai faire ma vidange à deux mille cinq cents, j'ai dit.

Il a soupiré, ce con, mais moi j'y pouvais rien si le monde était comme ça, pendant plusieurs jours tu vas pas en perdre une goutte et un beau matin tu te fais une hémorragie sur le trottoir. Il a appelé un type qui passait avec un arrosoir dans la main, le genre dégourdi.

— Bon, toi... Laisse tomber cet arrosoir et va regarder le niveau d'huile dans la Mercedes.

— Ouais, d'accord.

— T'inquiète pas, le niveau est correct, mais le client est pas tranquille. Alors tu me vérifies ça soigneusement, tu me le regardes en pleine lumière, tu me l'essuies, tu recommences et tu lui montres bien que le niveau est entre les deux encoches. Assure-toi que vous êtes bien d'accord avant de remettre le machin à sa place.

— Non, c'est vrai que je me sentirais mieux, j'ai dit. Je peux vous prendre une petite boule de gomme?

J'ai accompagné l'apprenti mécano jusqu'à la voiture pour lui ouvrir le capot. Je lui ai montré où se trouvait la jauge.

— Moi, une voiture comme ça, c'est mon rêve...! il a fait. Le patron il y comprend rien.

— T'as raison, j'ai dit. Faut jamais faire confiance à un type de plus de quarante ans.

Un peu plus loin, je me suis arrêté pour boire un coup. Au moment de payer, j'ai sorti mon portefeuille et je suis tombé sur ce bout d'article où ils parlaient de Betty, l'histoire avec les bombes de laque. J'ai demandé au barman de me resservir la même chose. Un peu plus loin, je freinais devant un marchand de journaux. J'ai regardé tous les titres un par un, à la fin j'étais saoulé, je suis ressorti avec un truc qui parlait de cuisine et un autre qui en parlait pas.

Chemin faisant, je me suis vraiment éloigné de la baraque, c'était un coin que je connaissais pas, j'ai roulé lentement. J'étais presque au bout de la ville quand j'ai remarqué que le soleil se couchait. Je suis rentré tranquillement. Quand j'ai freiné à la hauteur des pianos, la nuit mettait déjà un pied par terre. Elle tombait très vite, c'était une nuit étrange, une de ces nuits dont j'allais me souvenir.

C'est bien simple, quand je suis arrivé, elle était devant la télé et elle s'envoyait un bol de céréales avec une cigarette dans la main. Ça sentait le tabac. Ça sentait autre chose aussi, ça sentait le soufre.

Il y avait les trois nanas de service avec les plumes et un type qui braillait dans le micro une salade un peu exotique et molle, je trouvais que ça convenait pas du tout à la tension qui régnait dans la pièce, j'étais pas en train de me balader sur une plage désertique du tiers monde avec des kilomètres de sable fin de chaque côté de la terrasse de l'hôtel et un barman qui fabrique dans l'ombre mon cocktail spécial à base de curaçao bleu, non, j'étais juste au premier étage d'une baraque, avec une fille qui avait avalé des braises et il faisait nuit. D'emblée, les choses ont pris une mauvaise tournure. J'ai rien fait d'autre que d'aller dans la cuisine et en passant j'ai baissé un peu le son du poste. J'avais pas ouvert le frigo que la télé se remettait à hurler.

Ensuite, ça a été le scénario habituel, mais rien de très original, j'ai eu le temps de boire une bière et de fracasser la canette dans le fond de la poubelle pour donner le ton. Mais qui peut être assez fou pour penser qu'on peut vivre avec une fille et passer au travers de ces petits incidents...? Et qui songerait à en nier la nécessité, hein...?

On avait déjà atteint un niveau honorable, avec quelques longs éclairs dans les yeux et la porte de la cuisine qu'on ouvrait ou qu'on claquait et pour ma part, je me serais bien arrêté là, je commençais à avoir des répliques foireuses et la température semblait se stabiliser. Je voulais bien me contenter d'un match nul si ça pouvait nous éviter de jouer les prolongations.

J'ai pas toujours pu expliquer certains de ses gestes. Je les ai pas toujours compris non plus. Ce qui fait que j'ai pas toujours pu les éviter. Alors j'étais là à souffler dans un coin en attendant d'être sauvé par le gong, quand elle a levé les yeux sur moi en fermant son poing. Ça m'a étonné parce qu'on s'était encore jamais vraiment tapés dessus mais comme j'étais au moins à trois ou quatre mètres, je me suis pas inquiété, j'étais dans la peau du sauvage qui se demande à quoi sert l'objet que l'homme blanc est en train de braquer dans sa direction. Ce poing tout d'abord, elle l'a levé jusqu'à sa bouche, comme si elle voulait l'embrasser et la seconde d'après, elle le faisait passer au travers d'un carreau de la cuisine et sur le moment, j'ai cru que le carreau venait de pousser un cri.

Le sang a giclé puis a glissé le long de son bras comme si elle avait écrasé une poignée de fraises dans sa main. Je suis désolé de dire ça, mais je me suis retrouvé avec les couilles vraiment molles. Une sueur glacée m'a serré le crâne comme un garrot. J'ai entendu une espèce de sifflement dans mes oreilles avant qu'elle se mette à rigoler, elle faisait une telle grimace que sur le coup j'ai failli pas la reconnaître, j'ai pensé à un ange des ténèbres.

J'ai bondi sur elle comme un ange lumineux et j'ai attrapé son bras blessé avec le même dégoût que si j'avais empoigné un serpent à sonnettes. Son rire me cassait les oreilles et elle m'envoyait des coups de poing dans le dos mais j'ai quand même pu examiner ses blessures.

— Putain, espèce de conne, t'as de la chance...! j'ai dit.

J'ai emmené le bras jusqu'à la salle de bains et je l'ai passé sous l'eau. Maintenant, je commençais à avoir chaud, je commençais à sentir les coups qu'elle m'envoyait et je savais plus si elle pleurait ou riait mais le fait est qu'elle se déchaînait carrément dans mon dos. Je devais la cramponner de toutes mes forces pour lui laver la main. Au moment où je prenais les pansements, elle m'a attrapé par les cheveux et m'a renversé la tête en arrière. J'ai poussé un cri. Moi je suis pas comme certains, ça me fait très mal quand on me tire les cheveux, surtout quand on y va pas de main morte. Ça m'a presque fait venir les larmes aux yeux. Alors j'ai envoyé mon coude en arrière, j'ai touché quelque chose et elle m'a lâché immédiatement.

Quand je me suis retourné, j'ai vu qu'elle saignait du nez.

— Ah merde! C'est pas vrai...! j'ai grogné.

D'un autre côté, ça l'avait calmée. J'ai pu faire son pansement à peu près tranquillement, si ce n'est la bouteille de Mercurochrome qu'elle m'a fait renverser dans un dernier sursaut. J'ai pas eu le temps de retirer mon pied. La veille, j'avais mis un coup de blanc sur mes chaussures et maintenant que l'une d'elles tirait carrément sur le rouge vif, l'autre me semblait d'une blancheur éclatante, c'était d'un effet saisissant. Le sang coulait encore de sa main mais son nez allait mieux. Elle poussait des petits gémissements. J'avais pas envie de la consoler, je devais plutôt me retenir pour pas la secouer dans tous les sens et la forcer à me demander pardon pour ce qu'elle s'était fait à la main. J'étais prêt à la laisser pleurer pendant des jours et des jours si ça s'était arrêté là.

J'ai fait un nouveau tour de bande autour de sa main et avant de la laisser, je lui ai donné un mouchoir pour son nez sans dire un mot. Ensuite je suis allé ramasser les morceaux de verre dans la cuisine. Pour être exact, j'ai allumé une cigarette et je suis resté debout à les regarder scintiller sur le carrelage comme une équipe de poissons volants. Un petit vent frais passait par le carreau, au bout d'un moment j'ai frissonné. J'étais en train de me demander de quelle manière j'allais pouvoir me débarrasser de ces trucs-là, si ça valait la peine de sortir l'aspirateur ou si j'allais tenter le coup avec la pelle et la balayette, quand j'ai entendu brusquement claquer la porte du bas. J'ai donc laissé tout ça en plan et la seconde d'après, la rue a regardé surgir un type avec l'écume aux lèvres et une godasse rouge au pied.

Elle avait au moins cinquante mètres d'avance mais j'ai poussé une espèce de long hurlement qui m'a propulsé comme un turbo et je me suis mis à gagner du terrain. Je voyais son petit cul danser dans son jean et ses cheveux flottaient à l'horizontale.

On a traversé le quartier comme deux étoiles filantes. Je grignotais centimètre par centimètre, elle tenait la grande forme, en n'importe quelle autre occasion, je lui aurais tiré mon chapeau, on soufflait comme des locomotives et les rues étaient pratiquement désertes, un peu de brouillard parfumé aux herbes folles tombait par-ci par-là mais j'étais pas là pour admirer le paysage, j'étais engagé dans une poursuite infernale avec la rage au cœur et le staccato délirant de la galopade sur la bande-son. Je l'avais appelée deux ou trois fois, maintenant je préférais garder mon souffle, il y avait quelques traînards qui se retournaient sur nous et sur le trottoir d'en face, deux filles ont crié des conneries pour encourager Betty, on tournait au coin de la rue que je les entendais encore, je plaignais le premier type sans défense qui allait croiser leur chemin.

Quand je me suis plus retrouvé qu'à trois ou quatre mètres derrière elle, j'ai senti le petit vent de la victoire siffler à mes oreilles, je me suis dit accroche-toi, c'est presque dans la poche, c'est la ligne d'arrivée, mon petit vieux. A ce moment-là, j'ai ressenti une telle jouissance que j'ai dû envoyer un paquet de vibrations autour de moi et elle l'a parfaitement senti, elle a pas eu besoin de se retourner, je sais pas ce qu'elle a fabriqué mais je me suis retrouvé avec une poubelle en travers des jambes, je suis passé par-dessus et je me suis rétamé de l'autre côté en faisant une espèce de soleil.

Je me suis relevé dès que j'ai pu. Elle m'avait repris au moins trente mètres. Ça me brûlait quand je respirais, mais j'ai quand même repris ma course, j'étais là pour ça, il fallait que je rattrape cette fille d'une manière ou d'une autre et si elle avait su à quel point j'étais déterminé, elle aurait crié pouce, elle aurait pas imaginé un seul instant pouvoir m'arrêter avec une petite poubelle de rien du tout, elle aurait regardé les choses en face.

J'avais mal au genou, je m'étais fait ça en tombant, mais elle avait ralenti l'allure, je me laissais pas distancer. Mine de rien, on avait fait un bon bout de chemin, on se trouvait dans un coin réservé aux entrepôts avec une voie de chemin de fer qui passait au milieu. Mais c'était pas un de ces endroits sordides envahis par la rouille et la mauvaise herbe et baignant dans la lumière surnaturelle d'un rayon de lune, on cavalait pas dans la beauté sauvage de ces terrains laissés à l'abandon. C'était le contraire de ça. Tous les bâtiments semblaient neufs et le sol était goudronné tout autour, je savais pas qui est-ce qui payait les notes d'électricité dans le coin mais on y voyait comme en plein jour.

Betty a bifurqué à l'angle d'un hangar bleu et rose,

un rose attendrissant, elle courait plus vraiment. Mon genou était enflé comme une petite citrouille, je traînais la jambe en serrant les dents, le souffle court et le cerveau suroxygéné. Ce qui me rassurait, c'était de la voir à bout de forces, à une petite longueur devant moi et on en voyait pas la fin de ce hangar, de temps en temps elle s'appuyait dessus ou le repoussait d'une main. Maintenant je commençais à avoir froid. Toutes mes affaires étaient trempées de sueur et j'ai senti d'un seul coup cette nuit d'hiver qui m'étreignait des pieds à la tête, j'ai baissé les yeux sur mon petit pull sans faire un effort pour me secouer.

Quand j'ai relevé la tête, j'ai vu qu'elle s'était arrêtée. J'en ai pas profité pour me jeter sur elle, j'ai marché normalement, ce qu'on pourrait dire doucement même, je préférais arriver quand elle aurait fini de vomir. Il y a rien de plus terrible que de vomir quand on est à bout de souffle, on arrête pas de s'étrangler.

De mon côté, ce bon vieux blue-jean était gonflé comme une saucisse autour de mon genou. On commençait à descendre dans le trente-sixième dessous, au musée des horreurs, quelque chose comme deux cinglés d'éclopés venant de se faire sortir du dernier bar. Il y avait une telle lumière que j'ai cru qu'on tournait un film ou un documentaire sur la vie du couple. J'ai attendu son dernier hoquet avant de me décider à placer un mot.

— Hé, on crève de froid ! j'ai dit.

Elle avait tous ses cheveux dans la figure, je la voyais pas. Et je disais pas ça en l'air, j'avais du mal à m'empêcher de claquer des dents, j'étais comme un type qui s'enfonce dans la glace avec un dernier regard pour le soleil couchant.

Avant de devenir tout bleu, je l'ai attrapée par un bras mais elle m'a aussitôt repoussé. Seulement voilà, toute cette histoire avait commencé de bon matin et on y était encore au milieu de la nuit et c'était l'hiver et j'avais le sentiment d'avoir payé le prix fort pour la journée, je voulais pas donner un sou de plus, il y avait pas de danger, alors bien sûr j'ai pas eu besoin d'un temps de réflexion avant de l'empoigner par le col de son blouson, son bras était pas encore retombé. Je l'ai bloquée contre la paroi du hangar en reniflant une goutte qui me coulait du nez. Cette nuit me rendait malade.

— Avoir du style, c'est s'arrêter avant d'en faire trop ! j'ai dit.

Cette nuit me rendait ténébreux. Au lieu de m'écouter, elle s'est débattue mais je la tenais plaquée contre la tôle ondulée et je sentais plus ma force. Même si j'avais voulu, j'aurais pas pu la lâcher. Quelque chose en elle a dû comprendre ça. Elle s'est mise à hurler et à envoyer des coups dans la tôle. Le hangar a sonné comme une cloche aux portes de l'enfer.

Ça m'a vraiment lessivé de la voir dans cet état-là, la bouche tordue et me dévisageant comme si j'étais un parfait inconnu. J'ai pas pu supporter ça très long-temps, ni sa rage, ni ses cris, ni la manière dont elle essayait de me planter là avec une fille en pleine crise de nerfs sur les bras, une avec les griffes dehors. Je l'ai giflée pour la ramener sur terre, j'aimais pas ça mais je l'ai giflée à tour de bras comme si j'avais été chargé de chasser le démon, avec une espèce de frénésie mysti-que.

A ce moment-là, une bagnole de flics est apparue près de moi comme une soucoupe volante. J'ai lâché Betty, elle a glissé sur ses talons pendant que les portes de la voiture s'ouvraient. Cette voiture envoyait des éclairs bleus comme un jouet d'enfant. J'ai vu un jeune flic faire un roulé-boulé sur le sol et se retrouver sur ses deux jambes en braquant à bout de bras un machin dans ma direction. Un vieux est sorti normalement par l'autre porte. Il avait une longue matraque dans les mains.

— Alors, qu'est-ce qu'il se passe, ici ? il a demandé.

J'ai eu un mal de chien à avaler ma salive.

— Elle s'est sentie pas bien, j'ai dit. J'étais pas en

train de la tabasser, j'avais peur qu'elle pique une crise de nerfs... Je sais que c'est difficile à croire...

Le vieux m'a posé sa matraque sur l'épaule en souriant :

— Pourquoi ça serait difficile à croire...? il a demandé.

J'ai reniflé. J'ai tourné la tête vers Betty.

— Elle a l'air d'aller mieux, j'ai soupiré. On va pouvoir y aller...

Il a fait passer sa matraque sur mon autre épaule. Je recommençais à crever de froid.

— C'est un drôle d'endroit pour piquer une crise de nerfs, hein...?

— Je sais. C'est parce qu'on a couru...

— Ouais, mais vous êtes jeunes. C'est bon pour le cœur de courir.

Le poids de sa matraque faisait frissonner ma petite clavicule. Je savais ce qui allait arriver mais je voulais pas le croire, j'étais dans la position du type qui regarde grimper dangereusement la pression de sa chaudière et qui espère que les robinets vont se fermer tout seuls. J'étais paralysé, j'étais gelé, j'étais dégoûté par ce qui arrivait. Le vieux s'est penché sur Betty sans perdre le contact avec moi, j'avais l'impression de faire masse au bout de la matraque, elle avait glissé de mon épaule et s'était collée en travers de mon ventre.

— Et la petite dame, comment elle se sent la petite dame...? il a demandé.

Elle a rien répondu mais elle a écarté ses cheveux pour regarder le flic et moi j'ai vu qu'elle allait mieux, j'ai pris ça comme un petit lot de consolation en attendant que la chaudière me saute à la figure. Je me suis laissé envahir par la douceur du désespoir. Après une journée pareille, j'étais incapable de me secouer.

— Je voudrais qu'on en finisse, j'ai murmuré. Vous êtes pas obligé de me faire attendre...

Il s'est relevé doucement. Mes oreilles sifflaient, j'avais déjà mal un peu partout, les secondes s'étiraient comme des figures libres à un concours de chewing-

gum pendant que le vieux se redressait. Il m'a regardé.
Ensuite il a regardé le jeune flic qui se tenait toujours
en position, un œil fermé, sans frémir d'un poil de
millimètre, les jambes fléchies. Ces types-là devaient
avoir des cuisses en acier trempé. Le vieux a soupiré :

— Bon sang, Richard, je t'ai déjà dit que je voulais
pas que tu braques ce truc-là vers moi. T'as pas encore
compris...?

L'autre a juste fait marcher ses lèvres :

— T'inquiète pas, c'est pas toi que je vise, c'est lui.

— Ouais, mais on sait jamais. Je voudrais que tu
baisses ce machin...

Le jeune flic paraissait pas très chaud pour ranger
son matériel.

— Je suis pas tranquille avec ce genre de cinglé, il a
fait. T'as regardé la couleur de ses godasses...? T'as vu
un peu ça...?!

Le vieux a hoché la tête :

— Ouais, mais tu te souviens, Richard, l'autre jour
on a croisé un type avec les cheveux verts dans la rue.
Il faut se faire une raison, tu sais, aujourd'hui le
monde est comme ça... On peut plus s'arrêter à ce
genre de détails.

— Surtout que c'est un ridicule accident, j'ai
enchaîné.

— Aaahh, tu vois bien... a fait le vieux.

L'autre a baissé son arme à contrecœur, il s'est passé
une main dans les cheveux.

— Un de ces jours, il nous arrivera une merde si on
fait pas un peu plus attention. Tu l'auras bien cherché.
T'as pensé à fouiller ce type...? Mais non, bien sûr que
non tu y as pas pensé...! Tout ce qui t'intéresse, c'est de
me voir ranger mon flingue, c'est pas vrai...?!

— Ecoute, Richard, ne le prends pas mal...

— Non, mais alors quoi... c'est vrai, merde!! C'est à
chaque fois la même histoire...!!

Il s'est baissé pour ramasser rageusement sa casquette puis il est monté dans la voiture en claquant la
porte. Il a fait semblant de regarder ailleurs en se

mâchouillant l'ongle d'un pouce. Le vieux semblait contrarié.

— Mais bon sang! il a fait. Je te signale que j'ai quarante ans de métier. Laisse-moi te dire que je commence à savoir quand il faut se méfier...!

— Ça va, démerde-toi, j'en ai rien à foutre...! Fais comme si j'étais pas là!

— Mais enfin, regarde-les...! La fille tient à peine debout et le type je lui fends le crâne en deux avant qu'il puisse faire un seul geste...

— Laisse-moi tranquille, fous-moi la paix!!

— Tu sais que t'as un putain de caractère, hein!?

Le jeune s'est penché pour remonter le carreau à toute vitesse. Ensuite il a mis la sirène en marche et s'est croisé les bras. Le vieux a blêmi. Il s'est précipité sur la voiture mais l'autre avait bloqué les portes.

— OUVRE-MOI...!! ARRÊTE ÇA TOUT DE SUITE!! a hurlé le vieux.

Betty se tenait les oreilles, la pauvre, elle venait à peine de reprendre ses esprits, elle devait rien y comprendre. Pourtant, c'était clair comme de l'eau de roche, c'était un vulgaire contrôle de police. Le vieux s'est penché sur le capot pour regarder à travers le pare-brise, les veines de son cou étaient grosses comme des cordes.

— RICHARD, JE RIGOLE PAS!!! JE TE DONNE DEUX SECONDES POUR M'ARRÊTER CE TRUC, T'AS COMPRIS...??!!

L'horreur a duré encore quelques secondes, puis Richard a coupé le truc. Le vieux est revenu vers moi en se passant une main sur le front. Il s'est tripoté le bout du nez, les yeux dans le vide. Le silence était flambant neuf.

— FFffff... il a fait. Maintenant ils nous envoient des jeunes super-entraînés. C'est bien mais je trouve que ça leur abîme un peu les nerfs...

— Je suis désolé, c'est de ma faute, j'ai dit.

Betty s'est mouchée derrière moi. Le vieux a remonté

un peu son pantalon. J'ai levé les yeux vers le ciel étoilé.

— Vous êtes de passage dans le coin ? il a demandé.

— On s'occupe du magasin de pianos, j'ai dit. On connaît bien le propriétaire...

— Ohhh... vous voulez parler d'Eddie... ?

— Oui, vous le connaissez ?

Il m'a envoyé un sourire lumineux :

— Je connais tout le monde, ici. J'ai pas bougé depuis la dernière guerre.

J'ai frissonné.

— Vous avez froid ? il a demandé.

— Hein... ? Oui, oui, je suis complètement gelé.

— Bon, vous avez qu'à monter tous les deux. Si vous voulez, je vous ramène.

— On va pas déranger ?

— Non. C'est de voir traîner les gens du côté des hangars qui me dérange. Personne a rien à faire dans ce coin une fois la nuit tombée.

Cinq minutes plus tard, ils nous déposaient en bas de chez nous. Le vieux a passé sa tête par le carreau pendant qu'on descendait sur le trottoir.

— Hé, j'espère que pour ce soir, c'est fini les scènes de ménage, hein... ?

— Oui, j'ai dit.

Je les ai regardés partir pendant que Betty ouvrait la porte et montait, j'ai attendu qu'ils disparaissent tout au bout de la rue. Si j'avais pas eu aussi froid, j'aurais été incapable d'arracher mes pieds de ce trottoir, j'ai eu réellement un passage à vide à ce moment-là, comme si j'ouvrais les yeux après une lobo. Mais c'était une nuit d'hiver avec le ciel dégagé et l'espace glacé avait pris la rue dans une tenaille vibrante et me torturait. J'ai profité que j'étais tout seul pour gémir un peu puis j'ai tourné les talons et je suis monté.

Je suis monté tant bien que mal avec mon genou étoilé et la certitude que j'avais attrapé la mort dans l'histoire, mais j'ai quand même souri à la tiédeur de l'appart, j'ai eu l'impression de pénétrer à l'intérieur d'un chausson aux pommes.

Betty était allongée sur le lit. Elle était tout habillée, elle me tournait le dos. Je me suis assis sur une chaise en gardant le genou tendu, un bras passé par-dessus le dossier. Putain de merde je me suis dit tout au fond de moi en la regardant respirer. Le silence ressemblait à une pluie de paillettes tombant sur une tartine de colle. On avait toujours pas échangé un mot.

Pourtant la vie continuait et je me suis levé, je suis allé examiner ma jambe dans la salle de bains. J'ai baissé mon pantalon. Mon genou était rond, presque luisant, il était pas très beau à voir. En me relevant, je me suis vu dans la glace. Ce genre de tête va très bien avec ce genre de jambes, je me suis dit, toutes les deux elles vont la main dans la main et pendant que l'une t'arracherait des larmes, l'autre te ferait carrément pousser un cri. Je plaisantais, mais d'un autre côté je savais pas du tout ce que j'allais pouvoir mettre dessus, sur mon genou s'entend, il y avait rien qui ressemblait à un baume universel dans l'armoire à pharmacie. En fin de compte, j'ai remonté mon pantalon le plus doucement possible, j'ai avalé deux aspirines et je suis retourné dans l'autre pièce en emportant ce qui restait de Mercurochrome, des compresses et une bande Velpeau.

— A mon avis, faudrait refaire ton pansement, j'ai dit.

Je suis resté debout comme le type qui attend pour noter la commande. Mais elle a pas bougé. Elle se trouvait exactement dans la même position que tout à l'heure, à moins qu'elle n'ait remonté légèrement ses genoux vers sa poitrine ou qu'une mèche n'ait finalement basculé de son épaule dans un silence absolu mais je l'aurais pas juré. Je me suis attrapé la nuque pendant un bon moment avant d'aller voir ce qui se passait, ça m'a donné l'air de réfléchir alors que je pensais à rien.

Elle dormait. Je me suis assis à côté d'elle.

— Tu dors ? j'ai fait.

Je me suis penché pour lui retirer ses petites godasses, genre tennis, idéales pour traverser la ville au pas de course et ce genre de détails pouvait vous donner à réfléchir sur la logique profonde des choses alors que pas plus tard qu'hier elle se baladait avec des talons aiguilles et je l'aurais rattrapée au bas de l'escalier comme qui rigole. J'ai balancé les petits machins blancs au pied du lit, sans colère, j'ai fait glisser la fermeture de son blouson. Elle dormait toujours.

Je suis allé chercher un kleenex pour me moucher et à tout hasard, je me suis sucé une ou deux pastilles pour la gorge pendant que je me lavais soigneusement les mains. Maintenant, la nuit ressemblait à un orage qui vient se poser sur un incendie de forêt. Je pouvais respirer un peu et laisser couler l'eau chaude sur mes mains en fermant les yeux quelques instants.

Ensuite, je suis revenu près d'elle pour m'occuper de son pansement. Je m'y suis pris aussi doucement que si je devais poser une attelle sur la patte d'un oiseau. J'ai soulevé la gaze millimètre par millimètre pour la décoller et je l'ai pas réveillée. Non, j'ai déplié délicatement sa main, je me suis assuré que les coupures étaient propres, je les ai effleurées avec la pipette du Mercurochrome et j'ai refait le pansement en m'appliquant, en le serrant juste comme il fallait, j'ai nettoyé le sang qui avait collé sur ses ongles, j'ai effacé tout ce que je pouvais, je sentais que j'allais sûrement tomber un peu amoureux de ses petites cicatrices.

Je me suis envoyé un grand verre de rhum chaud dans la cuisine. J'ai pas tardé à transpirer mais il fallait bien que je me soigne d'une manière ou d'une autre. J'ai pris le temps de ramasser les morceaux de verre sous la fenêtre et je suis retourné près d'elle. J'ai fumé un peu de tabac. Je me suis demandé si j'avais pas choisi la voie la plus difficile, si vivre avec une femme était pas l'expérience la plus terrible qu'un homme puisse tenter, si c'était vendre son âme au Diable ou finir par se décrocher le troisième œil. J'ai été plongé dans des abîmes de perplexité jusqu'au moment où Betty a bougé contre moi, elle s'est tournée doucement dans son sommeil et un souffle d'air pur a traversé mon âme, la débarrassant de ses sombres pensées comme le ferait d'une mauvaise haleine un coup de bombe mentholée.

Tu devrais la coucher, je me suis dit, elle est sûrement pas bien comme ça. J'ai attrapé une revue par terre, je l'ai feuilletée d'un doigt distrait. Mon horoscope prévoyait que j'allais avoir une semaine difficile avec mes collègues de bureau mais que le moment était bien choisi pour demander une augmentation. J'avais déjà remarqué que le monde était en train de rétrécir, je m'étonnais plus de rien. Je me suis levé pour manger une orange aussi brillante que la foudre, et bourrée de vitamine C en plus de ça, ensuite je suis revenu vers elle comme une balle de Jokari.

J'ai enfilé mes doigts de magicien pour la déshabiller, je me suis embarqué dans une partie de mikado géant où chaque coup se jouait sur un souffle, j'en ai chié avec son pull, surtout pour lui passer la tête dans l'encolure, d'ailleurs elle a battu des cils à ce moment-là et j'ai senti la sueur perler à mon front, il s'en est vraiment fallu d'un poil. Après ça, j'ai même pas cherché à lui enlever son tee-shirt, même chose avec le soutien-gorge, j'allais pas m'amuser avec les bretelles, je l'ai simplement dégrafé.

Pour le pantalon, j'ai pas eu tous ces problèmes et les chaussettes sont venues toutes seules. Lui virer son slip était pour moi un jeu d'enfant. Je l'ai passé sous mon nez avant de le lâcher, ô fleur ténébreuse, ô petit truc à rayures dont les pétales froissés se referment dans la main d'un homme, je vous ai gardé pressé contre ma joue l'espace d'une seconde, aux alentours d'une heure du matin, c'était bon. Après ce genre de sensations, j'avais pas du tout envie de mourir. Je suis allé chercher la bouteille de rhum pour soigner ma broncho-pneumonie.

Je me suis assis par terre, le dos appuyé au lit. J'ai bu

une gorgée pour ma jambe qui me faisait mal. Et une pour sa main. Et une pour cette nuit qui finissait. Et une pour le monde entier. J'ai essayé d'oublier personne. Je me suis aperçu qu'en penchant la tête en arrière, mon crâne venait s'appliquer sur une cuisse de Betty. Je suis resté un moment dans cette position, les yeux grands ouverts, le corps flottant dans le désert intergalactique comme une poupée guillotinée.

Quand je me suis senti d'attaque, je me suis levé et je l'ai soulevée dans mes bras. Je l'ai soulevée assez haut, de manière à n'avoir qu'à plier la tête pour enfouir ma figure dans son ventre et tout doucement la chaleur de son corps m'a irradié. J'ai décidé de tenir le plus longtemps possible sur mes deux jambes, mes bras étaient raides comme des clés à molette, mais pour ce qui était du repos de mon âme, c'était ce que je pouvais trouver de mieux, alors j'ai tenu bon, je me suis frotté sur sa peau douce en me tordant à moitié le nez, j'ai grogné doucement, le rhum suait dans mon dos tandis que j'étais en train de me vider de mon poison. J'étais pas en train de me poser des questions.

Au bout d'un instant, elle a entrouvert un œil, je devais trembler comme une feuille, mes bras allaient se casser.

— Hé... hé... oh, mais qu'est-ce que tu fais...?
— Je suis sur le point de te coucher, j'ai murmuré.

Elle s'est rendormie aussitôt. Je l'ai posée sur le lit et j'ai tiré la couverture sur elle. Je me suis mis à traîner un peu dans la baraque. J'ai regretté d'avoir mangé cette orange, j'étais fatigué mais je sentais que j'arriverais pas à fermer l'œil. Je suis allé prendre une douche. A tout hasard, j'ai dirigé un jet glacé sur mon genou. C'était pas génial, mon cœur s'est mis à taper en dessous.

Pour finir, je me suis replié dans la cuisine. J'ai dévoré un sandwich au jambon debout près de la fenêtre, j'ai regardé les lumières des maisons et les reflets qui jaillissaient de l'ombre comme des lueurs sous-marines, après quoi je me suis descendu une bière d'un seul trait. La Mercedes était juste en bas. J'ai entre-bâillé la fenêtre et je lui ai lâché une canette de bière sur la tête. Le bruit m'a rien fait du tout. J'ai refermé. Après tout, c'était un peu de sa faute si le feu s'était mis aux poudres. D'ailleurs, c'est à la suite de cette histoire que je me suis plus mis à la fenêtre, de bon matin, pour vérifier qu'elle était toujours là.

17

Le jour où j'ai pris les choses en main, on a vendu notre premier piano. Ça a commencé de bon matin, par un nettoyage méticuleux de la vitrine, j'ai été jusqu'à gratter des petits machins avec l'ongle, en équilibre sur mon escabeau. Betty se moquait de moi sur le trottoir en buvant son café, son bol était un petit cratère argenté et fumant, tu vas voir ça, t'y connais rien, je lui ai dit.

J'ai fait un saut jusqu'au magasin de Bob, le crémier albinos, enfin j'exagère, mais blond comme j'avais encore jamais vu ça. Il y avait deux ou trois bonnes femmes plantées devant les rayons, se creusant la cervelle devant le néant. Bob empilait des œufs derrière la caisse.

— Bob, t'as une minute ? j'ai demandé.

— Bien sûr.

— Bob, tu pourrais pas me passer un peu de ce truc blanc avec lequel t'as écrit FROMAGE BLANC SACRI-FIÉ sur ton carreau, là dehors... ?

Je suis revenu avec un petit pot et un pinceau et j'ai grimpé sur l'escabeau. Sur toute la largeur de la vitrine, en haut, j'ai écrit PIANOS PRIX COÛTANT !!! Je me suis reculé un peu pour voir ce que ça donnait. C'était une belle matinée, le magasin ressemblait à un éclat de soleil dans un ruisseau frémissant. Du coin de l'œil, je pouvais remarquer que les quelques personnes qui passaient sur le trottoir ralentissaient leur marche et regardaient du bon côté. Règle numéro UN de la vente : faire savoir qu'on existe. Règle numéro DEUX : le crier haut et fort.

Je me suis approché de la vitrine, j'ai écrit en dessous DU JAMAIS VU!!! Ça avait l'air d'amuser Betty. Heureusement que de temps en temps il leur faut pas grand-chose, et elle a tenu à ajouter son grain de sel, à écrire BIG DISCOUNT en travers de la porte.

— Tu peux rigoler, j'ai dit.

Je suis resté dans le magasin toute la matinée avec de la cire en bombe et un chiffon et je me suis mis à astiquer lentement chaque piano jusqu'au bout des ongles, j'aurais presque pu leur donner un bain.

Quand Betty m'a appelé pour manger, j'avais fini. J'ai jeté un coup d'œil circulaire dans le magasin et tous autant qu'ils étaient, ils vibraient sous la lumière, je sentais que j'étais tombé sur une bonne équipe. Je me suis engagé dans l'escalier et à mi-hauteur je me suis retourné, je leur ai envoyé un petit geste :

— Je compte sur vous, les gars, j'ai dit. Laissez pas cette fille nous fourrer dans sa poche.

J'ai essayé de garder un sourire énigmatique tout en ingurgitant des croquettes de calamar à la sauce piquante. Les filles sont folles de ça.

— Ecoute, ça serait vraiment trop incroyable, elle a fait. Pourquoi spécialement aujourd'hui... ?

— Pourquoi ? Mais parce que j'ai décidé de m'en occuper, voilà pourquoi... !

Elle a touché mon genou sous la table :

— Tu sais, je dis pas ça pour te décourager, simplement je voudrais pas que tu sois trop déçu...

— Ha! ha! j'ai lancé.

En tant qu'écrivain, j'avais pas encore obtenu la gloire. En tant que vendeur de pianos, je voulais essayer de pas me ramasser. Je misais sur le fait que la vie peut pas briser tous vos élans.

— Sans compter qu'on est pas à la gorge, elle a ajouté. On a largement de quoi tenir un mois...

— Je sais, mais j'en fais pas une question d'argent. C'est pour vérifier une théorie.

— Mince! Regarde-moi ça comme le ciel est bleu! On ferait mieux d'aller se balader...

— Non, j'ai dit. Tu vois, depuis cinq ou six jours de suite on fait que se balader, je commence à en avoir un peu marre de la voiture... Aujourd'hui le magasin reste ouvert, je vais pas bouger de la caisse.

— Bon, comme tu voudras. Moi je sais pas, peut-être que j'irai me promener un peu, j'en sais rien...

— Bien sûr... Te casse pas la tête pour moi. Le soleil brille uniquement pour toi, ma belle.

Elle a sucré mon café, elle me l'a tourné en souriant, les yeux posés sur moi. Par moments, ils étaient d'une profondeur incroyable. Par moments, avec elle, j'atteignais les sommets en un peu moins d'une seconde. J'arrivais sur les genoux, à moitié aveuglé.

— Y aurait pas des petits gâteaux avec un peu de confiture de pétale de roses...? j'ai demandé.

Elle a rigolé :

— Quoi... J'ai pas le droit de te regarder...?

— Si, mais ça me donne envie de sucré.

A deux heures pile, je suis allé ouvrir le magasin. J'ai jeté un œil de chaque côté de la rue pour prendre la température de l'air. Elle était bonne, moi c'était tout à fait le moment que j'aurais choisi si j'avais dû m'acheter un piano. Je suis allé m'asseoir dans le fond du magasin, dans un coin sombre, et j'ai fixé mes yeux sur cette putain de porte, immobile et silencieux comme une mygale affamée.

Le temps a passé. J'ai griffonné quelques petits machins sur le carnet de commandes avant de péter le crayon en deux. Je suis sorti deux ou trois fois sur le trottoir pour voir si je voyais rien arriver mais c'était à vous dégoûter pour de bon. Ça commençait à devenir mortel. Mon cendrier était plein. Qu'est-ce qu'on peut fumer comme cigarettes et qu'est-ce qu'on peut se faire chier pour rien dans cette vie, j'ai pensé, il y avait de quoi monter un numéro de cirque. J'aimais pas du tout cette sensation de me faire poignarder en plein jour. Ma parole, est-ce que c'était nourrir un espoir insensé pour un marchand de pianos que de vouloir s'en vendre un? Est-ce que j'en voulais trop, est-ce que c'était un péché d'orgueil que de vouloir écouler sa camelote? Mais c'est quoi, un marchand de pianos qui en vend pas de pianos si c'est pas se foutre du monde? L'angoisse et l'absurdité sont les deux mamelles du monde, j'ai dit ça tout haut pour plaisanter.

— Qu'est-ce que t'as dit?

Je me suis retourné. C'était Betty, je l'avais pas entendue arriver.

— Ça y est? Tu vas te balader...? j'ai demandé.

— Oh, je vais juste faire un petit tour. Il fait encore beau... Hé, tu parles tout seul, maintenant?

— Non, je déconnais... Tiens, dis-moi, tu me garderais pas le magasin cinq minutes? Je vais chercher des cigarettes, ça va me faire prendre l'air...

— Bien sûr.

Au point où en étaient les choses, j'ai pas reculé devant un baby, un double, avec deux doigts de coca pendant que la bonne femme trifouillait dans son placard à la recherche de ma cartouche de blondes. Elle s'est relevée avec le sang à la tête et son chignon légèrement de travers. J'ai posé un billet devant elle.

— Et alors, ces pianos, ça marche? elle a demandé.

J'avais pas le cœur à faire une plaisanterie facile.

— Non, ça se fait tirer l'oreille, j'ai dit.

— Oh, vous savez, en ce moment tout le monde tire la langue.

— Ah bon? j'ai fait.

— Oui, on est en train de passer un sacré quart d'heure!

— Je vais vous prendre une part de tarte aussi. Je voudrais l'emporter.

Pendant qu'elle s'occupait de ça, j'ai raflé le billet que j'avais collé sur le comptoir. Elle a tire-bouchonné un papier de soie autour de ma tarte et l'a posée devant moi.

— Ça sera tout ? elle a demandé.

— Oui, je vous remercie.

C'était un coup à tenter. Parfois ça pouvait marcher, c'était une espèce de loterie gratuite qui pouvait vous remettre de bonne humeur. La bonne femme a eu un centième de seconde d'hésitation. Je lui ai souri comme un ange.

— Me rendez pas trop de pièces, j'ai dit. Ma femme veut plus entendre parler de trous dans les poches de mon pantalon...

Elle a ri un peu nerveusement avant d'ouvrir son tiroir-caisse et de m'envoyer la monnaie.

— Par moments, je sais plus où j'ai la tête, elle a fait.

— Ouais, on est tous comme ça, je l'ai rassurée.

Je suis retourné au magasin sans me presser et un petit bout de pomme cuite s'est mis à pendre du paquet comme une larme. Je me suis arrêté au milieu du trottoir et je l'ai aspiré, zlip. Heureusement qu'ici-bas le paradis est pour trois fois rien, ça permet de ramener les choses à leur juste dimension. Et alors que reste-t-il qui soit à la dimension d'un homme ? Sûrement pas se casser le cul pour fourguer deux ou trois pianos, ça, c'était vraiment de la rigolade, ça pouvait pas faire des ravages dans ma vie. J'en dirais pas autant d'un petit coin de tarte aux pommes aussi doux qu'un matin de printemps. Je me suis rendu compte que j'avais pris cette histoire trop à cœur, je m'étais monté la tête avec ces pianos. Mais c'est difficile de pas se laisser gifler par la folie, il faudrait rester constamment éveillé.

J'ai repris mon chemin en pensant à tout ça. Je me suis juré que j'en ferais pas une maladie si je vendais rien aujourd'hui, j'allais prendre ça très zen. N'empêche que ça serait quand même bien je me suis dit en poussant la porte. Betty était assise derrière la caisse, souriant et s'éventant avec une feuille de papier.

— Goûte-moi cette tarte aux pommes ! j'ai dit.

Pour sourire, elle souriait, son visage semblait passé au Miror. On aurait pu croire que je venais de la demander en mariage.

— Tu sais, j'ai enchaîné, il faut quand même pas se faire trop d'illusions. J'ai entendu dire que les affaires marchaient très mal en ce moment, c'est général. Je serais pas étonné si je vendais rien aujourd'hui, je suis une victime de l'économie mondiale.

— Hi ! hi ! elle a fait.

— Personnellement, j'irais pas jusqu'à en rire. Mais je vois les choses en face.

La manière dont elle s'éventait avec cette feuille m'intriguait, surtout que c'était l'hiver, il faisait pas une chaleur extraordinaire malgré le ciel bleu. J'avais l'impression que l'air sifflait. Tout à coup, je me suis figé, j'ai perdu mes couleurs comme si je venais de poser le pied sur un clou.

— Ça se peut pas ! j'ai dit.

— Si.

— Merde, ça se peut pas, je t'ai à peine laissée dix minutes... !

— Oh, ben ça m'a suffi largement... Tu veux voir le bon de commande... ?

Elle m'a tendu cette feuille dont j'arrivais plus à détacher les yeux. J'étais atterré. J'ai claqué le bon du dos de la main :

— Bon Dieu, pourquoi c'est pas moi qui ai vendu ce truc... ? Tu veux me le dire... ? ! !

Elle est venue se pendre à mon bras, sa tête contre mon épaule :

— Oh mais c'est toi qui l'as vendu, c'est grâce à toi... !

— Ouais, bien sûr. Mais quand même...

J'ai regardé tout autour pour voir si un esprit malin était pas en train de ricaner derrière un piano. Je constatais une fois de plus que la vie essayait de vous ébranler par tous les moyens, je lui faisais mes compliments, je la remerciais pour son application à porter les coups bas. J'ai respiré un peu les cheveux de Betty, oui, moi aussi je savais tricher, j'allais pas me laisser abattre aussi facilement. Pour plus de sûreté, j'ai croqué dans la tarte aux pommes et le miracle s'est accompli, la tempête s'est éloignée en grondant derrière moi. Je me suis retrouvé devant une mer d'huile.

— A mon avis, faut fêter ça, j'ai dit. Y a quelque chose qui te ferait plaisir...?

— Oui, j'irais bien manger chinois.

— Va pour le chinois.

J'ai pas eu de regrets à fermer le magasin. Il était encore un peu tôt mais je voulais pas non plus forcer ma chance, un piano il fallait déjà s'estimer heureux. On s'est mis à marcher sur le trottoir, côté soleil, on a remonté la rue pendant qu'elle me racontait sa vente. Je faisais semblant d'être intéressé. Au fond, ce truc m'agaçait, j'écoutais pas tellement ce qu'elle me disait, je préférais penser aux quenelles de crabe que j'allais m'avaler. La fille qui s'agitait à côté de moi me faisait penser à un banc de petits poissons lumineux.

On passait juste devant chez Bob quand il est sorti en courant, le regard braqué en l'air.

— Hello, Bob... j'ai dit.

Sa pomme d'Adam saillait comme une articulation monstrueuse. On avait envie de la repousser à l'intérieur.

— Bon Dieu! Y a Archie qui s'est enfermé dans la salle de bains! Il peut plus sortir...! Bon Dieu, quel con, ce gosse! Je vais essayer de passer par la fenêtre mais bon Dieu... ça fait haut!

— Tu veux dire qu'Archie s'est enfermé dans la salle de bains? j'ai fait.

— Ouais, y a dix minutes qu'Annie est en train de lui parler derrière la porte, mais il répond pas, il est en train de chialer. Sans compter qu'on entend les robinets couler... Merde, j'étais tranquillement en train d'écouter la télé, pourquoi on fait des gosses...?

J'ai cavalé derrière lui dans le jardin qui se trouvait à côté de la maison pendant que Betty montait à l'appart. Il y avait une grande échelle couchée dans l'herbe, je lui ai donné un coup de main pour la relever et l'appuyer au mur. Le ciel était lumineux. Après une légère hésitation, Bob a empoigné les montants de l'échelle, puis il a grimpé les deux premiers barreaux et il s'est arrêté.

— Non, je te jure, je peux pas, ça me rend vraiment malade... il a couiné.

— Qu'est-ce qu'il t'arrive ?

— Tu peux pas savoir... J'ai ce putain de vertige, je t'assure, j'y peux rien... C'est comme si je grimpais à l'échafaud.

Sans être un acrobate hors du commun, le premier étage d'une baraque, ça me faisait pas trop peur.

— Bon, descends, j'ai dit.

Il s'est essuyé le front pendant que je grimpais jusqu'à la fenêtre. J'ai vu Archie et les robinets ouverts en grand. Je me suis tourné vers Bob :

— Je vois pas trente-six solutions, j'ai dit.

Il m'a envoyé un geste découragé d'en bas.

— Ouais, bien sûr... T'as qu'à me le péter ce putain de carreau.

J'ai passé mon coude à travers, ouvert la fenêtre et sauté à l'intérieur. J'étais content de moi, je rattrapais cette journée in extremis. J'ai cligné de l'œil à Archie en fermant les robinets, des filets de morve argentés s'étoilaient autour de sa bouche.

— Toi y en as bien faire joujou ? j'ai demandé.

Le lavabo était bouché et débordait dans tous les coins. J'ai arrangé ça puis j'ai ouvert la porte. Je suis tombé sur Annie avec le bébé dans les bras. Pas mal, Annie, mais une bouche un peu molle et une lueur féroce dans le regard, le genre à éviter.

— Salut, j'ai dit. Il faudra faire attention aux morceaux de verre.

— Oh ! pour l'Amour du Ciel, Archibald, qu'est-ce qui t'a pris !!

Bob s'est ramené juste à ce moment-là, le souffle court. Il a regardé les flaques d'eau par terre puis ses yeux ont remonté vers moi :

— Tu peux pas t'imaginer toutes les conneries qu'un môme de trois ans peut faire. Tiens, encore hier, il a failli s'enfermer dans le frigo!

Le bébé s'est mis à pleurer, à faire des grimaces abominables en contractant sa petite figure violacée.

— Oh mince, c'est déjà l'heure... a soupiré Annie.

Elle a tourné les talons en commençant à dégrafer les premiers boutons de sa robe.

— Bon, a fait Bob, et qui est-ce qui va se taper l'éponge, maintenant? C'est moi...! Je passe mon temps à réparer les âneries du petit monstre...

Archie regardait ses pieds, il faisait flic floc dans l'eau. Ce que racontait son père, c'était la dernière chose qui pouvait l'intéresser. Betty l'a pris par la main :

— Viens, toi et moi on va lire un bouquin.

Elle a emmené Archie dans sa chambre. Bob m'a chargé de sortir les verres, il en avait pour cinq minutes. Je suis allé dans la cuisine et j'ai retrouvé Annie, assise sur une chaise, avec le bout de son sein enfoncé dans la bouche du numéro deux. Je lui ai souri avant de m'occuper des verres. Je les ai alignés sur la table. On entendait des bassines de flotte qui se vidaient. Comme j'avais rien d'autre à faire, je me suis assis à la table. Ce sein que j'avais sous le nez était d'une taille impressionnante, je pouvais pas m'empêcher de le regarder.

— Dis donc, j'ai plaisanté, c'est pas de la rigolade...!

Elle s'est mordu la lèvre avant de me répondre :

— Oh, et encore, je te jure, tu peux pas savoir comme ils sont durs... Ils me font presque mal, tu sais...

Sans me quitter des yeux, elle a sorti l'autre en écartant sa robe. Je devais reconnaître que c'était quelque chose. J'ai hoché la tête.

— Touche-le, elle a fait. Tu vas voir, touche-le...

J'ai réfléchi une seconde puis j'ai attrapé le truc par-dessus la table. Il était chaud et lisse avec des veines bleues en transparence, le genre de spécimen qu'on tient avec plaisir dans sa main. Elle a fermé les yeux. Je l'ai lâché et je me suis levé pour aller jeter un œil aux poissons rouges.

Toute la baraque sentait le lait caillé. Je savais pas si ça avait un rapport avec la crémerie qui se trouvait juste au-dessous ou si on devait mettre ça sur le compte du nouveau-né. C'était un peu écœurant pour un type comme moi qui supporte pas les laitages. Pendant qu'on lui faisait faire son rot, le petit bonhomme m'a regardé avec les yeux dans le cirage puis il a lâché une petite gerbe de lait blanc sur son Babygros. J'ai cru mourir. Heureusement, Bob s'est pointé et il a sorti une bouteille.

— Tu noteras qu'il fait toujours ses conneries pendant mon après-midi de repos, il a précisé. Œdipe n'a pas simplement baisé sa mère, il a aussi tué son père.

— Bob, il faudrait aller le coucher, a soupiré Annie.

— Bob, t'aurais pas deux ou trois petits trucs à grignoter ? j'ai demandé.

— Si, bien sûr... Va chercher ce que tu veux dans le magasin.

Annie me quittait pas des yeux. Je lui ai envoyé un regard aussi froid qu'une pierre tombale avant de descendre, j'ai horreur qu'on me prenne pour un type facile. J'ai souvent remarqué qu'on s'en tirait mieux dans la vie en évitant la facilité. Ça m'a jamais ennuyé de penser que j'avais une âme et que je devais m'en occuper, c'est même la seule chose qui m'ait jamais vraiment intéressé.

Il commençait à faire sombre dans le magasin. J'ai mis un moment à repérer les amuse-gueule dans ce brouillard. Les amandes grillées, c'était mon vice. Comme elles se trouvaient dans le bas, je me suis accroupi et j'ai commencé à me composer un petit stock. Je devais avoir l'esprit un peu ailleurs parce que je l'ai pas entendue arriver, j'ai simplement senti un léger souffle d'air contre ma joue. L'instant d'après elle m'attrapait par la nuque et m'enfonçait la figure entre ses jambes. J'ai lâché les amandes, je me suis dégagé vite fait et je me suis relevé.

Annie semblait traversée par une espèce de transe délirante, elle vibrait des pieds à la tête en me couvant d'un œil brûlant. Avant que j'aie pu trouver la bonne réplique, elle faisait sauter ses nichons de sa robe et se collait à moi.

— Dépêche-toi ! elle a fait. Bon Dieu, dépêche-toi... !!

Elle a faufilé une de ses jambes entre les miennes et son machin est venu buter contre mon fémur. Je me suis écarté. Elle soufflait comme si elle venait de s'appuyer un mille mètres. Sa poitrine paraissait encore plus grosse dans la pénombre, elle était d'une blancheur obscène et les bouts étaient braqués sur moi. J'ai levé une main.

— Annie... j'ai démarré.

Mais elle m'a agrippé le poignet au vol et m'a plaqué la main sur ses nichons en venant se frotter de nouveau à moi. Ce coup-ci, je l'ai envoyée valser dans les rayons.

— Je regrette, j'ai dit.

J'ai senti une onde de fureur partir de son ventre comme une torpille et embraser le magasin. Ses yeux ont viré au doré.

— Mais qu'est-ce qui te prend ? Qu'est-ce qui vous arrive ? elle a sifflé.

Je me suis demandé pourquoi elle me vouvoyait d'un seul coup. C'était tellement insolite que j'en ai oublié de lui répondre.

— Qu'est-ce que j'ai... ?!! elle a enchaîné. Je suis mal foutue, je te fais pas envie... ?

— Ça m'arrive de pas céder à mes envies, j'ai dit. Ça me donne la sensation d'être un peu libre.

Elle s'est mordu les lèvres en se passant doucement une main sur le ventre. Elle a poussé un petit gémissement enfantin.

— J'en ai marre, elle a fait.

Pendant que je m'occupais de ramasser les boîtes d'amandes, elle a remonté sa robe sur le devant, le dos appuyé au rayon des conserves. Son petit slip blanc a zigzagué sous mon crâne comme un éclair de feu, il s'en est pas fallu de grand-chose pour que je tende la main vers lui, j'ai failli me persuader que c'était au-dessus de mes forces. Mais je me suis dit t'es un enculé si tu fais ça, si tu mets ton âme à genoux pour une image. J'ai regardé le tableau encore une bonne fois avant de me décider. L'homme n'est rien. Mais c'est cette conscience du rien qui fait de lui quelque chose. Ce genre de pensées me remontait à bloc, elle faisait partie de ma trousse d'urgence. Je l'ai prise gentiment par le bras.

— Pense plus à ça, j'ai dit. J'aimerais qu'on remonte boire ce verre tranquillement avec les autres. T'es d'accord...?

Elle a laissé retomber sa robe. Elle a baissé la tête en ragrafant les boutons du haut.

— Je te demandais pas grand-chose, elle a murmuré. Je voulais savoir si j'existais encore un peu...

— Arrête de te casser la tête, j'ai dit. Ça arrive à tout le monde d'avoir besoin de crier, de quelque manière qu'on s'y prenne.

Je me suis permis de lui passer deux doigts sur la joue. Mais les gestes maladroits sont comme des charbons brûlants. Elle m'a jeté un regard désespéré :

— Ça fait plus d'un mois que Bob m'a pas touchée, elle a pleurniché. Depuis que je suis rentrée de la clinique, oh bon Dieu, ça me rend folle, tu crois que c'est pas normal si j'en ai envie, tu crois que c'est normal que je reste là à attendre qu'il se décide...?!!

— J'en sais rien. Ça va sûrement s'arranger...

Elle a passé une main dans ses cheveux en soupirant.

— Oui, bien sûr que ça va s'arranger. Je suppose qu'un de ces soirs, quand je serai en train de dormir, il finira par se décider. Ça sera sûrement un soir où je serai particulièrement crevée, à peu près aussi lourde qu'une pierre. Et il viendra me glisser son machin par-derrière, je vois ça d'ici, sans s'occuper de savoir si je suis réveillée ou pas...

Au départ, on a l'impression qu'il s'agit simplement d'une petite fissure, mais si on se penche un peu, on s'aperçoit qu'on se trouve devant un gouffre insondable. Par moments, la solitude humaine est insondable. C'est pour ça qu'on a inventé la chair de poule, c'est pour pas aller jusqu'à claquer des dents.

Je lui ai mis un paquet de chips dans les bras et on est remontés. Il y avait personne dans la cuisine. En attendant que les autres arrivent, on s'est servi deux verres. J'ai bu le mien en trinquant avec les poissons.

Pour finir, Annie et Bob nous ont gardés à manger. Ils ont insisté, on s'est regardés, j'ai dit à Betty c'est toi qui décides, c'est toi qui voulais aller manger chinois et Betty a répondu bon, moi je suis d'accord.

— Surtout que les mômes sont couchés, on va pouvoir être tranquilles ! a ajouté Bob.

Je suis redescendu dans le magasin avec Bob, pour faire les courses. J'ai trouvé que c'était vraiment pratique et plus rassurant que les pianos en cas de guerre. Il y avait même les petits croûtons aillés à consommer de préférence dans les cinq années à venir. L'idéal pour la soupe de poisson déshydratée.

— Je paye le vin, j'ai dit.

Il a tapé ma note à la caisse, j'ai récupéré ma monnaie et on est remontés.

On a laissé les filles préparer la cuisine, ça leur faisait un peu les pieds. On leur a passé quelques olives. Pendant que les trucs cuisaient, Bob m'a entraîné dans sa chambre pour me faire visiter sa collection de polars. Ça occupait un pan de mur entier. Il s'est arrêté devant avec les poings sur les hanches :

— Si t'en lisais un par jour, il te faudrait au moins cinq ans ! il a fait.

— Tu lis rien d'autre que ça ? j'ai demandé.

— J'ai quelques trucs de science-fiction dans les rayons du bas...

— Tu sais, j'ai dit, on s'est vraiment laissé avoir comme des cons. Ils nous ont balancé quelques miettes pour qu'on essaie pas de toucher au gâteau. Je parle pas seulement des bouquins, ils se sont démerdés pour qu'on leur laisse la voie libre...

— Hein...? Enfin si ça te dit, je peux t'en prêter quelques-uns mais sans déconner tu y fais gaffe, surtout ceux qui sont cartonnés.

J'ai jeté un coup d'œil sur le lit défait. Au fond, il y avait pas mal de chances pour qu'on perde son temps à essayer de s'en tirer. Le malaise venait certainement du fait que c'était jamais non plus complètement perdu.

— Ça commence à sentir bon dans la cuisine, j'ai dit. On ferait mieux d'aller voir...

— Ouais, mais reconnais que je t'en ai bouché un coin !

Après le repas, on s'est laissé entraîner dans une partie de poker tranquille, avec nos verres de vin et pour les cendriers aussi, c'était chacun le sien. D'où j'étais, je pouvais voir la lune par la fenêtre. Ça a l'air de rien, comme ça, mais j'étais content qu'elle m'ait trouvé et tant qu'à se faire du cinéma, il faut y aller franchement, tous les grands sont passés par là. La partie me tenait pas sur des charbons ardents. Quand je m'occupais pas de la lune, je regardais les autres et le mystère était toujours aussi profond et les racines s'enchevêtraient et les chances de lever jamais un coin du voile s'évanouissaient tandis qu'un petit nuage de rien masquait presque entièrement la lune. De fil en aiguille, je me suis laissé glisser dans un bain de douce hébétude, comme ça se fait couramment.

J'ai été plus ou moins réveillé par les cris du bébé. Bob a fait claquer son jeu sur la table en jurant. Annie s'est levée. J'avais presque plus de jetons devant moi, j'y comprenais rien. Ensuite Archie s'est réveillé et il s'est mis à pleurer à son tour. Pleurer, je veux dire brailler comme un sourd.

Annie et Bob nous ont retrouvés dans la cuisine avec

les deux machins hurlants dans les bras. Je me suis donné trois secondes pour sortir de là en vitesse.

— On va vous laisser tranquilles, j'ai dit. Allez, dormez bien, vous deux.

J'ai poussé adroitement Betty devant moi et on s'est éclipsés. On arrivait en bas de l'escalier quand j'ai entendu Bob crier :

— Hé, on a été contents de vous avoir, tous les deux !

— Ouais, merci pour tout, Bob.

L'air frais du dehors m'a fait du bien. J'ai proposé à Betty de faire un petit tour avant de rentrer. Elle m'a pris par le bras en hochant la tête. Il y avait déjà quelques petites feuilles sur les arbres et l'air les froissait et on pouvait sentir l'odeur des jeunes pousses qui envahissait la rue, une odeur de plus en plus forte.

On a remonté la rue silencieusement. Il arrive un moment où le silence, entre deux personnes, peut avoir la pureté d'un diamant et c'était le cas. C'est tout ce que je peux dire. Alors bien sûr, la rue n'est plus tout à fait une rue, les lumières sont fragiles comme dans un rêve, les trottoirs sont nickel, l'air vous pique la figure et vous sentez monter en vous une joie sans nom et ce qui vous étonne, c'est de pouvoir rester aussi calme et de lui allumer une cigarette en vous mettant le dos au vent sans qu'un petit tremblement de la main vienne vous trahir.

C'était le genre de balades qui pouvait remplir une vie, qui réduisait n'importe laquelle de vos ambitions à néant. Une balade électrique, je dirais, et capable de pousser un homme à avouer qu'il aime sa vie. Mais moi, j'avais pas besoin qu'on me pousse. Je marchais le nez en avant, je tenais la grande forme. J'ai même aperçu une étoile filante mais j'ai été incapable de faire un vœu, ou alors si, bon sang, oh si Seigneur, faites que le paradis soit à la hauteur et que ça ressemble un peu à ça. C'était bon d'avoir la forme et de se sentir d'humeur aussi légère, ça me rappelait mes seize ans, quand je shootais joyeusement dans les boîtes de conserve en allant à un rendez-vous. A seize ans, j'avais encore jamais pensé à la mort. J'étais un petit rigolo.

Au coin d'une rue, on s'est arrêtés devant une poubelle qui contenait un caoutchouc. Malgré qu'on l'eût jeté, il était encore très beau, avec plein de feuilles et la seule chose qu'il avait, c'est qu'il avait soif et je me suis senti pris d'un élan pour ce caoutchouc. On aurait dit un pauvre cocotier agonisant sur un archipel de saloperies.

— Tu peux me dire pourquoi les gens font des trucs comme ça ? j'ai demandé.

— Hé, regarde, il va faire une feuille !

— ... et pourquoi ce vieux caoutchouc me transperce le cœur...

— On pourrait le mettre en bas avec les pianos.

J'ai dégagé le malheureux et je l'ai pris sous mon bras. On est rentrés. Les feuilles cliquetaient comme des amulettes. Brillaient comme des micas. Dansaient comme un soir de Noël. C'était un caoutchouc reconnaissant et je venais de lui offrir une nouvelle chance.

Quand je me suis écroulé sur le lit, j'ai regardé le plafond en souriant.

— Quelle magnifique journée ! j'ai dit.

— Ouais.

— Qu'est-ce que tu penses de ça ? Le premier jour d'ouverture, on se vend un piano toi et moi. Est-ce que c'est pas un signe... ?

— N'exagère rien...

— J'exagère rien.

— Tu dis ça comme si quelque chose nous était arrivé...

J'ai senti que la chaussée devenait glissante. Je me suis engagé sur une voie de garage :

— Quoi, tu trouves pas que c'est bien de vendre un piano... ?

Elle a soupiré doucement en tirant sur les manches de son pull :

— Si, c'est bien.

18

— Oui, Eddie, je sais bien que je parle pas très fort, mais elle est pas loin, elle est en train de prendre sa douche...

— Ouais, bon alors, qu'est-ce que je fais...? Je te l'envoie...?

Je me suis légèrement écarté de l'écouteur pour vérifier que j'entendais bien des clapotis dans la salle de bains.

— Non, j'ai chuchoté, je veux surtout pas entendre parler de ça. Si ça te dérange pas, Eddie, j'ai coché des noms sur le Bottin, t'as qu'à l'envoyer à l'adresse suivante...

— Merde, c'est quand même pas de chance...

— Ouais, peut-être qu'ils ont décidé d'attendre que j'aie cinquante ans.

— Et les pianos, comment ça se passe...?

— Ça va, on a vendu le troisième hier matin.

On s'est embrassés et j'ai raccroché. C'était quand même incroyable qu'on me refuse une fois de plus mon bouquin un jour comme aujourd'hui. J'ai eu du mal à chasser cette sombre coïncidence de mon esprit, il a fallu que je secoue la tête. Heureusement que le printemps arrivait et que le ciel était sans nuages. Heureusement que Betty était au courant de rien. Je suis allé voir ce qu'elle fabriquait, il était déjà dix heures moins vingt.

Elle se passait une crème blanche sur les fesses. Je la connaissais, c'était un truc qui mettait des heures à pénétrer, ça finissait toujours que j'étais forcé de me laver les mains quand je m'en mêlais. Mais les filles qui savent se presser, j'en ai jamais connu, je sais même pas si ça existe.

— Ecoute, j'ai dit, débrouille-toi comme tu veux, moi je pars dans une minute.

Elle a accéléré le mouvement.

— Bon, d'accord. Mais pourquoi tu me dis pas ce que c'est...? Qu'est-ce qui te prend à la fin...?

Je me serais fait briser les jambes plutôt que de me laisser arracher un mot. Je lui ai répété la même histoire.

— Ecoute, j'ai soupiré, toi et moi on vit ensemble, hein, et on essaie de tout partager. Alors ça devrait te suffire si je te dis que j'ai quelque chose à te montrer, tu devrais être en train de passer la vitesse supérieure.

— Bon bon, ça va, je me grouille...

— Merde, je t'attends dans la voiture.

J'ai attrapé mon blouson et je suis descendu. Petit vent, beau ciel bleu, grand soleil, mon plan se déroulait à la perfection, avec la précision d'une horloge atomique. J'avais prévu qu'elle allait forcément traîner un peu, mais j'en avais tenu compte, tout était calculé au quart de poil. Le type m'avait juré que ça tiendrait le coup au moins deux heures une fois que je l'aurais sorti du frigo. J'ai jeté un coup d'œil à ma montre. On avait encore trois quarts d'heure de rab. J'ai enfoncé mon poing sur le klaxon.

A dix heures pile, je la voyais bondir sur le trottoir et on démarrait. J'étais en train de mener le jeu d'une main de maître. La veille, j'avais fait laver la voiture et passé un coup d'aspirateur sur les coussins, vidé les cendriers. Je voulais fabriquer cette journée de toutes pièces, rien laisser au hasard. Si j'avais voulu faire tomber la nuit à ce moment-là ou me payer un ciel à rayures, j'aurais pas eu le moindre problème, je faisais ce que je voulais.

J'ai mis mes lunettes pour lui cacher que mes yeux brillaient et on est sortis de la ville. C'était une région un peu aride, désertique, mais j'aimais bien ça, la terre avait une belle couleur, ça me rappelait un peu le coin où on s'était connus, l'épisode bungalow. J'avais l'impression que ça faisait mille ans.

Je sentais qu'elle tenait pas en place à côté de moi. Ha ha, la pauvre! Elle a allumé une cigarette, mi-souriante, mi-nerveuse.

— Bon sang, mais c'est loin... Mais qu'est-ce que c'est...?

— Patience, j'ai dit. Laisse-moi faire...

Elle a mis du temps, mais finalement elle s'est laissé bercer par la monotonie du paysage, la tête renversée sur le dossier et tournée sur le côté. J'ai mis la musique pas trop fort, il y avait personne sur la route, je roulais à 90, 100.

Pour finir, on a attaqué une petite colline avec des arbres et pourtant les arbres étaient rares dans le coin, on pouvait se demander ce qu'ils étaient tous venus faire ici. Mais je me prenais pas la tête à deux mains, tout ce que je voyais c'est que c'était un endroit magnifique, ça me faisait rien qu'il donne l'impression de surgir du néant. La route grimpait en lacet. J'ai bifurqué dans un petit chemin de terre sur la droite. Betty s'est dressée sur son siège en ouvrant des yeux ronds.

— Mais ma parole, qu'est-ce que tu fabriques...? elle a murmuré.

J'ai souri silencieusement. La bagnole a cahoté sur les derniers cent mètres et je me suis arrêté sous un arbre. La lumière était parfaite. J'ai attendu que le silence retombe.

— Bon, maintenant, descends, j'ai dit.

— C'est ici que tu vas m'étrangler et me violer?

— Ouais, ça se pourrait bien.

Elle a ouvert sa porte.

— Si ça te fait rien, je préférerais que tu commences par me violer.

— Ouais, faut que j'y réfléchisse.

On se trouvait au pied d'un terrain en pente, bien dégagé, et le sol était un dégradé de couleurs allant du jaune pâle au rouge foncé, c'était du plus bel effet, la dernière fois je m'étais carrément assis pour le regarder. Betty a sifflé à côté de moi.

— Hé... t'as vu comme c'est beau...?

J'ai savouré mon triomphe. Je me suis appuyé sur une aile de la Mercedes en me pinçant le bout du nez.

— Viens un peu là, j'ai dit.

Je lui ai passé un bras autour du cou :

— Dis-moi, tu vois ce vieil arbre, tout là-haut, sur la gauche, avec une branche cassée ?

— Oui, oui.

— Et là, tu le vois ce gros rocher sur la droite qui ressemble à un type couché en chien de fusil ?

J'ai senti qu'elle s'excitait un peu, comme si je venais d'allumer une petite mèche dans son cerveau.

— Oui, évidemment que je le vois. Bien sûr !

— Et la cabane au milieu, tu l'as vue ? Elle est pas marrante... ?

Je la faisais sauter comme une poignée de pop-corn, j'avais mis le feu autour d'elle. Elle a enfoncé ses ongles dans mon bras en hochant la tête.

— Je comprends pas où tu veux en venir...

— J'adore ce coin, j'ai dit. Pas toi... ?

Elle s'est passé une main dans les cheveux et ses bracelets ont sonné comme une cascade de pièces. J'ai regardé ses cheveux retomber sur son col en mouton doré. Elle a souri.

— Oui... On a l'impression que chaque chose est à sa place et qu'il manque rien. Je sais pas si c'est ça que tu voulais me montrer, mais je suis d'accord, c'est un endroit formidable.

J'ai jeté un œil à ma montre. Le moment était venu.

— Bon, ben il est à toi, j'ai dit.

Elle a rien répondu. J'ai sorti les papiers de ma poche et je les lui ai tendus.

— En gros, ton terrain va du vieil arbre à ce rocher qui ressemble à un type couché et ça descend jusqu'ici. La porte de la cabane ferme à clé.

Quand le contact s'est produit dans sa tête, elle a poussé une sorte de gémissement joyeux, si j'ose dire. Elle allait se lancer dans mes bras mais je l'ai retenue d'un doigt :

— Encore une petite minute, j'ai dit.

Je suis allé ouvrir le coffre de la voiture. Si le type m'avait pas raconté de conneries, j'étais dans les temps. J'ai sorti le vacherin à la framboise de son emballage et j'ai enfoncé un doigt dedans. Merveilleux, ce salaud était juste à point. Je l'ai apporté à Betty, elle était toute rouge.

— Bon anniversaire! j'ai dit. Faut le manger tout de suite. A tes trente ans.

J'ai pas attendu de la voir vaciller. J'ai posé le vacherin sur le capot et je l'ai attrapée par un bras.

— Maintenant, viens voir ce qu'il y a dans le coffre, j'ai dit.

J'avais préparé tout ça depuis la veille, j'avais fait le plein de provisions au supermarché, j'avais réussi à changer quelques étiquettes sur des produits de luxe.

— Tout est prévu pour qu'on puisse tenir trois jours, j'ai dit. Si tu veux bien m'inviter chez toi.

Elle s'est appuyée sur la voiture et m'a attiré contre elle. Ça a duré au moins cinq minutes, mais ça aurait duré plus si je m'étais pas écarté, si j'étais pas resté lucide :

— On va pas laisser fondre un vacherin à la framboise... Ça serait idiot...

On a dû faire deux voyages pour transporter tout l'attirail dans la cabane. Le terrain était vraiment en pente et le soleil était déjà chaud. Betty courait dans tous les sens, ramassant un drôle de caillou ou s'arrêtant avec une main au-dessus des yeux pour regarder l'horizon, merde j'arrive pas à y croire, elle répétait.

De mon côté, je savais que j'avais frappé fort. J'avais tapé dans le mille. Même la baraque lui plaisait, c'était rien qu'un petite cabane de rien du tout mais elle passait ses doigts sur les rebords des fenêtres en se mordillant les lèvres et tournait en rond, je devais pas non plus laisser tomber mes cendres par terre. Bientôt, j'ai pensé, on va se mettre à jouer à la dînette dans la maison de poupée. C'est exactement ce qu'on a fait, ça a pas raté, sauf que c'était du champagne que je versais dans les gobelets en carton.

— Quand je pense... elle a murmuré. Quand je pense

qu'il a fallu que j'attende d'avoir trente ans pour qu'on me fasse un cadeau pareil...!

Je lui ai fait un clin d'œil. J'étais content de moi. Le type avait vendu ce morceau de désert un bon prix et moi j'avais acheté un bout de paradis pour une somme ridicule, ça faisait une semaine que j'avais mis toute l'histoire en branle, que j'avais tout combiné. C'était Bob qui m'avait mis sur le coup, un matin on avait fait un saut en voiture et je m'étais décidé, je lui avais dit tu vois Bob, au départ j'étais parti sur une plante verte mais je m'aperçois que c'est beaucoup trop petit pour elle, je devrais plutôt lui acheter un pan de montagne ou un bras de mer, dis, tu connais pas quelque chose d'approchant...?

J'ai remis le champagne au frais dans la glacière et on est sortis faire un tour. Quand on est revenus, il était parfait. Pendant qu'elle installait les duvets, je suis retourné à la voiture pour prendre la radio et tout un paquet de magazines que j'avais planqués sous la banquette. On peut pas échapper complètement à la civilisation une fois qu'on a été mordus. J'ai rempli mes poches de paquets de blondes et je suis remonté. Je me suis suçoté une herbe.

On a passé un moment à s'installer en rigolant puis on a pris l'apéritif dehors sur un bout de rocher. Il était tout chaud. J'ai fermé les yeux à moitié dans le soleil couchant et j'ai coupé l'air pur au bourbon avec une bonne provision d'olives noires à portée de la main. C'était celles que je préférais, avec le noyau qui se détache facilement de la chair et un peu de calme tout autour. Je me suis allongé sur un coude et à ce moment-là je me suis aperçu qu'il y avait des petits machins brillants dans le sol. Sous le soleil rasant, le terrain s'est mis à scintiller comme une robe de princesse. Bon Dieu, c'est pas vrai, c'est dingue, je me suis dit en bâillant.

Betty avait adopté une position plus classique, genre lotus, le dos bien droit et le regard tourné vers l'intérieur. Elle va faire craquer son jean, j'ai pensé, je savais plus si je lui en avais pris un de rechange. On a regardé passer un petit oiseau dans le ciel. J'étais en train de me noyer dans mon bourbon. Mais qui pourrait me reprocher de m'être saoulé un peu le jour de ses trente ans... ?

— C'est marrant de pouvoir acheter quelque chose comme ça, elle a fait. Ça paraît impossible.

— Les papiers sont en règle. Te fais pas de soucis.

— Non, je veux dire pouvoir acheter un endroit tout entier, avec sa terre, son odeur, les petits bruits, la lumière, enfin tout ça quoi !

J'ai attaqué une cuisse de poulet fumé tranquillement.

— Ouais mais c'est comme ça, j'ai dit. Tout ce qui est ici est à toi.

— Tu veux dire que ce coucher de soleil accroché dans mes arbres, c'est à moi... ?

— Ça fait aucun doute.

— Tu veux dire que le silence et ce petit courant d'air qui descend de la colline m'appartiennent... ?

— Ouais, c'est livré clés en main, j'ai dit.

— Hé, il devait être fou celui qui t'a vendu ça !

J'ai rien répondu. J'ai tracé une ligne de mayonnaise sur ma cuisse de poulet. Il y avait aussi des gens qui pensaient qu'il fallait être fou pour acheter un truc comme ça. J'ai croqué dans le milieu de ma cuisse et le monde m'est apparu comme tragiquement coupé en deux.

À la fin du repas, elle a décidé de faire un feu. J'ai voulu l'aider mais je me suis rendu compte que j'étais incapable de bouger. Je me suis excusé, je lui ai dit il vaut mieux que je fasse pas trop d'imprudences, si je trébuche dans le noir, tu vas me retrouver dans la vallée. Elle s'est levée en souriant.

— Tu sais, y a pas que les types qui savent faire un feu...

— Non, mais en général, ils sont les seuls à savoir l'éteindre.

La nuit était pratiquement tombée, j'avais du mal à y

voir grand-chose. Je me suis étendu de tout mon long, une joue sur le rocher. J'entendais craquer des petits morceaux de bois dans l'obscurité, c'était reposant. J'entendais aussi les moustiques. Quand elle a allumé son feu, je sais pas pourquoi mais ça m'a redonné des forces. J'ai réussi à me lever. J'avais la bouche sèche.

— Où tu vas ? elle a demandé.

— Truc dans la voiture, j'ai dit.

J'avais encore la lueur du feu dans les yeux. J'y voyais rien mais je me souvenais très bien que le terrain était difficile. Je me suis souvenu de la marche du guerrier et je me suis avancé dans le noir en soulevant mes pieds assez haut. J'ai failli me ramasser une ou deux fois, pourtant je m'en tirais bien dans l'ensemble. Je me suis arrêté à mi-chemin pour savourer la joie d'être saoul mais toujours debout. Je sentais la sueur couler dans mon dos. Quand j'avais décidé de me lever, je m'étais traité de fou, une partie de moi avait essayé de me plaquer au sol mais je m'en étais débarrassé. Je me rendais compte à présent comme j'avais bien fait, comme j'avais eu raison de me remettre sur mes jambes. On regrette jamais quand on essaie de se dépasser, c'est toujours bon pour le moral.

J'ai reniflé doucement et j'ai repris ma petite balade, les mains en avant et le cœur léger. A mon avis, c'est un petit caillou rond qui m'a fait plonger, je le crois sincèrement, sinon pourquoi mon pied serait-il parti en avant comme une flèche, pourquoi l'image d'un sac de billes éventré se serait-elle imposée à mon esprit de but en blanc ? J'ai eu un moment de lucidité atroce avant de rentrer en contact avec le sol, puis mon corps s'est embrasé et je me suis mis à dévaler la colline dans un état second, à la limite du comateux.

Le voyage s'est terminé juste au pied de la voiture. Ma tête a cogné dans le pneu. J'avais mal nulle part mais je suis resté un moment couché sur le dos à essayer de comprendre ce qui m'était arrivé. A soixante ans une chute comme ça aurait pas pardonné, à trente-cinq ans c'était de la rigolade. Malgré la nuit, j'ai vu briller la poignée de la portière au-dessus de ma tête. Je l'ai attrapée et je me suis relevé. J'ai dû faire un effort terrible pour me rappeler ce que j'étais venu chercher, c'était comme si un pot de glu s'était renversé dans mon crâne. Ça avait un rapport avec les moustiques, ah oui, j'étais venu chercher un produit pour liquider ces bestioles, je savais bien que j'avais absolument tout prévu.

J'ai pris la bombe dans la boîte à gants. J'ai fait semblant de pas me voir dans le rétro, je me suis juste passé une main dans les cheveux. Je suis resté un moment assis sur le siège, les deux pieds dehors, à regarder le feu qui brillait là-haut et la cabane qui dansait derrière comme sur le toit du monde. J'ai essayé de pas penser à ce qui m'attendait.

Au moins, je pouvais pas me perdre. J'avais qu'à avancer vers la lumière sauf que j'avais l'impression de me trouver au pied de l'Himalaya.

Le lendemain, on s'est réveillés vers midi. Je me suis levé pour faire le café et pendant que l'eau chauffait, j'ai cherché des aspirines dans le sac de Betty. Je suis tombé sur des boîtes de médicaments.

— C'est pour quoi faire, ces boîtes ? j'ai demandé.

Elle a levé la tête puis l'a laissée retomber.

— Oh, c'est rien... C'est quand j'arrive pas à dormir.

— Comment ça, t'arrives pas à dormir... ?

— C'est rien, je te dis... J'en prends pas souvent.

Je me sentais ennuyé d'avoir trouvé ces boîtes, mais j'ai pas voulu en parler. C'était plus une petite fille et ce que j'aurais pu lui dire, elle le savait. Je les ai laissées retomber une par une à l'intérieur du sac et j'ai pris mes deux aspirines. J'ai cherché un peu de musique sur la radio, sans faire le difficile. J'avais un bras tout éraflé plus une bosse sur le haut du crâne, il fallait pas trop charrier.

Dans l'après-midi, Betty s'est donné un peu d'exercice, elle a dégagé un peu de terrain devant la maison. Je crois qu'elle avait dans l'idée de planter quelques trucs la prochaine fois qu'on reviendrait et elle déracinait des herbes avec un vieux morceau de ferraille qu'on avait ramassé en se baladant. Elle soulevait des tonnes de poussière. Ce que voyant, je m'étais un peu installé à l'écart et je bouquinais. Il faisait bon, je devais lutter pour ne pas m'endormir sur mon rocher mais aujourd'hui, il y a neuf chances sur dix de tomber sur un bouquin chiant. L'espace d'une seconde, j'ai eu honte de me trouver là à rien faire pendant que tous ces mecs continuaient à écrire comme des cons. Ça m'a fait une secousse, ça m'a surpris. Je suis allé me prendre une bière. Au passage, j'ai épongé le front de Betty.

— Ça va, mon petit oiseau, tu t'en tires...? j'ai demandé.

— Hé, moi aussi j'en veux une !

J'ai pris deux bières et j'ai pu me rendre compte que la provision baissait dangereusement. Mais j'ai pas pris ça trop mal, je savais depuis longtemps que la perfection n'était pas de ce monde, tout ce qu'on pouvait faire c'était s'accrocher et apprendre à se rationner. On comprend ça quand on se regarde dans une glace.

Je lui ai dit à ta santé et on a levé nos canettes. La poussière était retombée. Ça faisait presque un an maintenant qu'on était ensemble et d'une certaine manière, je pouvais voir que j'avais su saisir ma chance au bon moment. J'aurais pas voulu arriver à trente-cinq ans les mains vides, à me demander ce qui peut bien valoir le coup. Ça m'aurait pas fait plaisir, sûrement que ça m'aurait déprimé. J'aurais traîné toute la nuit dans les rues.

— Je viens d'avoir une idée pour pas avoir trop de poubelles à descendre, j'ai dit.

J'ai balancé ma canette vide dans la pente et on l'a suivie des yeux. Elle s'est arrêtée presque au pied de la voiture.

— Qu'est-ce que t'en penses ? j'ai demandé.

— Pas mal... Mais au bout d'un moment, ça doit gêner dans le paysage.

— C'est noté, ma biche.

Pour me rendre utile, j'ai fait la vaisselle du midi, un jerrycan coincé entre les genoux et avant que le soleil se couche, on est montés en haut de la colline histoire de se remuer un peu. Il y avait un petit vent là-haut.

— Cette nuit, j'ai rêvé qu'on publiait ton bouquin, elle a fait.

— Recommence pas avec ça.

Elle m'a pris le bras sans rien dire et on est restés à inspecter le paysage silencieusement, pendant de longues minutes, une voiture s'éloignait sur la route, tout en bas, ses phares étaient allumés et je la regardais. Au bout d'un moment, ses feux ont disparu d'un seul coup. J'ai attendu encore une ou deux secondes avant de pouvoir débloquer mes mâchoires.

— Et si on allait manger ? j'ai proposé.

Au retour, on est tombés sur un blaireau qui fouillait dans nos poubelles. J'en avais jamais vu un aussi gros. On devait être à une trentaine de mètres de l'animal. J'ai sorti mon couteau.

— Bouge pas, j'ai dit.

— Sois prudent.

J'ai levé ma lame au-dessus de ma tête et je me suis mis à dévaler la pente en poussant un long hurlement. J'essayais de me rappeler comment on faisait pour égorger un ours, mais bien avant que j'arrive en bas, le blaireau avait filé dans la nuit. D'ailleurs le contraire m'aurait désagréablement surpris et dans le pire des cas, je me serais arrêté pour lui balancer une pierre et voir un peu sa réaction.

Ce petit épisode m'avait ouvert l'appétit, j'avais une faim de loup. J'ai préparé des pâtes à la crème fraîche. Puis je me suis rendu compte que cette journée m'avait épuisé. Il y avait pas de raison précise à ça. Mais c'est quand même pas quelque chose d'incroyable qu'un type se sente épuisé sans raison quand on voit tous ces gens qui sautent par la fenêtre et tous ceux qui ont déjà sauté d'une manière ou d'une autre. C'est même tout à fait naturel. Je me suis pas inquiété pour ça.

Après le repas, j'ai fumé une cigarette et je me suis

endormi pendant que Betty envoyait les premiers coups de brosse dans ses cheveux. J'ai vraiment eu l'impression de tomber en arrière. J'ai rouvert les yeux au beau milieu de la nuit. Le blaireau était derrière la fenêtre. On s'est regardés. Ses yeux brillaient comme des perles noires. J'ai refermé les miens.

Quand on s'est réveillés, le ciel était couvert et ça s'est aggravé dans l'après-midi. On a vu les gros nuages s'avancer un par un et s'installer aux quatre coins du ciel. On a fait la grimace, c'était notre dernier jour. Le terrain semblait avoir raccourci de tous les côtés et on entendait plus rien, comme si les oiseaux et tous les petits bidules qui cavalaient sous les herbes s'étaient volatilisés. Le vent s'était renforcé. Le tonnerre a commencé à se faire entendre au loin.

Dès que les premières gouttes sont tombées, on s'est repliés vers la baraque. Betty a préparé du thé. Je regardais la terre fumer dehors et le ciel qui devenait de plus en plus noir. C'était un bel orage dont le cœur devait se trouver à moins d'un kilomètre de là. On a commencé à voir de longs éclairs dans le ciel et Betty a eu un peu la trouille.

— Tu veux faire un Scrabble...? j'ai proposé.

— Non, ça me dit rien.

Chaque fois qu'un coup de tonnerre éclatait, elle se figeait sur place et rentrait sa tête dans les épaules. Des trombes d'eau s'abattaient sur le toit. Il fallait parler assez fort.

— A la limite, c'est pas trop gênant qu'il pleuve quand on est bien à l'abri et que le thé est encore fumant, j'ai déclaré.

— Bon Dieu! Tu appelles ça pleuvoir! C'est carrément le déluge...!

En fait, elle croyait pas si bien dire. L'orage s'était rapproché dangereusement. A cette seconde, j'ai su qu'il nous cherchait. Et il venait droit sur nous. On s'est assis dans un coin, sur les duvets. Mon impression était qu'une créature essayait de déraciner la baraque et cognait dessus. De temps en temps, on voyait l'éclair de son œil passer par la fenêtre. Betty avait remonté ses genoux contre sa poitrine et se tenait les oreilles. C'était parfait.

J'étais en train de lui caresser le dos quand j'ai pris une grosse goutte sur la main. J'ai levé les yeux et j'ai vu que le plafond commençait à perler comme une éponge. En y regardant bien, les murs suintaient aussi et des rigoles se formaient sous les fenêtres, une mare de boue essayait de se glisser sous la porte. Maintenant, la baraque se trouvait au cœur de l'enfer, les éclairs tournaient tout autour et le tonnerre se déchaînait. Instinctivement, j'ai baissé la tête, j'ai eu le sentiment que le moindre geste était inutile. C'était pas le bon moment pour penser que l'homme est l'égal de Dieu. Je regrettais tout ce que j'avais pu en penser jusque-là.

En prenant une goutte sur le crâne, Betty a fait un bond. Elle a jeté un regard horrifié au plafond comme si elle venait de voir le diable. Elle a tiré le duvet sur ses genoux.

— Oh non, elle a pleurniché. Oh non... je vous en prie...!

L'orage s'était décalé de quelques centaines de mètres mais il pleuvait encore plus. Il y avait un boucan infernal. Elle a commencé à pleurer.

Pour ce qui était du toit, il y avait plus un seul espoir à nourrir. J'avais rapidement évalué le nombre de fuites à une soixantaine et je voyais très bien la tournure que prenaient les choses, le plancher commençait à briller comme un lac. J'ai regardé Betty et je me suis levé. Je savais que j'allais perdre mon temps à essayer de la calmer, la seule chose à faire c'était de la sortir de là en vitesse, trempée ou pas trempée. J'ai ramassé les trucs les plus importants dans un sac, fermé mon blouson jusqu'au col et je suis allé m'occuper d'elle. Je l'ai relevée sans hésitation, sans avoir peur de la casser, je l'ai attrapée sous le menton pour lui relever la tête.

— Sûrement qu'on va se mouiller un peu, j'ai dit, mais c'est pas ça qui va nous tuer.

Je lui ai envoyé un regard à fissurer du béton.

— Pas vrai... ? j'ai ajouté.

J'ai remonté son duvet sur sa tête et je l'ai poussée vers la porte. Je me suis aperçu au dernier moment que j'allais oublier mon transistor. Je l'ai enfoncé dans un sac en plastique du supermarché et j'ai troué le fond pour faire sortir la poignée. Betty avait pas bougé d'un poil. J'ai ouvert la porte.

C'est tout juste si on apercevait la voiture tout en bas, à travers le rideau de pluie. Le truc paraissait presque impossible à faire, les coups de tonnerre se chevauchaient comme des vagues et on voyait plus le ciel. Le bruit était assourdissant. Je me suis penché vers elle :

— FONCE JUSQU'À LA BAGNOLE !! j'ai crié.

Je m'attendais pas à ce qu'elle s'envole comme une fusée. Je l'ai soulevée et je l'ai posée dehors. Le temps que je me retourne pour fermer la cabane à clé, elle avait déjà franchi un bon quart de la descente.

J'avais l'impression d'être sous la douche avec les deux robinets ouverts à fond. J'ai fourré la clé dans ma poche et j'ai respiré un bon coup avant d'y aller. Je voulais éviter de faire une deuxième fois le chemin sur le dos et sans mentir, le sol était vraiment glissant, il était recouvert de deux centimètres de flotte.

Comme j'avais plus un seul cheveu de sec, ni quoi que ce soit d'autre qui pût faire partie de mon corps, je me suis bien gardé de confondre vitesse et précipitation, je me suis lancé dans le bain en regardant bien où je mettais les pieds. Malgré que j'eusse tous les chiens de l'enfer rugissant sur mes talons.

Betty avait une longue avance. Je voyais son duvet argenté zigzaguer telle une feuille d'aluminium en direction de la voiture. Dans une seconde, elle sera sauvée, je me suis dit. A ce moment précis, j'ai glissé. Mais j'ai lancé ma main gauche en arrière et je me suis rattrapé d'un côté. J'étais presque sorti de l'auberge. Ensuite j'ai lancé la main droite et j'ai pu ainsi éviter la chute, sauf que mon transistor avait décrit un arc de cercle et que je venais de l'éclater sur un rocher.

Il y avait un gros trou au milieu et quelques fils colorés en sortaient. J'ai crié, j'ai gueulé mais le tonnerre a complètement étouffé ma voix. Je l'ai balancé aussi loin que j'ai pu en grimaçant d'une rage impuissante. J'étais écœuré. Je me suis même pas pressé pour faire le reste du chemin. Plus rien pouvait me toucher.

Je me suis assis derrière le volant. J'ai mis les essuie-glaces en branle. Betty reniflait mais ça avait l'air d'aller mieux, elle s'essuyait la tête avec une serviette.

— Des orages comme ça, j'en ai pas vu beaucoup, j'ai dit.

C'était la vérité et celui-là me coûtait particulièrement cher. Mais je perdais pas de vue qu'on s'en était sortis en limitant les dégâts et je savais de quoi je parlais. Au lieu de me répondre, elle a regardé fixement par le carreau. Je me suis penché un peu pour voir ce que ça donnait. On distinguait vaguement la cabane tout là-haut et des rigoles de boue dévalaient la pente. Finis les petits dégradés de couleurs et la terre qui scintillait comme du diamant en poudre, terminé tout ça. L'ensemble faisait plutôt penser à une sortie d'égout avec de longues dégoulinades de merde. J'ai rien dit, j'ai démarré.

On est arrivés en ville à la nuit tombante. La pluie se calmait. A un feu rouge, Betty a éternué.

— Pourquoi on a jamais de bol...? elle a demandé.

— Parce qu'on est des pauv' malheureux, j'ai ricané.

19

Quelques jours plus tard, j'ai pris la matinée et je suis allé agrafer du papier goudronné sur le toit. J'ai travaillé calmement, en silence, puis j'ai repris la route tranquillement avec la radio branchée sur une station locale. Les morceaux crachaient un peu.

Quand je suis rentré, Betty était en train de changer les meubles de place.

— Tu connais pas la dernière? elle a fait. Archie est à l'hôpital!

J'ai jeté mon blouson sur une chaise.

— Merde. Qu'est-ce qu'il s'est passé?

Je l'ai aidée à pousser le canapé.

— Bon sang, il s'est renversé une casserole de lait bouillant sur les genoux...!

On a transporté la table de l'autre côté.

— Bob a appelé juste après que tu es parti, il a téléphoné de l'hôpital. Il voudrait qu'on ouvre son magasin dans l'après-midi.

On a déroulé le tapis dans un autre coin.

— Merde, en voilà un qui perd pas le nord, j'ai fait.

— Non, c'est pas ça. Il a peur que les bonnes femmes s'agglutinent sur le trottoir et que ça dégénère en émeute.

Elle s'est reculée pour jeter un coup d'œil à l'ensemble.

— Qu'est-ce que tu en penses, ça te plaît comme ça...?

— Oui, j'ai dit.

— Ça change un peu, non?

On a baisé un peu dans l'après-midi, à la suite de quoi j'ai été saisi d'une espèce de langueur et je suis resté couché sur le lit avec des cigarettes et un bouquin pendant que Betty nettoyait les carreaux. Ce qu'il y a de bien, quand on vend des pianos, c'est qu'il y a jamais le feu. Entre deux ventes, vous avez le temps de lire *Ulysse* sans avoir à corner les pages. N'empêche que ça nous suffisait pour vivre, on payait les factures courantes et on pouvait faire le plein d'essence quand ça nous disait. Eddie nous demandait pas d'argent, il voulait simplement qu'on maintienne la boutique à flot et qu'on renouvelle le stock chaque fois qu'on casait un piano. C'est ce qu'on faisait. Je m'occupais des livraisons aussi et ce fric-là tombait dans ma poche, je voulais pas trop compliquer mes livres de comptes.

Le plus fort, c'est qu'on avait même du fric d'avance, de quoi pouvoir tenir le coup pratiquement un mois. A ce niveau-là, je me sentais tout à fait rassuré. Se retrouver sans boulot avec l'équivalent de deux repas dans les poches, j'avais malheureusement connu ça. Me retrouver avec un mois d'avance, c'était comme si je m'étais offert un abri antinucléaire. Je pouvais difficilement espérer plus que ça. J'avais pas encore réfléchi à ma retraite.

Je me suis donc pas affolé. J'ai regardé Betty se nettoyer les ongles près de la fenêtre et y aller d'une couche de vernis d'un rouge aveuglant tandis que son ombre grimpait sur le mur. C'était magnifique. Je me suis étiré sur le lit.

— Ça va être long à sécher ? j'ai demandé.

— Non, pas du tout, mais à ta place je jetterais un coup d'œil à l'heure...

J'ai eu le temps de bondir dans mon pantalon et de lui glisser un baiser dans le cou.

— T'es sûr que tu vas réussir à t'en tirer tout seul ? elle a demandé.

— Sûr, j'ai dit.

Il y avait déjà quatre ou cinq femmes sur le trottoir. Elles essayaient de regarder ce qui se passait à travers la porte du magasin et parlaient fort. J'ai récupéré la clé dans le jardin et je suis monté à l'appart au quatrième. J'ai repéré la petite mare de lait sur le carrelage de la cuisine avec un nounours dedans. Je l'ai ramassé et je l'ai posé sur la table. Le lait était froid maintenant.

Ça avait l'air de chauffer, en bas. Je suis descendu, j'ai allumé. Elles secouaient la tête, la plus laide a tordu son bras vers moi pour que je puisse voir sa montre. J'ai ouvert la porte.

— On se calme, j'ai dit.

J'ai dû me plaquer dans un angle pour les laisser passer. Quand la dernière est entrée, j'ai pu prendre position derrière la caisse et j'ai pensé à Archie et à l'ours qui s'égouttait doucement sur la table de la cuisine en perdant tout son sang.

— Pourriez pas me donner une tranche de pâté de tête?

— Mais certainement, j'ai dit.

— Et le patron, il est plus là...?

— Il va revenir.

— HÉ, VOUS ALLEZ PAS TOUCHER MON PÂTÉ AVEC VOS MAINS...??!!!

— Bon sang! j'ai dit. Excusez-moi.

— Bon, donnez-moi plutôt deux tranches de jambon à la place. Du rond, parce que du carré, j'en veux pas.

J'ai passé le restant de la journée à découper des machins en tranches et à courir d'un bout à l'autre du magasin avec dix bras et dix jambes en me mordant les lèvres. D'une certaine manière, je comprenais Bob. Je me rendais compte que si j'avais fait ce boulot-là, j'aurais plus été capable d'approcher une seule femme et le soir, je me serais intéressé aux programmes télé. J'exagérais, mais n'empêche que par moments, la vie vous offrait un spectacle abominable et où que vous posiez les yeux, c'était la fureur et la folie. C'était charmant, c'était ce qu'il fallait vivre en attendant qu'arrivent la mort, la vieillesse, la maladie, c'était carrément marcher vers l'orage, faire à chaque fois un pas vers la nuit.

J'ai fermé le magasin sur un dernier kilo de tomates et le moral était au plus bas. Mine de rien, ce genre de réflexions vous entraîne dans une chute sans fin et l'épouvante pourrait bien se mettre à vous empoigner le cœur si vous n'y mettiez le holà. J'ai fait volte-face et je me suis envoyé trois bananes coup sur coup. Après ça, je me suis senti mi-figue, mi-raisin, je suis monté m'envoyer une bière là-haut. Comme j'étais pas à cinq minutes, j'ai essuyé le lait par terre et j'ai lavé le nounours. Je l'ai pendu par les oreilles dans la salle de bains, au-dessus de la baignoire. Il avait une espèce de sourire irréel, tout à fait au goût du jour. Je suis resté un peu à côté de lui, le temps de finir ma bière. Mais je me suis tiré avant d'avoir mal aux oreilles.

En rentrant, j'ai trouvé Betty allongée sur le canapé avec un éléphant d'un mètre de haut à ses pieds. Il était rouge avec des oreilles blanches, emballé dans un plastique transparent. Elle s'est dressée sur ses coudes.

— Je me suis dit que ça lui ferait plaisir si on allait le voir. Regarde ce que j'ai acheté...

Après la séance que je venais de m'appuyer, je trouvais qu'il régnait une ambiance assez douce dans la baraque, j'aurais bien aimé m'y glisser. Mais toute tentative était vaine avec cet éléphant rouge planté au milieu du salon, il m'aurait suivi des yeux partout.

— D'accord, on y va, j'ai dit.

J'ai eu droit à un clin d'œil comme lot de consolation.

— Mais tu veux pas manger un truc en vitesse, avant... T'as pas faim... ?

— Non, j'ai pas faim du tout.

J'ai laissé Betty conduire. J'ai pris l'animal sur mes genoux. J'avais une espèce de goût fade dans la bouche. Je me suis dit quand on porte la coupe du désespoir à ses lèvres, il faut pas s'étonner de se retrouver avec la gueule de bois. Les lumières de la rue étaient d'une cruauté sans nom. On s'est garés dans le parking de l'hôpital puis on s'est dirigés vers l'entrée.

C'est arrivé juste au moment où on franchissait la porte, je sais pas ce qu'il s'est passé. Pourtant, c'était pas la première fois que j'entrais dans un hosto, je connaissais l'odeur et tous ces gens qui se trimbalent en pyjama et même l'étrange présence de la mort, oui ça aussi je connaissais et jamais ça m'avait fait ça, jamais. Quand j'ai entendu mes oreilles siffler, j'ai été le premier surpris. J'ai senti mes jambes se raidir et se ramollir en même temps, je me suis mis à transpirer. L'éléphant a dégringolé par terre.

J'ai vu Betty gesticuler devant moi, se pencher vers moi et sa bouche qui remuait, mais j'entendais rien à part le sang qui sifflait dans mes veines. Je me suis appuyé sur un mur. J'étais plutôt très mal. Une barrière glacée me traversait le crâne, impossible de garder l'équilibre. J'ai glissé sur mes talons.

Au bout de quelques secondes, le son est revenu tout doucement. Finalement tout est revenu. Betty me passait un mouchoir sur la figure. J'ai respiré profondément. Les gens continuaient à aller et venir sans s'occuper de nous.

— Oh c'est pas vrai, mais qu'est-ce qu'il t'est arrivé... Tu m'as fait une de ces peurs...!!

— Ouais, c'est quelque chose que j'ai pas dû digérer, j'ai dit. C'est sûrement les bananes.

Pendant que Betty allait aux renseignements, je me suis approché du distributeur de boissons et je me suis envoyé un coca glacé. Je comprenais rien de rien. Je savais pas si c'était les bananes ou un signe de l'audelà.

On a grimpé jusqu'à la chambre. Il y avait pas beaucoup de lumière. Archie dormait. Bob et Annie étaient assis de chaque côté du lit. Le bébé dormait aussi. J'ai posé l'éléphant dans un coin et Bob s'est levé pour m'expliquer qu'Archie venait juste de s'endormir et que le pauvre en avait bavé.

— Ça aurait pu être pire, il a ajouté.

On est restés un moment silencieux, à regarder Archie s'agiter doucement dans son sommeil, les cheveux collés sur les tempes. J'avais mal pour lui mais j'éprouvais en plus de ça une sensation d'angoisse indéfinissable et ça n'avait rien à voir avec lui. Malgré tous mes efforts, j'arrivais pas à me débarrasser de l'idée que j'avais reçu un message que je parvenais pas à déchiffrer. Ça me rendait nerveux. C'est toujours désagréable de se trouver mal sans raison. Je m'en mordillais l'intérieur de la bouche.

Comme j'ai vu que ça s'arrangeait pas, j'ai fait un signe à Betty et j'ai demandé à Bob si on pouvait pas faire quelque chose pour eux, surtout qu'il se gêne pas, mais non, non, il m'a remercié et j'ai reculé vers la porte comme si des serpents se mettaient à dégringoler du plafond. J'ai remonté le couloir sans lambiner, Betty avait du mal à suivre.

— Eh, mais quelle mouche t'a piqué? Va pas si vite...!

On a traversé le hall en ligne droite. J'ai failli renverser un vieux qui débouchait sur ma droite, plié dans une chaise roulante. Le type a fait un tête-à-queue mais j'ai même pas entendu ce qu'il racontait et en moins de deux, j'ai passé la porte.

L'air frais de la nuit m'a détendu, je me suis immédiatement senti mieux. Ça me rappelait une visite dans une maison hantée. Betty a enfoncé ses poings dans ses hanches et m'a regardé par en dessous avec un sourire inquiet.

— Mais qu'est-ce qu'y a? elle a demandé. Qu'est-ce qu'il t'a fait, ce bon Dieu d'hôpital...?!

— C'est sûrement parce que j'ai le ventre vide. Je me suis senti un peu faiblard...

— Tout à l'heure, c'était à cause des bananes.

— Je sais plus. Je crois que j'ai envie de manger quelque chose. Ouais...

On a descendu les quelques marches du perron et arrivé en bas, je me suis retourné, Betty m'a pas attendu. J'ai examiné le bâtiment attentivement mais tout paraissait normal, je voyais pas ce que ce truc-là pouvait bien avoir de terrifiant. C'était plutôt propre et joliment éclairé, avec des palmiers tout autour et des haies fraîchement taillées. Je comprenais vraiment pas ce qui m'avait pris. Peut-être qu'après tout, j'avais avalé des bananes empoisonnées, des bananes ensorcelées qui vous collent la peur au ventre sans aucune raison. Ajoutez à ça un petit enfant brûlé qui remue la tête dans une chambre un peu sombre et vous avez la réponse à toutes vos questions. C'était pas plus compliqué que ça.

Pourtant je mentirais en cachant qu'une légère sensation de malaise subsistait malgré tout. Mais c'était à la limite du perceptible, j'allais pas me casser le cul avec ça.

Je connaissais un truc au nord de la ville où les steaks frites ressemblaient à quelque chose et il y avait de la lumière autant qu'on voulait. Le patron nous connaissait, je lui avais vendu un piano pour sa femme. Il a sorti trois verres pendant qu'on s'installait derrière le comptoir.

— Alors, ça prend tournure ? j'ai demandé.

— Ouais, les gammes ça me rend neurasthénique, il a fait.

Il y avait un peu de monde dans la salle, quelques types seuls, quelques couples et des vingt-vingt-cinq coiffés en brosse sans une ride sur le front. Betty était de bonne humeur. La qualité des steaks aurait fait plier les genoux d'un végétarien et mes frites baignaient dans le ketchup, ce qui fait que le petit incident de l'hôpital m'est complètement sorti de la tête. Je me sentais le cœur léger. J'étais à deux doigts de trouver le monde entier épatant. Betty me regardait avec le sourire et je plaisantais pour un rien. Ensuite, on a fait venir des Super Strombolis Géants avec Garniture Spéciale. Rien que la crème Chantilly allait chercher dans le demi-kilo.

J'ai englouti deux grands verres d'eau après ça et comme de bien entendu, j'ai dû foncer aux toilettes. Il y avait des urinoirs rose indien suspendus au mur. J'ai choisi celui du milieu. Chaque fois que je me retrouvais devant un de ces engins, je repensais à cette blonde d'un mètre quatre-vingt-dix qu'il m'avait été donné de surprendre, un jour, à califourchon là-dessus et qui m'avait souri en disant vous inquiétez pas, je vous rends votre machin dans une petite minute. J'oublierai jamais cette fille, c'était l'époque où l'on parlait beaucoup de la libération de la femme, on nous rebattait les oreilles avec ça, mais c'était cette fille-là qui m'avait fait la plus grosse impression. Il fallait bien reconnaître que quelque chose avait changé.

Je pensais donc à elle en faisant sauter mes boutons d'une seule main quand un des jeunes gars avec les cheveux en brosse s'est pointé. Il s'est installé à côté de moi en regardant fixement le gros bouton argenté qui commandait la flotte.

De mon côté ça venait pas, mais du sien non plus. Il y avait un silence de mort entre nous. De temps en temps, il jetait un coup d'œil vers moi pour voir ce que je fabriquais et il se raclait la gorge. Il portait un pantalon très large et une chemise de couleur, moi un jean serré et un tee-shirt blanc. Il en avait dix-huit, moi trente-cinq. J'ai serré les dents en contractant mes abdominaux. J'ai senti qu'il en faisait autant. Je me suis concentré.

Le silence a été rompu par le crépitement caractéristique qui a jailli devant moi. J'ai souri.

— Hé, hé, j'ai fait.

— Oh et puis j'avais pas envie, il a marmonné.

Quand j'avais son âge, Kerouac m'avait dit sois amoureux de ta vie. C'était normal que je pisse plus vite. Mais j'ai pas voulu rester sur une victoire écrasante :

— Faut que j'en profite, j'ai dit. Peut-être que ça durera plus très longtemps...

Il s'est gratté la tête. Pendant que je me lavais les mains, il a grimacé devant la glace.

— A propos, il a fait, je me suis dit que j'avais peut-être quelque chose qui pourrait t'intéresser...

Je lui ai tourné le dos pour m'essuyer les mains, j'ai arraché les vingt centimètres réglementaires. J'étais de bonne humeur.

— Ah oui ?... j'ai fait.

Il s'est approché et m'a déplié un petit papier sous le nez.

— Y en a un bon gramme, il a murmuré.

— C'est de la bonne ?

— Sûrement, mais faut pas me demander ça à moi, j'ai jamais essayé. Je fais ça pour partir en vacances. J'ai envie d'aller faire du surf.

Dieu, comme cette jeunesse est déroutante, j'ai pensé. Sans compter qu'il s'était même pas lavé les mains. Il y avait pas mal de cristaux, je l'ai goûtée, je lui ai demandé combien, il l'a dit. Ça faisait tellement longtemps que j'y avais pas touché que les prix avaient doublé, je suis resté la bouche ouverte.

— T'es sûr de pas te gourer ? j'ai demandé.

— C'est à prendre ou à laisser.

J'ai sorti un billet de ma poche.

— Tu peux m'en donner pour ça ?

Le bougre était pas très chaud, je lui ai forcé un peu la main :

— Avec ça, tu pourras te payer un bermuda, j'ai dit.

Il a rigolé. On s'est bouclés dans les toilettes des hommes et il m'a préparé le truc sur le couvercle de la chasse d'eau. Je me suis mouché consciencieusement avant de me l'envoyer. Après ça, je me sentais prêt à attaquer une nouvelle journée et comme j'étais d'humeur un peu électrique, je lui ai touché le bras avant de nous séparer.

— N'oublie quand même pas une chose, j'ai dit. Un coin avec uniquement du sable et des vagues, ça existe pas. Le sang dégouline de partout.

Il m'a regardé comme si je venais de lui donner la solution de la quadrature du cercle.

— Pourquoi tu me dis ça ? il a fait.

— Je plaisante, j'ai dit. A trente-cinq ans, on a envie de savoir si on sait toujours rigoler...

C'est vrai que j'avais l'impression que le monde s'était assombri d'année en année, mais cette constatation m'apportait pas grand-chose. J'avais choisi de rester debout et de faire en sorte que ma vie ressemble pas à une poubelle. C'était ce que j'avais trouvé de mieux, c'était tout ce que j'avais à offrir. C'était pas aussi facile que ça. Je crois que ma seule fierté dans cette vie, c'est que j'essaie de rester un type propre. Il faut pas me demander plus que ça, j'ai pas la force. Je suis allé retrouver Betty en reniflant. Je l'ai serrée dans mes bras. J'ai failli la faire dégringoler du siège. Des types nous regardaient.

— Eh, je voudrais pas t'embêter, elle m'a glissé à l'oreille. Mais on est pas tout seuls...

— Je les emmerde, j'ai répondu.

J'aurais pu attraper un tabouret et le plier en deux.

Sur le chemin du retour, j'ai eu l'impression d'être aux commandes d'un engin blindé que pas une seule chose au monde aurait pu arrêter. Betty avait bu du vin, le monde entier avait bu du vin cette nuit-là et j'étais le seul type à peu près lucide qui soit resté fidèle au poste, cramponné au volant pendant que tous ces tarés m'envoyaient des appels de phares. Betty m'a glissé une cigarette allumée dans la bouche.

— Peut-être que tu y verrais mieux si tu te décidais à envoyer un peu de lumière...?

Avant que j'aie eu le temps de me retourner, elle se penchait sur le tableau de bord et allumait les codes. C'était mieux, mais c'était pas extraordinaire.

— Tu me croiras si tu veux, j'ai dit, mais j'y voyais comme en plein jour.

— Ouais, j'en doute pas.

— C'est pas parce qu'il fait nuit qu'on doit se retrouver comme des aveugles, est-ce que tu me suis...?

— Oui, oui, parfaitement.

— Merde, c'est vrai...!

J'avais envie d'accomplir quelque chose hors du commun mais on s'est retrouvés rapidement en ville et j'ai dû enfiler tout bêtement les rues, éviter les piétons et m'arrêter aux feux rouges comme le dernier des glands alors que j'avais de la dynamite qui coulait dans les veines.

Je me suis garé devant la baraque. La nuit était douce, calme, silencieuse, très légèrement soulignée d'un rayon de lune, mais l'impression d'ensemble était d'une violence inouïe, dans les bleus et les gris perle. J'ai traversé la rue en humant l'air frais et j'avais pas du tout envie de dormir. Betty avait commencé à bâiller sur la fin du trajet, je voulais pas croire ça.

Quand on est montés et que je l'ai vue plonger sur le lit les bras en avant, j'ai essayé de la secouer.

— Hé... Tu vas pas me faire ça! j'ai beuglé. T'as pas soif, tu veux pas que je te serve quelque chose...?

Elle a lutté un tout petit moment. Elle souriait, mais en même temps ses yeux se fermaient alors que moi j'aurais été capable de discutailler toute la nuit, merde alors, MERDE! Je l'ai aidée à se déshabiller en lui expliquant que pour moi, les choses étaient d'une clarté absolue. Elle tenait sa main devant sa bouche pour pas me blesser. Je lui ai envoyé une petite claque sur les fesses pendant qu'elle s'enfilait sous les draps. Ses bouts de seins étaient mous comme des chiffes. Et c'était même pas la peine que je descende lui explorer entre les jambes, elle dormait.

J'ai embarqué la radio et je suis allé m'installer dans la cuisine avec une bière. Je suis tombé sur les informations mais il se passait rien d'important. On était tous déjà plus ou moins morts. J'ai coupé le son avant d'arriver à la page des résultats sportifs de la journée. La lune était presque pleine, elle était carrément posée sur la table, si bien que j'avais pas besoin d'allumer. C'était assez reposant. Sur le coup, j'ai pensé à me faire couler un bain. J'avais la tête claire comme un ciel d'hiver ensoleillé et je pouvais toucher les choses avec mes yeux. J'aurais pu entendre un brin de paille se briser à cent mètres. Pour finir, la bière se faufilait dans mon gosier avec la rage d'un torrent. Bon, je voulais bien reconnaître que c'était de la bonne, mais rien que de penser au prix du gramme, ça me faisait encore frémir.

Au bout d'une heure, j'avais toujours pas bougé de ma chaise mais j'étais légèrement penché en avant et je regardais entre mes jambes pour voir si oui ou non j'avais toujours des couilles. J'étais en train de me mettre le couteau sous la gorge. Je me suis levé avec un sourire amusé et la respiration un peu courte. Je suis allé chercher ce qu'il fallait et je suis venu me remettre à la table.

Un peu plus tard, j'avais noirci trois pages. Je me suis arrêté. Je voulais simplement savoir si j'étais encore capable d'en écrire au moins une, de page, je demandais pas un roman-fleuve. J'ai fumé une cigarette en regardant le plafond. Je m'étais pas trop mal démerdé, loin de là, et j'étais le premier étonné. J'ai relu lentement mes pages. Décidément, j'allais de surprise en surprise, je me souvenais pas avoir écrit des trucs comme ça sans être au sommet de ma forme. D'une certaine manière, c'était rassurant, c'était comme de regrimper sur une bicyclette après vingt ans et de constater qu'on s'est pas foutu par terre au premier coup de pédale. Ça donnait un petit coup de fouet. J'ai tendu mes mains en avant pour voir si elles tremblaient. On aurait dit que j'attendais de me faire passer les menottes.

Comme les emmerdes et les questions étaient pas ce que je recherchais le plus au monde, j'ai brûlé consciencieusement les petites pages, mais c'était sans regret. Quelque chose que j'ai écrit, je l'oublie jamais. C'est à ça qu'on reconnaît les écrivains qui ont un peu d'oreille.

Vers deux heures du matin, un chat a miaulé derrière la fenêtre. Je l'ai fait entrer et je me suis fendu d'une boîte de sardines à la tomate. On était sûrement les deux seules personnes éveillées de toute la rue. C'était un jeune chat. Je l'ai caressé et il a ronronné. Ensuite il est venu sur mes genoux. J'ai décidé de le laisser un peu digérer avant de me lever, j'avais l'impression que la nuit bougeait plus. Avec mille précautions, je me suis penché en arrière pour attraper le paquet de chips du bout des doigts. Il était pratiquement plein. J'en ai semé un peu sur la table, ça a fait passer le temps.

A la fin du paquet, je me suis demandé s'il s'imaginait qu'il allait passer la nuit entière sur moi. Je l'ai viré. Il s'est frotté dans mes jambes. J'y suis allé d'un bol de lait. Le moins qu'on puisse dire, c'était que la journée avait été placée sous le signe du lait, douce et brûlante à la fois, mystérieuse, imprévisible et d'une blancheur insondable, avec des ours, des éléphants et des chats en veux-tu en voilà. Pour un type qui a horreur du lait, j'étais servi et j'en avais pas laissé une goutte. Il faut compter avec cette force irrépressible qui vous fait boire la coupe jusqu'à la lie. J'ai fait couler le lait lentement quand j'ai resservi le chat, j'ai pas bronché. Ça ressemblait à la dernière épreuve de la journée et pour ce genre de choses, j'ai comme des prémonitions.

J'ai remis le chat sur le bord de la fenêtre et j'ai refermé derrière lui pendant qu'il s'étirait dans les géraniums. J'ai mis un peu de musique. Je me suis donné encore une bière avant d'aller me coucher. J'avais envie de faire quelque chose mais il y avait rien qui me disait vraiment. Histoire de bouger un peu, j'ai rassemblé les affaires de Betty et je les ai pliées soigneusement.

J'ai vidé les cendriers.

J'ai cavalé après un moustique.

J'ai trifouillé les chaînes de la télé mais rien où l'on pût tenir plus d'une minute sans mourir vingt fois.

Me suis lavé la tête.

Assis au pied du lit, j'ai lu un article rappelant les précautions élémentaires qu'il convenait de prendre en cas d'attaque nucléaire, en particulier s'éloigner des fenêtres.

Je me suis limé un ongle qui accrochait et dans la foulée j'ai attaqué les autres.

D'après mes calculs, il y avait encore cent quatre-vingt-sept morceaux de sucre dans la boîte qui se trouvait sur la table. J'avais pas envie de me coucher. Le chat miaulait derrière le carreau.

Je me suis levé pour jeter un œil sur le thermomètre, il faisait dix-huit. Pas mal.

Je me suis attrapé le Yi king et je me suis tiré l'Obs-curcissement de la Lumière. Pas mal non plus. Betty s'est tournée en gémissant.

J'ai repéré une petite coulée de peinture sur le mur.

Le temps passait, je plongeais au fond et je remontais avec la cervelle en feu en grillant une cigarette. Ce qui faisait le charme de cette génération, c'était une bonne expérience de la solitude et de la profonde inutilité des choses. Heureusement que la vie était belle. Je me suis allongé sur le lit avec le silence en forme de carapace de plomb. Je me suis relaxé pour calmer cette énergie stupide qui me traversait comme un courant électrique. Je me suis tourné vers le calme et la beauté d'un plafond refait à neuf. Betty m'a envoyé un coup de genou dans la hanche.

Il était pas impossible que je prépare un petit Chili pour le lendemain. Ça faisait environ treize mille jours que j'étais en vie, j'en voyais ni le commencement ni la fin. J'espérais que le papier goudron allait tenir quand même un bon moment. La petite lampe faisait seulement vingt-cinq watts mais j'ai posé ma chemise dessus.

J'ai pris un paquet de chewing-gums neuf dans le sac de Betty. J'ai pris une tablette et je l'ai pliée dans mes doigts comme un rouleau printanier. J'avais beau me creuser la tête, je comprenais pas pourquoi des types avaient décidé de mettre ONZE tablettes dans un paquet. Comme s'il était besoin de compliquer les choses à plaisir. J'ai attrapé mon oreiller et je me suis couché sur le ventre. J'ai tourné et j'ai viré. Si bien que j'ai fini par m'endormir et la onzième, comme qui dirait la source de mes souffrances, je l'ai poussée avec ma langue et je l'ai avalée.

20

Depuis quelques jours, les flics étaient nerveux. Du matin au soir, ils patrouillaient dans les environs et leurs bagnoles sillonnaient les routes en plein soleil. Le cambriolage de la banque principale d'une petite ville, ça fout toujours la merde. Pour éviter de tomber sur un contrôle dans un rayon de dix kilomètres, il aurait fallu creuser un tunnel. J'avais rendez-vous avec une bonne femme qui se demandait si un demi-queue pouvait passer par sa fenêtre et je roulais tranquillement sur une route déserte quand une voiture de flics m'a dépassé et le type m'a fait signe de m'arrêter. C'était le jeune de l'autre fois, celui qui avait les cuisses solides. J'étais pas en avance mais je me suis garé sagement sur le bas-côté. Quelques brins de genêts commençaient à fleurir sur le talus. Il était dehors avant moi. Je pouvais pas lire dans ses yeux s'il me reconnaissait.

— Salut, toujours sur la brèche...? j'ai plaisanté.

— Je veux voir les papiers de la voiture, il a fait.

— Vous me reconnaissez pas ?

Il est resté la main tendue, regardant autour de lui d'un air fatigué. J'ai sorti les papiers.

— A mon avis, c'est pas des types du coin qui ont fait le coup, j'ai ajouté. Moi, tel que vous me voyez, je suis en train de travailler.

J'avais le sentiment de l'emmerder profondément. Il tapotait le capot de la bagnole sur un air de be-bop. L'étui de son flingue brillait dans la lumière comme une panthère noire.

— Je veux voir le coffre, il a fait.

Je savais qu'il savait que j'avais rien à voir avec sa putain de banque. Il savait que je le savais. Je plaisais pas à ce type, ça crevait les yeux, mais pourquoi, j'en avais pas la moindre idée. J'ai enlevé les clés de contact et je les ai laissées pendre devant mon nez. Il me les a carrément arrachées des mains. Je sentais que j'allais arriver en retard.

Il a trifouillé la serrure quelques instants avant de secouer la poignée dans tous les sens. Je suis sorti en claquant la porte.

— Ça va, j'ai dit. Attendez, je vais le faire. Ça peut paraître idiot, mais je tiens pas à l'abîmer, cette voiture. C'est mon outil de travail.

J'ai ouvert le coffre et je me suis écarté pour qu'il puisse jeter un coup d'œil dedans. Il traînait juste une vieille pochette d'allumettes dans le fond. J'ai attendu le temps qu'il fallait pour refermer le coffre.

— J'en profite pour l'aérer un peu, j'ai dit.

238

Je suis remonté dans la bagnole. J'allais mettre le contact mais il s'est penché en attrapant la portière.

— Hé... attendez une petite minute! il a fait. Mais qu'est-ce que vous dites de ça...?!

J'ai passé ma tête dehors. Il était en train de caresser mon pneu.

— On dirait tout bêtement une peau de banane! il a déclaré. J'en voudrais même pas pour faire un pot de fleurs devant chez moi...

Je me suis aussitôt radouci, j'ai senti le danger.

— Oui, je sais, j'ai dit. J'ai vu ça en partant ce matin, mais je comptais m'en occuper rapidement.

Il s'est relevé sans me quitter des yeux. J'essayais de lui envoyer des messages d'amour.

— Je peux pas vous laisser repartir comme ça, il a fait. Vous êtes un vrai danger public.

— Non, mais je vais pas loin. Je vais rouler tout doucement. Ce pneu, je vais le changer tout de suite en rentrant, vous pouvez être tranquille... je sais pas comment c'est arrivé.

Il s'est écarté de la voiture en prenant un air fatigué.

— Bon... je vais passer l'éponge. Mais en attendant, vous allez me mettre la roue de secours à la place.

J'ai senti mes poils se hérisser sur mes jambes et mes bras. Ma roue de secours était pas quelque chose qu'on pouvait montrer à un agent de police. Elle devait avoir cent cinquante mille kilomètres. Celle qu'il voulait que je change me paraissait pratiquement neuve à côté. Je me suis retrouvé avec un chat dans la gorge. Je lui ai tendu mon paquet de cigarettes.

— Reu, reu... Vous fumez?... reu, reu... Dites, ça doit vous faire un sacré boulot, cette histoire de banque... reu... Eh, je voudrais pas être à la place de ces petits salauds... reu, reu...

— Ouais, mais allez-y, sortez-moi cette roue, j'ai pas que ça à faire.

J'ai pris une cigarette maintenant que c'était fichu, je l'ai allumée en regardant la route qui filait derrière le pare-brise. L'autre a plissé des yeux.

— Vous voulez peut-être que je vous donne un coup de main...? il a demandé.

— Non, j'ai soupiré, c'est pas la peine. On va perdre notre temps pour rien. Elle est pas très belle. Je vais la faire changer aussi...

Il a attrapé ma portière dans ses mains. Une mèche folle a dégringolé sur son front mais il s'en est pas occupé.

— Normalement, je devrais immobiliser votre véhicule, il a fait. Je pourrais même vous laisser repartir à pied. Alors on va faire demi-tour et vous allez vous arrêter devant un garage pour me faire changer ça. Je vais vous coller au train.

Au bas mot, ça voulait dire une heure de retard à mon rendez-vous et des demi-queue c'était pas quelque chose qu'on vendait tous les jours. J'ai failli lui dire que c'était pas en empêchant les gens de travailler qu'il allait toucher son chèque à la fin du mois. Mais le soleil avait l'air de l'irradier.

— Ecoutez, j'ai dit, j'ai rendez-vous à deux pas d'ici. Je suis pas en train de me balader, je vais vendre un piano et vous savez qu'aujourd'hui, une entreprise peut pas se permettre de louper la plus petite affaire. On est tous sur la corde raide, en ce moment... Je vous donne ma parole que je m'occupe de ces roues en rentrant. Je vous le jure.

— Non. C'est tout de suite ! il a grincé.

J'ai attrapé mon volant et j'ai fait un effort pour pas le serrer dans mes poings alors que mes bras étaient déjà raides comme des bouts de bois.

— Bon, j'ai dit, puisque vous tenez à me coller une amende, alors allez-y. Au moins je saurai pourquoi je vais travailler aujourd'hui. Mais on dirait que j'ai pas le choix...

— J'ai pas parlé d'une amende. J'ai dit qu'il fallait changer ce pneu IMMÉDIATEMENT !

— Oui, j'avais bien compris. Mais si ça doit me faire louper une vente, je préfère payer l'amende.

Il est resté une dizaine de secondes silencieux, à me

fixer, puis il a reculé d'un pas et il a dégainé lentement.
Je voyais personne arriver à des kilomètres à la ronde.

— Ou on fait ce que j'ai dit, il a grogné, ou je vous
balance une balle dans ce foutu pneu pour commencer...!

J'ai pas douté une seule seconde qu'il était capable
de faire une chose dans ce goût-là et dans la minute qui
suivait, les deux bagnoles filaient vers la ville. Je pouvais faire une croix sur la matinée.

Il y avait une casse à l'entrée. J'ai mis mon clignotant
et je suis entré dans la cour. Un chien noir de cambouis
aboyait au bout d'une chaîne. Un type triait des boulons sous le hangar et nous regardait arriver. C'était
une de ces belles journées de printemps, presque
chaude, sans un souffle d'air. Les carcasses de voitures
s'empilaient tout autour. Je suis descendu. Le jeune flic
est descendu. Le casseur a envoyé un coup de pied au
chien en s'essuyant les mains. Il a souri au jeune flic :

— Hé, Richard...! Qu'est-ce qui t'amène? il a fait.

— C'est le boulot, vieux, toujours le boulot...

— Moi, c'est les pneus, j'ai dit.

Le type s'est gratté la tête, puis il a déclaré qu'il y
avait bien trois ou quatre Mercedes dans le tas, mais
que le problème c'était de les trouver.

— Vous inquiétez pas, j'ai que ça à faire, j'ai ricané.

Ils sont partis se boire une bière à l'ombre du hangar
pendant que je filais entre les épaves. J'avais presque
une demi-heure de retard. Les carcasses étaient chaudes sous la main. Le pouvoir était aux mains de l'en-
nemi. J'ai dû grimper deux ou trois fois sur les capots
avant de réussir à en repérer une.

Le pneu avant gauche était bon, sauf que j'avais
oublié de prendre le cric. Il a fallu que je retourne.
L'air était parfumé à l'huile de vidange. J'ai pris les
outils dans la voiture. Les deux autres étaient assis sur
des caisses et discutaient. J'en ai profité pour retirer
mon pull. Je leur ai fait un petit signe en passant
devant eux.

Il se trouvait que la Mercedes qui m'intéressait avait

une camionnette sur le toit. Sans vouloir noircir le tableau, je peux dire que je me suis amusé avec le cric et quand j'ai réussi à arracher cette satanée roue, j'étais couvert de sueur et mon tee-shirt avait changé de couleur. Le soleil était presque à la verticale. Maintenant, il s'agissait de refaire la même chose un peu plus loin. C'était comme si j'avais eu à rouler une espèce de rocher.

L'ambiance était bonne sous le hangar, le flic racontait quelque chose et le casseur s'envoyait des grandes claques sur les cuisses. Je me suis pris une cigarette du bout des ongles avant de me remettre au boulot. Les boulons étaient un peu coincés, je me suis essuyé le front avec mes avant-bras. Je tendais l'oreille, des fois qu'ils m'appellent pour me faire boire un coup, mais ma place était sur les braises et je les entendais rire pendant que je présentais la roue à bout de bras.

Pour terminer, je suis allé payer le type. Le fric a disparu dans sa poche. Le jeune flic me regardait d'un air satisfait. Je me suis adressé à lui :

— Si un jour vous avez besoin d'un service, surtout n'hésitez pas.

— Je dis pas non, il a répondu.

Je suis reparti vers la voiture sans ajouter un mot. Les mots c'est des balles à blanc. J'ai fait une petite marche avant, une demi-lune en marche arrière, puis je suis reparti en marche avant et dans l'ensemble, ça m'a pris un peu moins de trois secondes pour me retrouver sur la route. Mais il en a pas fallu beaucoup plus que ça non plus pour que je me rende compte à quel point une merde pouvait en entraîner une autre.

J'avais les mains noires, sans parler du tee-shirt et d'un voile de cambouis sur le front. Je savais instinctivement qu'un marchand de pianos devait éviter ce genre de détails comme la peste. J'avais une heure de retard. Malgré ça, j'ai été obligé de faire un détour par la maison, il y avait pas d'autre solution. C'en était à un point que j'étais obligé de conduire avec deux kleenex serrés dans les mains.

242

J'ai commencé par arracher mon tee-shirt en grimpant l'escalier et j'ai filé comme une flèche jusqu'à la salle de bains. Betty était en slip, elle se regardait de profil devant la glace. Elle a sursauté :

— Bon sang, tu m'as fait peur... !

— Aïe, aïe aïe, tu peux pas savoir comme je suis en retard !

Le temps d'enlever mon pantalon, je lui avais résumé l'histoire et je sautais sous la douche. J'ai commencé par enlever le plus gros avec un produit pour récurer l'émail pendant que la vapeur remplissait la pièce. Betty continuait à se regarder.

— Dis donc, elle a fait, tu trouves pas que j'ai un peu grossi ?

— Tu rigoles, en ce moment je te trouve parfaite.

— J'ai l'impression d'avoir un peu de ventre...

— Mais non, qu'est-ce que tu vas chercher... ?

J'ai passé ma tête à travers le rideau.

— Hé, tu veux être gentille ? Téléphone à la bonne femme, dis-lui que je pars seulement maintenant, raconte-lui quelque chose...

Elle est venue se coller au rideau, je me suis reculé vers les robinets.

— Non, déconne pas, j'ai dit. C'est pas le moment.

Elle m'a tiré la langue avant de sortir. Je me suis resavonné les mains pour la vingtième fois et je l'ai entendue décrocher le téléphone. Je me suis dit que décidément, si je faisais pas cette vente, j'allais perdre sur tous les tableaux, aujourd'hui.

Elle reposait le combiné quand je suis arrivé dans son dos, les cheveux encore mouillés mais tout propres et avec un tee-shirt d'une blancheur immaculée. Je lui ai pris les seins pour me faire pardonner, je l'ai embrassée dans le cou.

— Alors, qu'est-ce qu'elle a dit ? j'ai demandé.

— Ça va, elle t'attend.

— Je suis de retour dans une heure ou deux à tout casser... Je fais vite.

Elle a passé ses mains derrière elle pour m'attraper. Elle a rigolé.

— C'est bien que tu sois revenu, elle a murmuré, je vais pouvoir te montrer quelque chose. T'es parti tellement vite, ce matin...

— Ecoute-moi bien, je t'accorde juste trente secondes.

Elle a fait demi-tour et elle est revenue avec un petit tube de verre à la main. Elle a pris un air décontracté.

— Je me sentais pas bien à l'idée de garder ça pour moi toute la journée... Mais ça va aller mieux maintenant.

Elle a levé le petit tube devant mon nez comme s'il contenait un remède contre la mort. J'ai pensé à une de ces idioties qu'on trouve dans les paquets de lessive, surtout qu'elle souriait. A part ses yeux, tout son visage souriait.

— Laisse-moi deviner, j'ai dit. C'est un peu de poussière de l'Atlantide.

— Non, c'est un truc pour savoir si je suis enceinte.

Ma tension artérielle s'est effondrée subitement.

— Et qu'est-ce que ça dit? j'ai demandé dans un souffle.

— Ça dit oui.

— Eh ben, et alors, et ce putain de stérilet...?

— Ouais, mais il paraît que ça arrive de temps en temps.

Je sais pas combien de minutes je suis resté devant elle à danser d'un pied sur l'autre, au moins jusqu'à ce que mon cerveau se remette en route. Je trouvais qu'il manquait un peu d'air dans la pièce, je me suis mis à respirer plus vite. Ses yeux étaient plantés dans les miens, ça m'a un peu aidé. J'ai desserré les dents progressivement. Puis comme elle se mettait à sourire, j'ai souri aussi, mais sans savoir pourquoi au juste parce que ma première impression, c'était plutôt qu'on avait fait la Connerie Suprême. Mais peut-être qu'elle avait raison, peut-être que c'était la seule chose à faire. Ça clouait les vieux démons sur place. Alors on a rigolé un bon coup, ça m'a fait presque mal. Mais quand je riais avec elle, on aurait pu me faire avaler une bassine de poison. J'ai posé mes mains sur ses épaules, j'ai fait jouer sa peau sous mes doigts.

— Ecoute-moi, j'ai dit. Laisse-moi me débarrasser de ce rendez-vous et je reviens m'occuper de toi, d'accord...?

— Ouais, de toute façon, j'ai un paquet de lessive à faire. Je risque pas de m'ennuyer.

J'ai donc sauté dans la voiture et je suis sorti de la ville. Sur les trottoirs, j'ai compté vingt-cinq bonnes femmes avec des landaus. J'avais le gosier sec et je réalisais pas bien ce qui arrivait, c'était quelque chose que j'avais jamais envisagé sérieusement. Les images traversaient mon crâne comme des fusées.

Pour me calmer, je me suis concentré sur la conduite de la Mercedes. La route était belle. Je suis passé à 160 devant la voiture de flics sans m'être rendu compte de rien. Un peu plus loin, il me forçait à m'arrêter. C'était encore Richard. Il avait de belles dents, saines et régulières, il a retiré un calepin et un stylo de sa poche.

— Maintenant, chaque fois que je vois cette bagnole, je sais qu'il y a du boulot pour moi, il a grincé.

Je savais pas du tout ce qu'il me voulait, je savais même pas ce que je faisais sur cette route. Dans le doute, je lui ai souri. Peut-être qu'il était comme ça, planté en plein soleil, depuis le lever du jour...?

— Si je comprends bien, il a ajouté, vous vous êtes dit que de changer un pneu, ça vous donnait le droit de rouler comme un dingue...

Je me suis enfoncé le pouce et l'index dans le coin des yeux. J'ai secoué un peu la tête.

— Bon sang, j'étais complètement ailleurs... j'ai soupiré.

— Vous faites pas de bile. Si je vous trouve deux ou trois grammes d'alcool dans le sang, je vais vous ramener les pieds sur terre.

— Si c'était que ça, j'ai dit. Mais je viens d'apprendre que je suis papa...!

Il a paru hésiter un instant puis il a refermé son carnet avec le stylo au milieu et l'a reglissé dans sa poche de chemise. Il s'est penché vers moi.

— Vous auriez pas une cigarette ? il a demandé.

Je lui en ai donné une et il est resté tranquillement appuyé sur ma portière pour la fumer et me parler de son fils de huit mois qui traversait le salon à quatre pattes et des différentes marques de lait en poudre et des mille et une petites joies de la paternité et tout et tout. Je voyais le coup que j'allais m'endormir pendant qu'il me faisait un cour sur les tétines. Quand au bout d'un moment il m'a fait un clin d'œil en me disant qu'il fermait les yeux et que je pouvais partir, ben je suis parti.

Durant les derniers kilomètres, j'ai essayé de me mettre à la place d'une femme et je me suis demandé si j'aurais eu envie d'avoir un enfant, si j'en aurais senti un besoin profond. Mais je suis pas arrivé à me mettre à la place d'une femme. La baraque était une belle propriété. Je me suis garé devant l'entrée et je suis descendu avec ma petite mallette noire à la main. Il y avait rien dedans, mais j'avais remarqué que ça rassurait les gens, j'avais déjà loupé quelques ventes en arrivant les mains dans les poches. Une bonne femme un peu folle est apparue sur le perron. Je l'ai saluée de la main.

— Je suis à vous, chère madame...

Je l'ai suivie à l'intérieur. D'un autre côté, si c'était vraiment ce que Betty voulait, j'avais pas le droit de lui refuser ça, peut-être que ça faisait partie de l'ordre des choses, peut-être que c'était pas la mort. Sans compter que ce qui était bon pour elle avait des chances de l'être pour moi. Il soufflait malgré tout un vent de terreur sur tout ça. C'est toujours un peu effrayant comme genre de situation. Une fois qu'on s'est retrouvés dans le salon, j'ai jeté un coup d'œil à la fenêtre et j'ai vu que le piano pourrait passer sans problème. J'y suis allé de mon petit baratin.

Seulement mes idées s'embrouillaient et au bout de cinq minutes, j'ai perdu le contrôle de la situation :

— Est-ce qu'une femme a besoin de faire un enfant pour se réaliser ? j'ai demandé.

L'autre a battu un peu des cils. J'ai enchaîné aussitôt sur les conditions de vente et j'ai noyé le poisson en entrant dans les détails de la livraison. J'aurais bien voulu être assis dans un endroit désert et pouvoir réfléchir tranquillement à tout ça. C'était pas de la rigolade. Quand je regardais autour de moi, je voyais pas tellement l'intérêt de faire en sorte qu'un enfant puisse voir ça. Et ce n'était qu'une des nombreuses épines du problème. La bonne femme s'est mise à tourner en rond dans le salon pour trouver la bonne place.

— A votre avis, je le mets plein sud ? elle a demandé.

— Ça dépend si c'est pour jouer du blues, j'ai mondanisé.

J'étais quand même le parfait salaud. Je le sentais bien. Mais est-on vraiment un salaud parce qu'on manque de courage ? J'ai repéré le bar accidentellement. Je lui ai jeté un regard triste à la manière du capitaine Haddock. Merde, je me suis dit, quand je pense que ce foutu stérilet s'est détraqué et que moi j'ai rien senti du tout. J'ai eu une crise d'angoisse. Est-ce que j'étais simplement un instrument, est-ce qu'au bout du compte il y avait simplement l'épanouissement d'une femme et que rien n'était prévu pour moi... ? Au fond, je savais pas s'il existait une seule chance pour un type de s'en tirer. La crise s'est envolée au moment où la bonne femme sortait les verres.

— Doucement, j'ai dit. J'ai pas l'habitude de boire dans l'après-midi...

J'ai pas pu m'empêcher de boire ce verre d'un seul coup, je l'avais trop attendu. J'ai revu Betty en slip devant la glace de la salle de bains. Et j'étais là à me casser la tête alors que tout ce qu'on me demandait, c'était de rester à la hauteur. Je savais aussi qu'il y a toujours de bonnes choses à prendre quand on est décidé à aller jusqu'au bout. J'ai repris un doigt de marasquin.

Sur le chemin du retour, je me suis efforcé de plus penser à rien. J'ai roulé sagement, bien collé à ma droite, la seule chose qui pouvait m'arriver, c'était de me faire coller une amende pour obstruction à la circulation. Mais il y avait pas de voiture sur cette route, j'étais tout seul et pratiquement détaché de ce monde, une poussière glissant vers l'infiniment petit.

Je me suis arrêté en ville pour acheter une bouteille et une glace aux fruits de la passion. Plus deux ou trois cassettes qui venaient de sortir. On aurait dit que j'allais rendre visite à un malade. Il faut dire que j'étais pas tellement frais.

Quand je suis arrivé, elle était toute guillerette. La télé était allumée.

— Ils vont passer un Laurel et Hardy, elle a expliqué.

C'était exactement ce que j'avais envie de regarder, je pouvais pas rêver mieux. On s'est installés sur le canapé avec la glace et des verres et on a laissé filer mollement tout le restant de l'après-midi sans aborder le sujet et avec le sourire aux lèvres. Elle paraissait en pleine forme, tout à fait décontractée, comme si c'était une journée comme les autres avec quelques friandises et un bon programme télé. Pour un peu, j'aurais cru que j'avais fait une montagne de trois fois rien.

Au début, je lui ai été reconnaissant de garder le silence. Je craignais surtout qu'on soit obligés de rentrer dans les détails alors qu'il fallait me laisser le temps de me faire à cette idée. Puis, au fur et à mesure que la soirée avançait, je me suis rendu compte que c'était moi qui pouvais plus tenir. A la fin du repas, pendant qu'elle avalait distraitement un yaourt nature, je me suis fait craquer tous les doigts.

Une fois au lit, j'ai mis les pieds dans le plat. Je lui ai caressé doucement les cuisses.

— Alors dis-moi, qu'est-ce que tu penses de te retrouver enceinte...?

— Oh la la... je peux pas te dire ça tout de suite. Pour être vraiment sûre, il faut que je fasse des analyses...

Elle a écarté les jambes en se serrant contre moi.

— Ouais, mais imagine que tu sois sûre, ça te plairait...? j'ai insisté.

J'ai senti ses poils sous mes doigts mais j'ai pas continué. Elle pouvait se tortiller doucement, moi je voulais une réponse précise. Elle a fini par le comprendre.

— Ben, j'aime mieux pas trop y penser, elle a déclaré. Mais ma première impression, c'est que c'est pas si mal...

C'était tout ce que je voulais savoir. Les choses étaient claires. Je suis descendu vers son ventre avec une sensation de vertige très nette. Pendant qu'on baisait, son stérilet m'est apparu comme une porte déglinguée qui battait en plein vent.

Le lendemain, elle est allée faire ses analyses. Le lendemain, pour la première fois de ma vie, je me suis arrêté devant un magasin spécialisé et j'ai regardé en détail tous les trucs qui se trouvaient derrière la vitrine. C'était assez redoutable mais j'imaginais que tôt ou tard, il faudrait en passer par là. Pour me faire la main, je suis entré et j'ai acheté deux Babygros. Un rouge et un noir. La vendeuse m'a garanti que j'allais en être très content, ils bougeaient pas du tout au lavage.

J'ai passé le restant de la journée à observer Betty. Elle avait les pieds à dix centimètres du sol. Je me suis saoulé discrètement pendant qu'elle préparait une tarte aux pommes. J'ai descendu les poubelles dans une atmosphère de tragédie grecque.

Quand je suis sorti dehors, le ciel était d'un rouge étourdissant et les derniers rayons envoyaient une lumière poudrée. J'ai trouvé que mes bras étaient deux fois plus bronzés et mes poils presque blonds. C'était l'heure où les gens étaient sur le point de manger, il y avait personne dans la rue, personne pour voir ça. Enfin il y avait moi. Je me suis accroupi devant la vitrine du magasin et je me suis fumé une cigarette sucrée et douce. On entendait quelques bruits étouffés dans le lointain mais la rue était silencieuse. Je faisais tomber délicatement la cendre entre mes pieds. La vie n'était pas d'une simplicité absurde, la vie était horriblement compliquée. Et fatigante, parfois. J'ai grimacé dans la lumière comme un type qui s'en prend vingt centimètres dans le cul. J'ai regardé jusqu'à en avoir les yeux remplis de larmes, puis une bagnole est passée et je me suis levé. De toute façon, il y avait plus rien à voir. Rien qu'un type qui rentrait chez lui après avoir descendu ses malheureuses poubelles vers la fin de la journée.

Au bout de deux ou trois jours, je m'y étais fait. Mon cerveau avait retrouvé son agitation normale. A mon avis, il y avait un calme étrange dans la baraque, une ambiance que je connaissais pas. C'était pas mal. L'impression que j'avais était que Betty soufflait un peu, comme si elle arrivait d'une longue course et je remarquais sans peine que cette tension perpétuelle qui l'habitait se mettait à donner du mou.

Le dernier exemple remontait tout juste à quelques heures. J'étais en train de m'occuper d'une emmerdeuse comme on en rencontre qu'une fois ou deux dans la vie d'un marchand de pianos. Une fille sans âge, avec une haleine fétide et y allant de ses quatre-vingt-dix kilos. Elle filait d'un piano à l'autre, me demandait le prix trois fois, regardait ailleurs, soulevait les couvercles, enfonçait les pédales et au bout d'une demi-heure on en était au même point et le magasin sentait la transpiration et je m'imaginais en train de l'étrangler. Comme je parlais un peu fort, Betty est venue voir ce qui se passait.

— Ce que je vois pas bien, a dit la fille, c'est la différence entre celui-ci et celui-là...

— Y en a un qu'a les pieds ronds, l'autre qui les a

carrés, j'ai soupiré. Bon sang, il va bientôt être l'heure de fermer.

— En fait, j'hésite entre le piano et le saxophone, elle a ajouté.

— Si vous attendez quelques jours, on va recevoir des mirlitons, j'ai grincé.

Mais elle écoutait pas, elle avait plongé la tête dans un piano pour voir ce qu'il avait dans le ventre. De la main, j'ai fait signe à Betty que j'en avais par-dessus la tête.

— Je préfère me barrer, j'ai marmonné. Dis-lui qu'on ferme.

Je suis remonté à l'appart sans me retourner. J'ai bu un grand verre d'eau fraîche. Sur le coup, j'ai été pris de remords. J'étais bien placé pour savoir que dans les cinq minutes qui suivaient, Betty allait sûrement balancer cette mocheté à travers la vitrine. J'ai failli redescendre mais je me suis ravisé. On entendait rien, pas de verre brisé ni même un cri. Je suis resté stupéfait. Mais le plus inimaginable de tout, c'est quand elle est remontée au bout de trois quarts d'heure, toute souriante et le visage reposé.

— Je t'ai trouvé bien désagréable avec cette fille, elle a fait. Tu devrais prendre les choses un peu plus calmement.

Dans la soirée, j'avais un Scrabble avec OVAIRES que j'aurais pu placer sur le mot compte triple, mais j'ai brouillé les lettres et je les ai changées.

En général, quand je faisais des livraisons, je me levais tôt. Ça me laissait l'après-midi pour m'en remettre. J'avais mis au point une combine avec des types qui travaillaient comme chauffeurs livreurs dans une boîte de meubles, deux ou trois rues plus loin. L'idée m'était venue un jour que je les avais vus livrer un buffet dans la maison d'en face. Je leur téléphonais donc la veille et on se retrouvait au petit matin, au coin de la rue, on chargeait le piano dans ma camionnette de location et ils me suivaient dans leur camion.

Ensuite on livrait le piano et en redescendant, je distribuais les billets. Ils avaient toujours le même sourire à ce moment-là. Seulement le matin où on devait s'occuper du piano à queue, les choses se sont pas du tout passées de cette manière.

On s'était donné rendez-vous à sept heures et je poireautais dans le petit matin avec ma première cigarette aux lèvres, je faisais les cent pas sur le trottoir. Le ciel était gris, il allait sûrement pleuvoir dans la journée. J'avais pas réveillé Betty, j'avais glissé du lit comme un serpent paresseux.

Dix minutes plus tard, je les voyais tourner lentement au coin de la rue et s'amener vers moi en frôlant le trottoir. Ils roulaient vraiment doucement, je me demandais ce qu'ils branlaient. Arrivés à ma hauteur, ils se sont même pas arrêtés. Le chauffeur était debout derrière son volant, il me faisait des signes et des grimaces pendant que l'autre brandissait un grand carton et le plaquait au carreau. Il y avait écrit dessus : LE BOSS NOUS COLLE AU CUL!! J'ai tout de suite vu le problème. J'ai fait semblant de rattacher ma godasse. Cinq secondes après, une bagnole sombre passait lentement devant moi et il y avait bien le petit mec à lunettes derrière le volant. Les mâchoires serrées.

N'empêche que ça m'amusait pas. J'ai qu'une parole quand je donne une date pour la livraison d'un piano. Je me suis mis à réfléchir à toute allure puis j'ai piqué un sprint en direction du magasin de Bob. Il y avait de la lumière en haut. J'ai ramassé du petit gravier et j'en ai jeté dans ses fenêtres. Bob s'est pointé.

— Merde, j'ai dit, je te réveille... ?

— Pas vraiment, il a fait, je suis debout depuis cinq heures du matin. J'ai dû me lever pour aller bercer un peu qui tu sais.

— Bob, écoute-moi, je suis emmerdé. Je me retrouve tout seul avec un piano sur les bras, est-ce que tu peux pas te libérer... ?

— Me libérer, je sais pas. Mais t'aider, ça pose aucun problème.

— Parfait. Je passe te prendre dans une heure, Bob.

Je savais qu'à trois, on aurait pu faire passer le piano par la fenêtre. Le chauffeur à lui seul pouvait grimper une armoire au sixième étage. Mais uniquement Bob et moi, il fallait pas y compter. Je suis retourné à la camionnette et j'ai mis le cap sur le bureau de location. Je suis tombé sur un jeune type avec une cravate à rayures et un pli de pantalon comme une lame de couteau.

— Voilà, j'ai dit, je vous ramène la camionnette. Il me faut quelque chose de plus important avec un système pour décharger.

Le type a pris ça à la rigolade :

— Vous tombez bien. On a un 25 tonnes qui vient juste de rentrer. Avec un bras élévateur et articulé.

— C'est tout à fait ce qu'il me faut.

— Le problème, c'est de savoir le conduire, il a ricané.

— Y a pas de problème, j'ai dit. Je peux faire un dérapage contrôlé avec un semi-remorque.

Le fait est que c'était un sale truc à manœuvrer et c'était la première fois que j'en avais un dans les mains. Mais j'ai traversé la ville sans dégâts, finalement c'était pas sorcier, il fallait partir du principe que c'était aux autres de vous éviter. Le jour se levait difficilement, les nuages restaient serrés les uns contre les autres. Je suis allé chercher Bob, j'ai monté des croissants.

On s'est installés autour de la table de la cuisine et j'ai pris un café avec eux. Il faisait si sombre dehors qu'ils avaient allumé. C'était une lumière un peu cruelle. Annie et Bob semblaient ne pas avoir dormi depuis des semaines. Pendant qu'on dévorait les croissants, le bébé a piqué une petite colère. Archie a renversé son bol de céréales en travers de la table. Bob s'est levé en titubant légèrement.

— Laisse-moi cinq minutes, le temps de m'habiller et on est dehors, il a fait.

Archie était en train de se laver les mains sous la

petite cascade de lait qui dégringolait de la table et l'autre petit bonhomme continuait à brailler. Pourquoi fallait-il que je sois le témoin de choses aussi abominables ? Annie a pris un biberon dans une casserole et on a pu s'entendre un peu.

— Alors, j'ai demandé, Bob et toi, ça s'arrange... ?

— Oh... on peut dire que ça s'arrange UN PEU, mais c'est pas encore ça. Pourquoi, tu pensais à quelque chose... ?

— Non, j'ai dit. En ce moment j'utilise toutes mes forces pour penser à rien.

J'ai regardé mon voisin qui fabriquait des petits pâtés de céréales en les serrant dans ses mains.

— T'es un drôle de type, elle a fait.

— J'ai bien peur que non, malheureusement.

Quand on s'est retrouvés dehors, Bob a regardé le ciel en faisant la grimace.

— Je sais, j'ai dit. Perdons pas de temps !

On a sorti le piano sur le trottoir et on l'a attaché avec des sangles. Ensuite, je suis allé piquer le mode d'emploi dans la boîte à gants et je me suis approché du bras articulé. Il y avait tout un tas de manettes pour l'actionner, le faire aller à droite, à gauche, monter, descendre, le rétrécir ou l'allonger et manœuvrer le treuil. Il suffisait de coordonner tout ça. Je l'ai mis en route.

Au premier essai, j'ai failli décapiter Bob qui me regardait faire, de l'autre côté, avec un petit sourire. Les commandes étaient ultrasensibles et j'ai dû m'entraîner une dizaine de minutes avant de pouvoir maîtriser l'engin à peu près convenablement. Le plus difficile était d'éviter les secousses.

Je sais pas bien comment j'ai fait, mais je l'ai chargé, ce piano. J'étais en sueur. On l'a arrimé comme des malades puis on a filé.

J'étais aussi nerveux que si on transportait de la nitro. L'orage était suspendu au-dessus de nos têtes et moralement je pouvais pas me permettre de laisser tomber une seule goutte d'eau sur un Bösendorfer, je pouvais pas faire ça. Malheureusement le camion se traînait à 70 et le ciel descendait tout doucement.

— Bob, je suis à deux doigts de couler la baraque, j'ai dit.

— Ouais, je comprends pas pourquoi on a pas mis la bâche.

— Ah parce que t'as vu ça, toi? T'as vu quelque chose qui ressemblait à une bâche...?! Bon Dieu, allume-moi une cigarette.

Il s'est penché en avant pour enfoncer l'allume-cigares. Il a jeté un œil sur le tableau de bord.

— Hé, à quoi ils servent, tous ces boutons...?

— Bah, j'en connais pas la moitié.

J'avais le pied au plancher. Une sueur froide me coulait dans les reins. Encore un petit quart d'heure, je me disais, trois fois rien et on est sauvés. L'attente me rongeait. J'étais en train de me mordre un côté de la bouche quand la première trombe d'eau a balayé le pare-brise. Ça m'a fait tellement mal que j'ai voulu hurler de rage mais aucun son n'est sorti de ma bouche.

— Tiens, j'ai trouvé le lave-glace, a fait Bob.

En arrivant, j'ai fait le tour de la baraque et je suis allé me garer devant la fenêtre en faisant du slalom entre les plates-bandes. La bonne femme était aux anges, elle tournait autour du camion en serrant un mouchoir.

— J'ai tenu à m'en occuper moi-même, j'ai expliqué. Tous mes gars m'ont lâché à la dernière minute.

— Oh, je sais ce que c'est, elle a minaudé. Aujourd'hui, on ne peut plus compter sur le personnel...

— Vous verrez ça, j'ai ajouté. Un de ces jours, ils viendront nous égorger dans nos lits!

— Hi hi hi, elle a fait.

J'ai sauté du camion.

— C'est parti! j'ai dit.

— Je vais donner des ordres pour qu'on fasse ouvrir la fenêtre, elle a déclaré.

Par moments, il soufflait des petites rafales de vent

frais et humide. Je savais que chaque seconde m'était comptée. Le piano brillait comme un lac. Je trépignais intérieurement. L'ambiance était un peu comme dans les films catastrophes, quand on entend plus que le tic-tac de la bombe.

J'ai arraché le piano dans les airs. Il s'est balancé lourdement et le ciel était sur le point de craquer, je le retenais juste avec la force de mon cerveau. Dès que les fenêtres se sont ouvertes, j'ai visé soigneusement et j'ai envoyé le piano à l'intérieur. Il y a eu un bruit de verre brisé et j'ai reçu la première goutte de pluie sur la main. J'ai levé vers le ciel un visage triomphant. Je les trouvais toutes plus jolies les unes que les autres, ces petites gouttes, maintenant que le piano était au sec et c'est d'un cœur léger que j'ai coupé les commandes et que je suis allé voir ce que j'avais bien pu casser.

J'ai demandé à la cliente de me faire parvenir la facture du vitrier et j'ai fait signe à Bob qu'il était temps qu'on s'occupe de détacher les sangles. C'était Bob qui avait fait les nœuds. J'en ai pris un dans mes mains, je l'ai regardé et je l'ai montré discrètement à Bob.

— Tu vois, Bob, j'ai murmuré, un nœud comme ça c'est même pas la peine d'essayer de le défaire, il est souqué à mort. J'imagine que tous les autres, tu les as faits comme ça...

Je voyais à ses yeux que c'était oui. J'ai tiré de ma poche mon S.522 de chez Western et j'ai coupé les sangles une par une en soupirant.

— C'est le diable qui t'envoie, j'ai dit.

Mais le piano avait trouvé sa place et il s'en sortait sans égratignure, aussi j'avais quelques raisons de pas être mécontent. Dehors, il tombait des cordes. J'éprouvais un plaisir presque animal à voir la pluie noyer le pays et crever de rage alors que j'avais réussi à lui échapper. J'ai attendu que la bonne femme se décide à aller chercher son argent avant de considérer le boulot comme terminé.

Au retour, j'ai déposé Bob et je suis allé ramener le camion à l'agence. Je suis revenu en bus. La pluie avait cessé et par endroits, il y avait quelques trouées bleues. La tension de la matinée m'avait épuisé mais je rentrais avec un paquet de fric dans les poches et ceci compensait cela. D'autant plus que je m'étais trouvé une place assise derrière le chauffeur, juste contre la vitre et personne était venu m'emmerder pendant que je regardais défiler les rues.

Il y avait personne à la baraque. Je me souvenais plus si Betty m'avait dit qu'elle allait quelque part, la journée d'hier me paraissait remonter à des siècles. Je suis allé tout droit vers le frigo et j'ai sorti quelques trucs sur la table. La bière et les œufs durs étaient glacés, je suis allé me prendre une douche en attendant que le monde revienne à la température d'un homme.

En retournant à la cuisine, j'ai envoyé un coup de pied dans une boule de papier chiffonnée. Ce genre de choses m'arrivait plus souvent qu'à mon tour, mais c'était comme ça. Il y a des choses qui se trouvent toujours au ras du sol. Je l'ai ramassée, je l'ai dépliée, je me suis assis, je me la suis lue. C'était les résultats du laboratoire d'analyses. Ils étaient négatifs. J'ai bien dit NÉGATIFS!!

Je me suis coupé le doigt en décapsulant ma bière mais je m'en suis pas aperçu tout de suite. Je l'ai bue d'un trait. Il était certainement écrit quelque part que tous mes malheurs devaient m'arriver par la poste. C'était d'une vulgarité, d'une banalité atroce, c'était un clin d'œil de l'Enfer. Il m'a fallu un petit moment avant de réagir et l'absence de Betty a commencé à peser douloureusement sur mes épaules. Si je bouge pas, je vais finir écrabouillé, j'ai pensé. Je me suis cramponné au dossier pour me relever et mon doigt pissait le sang. J'ai décidé de le passer sous l'eau, c'était peut-être à cause de ça que j'avais mal partout. Je me suis avancé vers l'évier et j'ai repéré à ce moment-là une tache rouge dans la poubelle. Je savais déjà ce que c'était mais je l'ai repêché d'une main. Il y en avait un noir aussi, c'était les Babygros et peut-être qu'ils tenaient bien au lavage, ça je le saurai jamais, mais une chose était sûre, oui j'en avais la preuve sous les yeux, c'est qu'ils supportaient mal les coups de ciseaux. Ce petit détail m'a fait plonger dans le trente-sixième dessous. Ça me donnait une idée de la manière dont Betty avait pris les choses. On aurait pu croire que le sang perlait juste au bout de mon doigt, mais la vérité c'est que j'avais toute la chair à vif. La vérité, c'est que la Terre venait de basculer sur son axe.

Je me suis contrôlé, j'avais besoin de réfléchir. J'ai fait couler l'eau sur mon doigt et je l'ai entortillé dans du sparadrap. L'ennui, c'est que je souffrais pour deux, j'avais une conscience très aiguë de ce que Betty avait dû ressentir, j'en avais la moitié du cerveau paralysé et mes intestins gargouillaient. Je savais que je devais aller la chercher, mais pendant un moment, j'ai cru que ça serait au-dessus de mes forces, j'ai failli me laisser glisser sur le lit, et attendre qu'un blizzard féroce vienne m'engourdir en balayant mes pensées. Je suis resté debout au milieu de la pièce avec une poche pleine de fric et un doigt blessé. Ensuite j'ai fermé la porte et je suis sorti dans la rue.

Je l'ai cherchée en vain tout l'après-midi. J'ai dû enfiler toutes les rues de la ville deux ou trois fois avec le regard soudé sur les trottoirs, j'ai couru après des filles qui lui ressemblaient de loin, j'ai ralenti près des terrasses, fouillé les coins fréquentés, j'ai roulé au pas dans les rues désertes et tout doucement le soir s'est mis à tomber. Je suis allé faire le plein d'essence. Au moment de payer, j'ai été obligé de sortir ma liasse de billets. Le type portait une casquette Esso avec des traces de gras sur la visière. Il m'a jeté un regard méfiant.

— Je viens de piller le tronc d'une église, j'ai répondu.

A l'heure qu'il était, elle pouvait aussi bien se trouver à cinq cents kilomètres de là et tout ce que je ramenais de cette balade était un mal de crâne épouvantable. Il y avait plus qu'un seul endroit où je pouvais la trouver, c'était la cabane, et j'arrivais pas à me décider. Je pensais que si je la retrouvais pas là-bas, je la retrouverais plus jamais. J'hésitais à tirer ma dernière cartouche. J'avais une chance sur un million pour qu'elle y soit et il me restait pas autre chose. J'ai tourné encore un moment sous les néons, puis je suis repassé à la baraque pour prendre une torche et enfiler un blouson.

Il y avait de la lumière au premier. Mais j'avais pu tout aussi bien avoir oublié un truc sur le feu ou laissé les robinets grands ouverts, c'était pas quelque chose qui pouvait m'étonner. Au point où j'en étais, si j'avais retrouvé la baraque en feu, j'aurais pris ça pour une flèche de lilliputien. Je suis monté.

Elle était assise à la table de la cuisine. Elle était outrageusement maquillée et ses cheveux étaient coupés dans tous les sens. On s'est regardés. D'une certaine manière, je respirais, mais de l'autre j'étouffais ou quelque chose comme ça. Il me venait pas à l'idée de dire quoi que ce soit. Elle avait mis la table. Elle s'est levée sans un mot pour m'apporter le plat. C'était des quenelles à la sauce tomate. On s'est assis l'un en face de l'autre et elle avait démoli son visage, j'ai pas pu supporter ça très longtemps. Si j'avais ouvert la bouche à ce moment-là, je me serais mis à gémir. Il lui restait simplement des mèches de trois ou quatre centimètres et le rimmel et le rouge à lèvres débordaient dans tous les coins. Elle me regardait fixement et ce regard était pire que tout. J'ai senti que quelque chose allait se déchirer en moi.

Je me suis penché en avant et sans la quitter des yeux, j'ai plongé mes deux mains dans le plat de quenelles. C'était chaud. J'ai ramené tout un tas de quenelles, la sauce tomate me coulait entre les doigts et je me suis écrasé tout ça sur la figure, dans les yeux, dans le nez, dans les cheveux, je me brûlais mais je m'en suis collé partout, les trucs glissaient et me tombaient sur les jambes.

Du dos de la main, je me suis essuyé une espèce de

larme à la sauce tomate. On avait toujours pas dit un mot. On est restés comme ça pendant un moment.

21

— Bordel de Dieu ! j'ai dit. Si tu te laisses pas faire, je vais jamais y arriver...!!

Sans compter qu'on s'était installés devant la fenêtre de la cuisine grande ouverte et j'avais le soleil en pleine figure. Ses cheveux brillaient tellement que j'avais du mal à les attraper.

— Penche-toi un peu en avant...

Zip, zap, j'ai égalisé deux mèches dans la foulée. Il avait fallu trois jours pour en arriver là, pour qu'elle me laisse lui arranger les cheveux. En fait, on attendait l'arrivée d'Eddie et Lisa dans l'après-midi, c'était surtout ça qui l'avait décidée. Trois jours pour remonter la pente. Enfin, pas moi, elle.

N'empêche que les cheveux courts lui allaient bien à ma brune aux yeux verts, c'était encore une chance. J'attrapais les mèches entre mes doigts et je les taillais comme des gerbes de blé mûr noir. Elle avait pas une mine éclatante, bien sûr, mais j'étais certain qu'elle pourrait donner le change avec un peu de fard à joues et c'était moi qui devais préparer le punch. Je lui avais dit de pas se tracasser. Ceux qui descendent de la ville sont toujours blancs comme des morts.

J'avais raison, surtout qu'Eddie avait changé de voiture. C'était une décapotable rose saumon et ils avaient avalé pas mal de poussière, on leur donnait dans les soixante ans. Lisa a sauté de la voiture.

— Oh, ma chérie, tu as fait couper tes cheveux... ? Tu es merveilleuse comme ça !

Tout en discutant, on s'est dirigés tranquillement vers le punch. Sans vouloir me vanter, c'était de la dynamite. Lisa a voulu prendre une douche et les filles ont disparu dans la salle de bains avec des verres. Eddie m'a tapé sur la cuisse :

— Hé, je suis content de te voir, mon salaud...! il a fait.

— Ouais, j'ai dit.

Il a regardé une fois de plus autour de lui en hochant la tête :

— Ouais, je vous tire mon chapeau...

Je suis allé ouvrir une boîte pour Bongo. La présence d'Eddie et Lisa me permettait de baisser un peu les bras. J'en avais vraiment besoin. Pendant ces trois jours, je m'étais demandé plus d'une fois si on allait s'en tirer, si j'allais réussir à la remonter, à la ramener un peu vers la lumière. J'y avais mis toutes mes forces, je veux dire tout ce que j'avais dans la tête et dans le ventre. Je m'étais battu comme un enragé, j'avais pu voir jusqu'à quel point elle avait dégringolé et c'était quelque chose qu'on peut difficilement imaginer, je sais pas par quel miracle on avait pu s'en sortir, ni quel courant fabuleux nous avait transportés jusqu'à la plage. J'étais crevé. Après ce genre d'exercice, ouvrir une boîte de pâtée pour chien me paraissait aussi fatigant que de percer un coffre. Deux verres de punch plus tard, je marchais vers le soleil levant. J'entendais les filles rigoler dans la salle de bains, ça paraissait presque trop beau.

Quand le feu des retrouvailles s'est transformé en braises, Eddie et moi on est passés à l'action. Les filles préféraient passer cette première soirée à la maison, il fallait donc faire quelques courses, sans oublier de passer chez Bob qui devait nous prêter un matelas et un paravent légèrement chinois. Le punch était ratissé et le jour commençait à tomber quand on est sortis dehors. Le vent était doux. Je me serais senti presque bien si j'avais pu chasser de mon esprit une pensée un peu idiote. Je savais que j'y pouvais rien, ça faisait partie de ces petites différences qu'il y a entre un homme et une femme, mais j'arrêtais pas de me répéter que dans cette histoire, la douleur s'était répartie de manière inégale. C'était resté un peu abstrait pour moi. J'avais l'impression d'avoir une poche d'air dans la gorge que j'arrivais pas à avaler.

On est donc allés chercher le matelas et le paravent chez Bob et on est revenus en tirant des bords sur le trottoir, jurant et soufflant, et les ressorts chantaient et toute la difficulté venait du fait qu'il était pas question de laisser traîner cette saloperie sur le trottoir, il fallait pratiquement porter ça à bout de bras. A côté, le paravent était une petite plume.

On s'est retrouvés là-haut avec le souffle court. On s'est fait charrier par les filles. Pendant que je reprenais ma respiration, je sentais les effets de l'alcool se multiplier et mon sang qui filait à toute allure. C'était pas désagréable, c'était la première fois depuis trois jours que je reprenais conscience d'avoir un corps. Les filles nous avaient préparé une liste, on est redescendus au pas de course.

Une fois en ville, on a réglé l'histoire en un rien de temps. Le coffre de la décapotable était plein et pour finir, on sortait de la pâtisserie avec chacun un petit carton de gâteaux dans les mains quand un type a marché sur Eddie et l'a serré dans ses bras. Je le reconnaissais vaguement, je l'avais vu le jour de l'enterrement. Il m'a serré la main, il était petit, assez vieux, il lui restait une bonne poigne. Je me suis tenu un peu à l'écart pour les laisser discuter, je me suis fumé une cigarette en regardant le ciel étoilé. J'écoutais un mot sur deux. D'après ce que je comprenais, le type voulait pas nous lâcher aussi facilement, il fallait qu'Eddie vienne voir sa nouvelle salle d'entraînement, c'était tout près d'ici, il voulait pas qu'on lui fasse croire que cinq minutes on les avait pas.

— Qu'est-ce qu'on fait ? m'a demandé Eddie.

— On se pose plus de questions, on me suit ! a rigolé le type.

On a rangé les gâteaux dans le coffre. Je peux pas refuser, m'a expliqué Eddie, ça fait au moins vingt ans que je le connais, à l'époque je l'aidais à organiser tous les petits matchs de boxe dans la région, on s'est payé du bon temps ensemble, il avait pas encore les cheveux blancs. J'ai répondu que je comprenais parfaitement et puis, il était pas très tard et ça m'ennuyait pas du tout, vraiment pas, non. On a refermé le coffre, on est partis avec le gars et on a tourné au coin de la rue.

C'était une petite salle qui sentait le cuir et la transpiration. Deux types s'entraînaient sur un ring. On entendait le bruit des gants qui claquaient sur la peau et l'eau couler dans les douches. Le vieux nous a conduits derrière une espèce de comptoir. Il a sorti trois limonades. Ses yeux faisaient des bulles.

— Alors, Eddie, qu'est-ce que tu dis de ça...? il a demandé.

Eddie lui a effleuré la mâchoire d'un petit coup de poing au ralenti :

— Ouais, j'ai l'impression que tu mènes bien ta barque...

— Celui qui a le short vert, c'est Joe Attila, il a enchaîné. C'est mon tout dernier. Un de ces jours, tu vas en entendre parler... C'est un garçon qui en veut, tu sais, il en a là-dedans...

Il a envoyé un petit crochet bidon vers le ventre d'Eddie. J'ai perdu tout doucement le fil de la conversation. Je buvais ma limonade en regardant Joe Attila travailler sa technique sur son partenaire, un type plus vieux en survêtement rouge. Joe Attila cognait sur le vieux comme une locomotive et le vieux se cachait dans ses gants en grognant c'est bien, Joe, ouais continue, très bien, ouais Joe, et Joe lui en collait autant qu'il en voulait. Je savais pas pourquoi, mais ce spectacle m'hypnotisait, j'avais la cervelle en feu. Je me suis approché des cordes. Je connaissais rien à la boxe, j'avais peut-être vu un ou deux matchs dans ma vie mais ça m'avait pas emballé, surtout la fois où j'avais pris une giclée de sang sur les genoux. Pourtant je regardais les coups pleuvoir sur le vieux en tirant une langue de camé, je voyais juste les gants briller et partir comme des flèches et je pensais plus à rien.

Eddie et son copain sont venus me rejoindre au moment où Joe finissait la séance. J'étais en sueur. J'ai attrapé Eddie par le revers de sa veste.

— Eddie, regarde-moi bien, c'est le rêve de toute ma vie...! Monter sur un ring avec des gants, rien qu'une minute, et faire semblant de me battre avec un pro...!

Tout le monde a rigolé et Joe encore plus fort que les autres. Je me suis entêté, je leur ai dit on est juste entre amis, c'est pour s'amuser, je voudrais pas mourir sans avoir connu ça au moins une fois. Eddie s'est gratté derrière la tête.

— Non, c'est vrai...? Tu déconnes pas...?

Je me suis mordu la lèvre en secouant la tête. Il s'est tourné vers son copain :

— Ben je sais pas, tu crois que ça peut s'arranger...?

L'autre s'est tourné vers Joe :

— Et toi, Joe, qu'est-ce que t'en penses, mon gars? Tu crois que tu peux tenir encore une minute...?

Le rire de Joe m'a fait penser à un tronc d'arbre dévalant une colline mais j'étais tellement surexcité que j'ai pas fait très attention à cette image. Toutes ces lumières m'aveuglaient un peu, je respirais vite. Joe s'est accroché aux cordes et m'a envoyé un clin d'œil :

— Bon, je suis d'accord, on peut faire un petit round pour s'amuser...

A cet instant précis, j'ai eu vraiment très peur, je crois que tout mon corps a tremblé mais le plus étrange, c'est que j'ai commencé à me déshabiller, j'étais poussé par la même force qui vous fait avancer vers le vide. Mon cerveau essayait d'abattre ses dernières cartes, dans son affolement il délirait complètement, il cherchait à me briser en faisant grimacer les choses, fais pas ça il me disait, ça arrive une fois sur un million mais ça arrive, peut-être que la mort t'attend sur ce ring, peut-être que Joe va t'arracher la tête...? L'alcool aidant, je me suis senti partir dans des délires morbides, un plongeon épouvantable dans un lac sombre et glacé que je connaissais bien, c'était toujours le même et toutes mes angoisses me déchiraient au passage, la peur, la nuit, la folie, la mort, enfin tout le cirque, un de ces affreux moments comme il en arrive de temps en temps. Mais c'était pas nouveau pour moi et j'avais fini par trouver le remède. J'ai fait un effort terrible pour me pencher vers mes lacets et je me suis répété aime ta mort, aime ta mort, AIME TA MORT!!!

Avec moi, ce truc-là marchait bien. Je suis remonté à la surface, les autres discutaillaient sans s'occuper de mes problèmes. Le survêtement rouge m'a aidé à me mettre en tenue, je me suis retrouvé avec un short blanc et mon cerveau avait baissé les bras. Je suis monté sur le ring. Joe Attila m'a souri gentiment :

— Tu connais un peu? il a demandé.

— Non, j'ai dit, c'est la première fois que je passe des gants.

— Bon, n'aie pas peur, je vais y aller doucement. On est là pour s'amuser, non...?

J'ai rien répondu, j'étais traversé par des courants chauds et glacés. Joe et moi on était de la même taille mais c'était tout ce qu'on avait en commun. J'avais une plus belle gueule que lui, ses épaules étaient plus larges que les miennes et ses bras étaient comme mes cuisses. Il s'est mis à sautiller sur ses jambes.

— T'es prêt? il a demandé.

J'ai eu l'impression de m'envoler. Toute la rage et l'impuissance que j'avais accumulées ces derniers temps se sont transportées dans mon poing droit et j'ai balancé à Joe le swing de ma vie en poussant un petit gémissement. J'ai tapé dans ses gants. Il s'est reculé en fronçant les sourcils.

— Dis donc, on y va doucement, hein?

Je devais avoir dans les trente-neuf ou quarante de fièvre. Il est reparti sur son jeu de jambes alors que j'avais des enclumes aux pieds. Il a feinté du gauche et m'a envoyé un petit direct du droit au menton, de quoi assommer une mouche. J'entendais rigoler derrière moi et Joe me tournait autour comme un papillon et m'effleurait du bout des gants. A un moment, il s'est tourné vers les autres pour leur faire un clin d'œil. Je lui ai mis un jab en travers de la bouche. J'ai pas fait semblant.

Le résultat s'est pas fait attendre. J'ai intercepté un une-deux avec ma figure et je suis allé au tapis en glissant jusque sous les cordes. Le visage d'Eddie s'est retrouvé à trois centimètres du mien :

— Hé, mais t'es dingue...?! Qu'est-ce qui te prend...?

— T'occupe pas de ça, j'ai dit, est-ce que je saigne, dis-moi...?

Je sentais plus rien, j'étais à moitié sonné, sa voix et la mienne me paraissaient sortir d'un rêve. J'étais essoufflé.

— Bon Dieu, j'ai murmuré, est-ce que j'ai du sang quelque part...?

— Non, mais si tu continues comme ça, ça va pas tarder...! Allez, enlève-moi ces gants...

Je me suis relevé en m'aidant avec les cordes. Tout allait bien sauf que je devais peser dans les deux cents kilos et la figure me brûlait. Joe m'attendait au milieu du ring. Avec son jeu de jambes, on aurait dit une montagne insaisissable. Il souriait plus.

— Je veux bien m'amuser, mais faut pas charrier, il a fait. Recommence pas un truc comme ça.

Sans prévenir, je lui ai balancé un coup de toutes mes forces. Il a esquivé sans peine.

— Arrête, petit, il a fait.

Je lui ai resservi la même chose mais j'ai rencontré que du vide. J'aurais voulu qu'il s'arrête de bouger. J'avais du mal à soulever mes bras pour tenir ma garde mais j'ai foncé sur lui et j'ai mis mes dernières forces dans un direct du droit, j'étais persuadé qu'avec ça j'aurais pu tuer un bœuf.

Je sais pas ce qu'il s'est passé, j'ai rien vu, mais c'est la mienne de tête qui a explosé, comme si je rentrais au pas de course dans une porte vitrée. Je suis resté un moment en l'air avant d'atterrir sur le tapis.

Je me suis pas évanoui. La tête d'Eddie flottait à côté de moi, un peu pâle, un peu inquiète, un peu chiffonnée.

— Eddie, mon vieux... est-ce que tu vois du sang...?

— Merde, il a répondu, on dirait que t'as un robinet sous le nez...!

J'ai fermé les yeux, je pouvais respirer. Non seulement j'étais pas mort, mais cette poche d'air qui me traînait dans la gorge avait disparu. C'était bon de rester un peu couché.

J'ai perdu la notion de ce qui se passait autour de moi, je savais plus où j'étais, ni quand, ni pourquoi, j'ai voulu tirer un drap sur moi mais mon bras n'a pas bougé. Ensuite le vieux en survêtement s'est occupé de moi, il m'a passé de l'eau sur le visage et m'a enfoncé un coton dans une narine.

— Ça va, il est même pas cassé, il a fait. Joe a pas été vache, il aurait pu taper beaucoup plus fort...!

Eddie m'a aidé à me traîner sous la douche en me traitant de tous les noms. L'eau tiède m'a fait du bien, l'eau glacée m'a dégonflé un peu la tête. Je me suis séché, rhabillé, regardé dans la glace, on aurait dit un type soigné à la cortisone. Je suis allé rejoindre les autres d'un pas à peu près normal, j'étais complètement dessaoulé. Joe était en complet-veston, avec son petit sac de sport jeté par-dessus l'épaule, il m'a regardé arriver en souriant.

— Alors, il a lancé, ça fait du bien de réaliser un vieux rêve?

— Ouais, j'ai dit. Je me sens apaisé.

Le meilleur de tout, c'est quand je me suis retrouvé dans la décapotable, descendant la grand-rue avec une petite brise m'effleurant le visage et une cigarette un peu douce au bout des doigts. Eddie me jetait des coups d'œil furtifs.

— Bien sûr, j'ai dit, pas un seul mot de tout ça aux filles...

Il s'est à moitié étranglé, il a tordu le rétro vers moi.

— Ah ouais...? Et qu'est-ce qu'on va leur dire... Que tu t'es fait piquer par un moustique...?

— Non, que je suis rentré la tête la première dans une baie vitrée.

Un matin, le réveil a sonné à quatre heures. J'ai sauté dessus et je me suis levé sans bruit. Eddie était déjà dans la cuisine, il avait préparé les sacs et buvait son café. Il m'a cligné de l'œil :

— T'en veux ? Il est juste chaud...

J'ai bâillé. J'en voulais bien. Il faisait encore nuit dehors, Eddie avait passé de l'eau dans ses cheveux et il s'était coiffé. Il avait l'air en forme. Il s'est levé pour rincer son bol.

— Traîne pas trop, il a fait. On a une bonne heure de route...

Cinq minutes après, on était en bas. C'est pas toujours facile de se lever à des heures pareilles, mais on le regrette jamais. Les dernières heures de la nuit sont les plus étranges et rien ne vaut le frisson des premières lueurs du jour. Eddie m'a passé le volant et comme il faisait bon, on a laissé la capote ouverte, j'ai simplement boutonné mon blouson jusqu'en haut. C'était une petite bagnole nerveuse.

Eddie connaissait la région comme sa poche, il m'indiquait le chemin et la route semblait parsemée de ses souvenirs d'enfance, il suffisait d'une pancarte ou qu'on traverse un bled endormi, et les petites histoires s'enchaînaient les unes derrière les autres et se dispersaient dans la nuit.

On a terminé le voyage par un chemin de terre et on a garé la voiture tout au bout, on l'a planquée sous les arbres. La nuit s'effaçait doucement. On a empoigné l'attirail dans le coffre, puis on s'est mis à longer un petit cours d'eau avec un courant assez fort, rempli de gargouillis et de glouglous. Eddie marchait devant en parlant tout seul, il était question de ses dix-huit ans.

On s'est arrêtés dans un coin tranquille, un endroit où la mini-rivière s'élargissait, avec quelques rochers qui affleuraient et des arbres tout autour, de l'herbe, des feuilles, des bourgeons et des libellules et tout ce genre de choses. On s'est installés.

Il faisait à peine jour quand Eddie a enfilé ses bottes

et ses yeux brillaient. Ça faisait plaisir à voir, je me sentais calme et détendu. La proximité de l'eau me fait toujours cet effet-là. Il a vérifié son matériel puis il a bondi de rocher en rocher, comme s'il marchait sur l'eau.

— Tu vas voir, il a fait, c'est pas sorcier... Regarde-moi bien.

En fait, je l'avais surtout accompagné pour lui faire plaisir. La pêche était pas quelque chose qui m'exaltait, j'avais même emporté avec moi un bouquin de poésie japonaise pour le cas où je m'ennuierais un peu trop.

— Hé, si tu me regardes pas, tu sais que tu vas rien comprendre... ?

— Vas-y, je te quitte pas des yeux.

— Ouais, mon pote, regarde ça, tout est dans le poignet... !

Il a fait tournoyer la ligne au-dessus de sa tête avant de la lancer puis le truc a filé dans les airs pendant que le moulinet se dévidait à toute allure. J'ai entendu un petit truc tomber dans l'eau.

— Hé, t'as vu ça, t'as pigé ?

— Ouais, j'ai dit, mais t'occupe pas de moi, je vais te regarder encore un peu.

Au bout d'un moment, un rayon de soleil s'est faufilé dans les feuilles. J'ai déballé les sandwichs sans me presser, histoire de me rendre utile. Je voulais éviter de m'endormir sur place. Eddie me tournait le dos, ça faisait presque dix minutes qu'il était resté silencieux, il semblait absorbé par la contemplation de son fil de nylon. Il s'est pas retourné mais il s'est mis à me parler tout à coup.

— Je me demande ce que vous avez, tous les deux, il a déclaré. Je me demande ce qui va pas...

C'était des sandwichs au jambon. Y a rien de plus triste que des sandwichs au jambon quand la petite bande de gras pendouille misérablement par-dessus bord. Je les ai remballés, sans compter qu'ils étaient un peu mous. Comme je répondais pas, il a continué sur sa lancée :

— Bon Dieu, je dis pas ça pour t'emmerder, mais tu as vu un peu la tête de Betty...? Elle a plus de couleurs et les trois quarts du temps, elle est là à se mâchouiller les lèvres avec les yeux dans le vague... Merde alors, tu dis jamais un mot, comment tu veux que je sache si on peut rien faire pour vous aider...

J'ai regardé sa ligne descendre le courant léger et se tendre en fin de course en soulevant quelques gouttes d'eau.

— Elle a cru qu'elle était enceinte, j'ai dit. Mais on s'est gourés.

Il y avait un poisson au bout de l'hameçon. C'était le premier mais on a pas fait de commentaire, sa mort est passée pratiquement inaperçue. Eddie a coincé la canne sous son bras pendant qu'il le décrochait.

— Ouais, mais vous me faites marrer, ces trucs-là ça marche pas à tous les coups, ça ira mieux la prochaine fois...

— Non, y aura pas de prochaine fois, j'ai dit. Elle veut plus en entendre parler et je suis pas assez balèze pour passer au travers d'un stérilet.

Il s'est tourné vers moi avec le soleil planté dans ses cheveux fous.

— Tu sais, Eddie, j'ai enchaîné, elle court après quelque chose qui existe pas. Elle est comme un animal blessé, tu vois, et elle retombe toujours un peu plus bas. Je crois que le monde est trop petit pour elle, Eddie, je crois que tous les problèmes viennent de là...

Il a lancé sa ligne plus loin qu'il l'avait jamais envoyée jusqu'à maintenant, il avait une espèce de grimace sur la bouche.

— N'empêche qu'il doit bien y avoir quelque chose à faire... il a grogné.

— Ouais, bien sûr, il faudrait qu'elle comprenne que le Bonheur existe pas, que le Paradis existe pas, qu'il y a rien à gagner ou à perdre et qu'on peut rien changer pour l'essentiel. Et si tu crois que le désespoir est tout ce qu'il te reste après ça, ben tu te goures une fois de plus, parce que le désespoir aussi est une illusion. Tout ce que tu peux faire, c'est te coucher le soir et te relever le matin, si possible avec le sourire aux lèvres, et tu peux penser ce que tu veux ça changera rien, ça va seulement compliquer les choses.

Il a levé les yeux au ciel en secouant la tête :

— Ma parole, je lui demande s'il y a un moyen pour la sortir de là et tout ce qu'il trouve à me dire, c'est qu'elle ferait mieux de se mettre une balle dans la tête...!!!

— Non, pas du tout, ce que je veux dire c'est que la vie c'est pas un stand de foire avec tout un tas de lots bidons à décrocher et si t'es assez dingue pour te mettre à miser, tu t'aperçois vite que la roue s'arrête jamais de tourner. Et c'est là que tu commences à souffrir. Se fixer des buts dans la vie, c'est s'entortiller dans des chaînes.

Un deuxième poisson est sorti de l'eau. Eddie a soupiré.

— Quand j'étais môme, ici, il y avait plus de poissons que de flotte, il a marmonné.

— Quand j'étais môme, je croyais que le chemin serait éclairé, j'ai dit.

Comme prévu, vers midi on s'est barrés. Dans l'histoire, j'avais même pas essayé de pêcher, au fond ça me disait trop rien et on s'est ramenés avec trois malheureux poissons à la baraque de Bob. Ils étaient dans le jardin, les trois filles étaient en train de garnir des toasts et Bob les regardait faire en discutant. J'ai sauté par-dessus la barrière.

— On a un problème, j'ai dit. A moins d'un miracle, je vois pas comment on va nourrir trente ou quarante personnes avec trois poissons.

— Eh ben bon Dieu, qu'est-ce qui vous est arrivé ?

— C'est difficile à dire. C'est peut-être une mauvaise année...

S'il n'y avait plus de poissons dans les rivières, il restait heureusement quelques vaches dans les prés, ou ailleurs j'en sais rien, enfin il y avait encore moyen de faire des brochettes, il était encore trop tôt pour dramatiser. Bob et moi, on s'en est occupés.

Il y avait tellement de petites conneries à régler qu'au bout du compte, j'ai pas vu l'après-midi filer. J'avais du mal à m'intéresser à ce qui se passait, en moyenne il fallait me répéter deux ou trois fois les choses et beurrer les petits machins c'était ce que je préférais, ça me laissait l'esprit tranquille. Après le genre de discussion que j'avais eue avec Eddie, je me sentais pas du tout excité par la soirée qui s'annonçait et pour dire la vérité, je savais que moins je verrais de monde et mieux je me porterais. Mais le poids des choses m'a empêché de me tirer. Quand on a le choix entre agir ou subir, il faut pas toujours se précipiter sur la première solution, sinon ça devient vite fatigant. Il faisait beau d'une manière un peu idiote, le soleil était même pas éblouissant. Les seules fois où j'ai senti un peu de chaleur, c'est quand je me suis approché de Betty et que j'ai passé ma main dans ses petits cheveux. Le reste du temps, je soupirais intérieurement et j'envoyais des canapés à Bongo.

La nuit commençait à tomber quand les gens sont arrivés. J'en connaissais quelques-uns de vue et ceux que je voyais pour la première fois ressemblaient à ceux que je connaissais, toutes catégories confondues. Il y avait bien une soixantaine de personnes, Bob sautait d'un groupe à l'autre comme un poisson volant. Il est venu vers moi en se frottant les mains.

— Bon Dieu, je crois que ça s'annonce bien, il a fait.

Avant de repartir, il a sifflé mon verre, j'y avais pas encore touché. Je me suis retrouvé un peu à l'écart, avec mon verre vide, mais j'ai pas bougé. J'avais pas soif, je voulais rien. Betty semblait s'amuser et Lisa, Eddie, Bob, Annie et tous les autres, enfin s'amuser je veux dire que j'étais le seul à rester dans mon coin, essayant de me trafiquer un sourire de circonstance au coin des lèvres, j'en avais même des crampes dans la bouche. Bon, très bien, j'étais peut-être le seul type livide de la soirée, mais qu'est-ce que je voyais derrière tous ces visages sinon la folie, l'inquiétude, l'angoisse, sinon la souffrance et la peur, l'abandon, sinon l'ennui, sinon la solitude, sinon la rage et l'impuissance, merde qu'est-ce que je voyais qui aurait pu me remonter un peu...? Il y avait de quoi rigoler, non? Je voyais quelques belles filles mais je les trouvais moches et les types je les trouvais cons, enfin je simplifie mais j'avais pas envie d'entrer dans les détails, j'avais envie de me reculer dans l'ombre, je voulais un monde triste et glacé, un monde sans espoir, sans fond, sans lumière, c'est comme ça, j'avais envie de m'enfoncer, j'avais pas le moral, par moments on a envie de voir tout le bazar s'engloutir, on voudrait se prendre le ciel sur la tête. Enfin j'étais dans ce genre d'état d'esprit et j'avais toujours rien bu.

Comme je tenais pas non plus à me faire remarquer, je me suis mis à marcher dans tous les sens comme un type particulièrement occupé. Au bout d'un moment, Betty m'a tapé sur l'épaule. J'ai sursauté.

— Mais qu'est-ce que t'es en train de fabriquer? elle a demandé. Ça fait un bout de temps que je te regarde...

— Je voulais voir si tu t'intéressais toujours à moi, j'ai plaisanté. Les filles me délaissent un peu à cause de mon œil violacé.

Elle m'a souri, je piétinais aux portes de l'Enfer et elle m'a souri, Dieu du Ciel oh Dieu du Ciel, Dieu Tout-Puissant, Jésus...!

— T'exagères, elle a fait. Ça se voit presque plus...

— Prends-moi par la main, j'ai dit. Emmène-moi dans un coin où je peux faire remplir mon verre...

J'avais à peine fait le plein que Bob surgissait entre nous, descendait mon verre et embarquait Betty par un bras.

— Bob, t'es vraiment un enculé, j'ai dit. Non seulement...

Mais il était déjà loin et ses oreilles brillaient comme des cataphotes. Je me suis retrouvé seul à nouveau. Grâce à Betty, je me sentais un peu moins déprimé, je me suis offert un petit sourire de convalescent et je me suis tourné vers le bar dans l'espoir de faire remplir mon verre sans me faire piétiner. Ça a pas été facile parce que dans l'ensemble, tout le monde parlait plus fort que moi et je voyais même des bras passer par-dessus ma tête. J'ai été obligé de faire le tour et de me servir moi-même. L'ambiance commençait à être bonne. Quelqu'un avait monté la musique de deux ou trois crans. Je me suis traîné une chaise de camping derrière moi et je suis allé me mettre sous un arbre comme une mémé sauf que j'avais pas pris mon tricot et que j'avais encore du chemin à faire avant de patauger dans la bouillie des ans. Malgré tout, je sentais mon âme fatiguée, ma courbe émotionnelle devait être au plus bas. Les gens s'agitaient et discutaient autour de moi, mais il se passait pas grand-chose, le problème de l'époque semblait résider dans la manière de s'habiller ou de se tailler les cheveux et c'était pas la peine de demander à l'intérieur ce qu'on trouvait pas en vitrine, ô ma pauvre génération qui avait encore accouché de rien, qui n'avait connu ni l'effort ni la révolte et qui se consumait intérieurement sans trouver une seule issue. J'ai décidé de boire à sa santé. J'avais planqué mon verre dans l'herbe. Au moment où j'allais mettre la main dessus, Bob l'a renversé d'un coup de pied.

— Qu'est-ce que tu fais ? il a demandé. T'es déjà assis... ?

— Dis-moi, Bob, t'as rien senti en arrivant, t'as pas senti que ton pied tapait dans quelque chose... ?

Il a reculé d'un pas en titubant et moi qui avais pas une seule goutte d'alcool dans les veines, j'ai vu tout le chemin qui nous séparait. C'était pas la peine que je perde mon temps à lui expliquer quoi que ce soit. Je lui ai collé le verre dans les mains et je l'ai attrapé par un bras pour le tourner dans la bonne direction. Je l'ai poussé.

— Va, je ne te hais point ! j'ai dit.

Ma génération était en train de se suicider et il fallait que j'attende que cet abruti me rapporte un verre. Je me suis dit que décidément, rien ne nous serait épargné. Heureusement que la nuit était douce et que je suis resté bien placé pour la distribution des brochettes. Je me suis senti un peu mieux. Bien sûr, Bob était pas revenu, mais j'ai réussi à me trouver un verre. Je l'ai cramponné. Je me suis avancé du côté où les gens dansaient et j'ai repéré une fille pas très belle mais avec un corps superbe qui se tortillait sur un air de saxo. Elle portait un pantalon moulant et visiblement elle était à poil dessous et même chose pour le haut, un tee-shirt avec les seins immédiatement derrière, on pouvait la regarder danser pendant un bon moment sans éprouver d'ennui. C'était un peu comme si le vent tournait. J'ai plissé des yeux en avalant ma première gorgée. Mais j'en ai bu rien qu'une, car le saxo s'est enflammé et la fille a réagi au quart de tour, elle a envoyé ses bras et ses jambes dans tous les sens et bien sûr, je me tenais pas à cinquante mètres derrière elle, bien sûr que non, je me suis retrouvé juste dans la trajectoire de son bras et j'ai pris mon verre en pleine figure, je l'ai senti cogner sur mes dents.

— Ah Christ ! j'ai grogné.

J'ai senti le liquide glisser sur ma poitrine et tomber goutte à goutte de mes cheveux. J'ai serré le verre vide dans ma main et l'autre je me la suis passée sur la figure. La fille a mis ses doigts devant sa bouche :

— Oh mince, c'est moi qui ai fait ça... ?

— Non, j'ai dit, je me suis jeté ce verre à la figure tout seul pour me faire enrager.

Elle était gentille, cette fille, elle m'a assis dans un coin et elle a cavalé chercher des serviettes pour m'essuyer. Cette dernière petite cruauté du destin m'avait scié de nouveau les jambes. Je l'ai attendue le front baissé mais il y a des limites à la douleur d'un homme, je ressentais presque plus rien. Personne faisait attention à moi.

Elle s'est pointée avec un rouleau de papier à fleurs et je me suis laissé faire. Pendant qu'elle m'essuyait les cheveux, elle se tenait debout devant moi et tout mon angle de vision était occupé par son pantalon. A moins de fermer les yeux, je pouvais difficilement voir autre chose que ce qu'elle avait entre les jambes, les bosses et les replis et le tissu devaient faire dans les un millimètre d'épaisseur, j'ai pensé bêtement à un fruit éclaté par le soleil ou à la rigueur à deux tranches de pamplemousse que j'aurais pu séparer d'un doigt. C'était un spectacle assez délirant, mais j'ai pas perdu la boule. Je me suis mordu les lèvres et pourtant je pouvais presque sentir ce machin d'ici. Seulement j'étais pas encore complètement dingue, une fille c'était largement assez pour moi et je me demande où j'aurais trouvé la force quand je pense que des filles baisables ça courait vraiment les rues. Contente-toi de les regarder danser, j'ai soupiré en me levant. T'arrête pas devant les vitrines où tout le monde fait la queue.

J'ai laissé la fille et je suis monté à la baraque. Je me disais qu'avec un peu de chance, j'allais me trouver un coin tranquille, un angle de mur où j'allais pouvoir me descendre un verre en paix. L'alcool donnait pas de solution, pas plus que n'importe quoi d'autre d'ailleurs, mais ça permettait de souffler un peu, ça évitait de se faire sauter tous les plombs. Et puis c'est la vie qui rend fou, c'est pas l'alcool. Mamma mia, il y avait tellement de monde là-haut que j'ai failli redescendre en vitesse, mais à quoi bon...? Ils étaient toute une bande installés devant la télé, ils étaient en train de s'engueuler pour savoir s'il fallait regarder une finale de tennis ou l'arrivée de la Transat en solitaire. J'ai repéré une bouteille au moment où ils se décidaient à passer au vote. Je me suis approché mine de rien et je l'ai ramassée en regardant ailleurs. Le résultat a donné cinq voix partout, certains sont restés avec la bouche ouverte. Je me suis servi dans un brin de silence relatif. Un type s'est levé avec une mèche sur l'œil et rien sur les côtés, il s'est avancé vers moi en souriant d'une manière exagérée. J'ai fait passer mon verre dans mon dos. Il m'a pris par le cou comme si on se connaissait depuis longtemps et moi j'aime pas tellement qu'on me touche, je me suis raidi.

— Eh, mon vieux, il a fait, comme tu vois on se trouve devant un petit problème et je pense que tout le monde ici est d'accord, c'est toi qui vas nous départager...

J'ai baissé la tête pour me sortir de son bras. Il a remonté sa mèche.

— Alors vas-y mon vieux, on t'écoute... il a ajouté.

Ils se sont tous pendus à mes lèvres comme si j'allais dire les mots qu'il fallait pour sauver l'humanité. J'ai pas eu le cœur de les faire attendre trop longtemps.

— Moi je suis venu voir le film avec James Cagney, j'ai dit.

Je me suis éclipsé avec mon verre sans attendre les réactions. Il faut pas insister quand on sent qu'on est rejeté de tous les côtés à la fois, il faut regarder devant soi et continuer tout seul sur son chemin. Je me suis retrouvé dans la cuisine. Il y en avait encore tout un tas qui discutaient autour de la table. Betty se trouvait parmi eux. Quand elle m'a vu arriver, elle a tendu un bras vers moi :

— Le voilà ! elle a fait. Voilà ce que j'appelle un écrivain...! Ils sont peut-être une poignée aujourd'hui...!

J'ai été rapide comme l'éclair, rusé comme le renard et insaisissable comme l'anguille ou la savonnette à l'huile d'olive.

— Bougez pas, je reviens tout de suite...! j'ai dit.

Avant qu'ils se lèvent pour m'acclamer, je faisais déjà irruption dans le jardin. Je suis pas resté sous les lumières, je me suis éloigné des fenêtres. J'avais semé les neuf dixièmes de mon verre en chemin, j'ai eu simplement de quoi me tremper le bout des lèvres alors que je venais de sauver mon cul d'écrivain. C'était un peu léger. J'ai pensé que le moment était venu de jeter l'éponge. La nuit était déjà bien avancée et je me faisais l'effet d'être planté dans une gare avec tous les guichets fermés.

Comme personne me regardait, j'ai reculé doucement vers l'avant du bateau, j'ai enjambé le bastingage et je me suis laissé glisser sans bruit jusqu'au fond de la chaloupe. J'ai cisaillé la corde d'une seule main. Et avant que la nouvelle traverse la baraque comme une traînée de poudre, je me fondais dans la nuit.

Quand je me suis retrouvé seul à la maison, c'est surtout le silence que j'ai apprécié. Je me suis assis dans la cuisine et je suis resté dans le noir. Il y avait juste une lueur bleutée qui tombait de la fenêtre. J'ai ouvert le frigo d'un coup de pied et je me suis renversé un carré de lumière sur les genoux. Ça m'a amusé un moment, ensuite je me suis servi une bière. Mais si je le fais pas, qui est-ce qui dira l'étrange beauté d'une canette de bière pour un type en train de se demander ce qui vaut vraiment la peine, au fond...? Je suis pas allé me coucher avant d'avoir été en mesure de donner deux ou trois réponses solides à la question. En refermant le frigo, j'ai éternué.

22

Le petit téléphérique faisait cri cri cri comme s'il était à bout de forces et la cabine se balançait doucement sous les coups de vent, on devait être à deux cents mètres du sol. Il y avait juste un couple de vieux avec nous, on avait toute la place mais Betty se tenait serrée contre moi.

— Oh bon Dieu de bon Dieu, j'ai une de ces trouilles...!! elle a fait.

J'étais pas complètement décontracté mais je me disais tu rigoles, ce putain de câble va pas claquer spécialement AUJOURD'HUI, alors qu'il y a des millions de types qui sont montés là-dedans et que tout s'est bien passé, peut-être qu'il lâchera seulement dans dix ans, ou même cinq ans, enfin même si c'était dans une semaine, ça veut pas dire LÀ MAINTENANT, TOUT DE

SUITE!! Finalement, la raison l'a emporté, j'ai cligné de l'œil à Betty.

— T'en fais pas, j'ai dit. C'est beaucoup moins dangereux que de monter en voiture...

Le vieux a hoché la tête en nous souriant :

— C'est vrai, il a fait. Il n'y a pas eu d'accident ici depuis la fin de la Deuxième Guerre mondiale...

— Ben justement, a répondu Betty, je trouve que ça fait un peu trop longtemps...

— AH, DIS PAS ÇA!! j'ai grogné. Pourquoi tu regardes pas le paysage comme tout le monde... ?

Cri cri cri criii...

J'ai sorti mon tube de comprimés à la vitamine C et je lui en ai donné un. Elle a fait la grimace mais ils disaient sur la boîte huit comprimés par jour, j'avais arrondi à douze, ça faisait un toutes les heures et c'était pas mauvais, ça avait le goût d'orange, j'ai insisté.

— Hé, j'en ai marre, elle a ronchonné, ça fait deux jours que j'ai ce goût-là dans la bouche!

J'ai pas cédé, je lui ai glissé un machin jaune entre les lèvres. J'avais calculé que le soir même, à l'heure où on se mettrait au lit, je lui ferais avaler la dernière pastille du tube. D'après le mode d'emploi, c'était la cure normale. Ajoutez à ça quelques jours à la montagne et une alimentation équilibrée et je me faisais fort de lui redonner des couleurs, je l'avais juré à Lisa le jour de leur départ, juste au moment où on s'embrassait et après qu'elle m'eut dit fais attention qu'elle tombe pas malade, tu sais, je crois qu'elle m'inquiète un peu.

Crrrrr criiiiiiii... A mon avis, ils faisaient exprès de pas graisser ce machin. Mais quand on s'occupe de le faire monter et descendre et remonter et redescendre, et encore et encore, jour après jour, année après année, un téléphérique ça doit finir par vous sortir par les yeux. Peut-être même que les types du service d'entretien s'amusaient à desserrer des boulons, un petit quart de tour une fois par mois et un tour complet les jours où la vie paraissait trop moche...? Accepter sa mort, je veux bien, mais il faut quand même pas charrier.

— On devrait relever ces types tous les quinze jours, j'ai dit. Et en garder un en permanence dans la cabine.

— De qui tu parles...? elle a demandé.

— Des types qui tiennent le monde entre leurs mains.

— Oh, regarde un peu tous ces petits moutons, en bas...!

— Merde, où ça...?

— Ben quoi... tu vois pas les minuscules petits points blancs?

— AH SEIGNEUR!!

Un type nous attendait à l'arrivée, avec une casquette et un journal plié dans sa poche. Il a ouvert la porte. Malgré son air bonasse, je lui trouvais une gueule d'assassin. Il y avait quelques personnes qui attendaient pour descendre, c'était pas des jeunes avec la rage de vivre, c'était la soixantaine avec un petit chapeau sur le crâne et les grosses bagnoles neuves qui attendaient en bas. Ça donnait à l'endroit un petit goût de fleur fanée. Bah, on était pas là pour s'amuser.

J'ai jeté un œil sur les horaires. Le cercueil devait remonter dans une heure. C'était parfait, c'était juste le temps qu'il fallait pour prendre un bon bol d'air avant de commencer à mourir d'ennui. J'ai fait un tour sur moi-même pour profiter de la vision panoramique, c'était vraiment très beau, il y avait rien à dire, j'ai sifflé entre mes dents. Je me souviens plus ce que le coin avait de particulier, mais le moins qu'on puisse dire, c'est qu'il attirait pas les foules. Excepté le sadique en uniforme préposé au téléphérique, il y avait simplement les deux vieux et nous.

Je suis allé poser le sac sur une espèce de table en béton avec la rose des vents et j'ai tiré sur la fermeture Eclair. J'ai appelé Betty pour lui faire boire son jus de tomate.

— Et le tien? elle a demandé.

— Ecoute, Betty, c'est ridicule...

Elle a fait mine de reposer son verre, j'ai été obligé de m'en servir un. C'était véritablement une épreuve pénible pour moi, j'avais horreur de ça, j'avais l'impression de boire une coupe de sang épais. Seulement Betty acceptait de boire le sien qu'à cette seule condition et bien que ce fût un petit chantage facile, j'avais choisi de payer. Ça faisait partie de ces petites morts quotidiennes qu'il nous faut supporter.

Par chance, les résultats étaient à la mesure de mes efforts. Son visage s'était légèrement coloré et ses joues me paraissaient nettement moins creuses. Depuis trois jours, il faisait un temps magnifique et on avait sillonné tout le coin à pied, respirant l'air pur et dormant douze heures d'affilée. On commençait à voir le bout du tunnel. Je suis certain que si Lisa avait pu la voir à ce moment précis, belle comme le jour et sifflant son jus de tomate en plein soleil, elle aurait crié au miracle. Pour ma part, il fallait que je me contente de ça. Il me venait toujours une sensation assez désagréable quand je l'observais un peu plus attentivement. Il me semblait que j'avais perdu quelque chose d'important et en même temps, j'avais la certitude absolue de plus jamais le retrouver. Mais je savais pas quoi. Je me demandais si j'étais pas en train de déconner.

— Oh bon sang!... Hé, viens voir, oh viens voir ça en vitesse...!

Elle était penchée sur une espèce de longue-vue vissée sur un socle, un de ces engins où il fallait enfiler des pièces à la cadence d'une mitrailleuse. L'appareil était braqué sur un sommet voisin. Je me suis amené.

— Incroyable! elle a dit. Je vois des aigles...!! Bon Dieu, j'en vois deux perchés sur le bord d'un nid!!

— Ouais, c'est le papa et la maman.

— Oh merde, c'est génial!

— Vraiment...?

Elle m'a laissé la place. Juste au moment où je me penchais, l'appareil a cessé de fonctionner. On voyait tout noir. On s'est dépêchés de fouiller dans nos poches mais il nous restait plus un sou de monnaie. J'ai sorti ma petite lime à ongles. J'ai trifouillé dans la fente. Sans résultat. Il faisait chaud, je commençais à m'énerver. Etre si près du ciel et se laisser emmerder par une saleté de mécanique, je voulais pas croire ça.

La petite vieille m'a tapé doucement sur l'épaule. Tout son visage s'écroulait mais ses yeux restaient vifs, on voyait qu'elle avait su préserver l'essentiel. Elle a ouvert sa main devant moi, il y avait trois pièces dedans.

— C'est tout ce que j'ai trouvé, elle a dit. Prenez-les...

— Je vais en prendre qu'une, j'ai répondu. Gardez les autres pour vous.

Son rire était un petit filet d'eau courant à travers une dentelle de mousse.

— Non, ça me servirait à rien, elle a ajouté. Ma vue n'est plus aussi bonne que la vôtre...

J'ai attendu un petit instant, puis j'ai pris les pièces. J'ai regardé les aigles. Je lui ai dit un peu ce que je voyais et j'ai repassé le truc à Betty. Je pensais qu'elle lui raconterait ça mieux que moi. Il y avait pas de neige, mais dans ma tête, la montagne était synonyme d'avalanche et j'emportais toujours une petite bouteille de rhum avec moi. Je suis retourné près du sac pour en boire une ou deux gorgées. Le vieux était là, assis sur la table, il décrottait ses semelles en souriant dans la lumière. Des petits poils blancs frissonnaient sur son cou. Je lui ai tendu la bouteille mais il a refusé. Il m'a indiqué sa femme du bout du menton :

— Quand on s'est connus, je lui ai juré que je toucherais plus un seul verre si on vivait ensemble plus de dix ans.

— Et je parie qu'elle s'en est rappelé, j'ai fait.

Il a hoché la tête.

— Vous savez, ça peut vous paraître un peu idiot, mais ça fait cinquante ans que je vis avec cette femme. Si c'était à refaire, je recommencerais avec joie...

— Non, je trouve pas ça idiot. Je suis resté un peu

vieux jeu. Je voudrais être capable de faire la même chose.

— Oui, c'est rare de pouvoir s'en sortir tout seul...

— C'est rare de s'en sortir de toute manière, j'ai grincé.

Il y avait de quoi nourrir toute une famille dans mon sac, et rien que des bonnes choses, des pâtes d'amandes, des pâtes de guimauve, des abricots secs, des biscuits énergétiques, des petits machins croquants à base de graines de sésame grillées et une main de bananes biologiques. J'ai sorti tout ça sur la table et j'ai invité les vieux à partager le goûter avec nous. Il faisait beau, le silence était radieux. J'ai regardé le vieux en train de mâchouiller un petit croquant. Ça m'a rendu optimiste, je serai peut-être comme ça dans cinquante ans, je me suis dit. Enfin j'exagère, disons trente-cinq. Ça m'a paru moins loin que je croyais.

On a discuté tranquillement en attendant le retour du téléphérique. Le truc est arrivé en gémissant. En me penchant un peu, je pouvais voir la vertigineuse descente du câble. J'ai regretté d'avoir regardé. Je me suis enfoncé un doigt dans la gorge pour me triturer le point de l'angoisse. Deux femmes sont sorties de la cabine, à la suite d'une colonie d'enfants. L'une d'elles semblait morte de trouille, ses pupilles étaient encore dilatées. Quand elle est passée devant moi, nos regards se sont croisés :

— Si vous voyez pas la merveille remonter dans une heure, j'ai dit, vous saurez que c'était votre jour de chance et que c'était pas le mien.

A bien des égards, la montée s'était révélée éprouvante, tandis que la descente, ce fut carrément l'horreur. Les freins pouvaient lâcher d'une seconde à l'autre, je les entendais peiner très distinctement. J'étais certain que ça fumait là-haut. Avec le frottement, les mâchoires allaient bientôt virer au rouge, si c'était pas déjà fait. La cabine était sûrement trop lourde. J'ai songé un moment à balancer toutes les choses inutiles par la fenêtre et même dévisser les sièges ou arracher les garnitures. D'après mes estimations, la cabine devait peser une tonne. Une fois que les freins auraient lâché, la vitesse de pointe pourrait atteindre 1 500 km/h. Juste derrière la ligne d'arrivée, il y avait un gigantesque butoir en béton armé. Résultat, il faudrait des jours et des jours pour reconstituer les corps.

Je me suis mis à loucher sur le frein de secours comme sur le fruit défendu. Betty m'a pincé le bras en riant :

— Hé ! tu vas pas bien... Tiens-toi tranquille !
— C'est pas un péché que de se sentir prêt à tout, j'ai expliqué.

Une nuit, à l'hôtel, je me suis réveillé en sursaut et il y avait pas de raison à ça, j'étais vraiment crevé, on s'était fait une petite balade de vingt kilomètres à pied dans la journée avec des pauses pour avaler le jus de tomate. Il était trois heures du matin. Le lit était vide à côté de moi, mais je voyais de la lumière filtrer sous la porte de la salle de bains. Il arrive fréquemment qu'une fille se lève au petit jour pour aller pisser, c'était quelque chose que j'avais eu l'occasion de vérifier assez souvent, mais à trois heures du matin, c'était quand même relativement rare. Enfin, bon, j'ai bâillé. Je suis resté allongé dans le noir en attendant qu'elle revienne ou que le sommeil me remporte, mais il s'est rien passé. J'entendais rien. Au bout d'un moment, je me suis frotté les yeux et je me suis levé.

J'ai poussé la porte de la salle de bains. Elle était assise sur le rebord de la baignoire, le visage tourné vers le plafond, les mains croisées derrière la nuque et les coudes en l'air. Il y avait rien d'intéressant au plafond, rien du tout, il était tout blanc. Elle m'a pas regardé. Elle se balançait légèrement d'avant en arrière. Ça me plaisait pas.

— Tu sais, ma belle, si demain on doit pousser jusqu'à ce fameux glacier, on ferait mieux d'aller dormir...

Elle a tourné les yeux vers moi mais elle m'a pas vu

tout de suite. J'ai eu le temps de remarquer que tout mon boulot s'était envolé, qu'elle était d'une pâleur épouvantable et ses lèvres grises, j'ai eu le temps de m'enfoncer des éclats de bambou sous les ongles avant qu'elle se pende à mon cou.

— Oh c'est pas possible!! elle a fait. J'ENTENDS DES VOIX...!!

J'ai tenu sa tête contre mon épaule et tout en la caressant, j'ai dressé l'oreille. Effectivement, on entendait vaguement quelque chose. J'ai respiré.

— Je sais ce que c'est, j'ai dit. C'est la radio. T'es tombée sur les informations. Y a toujours un cinglé dans un hôtel qui a besoin de savoir comment se porte le monde à trois heures du matin...

Elle a éclaté en sanglots. Je l'ai sentie toute dure dans mes bras. Pour moi, il y avait rien de plus mortel, rien qui me tuait autant.

— Mais non, bon Dieu, c'est dans ma tête que je les entends!!... DANS MA TÊTE!!!...

Il s'est mis à faire un froid de canard dans le coin, quelque chose de vraiment anormal. Je me suis raclé la gorge d'une manière assez stupide.

— Voyons, calme-toi, j'ai murmuré. Viens me raconter ça...

Je l'ai soulevée et je l'ai portée sur le lit. J'ai allumé une petite lumière. Elle s'est tournée du côté opposé, en chien de fusil, avec un poing enfoncé dans la bouche. Je suis allé chercher un gant mouillé en vitesse, j'étais d'une efficacité incroyable, et je l'ai plié en deux sur son front. Je me suis agenouillé à côté d'elle, je l'ai embrassée, j'ai écarté son poing de ses lèvres et je l'ai sucé.

— Et en ce moment, tu les entends toujours...?

Elle a fait non de la tête.

— N'aie pas peur, ça va aller... j'ai dit.

Mais qu'est-ce que j'en savais, moi, pauvre con que j'étais, est-ce que j'y connaissais quelque chose, est-ce que je pouvais lui promettre quoi que ce soit...? Est-ce que c'était dans ma tête qu'on les entendait, ces putains de voix...? Je me suis mordu méchamment les lèvres, sinon parti comme j'étais, sûrement que j'allais me mettre à lui chanter une berceuse ou lui proposer une infusion de fleurs de coquelicots. Je suis donc resté près d'elle, contracté et silencieux, à peu près aussi utile qu'un frigidaire dans le Grand Nord et bien après qu'elle se fut endormie, j'ai éteint la lumière et j'ai gardé les yeux grands ouverts dans le noir et je m'attendais à ce qu'une bande de démons hurlants jaillisse de l'obscurité. Je crois bien que j'aurais pas su quoi faire.

On est rentrés deux jours plus tard et j'ai pris aussitôt rendez-vous chez le docteur. Je me sentais fatigué et j'avais la langue couverte de boutons. Il m'a fait asseoir entre ses jambes. Il portait une tenue de judoka et une petite ampoule brillait sur son front. J'ai ouvert la bouche la mort dans l'âme. Ça a duré trois secondes.

— Survitaminose! il a fait.

Pendant qu'il remplissait les papiers, j'ai toussé délicatement dans mon poing :

— Ah, docteur, je voulais vous dire... Il y a aussi une petite chose qui me tracasse...

— Huh...?

— Par moments, j'entends des voix...

— C'est rien, il a répondu.

— Vous êtes sûr...?

Il s'est penché en travers de son bureau pour me passer l'ordonnance. Ses yeux étaient devenus deux fentes noires minuscules et une espèce de sourire lui tordait les lèvres.

— Ecoutez-moi, jeune homme, il a ricané. Entendre des voix ou pointer pendant quarante ans de sa vie ou défiler derrière un drapeau ou lire les comptes rendus de la Bourse ou se faire bronzer avec des lampes... est-ce que ça fait une différence, pour vous...? non, croyez-moi, vous avez tort de vous inquiéter, on a tous nos petits problèmes...

Au bout de quelques jours, j'ai perdu mes boutons. Le temps paraissait détraqué. Ainsi, nous n'étions pas encore en été, mais les journées étaient déjà bien chaudes et une lumière blanche aspergeait les rues du matin au soir. Livrer des pianos par ce temps-là, c'était comme de verser des larmes de sang, mais les choses avaient repris leur cours. N'empêche qu'ils commençaient à me fatiguer, ces pianos, par moments, j'avais l'impression d'avoir affaire à des cercueils.

Naturellement, j'évitais de faire ce genre de réflexions tout haut ou alors je prenais garde que Betty soit pas dans les parages. Mon intérêt était pas de remuer le couteau dans la plaie, j'essayais plutôt de continuer à nager tout en lui maintenant la tête hors de l'eau. Je prenais sur moi tous les petits ennuis quotidiens et je lui en touchais pas un mot. J'avais acquis une étincelle un peu spéciale dans le regard pour les gens qui me faisaient trop chier. Les gens comprennent tout de suite quand un type est capable de les tuer.

J'abattais un tel boulot de nettoyage autour d'elle qu'en définitive, les choses se passaient assez bien. Ce que j'aimais pas, c'était quand je la trouvais assise sur une chaise avec les yeux dans le vide et que je devais l'appeler deux ou trois fois ou m'approcher d'elle pour la secouer. D'autant plus que ça occasionnait quelques problèmes, comme des casseroles qui brûlaient, la baignoire qui débordait ou la machine à laver qui tournait sans rien dedans. Mais tout compte fait, c'était pas bien méchant, j'avais appris qu'on pouvait pas vivre sous un ciel sans nuages et je m'en contentais la plupart du temps. J'aurais échangé ma place avec personne.

Chemin faisant, je me suis rendu compte qu'il se passait quelque chose de curieux en moi. J'étais pas devenu l'écrivain de ses rêves et j'avais pas jeté le monde à ses pieds comme j'aurais pu y arriver si j'avais été un géant, ça servait à rien de revenir là-dessus, mais je pouvais quand même lui donner tout ce qu'il y avait en moi et je voulais lui donner. Le problème, c'est que c'était pas facile et chaque jour qui passait, je sécrétais ma petite boule de miel et je savais pas quoi en faire. Elles s'ajoutaient les unes aux autres, je sentais une espèce de pierre se gonfler dans mon ventre, un petit rocher. J'étais comme un type qui se retrouve tout seul avec un gros cadeau dans les mains, comme s'il m'était poussé un muscle inutile ou comme si je débarquais avec une pile de lingots d'or chez les martiens. Et j'avais beau trimbaler des pianos jusqu'à m'en faire péter les veines, bosser à la baraque et courir dans tous les coins, j'arrivais tout juste à me fatiguer et à sentir mes bras douloureux. Mais cette boule d'énergie pure qu'il y avait en moi, j'arrivais pas à l'entamer d'un poil, c'était presque le contraire qui se passait, la fatigue de mon corps semblait la renforcer. Même si Betty s'en servait pas, je pouvais pas toucher à quelque chose que je lui avais donné. Je commençais tout doucement à comprendre ce que pouvait éprouver un général d'armée qui se retrouve avec un tas de bombes dans les mains et cette guerre qui arrive jamais.

Je devais faire un peu attention aussi, me surveiller d'assez près. Garder ce petit trésor me rendait nerveux. C'est comme ça qu'un matin j'ai failli me fâcher avec Bob. J'étais venu lui donner un coup de main pour l'inventaire de son magasin, on était à genoux au milieu des boîtes et je serais incapable de dire comment on en était arrivés là mais on parlait des femmes. Enfin c'était surtout lui qui en parlait parce que c'était pas mon sujet de conversation préféré et l'impression générale était que les femmes, il en était pas complètement satisfait.

— C'est pas la peine d'aller chercher très loin, il a soupiré. Regarde un peu, la mienne a le feu au cul et la tienne est à moitié folle...

Sans réfléchir, je l'ai attrapé par le cou et je l'ai collé au mur entre la purée en flocons et la mayonnaise en tube. Je l'ai à moitié étranglé.

— Redis jamais que Betty est à moitié folle!! j'ai grogné.

Quand je l'ai lâché, j'étais encore tremblant de rage et lui il toussait. Je me suis barré sans dire un mot. Arrivé à la maison, je me suis calmé, j'ai regretté ce qui s'était passé. J'ai profité que Betty préparait des trucs à la cuisine pour embarquer le téléphone près du lit. Je me suis assis.

— Bob, j'ai dit, c'est moi...

— T'as oublié quelque chose? il a demandé. Tu veux savoir si je suis toujours debout...?

— Je retire pas ce que j'ai dit, Bob, mais je sais pas ce qui s'est passé, je voulais pas faire ça... Je te demande de plus y penser...

— J'ai comme un foulard de feu autour de la gorge...

— Je sais. Je suis désolé.

— Merde, tu crois pas que c'était un peu exagéré...?

— Ça dépend. Y a que dans l'Amour ou la Haine qu'on peut vraiment mettre le paquet...

— Ouais...? Alors explique-moi un peu comment t'as fait pour écrire ton bouquin...?

— Ben je l'ai aimé, Bob. Je l'ai vraiment AIMÉ!!

Bob faisait partie des quelques privilégiés à avoir lu mon manuscrit. Après toute une histoire, j'avais fini par céder. J'étais allé chercher mon unique exemplaire enfoui au fond d'un sac et j'étais sorti dans le plus grand secret pendant que Betty chantonnait sous la douche. J'aime vraiment bien ta manière d'écrire, il avait conclu, mais pourquoi y a pas d'histoire...?

— Je comprends pas bien, Bob. Comment ça, y a pas d'histoire...?

— Hé! tu vois bien ce que je veux dire...

— Non mais dis-moi sincèrement, Bobby, des histoires t'en lis pas assez tous les matins en ouvrant ton journal...?! T'en as pas un peu marre de lire que des polars, de la bande dessinée ou de la science-fiction, t'en as pas un peu RAS-LE-CUL de ces machins-là, t'as pas envie de respirer, mon gars...?

— Bah, tous les autres trucs me font chier. Tous ces

romans qu'on publie depuis dix ans, j'arrive pas à en lire plus de vingt pages...

— C'est normal. La plupart des types qui écrivent aujourd'hui ont perdu la foi. Dans un bouquin, on doit pouvoir sentir l'énergie et la foi, écrire un livre ça devrait être comme si tu t'envoyais deux cents kilos à l'arraché. Le meilleur, c'est quand tu vois les veines du type se gonfler.

Cette conversation remontait à environ un mois et je me rendais compte aujourd'hui que j'avais trop peu de lecteurs pour me permettre d'en étrangler un seul. Surtout que celui-là, j'en avais besoin pour finir mon toit. Il y avait certains trucs que je pouvais pas faire tout seul. L'idée était venue de Betty. Pour la réalisation, c'était moi.

Il s'était agi de faire sauter environ six mètres carrés de toiture et de les remplacer par du verre.

— Tu crois que c'est faisable...? elle avait demandé.

— Ben, je te mentirais si je disais le contraire.

— Oh... mais alors, pourquoi on le fait pas...?

— Ecoute, si tu me dis que t'en as vraiment envie, je veux bien essayer de m'y mettre.

Elle m'avait serré dans ses bras. Ensuite j'étais monté au grenier pour aller voir d'un peu plus près ce qui m'attendait. J'avais compris que j'allais en baver. J'étais redescendu et je l'avais serrée dans mes bras.

— Je crois que j'ai largement droit à une deuxième tournée, j'avais murmuré.

A présent, j'avais pratiquement terminé le boulot. Il restait plus que les joints d'étanchéité à faire et les carreaux à poser. Bob devait venir dans l'après-midi pour m'aider à grimper les carreaux mais après le petit incident de ce matin, j'avais peur qu'il ait un peu oublié. Mais je me trompais.

Il faisait une chaleur épouvantable quand on s'est retrouvés tous les deux sur le toit. Betty nous a fait passer des canettes. Elle était tout excitée à l'idée de passer notre première nuit sous les étoiles, par moments, elle rigolait. Ah! Dieu sait que j'aurais transformé la baraque en gruyère si elle me l'avait demandé.

On a rangé les outils dans les derniers rayons du soleil couchant. Betty est montée nous rejoindre avec de la Carlsberg en boîte et on est restés un petit moment là-haut, à bavarder et à cligner des yeux dans la lumière. En fait, les choses étaient d'une clarté absolue.

Après le départ de Bob, on a fait de la place dans le grenier et on a passé un coup de balai. Ensuite on a grimpé le matelas plus quelques trucs à grignoter, des cigarettes et le minimum pour pas mourir de soif. On a placé le matelas juste sous la partie vitrée et elle s'est laissée tomber dessus à la renverse en croisant ses mains derrière la tête. La nuit était là et on pouvait déjà voir deux étoiles en haut à gauche. Une semaine de boulot, mais le ciel était à ce prix-là. Je me suis demandé si on mangeait quelques trucs ou si on baisait d'abord.

— Hé, tu crois qu'on va voir passer la lune? elle a demandé.

J'ai commencé à défaire les boutons de mon pantalon.

— Je sais pas... ça se pourrait, j'ai dit.

Moi, mes goûts étaient plus simples. J'avais pas besoin d'aller chercher dans le ciel ce que j'avais sous la main. J'étais tellement copain avec son slip que je pouvais le caresser sans me faire mordre. Je me suis pas inquiété quand j'ai jeté un coup d'œil sous sa jupe et que j'ai vu qu'il me restait que trois doigts.

— Ma parole, je vois passer des étoiles filantes... elle a déclaré.

— Je sais ce que je vaux, j'ai dit. Essaie pas d'en rajouter.

— Non, mais des VRAIES!!

J'ai tout de suite compris que c'était le ciel ou moi, mais je me suis pas dégonflé, j'ai décidé de me battre comme un chien enragé. Pour commencer, j'ai plongé ma tête entre ses jambes et son slip, je l'ai mangé. Où étaient les problèmes, où était toute la merde qui s'était accumulée ces derniers temps...? Où était le Paradis, où était l'Enfer, où était passée cette machine infernale qui nous broyait...? J'ai écarté sa fente et j'ai posé mon visage dedans. T'es sur une plage, papa, je me disais, t'es sur une plage déserte, allongé sur le sable mouillé et les vagues viennent te sucer doucement les lèvres, hé papa, je comprends que t'aies pas envie de te relever...

Quand je me suis redressé, je brillais comme un astre et j'avais un œil tout collé.

— C'est un peu gênant, je vois plus le relief, j'ai dit.

Elle a souri. Elle m'a attiré contre elle et s'est mise à me nettoyer l'œil en question du bout de la langue. J'en ai profité pour l'enfiler. Et pendant un bon moment, le ciel j'en ai plus du tout entendu parler, je sentais juste les étoiles glisser vaguement dans mon dos.

Ce soir-là, Betty était particulièrement bien disposée et j'ai pas eu besoin de me surpasser pour décrocher la timbale. Ça me faisait plaisir de voir qu'elle s'en payait, j'ai même ralenti un peu le mouvement pour faire durer et elle s'est retrouvée en sueur bien avant moi. Quand j'ai senti que ça venait, j'ai pensé à la théorie du Big Bang. On est restés collés pendant dix bonnes minutes, après quoi on a attaqué le poulet. J'avais monté une bouteille de vin aussi. A la fin du repas, ses pommettes étaient légèrement roses et ses yeux brillaient. Ça devenait rare de la voir aussi calme et détendue et comment dirais-je, presque heureuse, oui c'est ça, presque heureuse. Du coup, j'en ai oublié de sucrer mon yaourt.

— Mais pourquoi t'es pas plus souvent comme ça...? j'ai demandé.

Elle m'a regardé de telle manière que j'ai pas eu envie de lui reposer la question. On avait déjà parlé de ça au moins cent fois, alors pourquoi j'insistais ? pourquoi je revenais sans arrêt là-dessus...? Est-ce que je croyais encore à la magie des mots ? Je me souvenais parfaitement de notre dernière conversation à ce sujet-là, ça remontait pas à deux siècles et j'avais l'impression d'avoir appris ça par cœur. Bon sang, elle m'avait dit en frissonnant, mais tu comprends pas que la vie se met contre moi, qu'il suffit que je veuille quelque chose pour m'apercevoir que j'ai droit à rien, que j'ai même pas été foutue d'avoir un enfant...??!!

Et ma parole, quand elle disait ça, je pouvais voir des tas de portes se refermer autour d'elle en claquant à toute volée et je pouvais plus rien faire pour l'atteindre, c'était pas la peine que je me ramène avec mes idées foireuses pour lui DÉMONTRER qu'elle avait tort ou que les choses allaient s'arranger. Il y a toujours un abruti qui se pointe avec un verre d'eau pour soigner un brûlé au troisième degré. Moi par exemple.

23

C'était un petit bâtiment neuf, situé presque à la sortie de la ville, dans un coin assez désert et je voyais des types passer devant les fenêtres du bureau, au premier, juste au-dessus du garage. C'était le début de l'été, il faisait dans les trente à l'ombre. Vers deux heures, j'ai traversé la rue et je me suis planté à côté de la porte du garage, j'ai fait semblant de m'occuper de mes lacets.

J'étais pas là depuis une minute que je vois un bas de pantalon s'arrêter devant moi. J'ai relevé doucement la tête. Même en tant qu'homme, je pouvais pas blairer ce genre de types-là, le connard un peu sanguin, mou du ventre et affublé d'un regard lubrique, comme on en rencontre un peu partout.

— Alors, ils vous font des malheurs, ces vilains petits lacets...? il a murmuré.

Je me suis relevé en vitesse, j'ai sorti mon couteau de ma poche et je le lui ai ouvert sous le nez, discrètement.

— Tire-toi, espèce d'enfoiré! j'ai grogné.

Ce merdeux a pâli, il a fait un bond en arrière en ouvrant des yeux ronds. Ses lèvres étaient comme les pétales d'une fleur pourrie. J'ai fait mine de m'avancer vers lui et il est parti en courant. Arrivé au coin de la rue, il s'est arrêté pour me traiter de salope, puis il a disparu.

Je me suis repenché vers mon lacet. Il était deux heures passées mais j'avais remarqué qu'ils étaient pas à dix minutes près. Tout ce que je pouvais faire, c'était de prendre mon mal en patience et prier pour qu'un de ces obsédés se trouve pas à nouveau sur mon chemin. Malgré ça, je me sentais calme, ça paraissait trop irréel pour y croire tout à fait. Quand j'ai vu le panneau blindé se soulever, je me suis plaqué au mur. J'ai entendu la camionnette démarrer à l'intérieur. J'ai serré mon sac sur ma poitrine et j'ai arrêté de respirer. Le soleil s'est mis à vibrer, il y avait personne en vue, je me suis mordu les lèvres. J'ai eu un sale goût dans la bouche, plutôt chimique.

La camionnette est sortie lentement. Le seul danger, c'était que le type me repère dans le rétro, j'y avais pensé mais j'osais espérer que, sortant d'un garage et débouchant sur une rue, il allait regarder DEVANT lui. Enfin j'avais misé là-dessus et dès que la fourgonnette est sortie, je me suis jeté à l'intérieur du garage. Je me suis reculé dans l'ombre pendant que le panneau se refermait. J'ai avalé ma salive avec la même facilité que du beurre de cacahuètes.

Je suis resté pendant cinq minutes sans bouger mais il s'est rien passé. J'ai soufflé. J'ai attrapé mes nichons qui étaient descendus et je les ai remis à la bonne place. Je devais dépasser les cent dix de tour de poitrine, avec les petits bouts qui pointaient à travers mon tee-shirt et tout. Ça me tenait chaud. Pour pas me faire trop remarquer dans la rue, j'avais mis mon blouson, sauf que j'arrivais pas à le refermer. Pour les poils des mains, j'avais mis des petits gants blancs et pour les poils du bas, j'avais gardé mon pantalon. J'avais choisi une perruque blonde à cheveux courts qui faisait un peu trop mode à mon goût, mais c'était ça ou un chignon de quarante centimètres de haut, ils recevaient rien d'autre avant une semaine. J'ai retiré mes lunettes noires et j'ai sorti une petite glace de mon sac pour voir si mon maquillage avait pas bougé.

Non, de ce côté-là aussi, tout était en ordre, j'avais fait ce qu'il fallait. Rasé trois fois de suite, plus crème et fond de teint du genre épais et pour finir, un rouge assez violent sur la bouche. Dans l'ensemble, je me trouvais pas si mal que ça, le corps de braise et le visage de glace, tout à fait le genre de filles qui m'aurait rendu nerveux. J'ai reposé mes lunettes sur le bout de mon nez, je devais pas oublier que je m'étais pas fait les yeux. J'ai attendu encore un petit moment, puis quand je me suis senti vraiment calme, je me suis décidé.

Sur le côté, il y avait une porte ouverte avec un carré de lumière dedans et cette porte donnait sur un petit couloir tout bête. A ma gauche, la sortie, un mélange de barreaux et de verrous inimaginables et à ma droite, un escalier encore plus bête qui montait aux bureaux. J'ai été frappé par cette simplicité étonnante, j'y ai vu comme un encouragement du destin. J'ai sorti le Barracuda de mon sac. C'était une copie, une parfaite copie, même à moi il me faisait peur. J'ai grimpé les marches comme une panthère affamée.

Arrivé au premier, j'ai repéré mon homme. Il était assis derrière un bureau et me tournait le dos, un jeune type d'environ vingt-cinq ans avec des boutons dans le cou et qui faisait son entrée dans la vie. Il était en train de dévorer un de ces magazines où l'on vous raconte la vie sexuelle de vos acteurs préférés. J'ai enfoncé le canon du Barracuda d'un bon centimètre dans son oreille droite. La gauche s'est trouvée écrasée sur le bureau. Il a gueulé en me jetant un regard horrifié. J'ai enfoncé le canon un peu plus dans son oreille en posant un doigt en travers de ma bouche. Il a compris, il était moins idiot qu'il en avait l'air. Tout en gardant son oreille au chaud, je lui ai placé les mains derrière le dos et j'ai attrapé un rouleau de ruban adhésif dans mon sac. De l'extra-fort, en cinq centimètres de large, haute résistance et quand vous recevez un paquet emmailloté dans ce machin-là, c'est à vous rendre fou. J'en ai déroulé un morceau avec mes dents et d'une seule main j'en ai entortillé cinq mètres autour de ses poignets. Ça a pris un peu de temps, mais on avait l'après-midi devant nous. Ensuite je lui ai retiré son arme et j'ai scotché le bonhomme à la chaise.

— Laissez-moi vous dire que je vais rien tenter ! il a déclaré. J'ai pas envie d'être blessé dans cette histoire. Soyez pas si nerveuse...

Je me suis baissé pour lui attacher les jambes. Je l'ai surpris en train de reluquer ma poitrine. Je me suis relevé. C'était comme s'il m'avait touché, je me suis retenu de pas lui envoyer une gifle. Et puis merde, je lui en ai balancé une. Il a poussé un cri. J'ai remis mon doigt devant ma bouche.

Maintenant, il fallait attendre. Réfléchir un peu et attendre. J'ai jeté un œil sur le système de commande des portes. Tout était parfaitement bien expliqué. Je me suis assis en croisant les jambes sur un coin du bureau et j'ai fumé une cigarette. L'espèce de puceau me couvait d'un œil de velours.

— Oh, mince alors... mince !... Vous pouvez pas savoir comme je vous admire, il a bafouillé. Faut avoir un drôle de cran pour faire ça...

Il se trompait. Le courage avait rien à voir là-dedans. Je voyais Betty s'enfoncer un peu plus tous les jours et à côté de ça, faire sauter la moitié du globe ou piller une banque, ça me paraissait vraiment rien du tout. En fait, c'était pas exactement une banque, c'était une boîte qui s'occupait de surveillance et de transports de fonds et chaque jour elle passait ramasser la recette des grands magasins et d'une portion d'autoroute. Je les avais suivis pendant toute une journée et je m'étais vite aperçu qu'il aurait été ridicule de tenter quelque chose pendant les opérations de transbordement. Les types étaient si nerveux qu'un éternuement aurait pu vous transformer en passoire. C'est pour ça que finalement j'avais choisi de venir les attendre chez eux et de bénéficier d'une ambiance un peu plus relax.

— Si vous voulez du café, j'ai un Thermos dans le tiroir du bas, a proposé mon admirateur.

Il me mangeait littéralement des yeux. J'ai fait celle qui l'ignorait complètement et je me suis servi un café.

— Comment vous vous appelez? il a demandé. Je voudrais juste pouvoir me souvenir de votre prénom, je vous jure que je le répéterai pas...

Il m'agaçait mais malgré tout son comportement avait du bon. Il pourrait raconter plus tard quel sacré morceau de fille j'étais et je comptais là-dessus pour brouiller les pistes. Pour faire bonne mesure, je me suis massé un peu la poitrine, j'ai attendu de le voir changer de couleur.

— Bon Dieu, on pourrait pas ouvrir les fenêtres? il a demandé.

De temps en temps, je me levais pour aller jeter un coup d'œil dehors. La rue était parfaitement calme, j'avais même pas imaginé que ça pourrait se passer aussi bien, on entendait des oiseaux chanter dans les arbres. Il y avait pas encore eu un seul coup de téléphone et personne avait sonné à la porte du bas, ça ressemblait à un gag. Une ou deux fois, j'ai bâillé. Il faisait chaud. Depuis qu'il m'avait vu me passer un bout de langue sur les lèvres, l'autre arrêtait pas de délirer.

— Détachez-moi, il disait. Je pourrais vous être utile, je pourrais les tenir en joue, ces salauds. De toute façon, j'ai horreur de ce métier, je partirais avec vous, on pourrait mettre à sac tout le pays... Pourquoi vous me dites pas un mot, madame, pourquoi vous avez pas confiance en moi...?

Je lui ai passé ma main dans les cheveux pour l'achever. Ils étaient gras, heureusement que j'avais des gants. Il a tendu son cou vers moi en poussant un petit gémissement.

— Oh je vous en prie, il a pleurniché, faites bien

attention au plus gros des trois, méfiez-vous de lui, il va vous tirer dessus sans réfléchir, c'est déjà arrivé plusieurs fois, il a déjà blessé des passants, oh ce salaud d'Henri, laissez-moi m'occuper de lui, madame, je le laisserai pas toucher un seul cheveu de votre tête...!!

A part que je m'ennuyais, je me sentais très calme. D'ailleurs, depuis quelque temps, les choses me touchaient plus. A part Betty, je me foutais du reste du monde. J'étais presque content d'avoir quelque chose de précis à faire, ça donnait un peu de repos à mon âme. Sans compter que si les choses devaient mal tourner, je pensais que ça pourrait pas aller chercher très loin pour un hold-up passionnel. Afin d'avoir la paix, je me suis assis derrière lui et j'ai joué avec son arme. Celle-là, elle était vraie, je saurais pas dire pourquoi mais ça se sentait rien qu'au toucher. Je me suis imaginé en train de me mettre une balle dans la bouche et ça m'a fait sourire, j'en aurais vraiment été incapable. Tout comme j'étais incapable de dire pourquoi la vie valait le coup, mettons que je le sentais au toucher. Le jeune type se tordait la tête d'un côté et de l'autre pour essayer de me voir.

— Pourquoi vous restez derrière moi, il larmoyait, qu'est-ce que je vous ai fait...? Laissez-moi simplement vous regarder...!

Les W.-C. se trouvaient au bas de l'escalier. Je suis descendu pour aller pisser et j'en ai profité pour soulever ma perruque et m'éventer un peu avec. J'avais pas établi un plan très rigoureux, je me trimbalais pas avec un chronomètre dans la poche ou une bombe de gaz incapacitant. J'y allais au feeling, comme on dit. La vérité, c'est que j'avais d'autres chats à fouetter, j'avais assez de soucis comme ça pour que le soin de régler des détails me soit épargné. Je comprends qu'on puisse se préparer à fond pour attaquer une banque quand l'argent est la source de tous vos problèmes, mais moi, est-ce que j'étais dans ce cas-là, est-ce qu'une montagne de fric aurait pu changer la moindre chose pour moi...? Enfin, au point où on en était, je voulais bien essayer n'importe quoi. Même si ça servait à rien. J'étais avec elle pour faire tout ce que je pouvais, il me semble.

Quand je suis remonté, l'autre a presque versé une larme de joie :

— Oh Seigneur! il a fait, j'avais peur que vous soyez partie! J'en étais malade.

J'ai posé un petit baiser sur le bout de mon gant et j'ai soufflé dessus dans sa direction. Il a soupiré en fermant les yeux. J'ai jeté un coup d'œil à la pendule accrochée au mur. Les autres allaient peut-être plus tarder à arriver maintenant. J'ai attrapé mon Roméo par le dossier de sa chaise, je l'ai fait basculer en arrière sur deux pieds et je l'ai traîné dans un coin, de manière à ce que la porte ouverte puisse le cacher. Au passage, il a essayé de m'embrasser la main mais j'ai été le plus rapide. Je me suis servi un café et tout en restant assez éloigné des fenêtres, je me suis mis à surveiller la rue.

Ça faisait presque quarante ans maintenant que l'autre avait pris la route et les choses avaient pas mal changé depuis. Cette bonne vieille route avait plus grand-chose d'excitant. Tel que le monde m'apparaissait aujourd'hui, je préférais l'effleurer plutôt que de me jeter dedans. Et puis à trente-cinq ans, on a plus envie de se faire chier, ce qui suppose un minimum de fric. Effleurer le monde, c'est ce qui occasionne des notes de frais délirantes, toutes ces contrées lointaines ça vous coûte son pesant d'or. Enfin je voulais bien lui proposer de partir si ça pouvait nous donner un peu de répit. En quelque sorte, j'étais en train de m'occuper des valises.

La voix de l'autre cinglé m'a fait sursauter :

— Mais j'y pense... il a fait. Pourquoi vous me prendriez pas comme otage. Je pourrais vous servir de bouclier...?

Ça m'a rappelé que j'avais oublié quelque chose. Je me suis avancé vers lui et je lui ai fermé la bouche au ruban adhésif en faisant trois fois le tour de sa tête.

Sans prévenir, il s'est penché en avant et il a frotté son front sur ma poitrine. J'ai fait un bond en arrière.

— Oh Jésus Marie ! il a fait avec ses yeux.

Cinq minutes après, les trois autres arrivaient. J'avais suivi la fourgonnette du regard pendant qu'elle descendait la rue. Quand elle s'est présentée devant la porte du garage, j'ai appuyé sur le bouton OUV. GAR., puis j'ai compté jusqu'à dix et j'ai enfoncé FERM. GAR. Je savais que je venais d'envoyer rouler les dés pour la deuxième fois mais ça m'a pas inquiété.

Je me suis planqué derrière la porte et cette fois, j'avais plus le Barracuda dans les mains, j'avais le vrai. J'ai entendu les portières claquer et les types se sont mis à discuter en bas. Leurs voix me parvenaient très distinctement.

— Ecoute-moi bien, mon vieux, disait l'un, quand ta femme te sort qu'elle a mal au crâne juste le soir où tu veux la baiser, t'as qu'à lui dire qu'elle s'inquiète pas, que sa tête tu vas la laisser tranquille !

— Merde, t'es marrant, toi, tu crois que c'est aussi facile... ? Enfin tu connais Maria...

— Ah ça va... Elle est pas différente des autres, Maria. Elles ont toutes mal au crâne un jour ou l'autre... Mais quand tu poses ton fric sur la table à la fin du mois, t'as pas remarqué qu'elles demandaient jamais d'aspirine... ?

Je les ai entendus s'engouffrer dans l'escalier.

— Ouais, enfin Henri, quand même tu charries...

— Merde, fais comme tu voudras. Si t'as envie de passer ta vie à te casser le cul pour rien, elles attendent que ça.

Ils sont entrés tous les trois à la queue leu leu. Ils portaient des petits sacs en toile de jute au bout des bras. J'ai tout de suite repéré le plus gros, le dénommé Henri, il était pieds nus dans ses sandales. Les deux autres avaient échappé à la retraite on se demandait comment. Avant qu'ils aient eu le temps de faire ouf, j'ai claqué la porte avec mon pied. Ils se sont tournés vers moi. Pendant un millième de seconde, j'ai croisé le regard d'Henri. J'ai pas laissé à son cerveau le temps de réagir, j'ai regardé ses pieds et j'ai tiré une balle dans son gros orteil. Il s'est écroulé en braillant. Les deux autres ont lâché les sacs pour lever les bras. J'ai senti que j'avais la situation en main.

Pendant qu'Henri se tortillait sur le sol, je leur ai balancé le rouleau de scotch et je leur ai fait signe d'attacher leur copain. Ils m'ont pas fait attendre. Malgré qu'il se débatte, ils l'ont ficelé en trois secondes en lui répétant de pas faire l'imbécile. Ensuite, pour gagner du temps, je leur ai fait comprendre de s'attacher eux-mêmes les pieds. Ces deux-là auraient fait un malheur comme magasiniers, il suffisait de leur braquer un machin entre les deux yeux. J'ai regardé le plus mal bâti des deux et je lui ai fait un petit signe du bout de mon gant blanc, ça voulait dire attache les mains de ton copain, espèce de vieux connard. Quand il a eu fini, je l'ai montré du doigt. Il m'a souri tristement :

— Ecoutez, mademoiselle, je peux pas y arriver tout seul...

Je lui ai mis le canon dans une narine.

— Non, non, il a fait, non, non, non, non attendez, je vais essayer!!

Il s'est démerdé comme il a pu, il s'est aidé de son front, de ses dents, de ses genoux, mais il y est arrivé. Maintenant qu'ils étaient tous les trois ficelés, je les ai débarrassés de leurs armes. En me relevant j'ai regardé mon amoureux ligoté sur sa chaise. Il avait des cernes de bonheur sous les yeux.

Henri gémissait et grognait et jurait tandis qu'un filet de bave le reliait au linoléum. Comme je voulais être tranquille, j'ai attrapé le rouleau adhésif et je me suis accroupi près de lui. Son pied pissait toujours le sang. Sa sandale était foutue. Je me félicitais d'en avoir pris une bonne longueur, il en restait au moins dix mètres. C'était l'idéal pour un type comme moi qui voulait pas s'encombrer d'une corde et qui savait pas faire les nœuds. Quand il a levé les yeux vers moi, il est devenu tout rouge.

— Espèce de sale petite pute! il a fait. Le jour où je te retrouverai, je commencerai par te faire sucer ma bite!!

Je lui ai fait sauter les dents de devant en lui enfonçant le canon dans la bouche. J'étais une sale petite pute ombrageuse. Mais je faisais ça aussi pour toutes les filles qui ont mal au crâne, les Maria et toutes les autres, toutes mes sœurs de misère, toutes celles qu'on forçait, toutes celles qu'on faisait chier dans le métro, toutes celles qui avaient trouvé sur leur chemin un type comme Henri, je jure que si j'avais eu les miens sous la main je lui aurais fait bouffer toute une boîte de Tampax. Quand je vois certains types, parfois, j'ai envie de donner ma bénédiction à toutes les femmes du globe, je sais pas ce qui me retient. Il a craché un peu de sang. Sous l'effet de la colère, des petits vaisseaux ont claqué dans ses yeux. J'ai dû retirer mon arme pour le bâillonner. Ça lui a laissé le temps de placer un dernier mot :

— Tu viens de signer ton arrêt de mort! il a grogné.

J'ai pas pleuré sur les fournitures pour avoir le silence, j'ai même fait un ou deux tours supplémentaires sur ses yeux. Il commençait à avoir la même tête que l'Homme Invisible, mais en plus froissé, en plus brillant. Les deux autres se tenaient bien tranquilles et j'en ai juste collé un petit morceau symbolique sur leurs vilaines bouches. Je me suis relevée en pensant que le plus dur était fait. A cette idée, j'ai pas pu m'empêcher de sourire, mais j'ai pas voulu me contrarier, j'ai fait comme si je savais pas que le plus dur est toujours DEVANT.

Bien que je me sentisse d'un calme à toute épreuve, mon intention était pas de traîner. J'ai ramassé les sacs, j'ai fait sauter les plombs et je les ai vidés sur un bureau, six sacs remplis de billets avec des rouleaux de pièces dans le fond. J'ai fait passer les billets dans mon sac, j'ai laissé la monnaie de peur que ça fasse trop lourd. Je m'apprêtais à partir quand le jeune gars s'est mis à râler pour attirer mon attention. Du bout du menton, il m'indiquait le coffre-fort scellé dans le mur.

Il était gentil, ce gars-là, il avait de la suite dans les idées, mais j'avais déjà ramassé un bon paquet de billets, je cherchais pas à devenir rentier. Je lui ai fait signe que vraiment ça me suffisait. Je sentais qu'il était prêt à pleurer. J'ai profité que les autres pouvaient pas me voir pour prendre un stylobille sur le bureau et je me suis dirigé vers lui, je suis passé dans son dos. Je lui ai ouvert une main et j'ai écrit JOSÉPHINE dedans. Il a refermé ses doigts avec autant de précaution que s'il venait d'attraper un papillon avec une jambe cassée. Juste avant de sauter par la fenêtre qui donnait derrière, j'ai vu une grosse larme brillante rouler à fond de train sur sa joue.

Le jardin était abandonné. J'ai filé à travers les hautes herbes et j'ai fait un soleil par-dessus la palissade du fond. J'avais la gorge sèche, sans doute parce que j'avais réussi à tenir tout l'après-midi sans prononcer un seul mot. J'ai viré à droite en me cramponnant les seins, longé deux ou trois jardins au pas de course mais sans voir personne, puis j'ai traversé un grand terrain vague qui jouxtait purement et simplement la voie ferrée. J'ai grimpé le talus sans ralentir l'allure, traversé la voie et je suis descendu de l'autre côté. J'avais les poumons en feu, heureusement que le parking du supermarché se trouvait à deux pas. C'est tout ce que j'avais trouvé pour pas faire repérer ma voiture, ma grosse bagnole JAUNE CITRON.

Personne a fait attention à moi quand je me suis glissé à l'intérieur. Personne fait jamais attention à quoi que ce soit sur un parking de supermarché, l'endroit rend les gens à moitié cinglés. La sueur me dégoulinait de partout. J'ai posé le sac à côté de moi et tout en reprenant mon souffle, j'ai observé ce qui se passait tout autour. Il y avait une grosse femme pas très loin qui essayait de faire rentrer une planche à repasser dans une Fiat 500. On s'est regardés quelques secondes. J'ai attendu le temps qu'il fallait, puis elle a démarré en laissant une porte ouverte. Maintenant j'étais tranquille. J'ai ouvert la boîte à gants, j'ai attrapé les kleenex et le lait démaquillant hypoallergénique comme ils disent. Il y avait vingt pour cent de produit gratuit. Le reste était pas donné.

J'ai déplié un kleenex sur mes jambes sans perdre de vue les alentours et je l'ai arrosé avec le lait. Comme personne arrivait dans les parages, j'ai retenu mon souffle et j'ai plongé la tête dedans. Pour la première fois depuis le début de l'après-midi, je me suis senti fébrile. Je balançais les petits papiers maculés par la fenêtre à tour de bras. Le flacon de plastique lâchait des cris obscènes et des giclées de lait blanc, je frottais comme si j'avais voulu m'enlever la peau. Puis j'ai arraché mes lunettes, j'ai arraché ma perruque et mes gants blancs, j'ai arraché mes faux seins et j'ai fourré tout ça dans le sac. J'étais à bout de souffle quand j'ai tordu le rétro vers moi mais j'avais plus qu'un léger hâle sur le front et je l'ai essuyé en vitesse. Tout ce qui restait de Joséphine se trouvait maintenant embarqué sur un petit coin de mouchoir en papier. J'en ai fait une boulette et je l'ai envoyée d'une pichenette sous mes roues avant au moment où je démarrais.

Je suis rentré à la baraque en roulant doucement. Je suis arrivé juste à temps pour éteindre le feu sous une casserole et regarder des petits machins noirs qui se tordaient et grésillaient au fond. J'ai ouvert les fenêtres et je suis monté au grenier. Elle fumait une cigarette en faisant une partie de mikado sur le matelas. Une lumière dorée tombait du toit et faisait vibrer des particules de poussière. Je me suis avancé et j'ai jeté le sac sur le lit. Elle a fait un bond.

— Oh merde, tu m'as fait bouger, elle a ronchonné.

Je me suis laissé glisser à côté d'elle.

— Bon Dieu, ma belle, je suis complètement vanné, j'ai fait.

Je lui ai passé une main dans les cheveux. Elle a souri.

— Alors, ça s'est bien passé avec ton client ? elle a demandé. T'as pas faim, j'ai fait réchauffer des raviolis en bas.

— Non, ça va, je te remercie, te casse pas la tête...

J'ai fini une bière éventée qui traînait par là. Ensuite j'ai ouvert le sac.

— Regarde un peu ce que j'ai trouvé en me baladant, j'ai dit.

Elle s'est soulevée sur un coude.

— Bon sang, mais qu'est-ce que c'est que tout cet argent, oooh mais y en a vraiment un paquet...!

— Ouais, y en a pas mal...

— Mais c'est pour quoi faire...?

— Ben... c'est toi qui vois.

Elle a poussé un petit cri de surprise en mettant la main sur les faux seins. Dans la foulée, elle a sorti tout mon déguisement du sac. Ça semblait l'intéresser beaucoup plus que ma collection de billets, ses yeux étaient comme un soir de Noël.

— Oooooooh, ooohh...! Mais qu'est-ce que c'est que ça...??!!

J'avais décidé de pas m'étendre là-dessus. J'ai haussé les épaules.

— J'en sais rien, j'ai dit.

Elle a soulevé le soutien-gorge par une bretelle. Les nichons se sont mis à tourner doucement dans cette lumière infiniment tendre qui nous enveloppait. Le manège avait l'air de l'hypnotiser.

— Sainte Vierge, il faut absolument que tu enfiles ça!! Mais c'est incroyable...!!

Non, ça me disait rien de recommencer à faire l'idiot. Mine de rien, cette histoire m'avait crevé.

— Tu rigoles, j'ai dit.

— Oh merde, dépêche-toi... elle a bougonné.

J'ai soulevé mon tee-shirt et j'ai mis les machins en place. Betty s'est mise à quatre pattes pour m'applaudir. J'ai pris quelques poses en battant des cils. Comme il fallait s'y attendre, je me suis vite retrouvé avec la perruque et les gants blancs alors que j'avais pas du tout envie de faire ça. Mais c'était aussi une espèce de miracle de la voir s'amuser.

— Hé, tu sais ce qu'il te manque? elle a fait.

— Ouais, je me suis commandé une chatte épilée.

— Une petite séance de maquillage.

— Oh non...! j'ai pleurniché.

Elle a sauté sur ses jambes. Elle était tout excitée.

— Bouge pas. Je vais chercher ma trousse!

— Ouais... j'ai soupiré. Mais va pas te péter la gueule dans l'escalier, mon petit oiseau...

Vers une heure du matin, quand j'ai vu qu'elle s'endormait dans mon bras, je lui ai glissé un dernier mot à l'oreille :

— Au fait, pendant que j'y pense, on sait jamais... Si un jour quelqu'un vient te demander ce que j'ai fabriqué aujourd'hui, rappelle-toi qu'on a passé la journée ensemble...

— Oui... même que j'ai baisé une belle blonde.

— Non, ça c'est pas la peine d'aller le raconter. Non, surtout pas ça.

J'ai attendu qu'elle dorme tout à fait pour me lever. Je suis allé prendre une douche et me démaquiller et manger un truc dans la cuisine. Quoi qu'il arrive, je me disais, cette journée aura pas servi à rien. J'avais quand même trouvé le moyen de ramener ce qu'il fallait dans mon sac, de quoi la rendre un peu heureuse et la faire sourire. Simplement c'était pas avec le fric que j'avais obtenu ça, elle l'avait pour ainsi dire ignoré, mais est-ce que j'avais pas ce que je voulais...? Bien sûr que si, mes efforts avaient été payés au centuple et pour un peu, j'aurais versé des larmes de joie dans cette cuisine, pas des torrents mais deux ou trois petites libellules discrètes que j'aurais pu cacher sous mon pied.

Il faut dire que deux jours plus tôt, je l'avais trouvée prostrée dans un coin de la chambre, à poil et raide comme un morceau de bois, et que c'était pas la première fois, et que ces fameuses voix elle les entendait toujours, et que toutes les choses continuaient à déborder et à cramer dans la baraque et on pouvait imaginer ce que ça pouvait donner sans que je sois obligé de faire un dessin.

J'ai réussi à mettre la main sur une tranche de jambon blanc. Je l'ai roulée comme une crêpe et j'ai mordu dedans. Le truc avait aucun goût. J'étais encore en vie. C'était parfait.

24

Où on a pas rigolé, c'est un dimanche et pourtant, c'était une sacrée belle journée. On s'était pas levés trop tard parce que sur les coups de neuf heures, un type avait cogné avec insistance sur la porte d'en bas. J'avais enfilé un caleçon et j'étais descendu voir. Un type en costard, soigneusement coiffé et une petite serviette noire, soigneusement astiquée. Et un GRAND SOURIRE.

— Bonjour, monsieur. Est-ce que vous croyez en Dieu?

— Non, j'ai dit.

— Eh bien, je voudrais en discuter avec vous...

— Attendez, j'ai dit, c'était une blague... Bien sûr que j'y crois!

Grand sourire. TRÈS GRAND SOURIRE.

— Justement, nous éditons une petite brochure...

— Combien?

— Tout l'argent que nous en tirons est versé directement au profit des...

— Bien sûr! je l'ai coupé. Combien?

— Monsieur, pour le prix de cinq paquets de cigarettes...

J'ai sorti un billet de ma poche, je le lui ai tendu et j'ai refermé. Boum boum. J'ai rouvert la porte.

— Vous oubliez la petite brochure, il a fait.

— Non, j'ai dit. J'en ai pas besoin. Il me semble que je viens de vous acheter un petit bout de Paradis, non...?

En refermant la porte, un rayon de soleil est venu

me taper en plein dans l'œil. Si je l'avais pris dans la bouche j'aurais dit : « En refermant la porte, un bonbon acidulé a glissé entre mes lèvres. » L'image de la mer et des vagues s'est imposée à moi. Je suis remonté en quatrième, j'ai fait voler les draps dans la pièce.

— Bon Dieu, j'ai envie de voir la mer, j'ai lancé. Pas toi ?

— Ça fait un peu loin, mais c'est comme tu veux.

— Dans deux heures, tu te fais griller sur la plage.

— Autant dire que je suis prête, elle a répondu.

Je l'ai regardée se lever nue au milieu du lit, comme si elle sortait d'un coquillage à rayures, mais j'ai remis ça à plus tard. Le soleil nous attendrait pas.

C'était une station très chic, très mode, mais il y avait autant de connards que partout ailleurs, il y en avait même tout au long de l'année, ce qui fait que les restaurants et les magasins restaient ouverts hors saison. Pour trouver un coin de plage pas trop sale, il fallait payer. On a payé. Il y avait pratiquement personne. On s'est baignés et rebaignés et encore, et ensuite on a eu faim. Pour passer sous la douche aussi, il a fallu payer. Et pour récupérer la voiture au parking. Et pour ceci et pour cela. A la fin, je gardais un tas de pièces dans les mains, je me tenais prêt à cracher le fric plus vite que mon ombre. Le coin ressemblait à une gigantesque machine à sous et j'avais pas encore vu de partie gratuite.

On a mangé à une terrasse, sous un parasol en fausse paille. Sur le trottoir d'en face, il y avait une vingtaine de jeunes femmes et chacune d'elles était accompagnée d'un enfant de trois ou quatre ans, le genre blondinet avec un père dans les affaires et une mère encore jeune et belle qui passe son temps à s'emmerder chez elle ou à s'emmerder dehors. Le serveur nous avait expliqué qu'elles attendaient pour faire passer une audition à ces petits chéris. En fait, les petits morveux devaient être capables de nous tirer des larmes en tournant une pub pour un groupement d'assurances sur le thème :

BÂTISSONS LEUR AVENIR. Je trouvais ça assez drôle, car quand on voyait ce genre de gosses, respirant la joie et la santé et le fric, on pouvait pas se faire trop de soucis pour leur avenir, enfin d'une certaine manière.

Ça faisait bien une heure qu'ils étaient là à poireauter sous le soleil quand on a attaqué nos pêches Melba. Les bonnes femmes devenaient nerveuses et les mômes cavalaient dans tous les coins. De temps en temps, elles les rappelaient pour arranger une mèche de cheveux ou chasser une poussière invisible. En une pluie d'amphétamines se transformait le soleil, en une douche délirante branchée sur le 220.

— Bon sang, il faut avoir envie de le toucher, ce malheureux chèque, a fait Betty.

J'ai jeté un coup d'œil à ces femmes par-dessus mes lunettes tout en enfournant une pelletée de chantilly garnie de petits machins multicolores.

— Y a pas que le chèque. Elles essaient de dresser un monument à leur beauté.

— Faut être dingue pour laisser des mômes, comme ça, en plein soleil...

Par moments, les bijoux que portaient ces femmes envoyaient des éclairs brûlants. On les entendait se plaindre et soupirer, bien qu'elles fussent de l'autre côté de la rue et qu'on ne tendît point tout particulièrement l'oreille. J'ai baissé les yeux et je me suis concentré sur ma pêche Melba parce que dans ce monde, la folie est pratiquement générale, il se passe pas une seule journée sans que la misère de l'humanité s'étale sous vos yeux et il faut pas forcément grand-chose, il suffit d'un détail ou qu'un type croise ton regard chez l'épicier du coin ou que tu prennes ta voiture ou que tu prennes un journal ou que tu fermes les yeux un après-midi en écoutant les bruits de la rue ou que tu tombes sur un paquet de chewing-gums avec ONZE tablettes dedans, en vérité il suffit d'un rien pour que le monde t'envoie un sourire grimaçant. J'ai chassé toutes ces femmes de mon cerveau parce que je le savais tout ça, j'avais plus besoin qu'on me donne des exemples. Mon idée à moi, c'était qu'on allait pas traîner, sûrement pas, elles pouvaient bien continuer à prendre feu sur le trottoir si ça leur disait, mais nous on retournait à la plage, rien que la mer et l'horizon, avec un parasol géant et le petit clic-cloc rassurant des glaçons sur les parois d'un verre. J'ai donc tiré un trait sur le trottoir d'en face et je me suis pas méfié, je me suis levé direction les toilettes. Je devais vérifier un peu plus tard que c'est une erreur de sous-estimer son adversaire. Oui, mais comment pourrait-on avoir les yeux partout ?

Je suis resté absent un bon moment parce qu'il fallait mettre des pièces dans la serrure et j'avais pas assez de monnaie, j'avais dû remonter à la caisse pour changer un billet. Par moments, la chasse d'eau se déclenchait toute seule ou je devais remettre des pièces, enfin dans l'ensemble c'était pas très facile et ça me faisait perdre du temps. Quand je suis retourné à la table, Betty était plus là. J'ai senti une légère inquiétude m'envahir au moment où je m'asseyais, je me suis demandé s'il faisait pas plus chaud d'un seul coup. J'ai remarqué qu'elle avait pas fini son dessert et tout un pan de crème glacée à la vanille s'effondrait lentement. Ce machin-là m'hypnotisait.

J'ai réussi à lever mon nez parce que les femmes braillaient de l'autre côté. Tout d'abord, j'y avais pas prêté attention, rien qu'une tribu de goélands piétinant sous le soleil et poussant des cris sans raison. Puis j'ai vu qu'elles s'agitaient vraiment et regardaient dans ma direction. L'une d'elles semblait particulièrement affolée.

— Oh Tommy, mon petit Tommy !! elle braillait.

J'ai pensé que le petit Tommy venait de s'envoyer une insolation ou qu'il avait fondu comme un morceau de neige. Seulement ça me disait pas où était Betty.

J'ai failli leur crier que j'étais pas docteur quand une dizaine de ces femmes ont traversé la rue, que j'étais pas docteur et que j'y pouvais rien mais quelque chose m'en a empêché. Elles ont sauté le muret qui séparait la terrasse du trottoir et elles m'ont coincé. J'ai essayé de leur sourire. La mère de Tommy avait l'air complètement cinglée, elle louchait sur moi comme si j'étais Quasimodo et ses copines valaient guère mieux, elles m'envoyaient de mauvaises vibrations. J'ai pas eu le temps de me demander ce qui se passait. La bonne femme s'est jetée sur moi en hurlant qu'il fallait que je lui rende son enfant. Je suis tombé à la renverse de ma chaise. J'y comprenais rien. Je me suis éraflé le coude et je me suis relevé. Des pensées traversaient mon cerveau à la vitesse de la lumière mais j'arrivais pas à en arrêter une seule. L'autre a éclaté en sanglots et avec ses cris elle était en train de me construire un bûcher. Les bonnes femmes se tenaient en arc de cercle autour de moi, elles étaient pas mal dans l'ensemble mais je devais pas être leur genre, pas à ce moment précis, et dans le quart de seconde qui suivait, elles allaient toutes me tomber dessus, je le savais. Je savais aussi que j'allais payer pour la chaleur abominable, pour l'attente, pour l'ennui et pour tout un tas de choses dont j'étais pas responsable et ça me dégoûtait, j'arrivais même pas à ouvrir la bouche. Il y en avait une avec les ongles bleu ciel, en temps normal ça m'aurait rendu malade de toute manière.

— La fille qui était avec vous... elle a sifflé. Je l'ai vue en train de partir avec ce petit garçon... !

— Quelle fille ? j'ai demandé.

Ma question tombait à peine dans leurs oreilles que j'avais déjà sauté par-dessus trois tables et que je piquais un sprint à l'intérieur du restaurant. J'avais pratiquement cloué sur place toute cette bande de salopes. A un moment, je les ai entendues rugir derrière moi mais j'ai eu le temps de refermer la porte des toilettes dans mon dos. Il y avait pas de clé. J'ai cramponné la porte en jetant un regard nerveux aux alentours. Le serveur finissait de pisser, il m'a fait un petit signe de tête. J'ai sorti une poignée de billets de ma poche et il a accepté de tenir la porte à ma place. On entendait les filles cogner et hurler derrière le mince panneau de bois rempli d'alvéoles en carton que si tu y mets un coup de pied dedans ton âme a l'impression de traverser une feuille de riz translucide et donc j'ai reglissé deux billets dans la poche du gars. Ensuite je me suis barré par la fenêtre.

Je me suis retrouvé dans une petite cour qui donnait sur les cuisines. Des poubelles débordaient et ruisselaient sous le soleil. Un cuistot est sorti en essuyant la sueur qui lui dégoulinait dans le cou. Je commençais à savoir ce que j'avais à faire. Avant que le type ouvre la bouche, j'ai sorti un billet et je l'ai planté dans sa poche de chemise en souriant. Il a souri à son tour. J'avais l'impression de me trimbaler avec une baguette magique, peut-être qu'avec un peu d'entraînement j'allais pouvoir lâcher des colombes dans le ciel. En attendant, je me suis dirigé vers la porte du fond et je suis sorti dans une petite rue.

Inutile de dire que j'ai pris mes jambes à mon cou, j'ai remonté des rues, bifurqué aux croisements et aussi ce genre de choses qu'on peut encore faire quand on a trente-cinq ans et qu'on a gardé la forme, comme par exemple sauter par-dessus une bagnole garée dans les clous ou pulvériser son record personnel du quatre cents mètres en regardant ce qui se passe derrière. Au bout d'un moment, j'ai pensé que je les avais semées. Je me suis arrêté pour reprendre mon souffle. Comme il y avait une chaise, je me suis assis. Puis j'ai senti qu'un type se mettait à astiquer mes bottes. Comme je baissais les yeux sur lui, je l'ai entendu siffler.

— Oh dis donc!... il a fait... C'est des Tony Lama...!

— Ouais, j'ai dit. J'ai laissé mes tongs dans la voiture.

— Et c'est pas un peu chaud pour la saison?

— Non, c'est comme si je portais des ballerines.

C'était un jeune type d'une vingtaine d'années avec un regard assez intelligent, il ressemblait à un être humain.

— Tu verras, j'ai dit, c'est pas toujours très facile de pas être aussi con que les autres. On peut pas être parfait. C'est trop fatigant.

— Ouais, je vois...

— Bon. Mais tu fais quand même gaffe de pas mettre trop de cirage sur mes petites étoiles, hein, vas-y mollo...

J'ai profité des deux ou trois minutes qu'a duré l'opération pour essayer d'y voir clair et réfléchir calmement à tout ça. Mais il suffisait que je pense à elle pour qu'un dragon furieux crache des flammes dans ma cervelle et réduise tous mes efforts à néant. La seule chose que j'étais capable de faire, c'était de me remettre debout. A mon avis, le reste suivrait. Je suis donc retourné vers la plage en rasant les murs après avoir donné un billet au gars. Un petit vent chaud s'était levé. En débouchant sur la grande avenue qui longeait la mer, j'étais persuadé de sucer du coton hydrophile. J'ai repéré ma voiture garée tout au loin et ma première idée a été de sillonner la ville derrière le volant. Puis je me suis dit bon, t'es là, tu te balades avec un môme qui vient de passer deux heures en plein soleil parce que sa mère est une conne et Tommy se tire une langue de trois mètres de long, alors qu'est-ce que tu fais...? Comme t'es pas le genre de filles à chercher un coin sombre pour découper un môme en rondelles, qu'est-ce que tu fais...?

Il y avait un marchand de glaces ambulant un peu plus loin, dans l'ombre d'un arbre. J'ai traversé la rue en regardant autour de moi. Quand il m'a vu arriver, le type a fait basculer le couvercle de sa glacière.

— Une simple? Une double? Une triple? il a demandé.

— Non, je vous remercie. Vous auriez pas vu une belle fille brune avec un petit garçon de trois, quatre ans...? Ils vous ont pas acheté une glace?

— Si. Mais la fille était pas si belle que ça...

J'ai souvent rencontré des types complètement insensibles à la beauté et j'ai jamais pu comprendre ce qui allait pas chez eux. Mais je les ai toujours plaints.

— Mon pauvre vieux, j'ai dit. Et vous avez pas vu de quel côté ils sont allés...?

— Si.

J'ai attendu quelques secondes puis j'ai dû sortir ma liasse de billets de ma poche pour m'éventer. Les coutumes du coin me faisaient plus rire, j'ai eu envie de lui enfoncer tout le paquet dans la bouche. Un petit nuage de vapeur sortait de la glacière. Je lui ai tendu deux billets en regardant ailleurs. J'ai senti le fric glisser dans mes mains.

— Ben ensuite, ils sont entrés dans ce magasin de jouets, là-bas. Le petit garçon avait les yeux bleus, il devait mesurer dans les un mètre, il en a pris une double à la fraise et il portait une petite médaille au cou, c'était aux environs de trois heures. Quant à la fille...

— Ça va, j'ai coupé. Si tu m'en dis trop, tu vas travailler à perte.

Le magasin s'étendait sur trois niveaux. Une petite vendeuse blême s'est dirigée vers moi avec cette étincelle dans le regard qu'on rencontre chez ceux qui touchent les salaires minimaux. J'ai pas eu de mal à m'en débarrasser. Il y avait pas beaucoup de monde. J'ai ratissé le rez-de-chaussée puis je suis monté au premier. J'avais pas oublié l'espèce de bande qui était à nos trousses et je savais qu'il leur faudrait pas dix ans pour faire le tour de la ville. Mais je commençais à connaître ce genre d'ambiances, ça faisait déjà un petit moment que j'avais remarqué que Betty et moi on s'enfonçait. Bah, je me disais, on a tous nos mauvaises périodes à passer. Il faut avoir un peu de patience dans la vie. J'ai fait le tour des rayons sans la trouver. Pourtant, j'étais passé du froid au tiède et maintenant je sentais que je brûlais. J'ai attaqué le dernier étage comme si je grimpais la montagne Sacrée.

Derrière un comptoir, j'ai trouvé un type qui souriait avec un bras posé sur une pile de paquets cadeaux. Il avait un sourire de directeur et un blazer croisé avec une pochette un peu exubérante mais il était plus tout jeune et la peau dégringolait sous ses yeux. La pochette ressemblait à un petit feu d'artifice. Dès qu'il m'a vu, il s'est précipité vers moi en grimaçant ou en souriant, j'ai pas réussi à savoir, puis il a mimé un type en train de se savonner les mains.

— Veuillez nous excuser, cher monsieur, mais l'étage est fermé...

— Il est fermé...? j'ai demandé.

J'ai balayé tout l'étage du regard. Il semblait vide. C'était le coin des panoplies, des pistolets à flèches, des arcs, des robots, des voitures à pédales, enfin c'était ce qu'on pouvait imaginer sans faire un effort terrible. J'ai respiré parce que j'ai senti que Betty était là.

— Peut-être pourriez-vous repasser en début de soirée...? il a proposé.

— Ecoutez, j'ai juste besoin d'un fusil à laser lance-missiles et je veux pas de papier cadeau. Y en a pour une minute...

— Impossible. Nous avons loué tout l'étage à une cliente...

— BETTY! j'ai appelé.

Le type a essayé de m'empêcher de passer mais je suis passé. Je l'entendais trottiner et pester derrière moi pendant que je m'enfilais entre les rayons et il pouvait pas m'approcher car la chaleur de mon corps irradiait de tous les côtés. Je suis arrivé au fond du magasin sans l'avoir trouvée. Je me suis arrêté net et l'autre a failli me rentrer dedans.

— Où est-elle? j'ai demandé.

Comme il répondait pas, j'ai commencé à l'étrangler.

— Bon Dieu! C'est ma femme...!! Je veux savoir où elle est!!

Il m'a indiqué une estrade avec un village indien planté dessus.

— Ils sont dans la tente du Grand Chef, mais elle veut pas être dérangée, il a bredouillé.

— C'est laquelle?

— C'est celle qui est en promotion. Un très bel article...

J'ai lâché le blazer puis j'ai pénétré à l'intérieur du camp et j'ai foncé tout droit sur la tente du Chef. J'ai soulevé l'espèce de porte en toile. Betty fumait le calumet de la paix.

— Entre, elle a fait. Viens t'asseoir avec nous.

Tommy avait un bandeau avec une plume autour du crâne, il avait l'air tout à fait décontracté.

— Hé, Betty, qui c'est ? il a demandé.

— C'est l'homme de ma vie, elle a plaisanté.

Je me suis cramponné à la tente.

— Elle est infroissable ! a fait l'autre abruti dans mon dos.

J'ai regardé Betty en hochant la tête.

— Dis-moi... tu sais que sa mère le cherche partout ? Tu sais qu'on ferait mieux de se tirer en vitesse... ?

Elle a soupiré en prenant un air contrarié.

— Bon, laisse-nous cinq minutes, elle a fait.

— Non, impossible, j'ai tranché.

Ce que disant, je me suis penché et j'ai pris Tommy sous mon bras. J'ai failli me prendre un coup de tomahawk sur le coin de l'oreille, je l'ai arrêté en plein vol.

— Commence pas à tout compliquer, mon petit Tommy, j'ai grimacé.

Je me suis dirigé vers le directeur de la boîte. Il se tenait raide comme un soldat de plomb.

— On va vous le laisser, j'ai dit. Sa mère va passer le prendre dans cinq minutes. Vous lui direz qu'on a pas pu l'attendre.

On aurait pu croire que je venais de lui annoncer l'arrivée des polyvalents.

— Mais comment ça... ? il a fait.

Je lui ai collé Tommy dans les bras puis j'ai senti la main de Betty glisser sur mon épaule :

— Attends une seconde, elle a dit. Je tiens à ce qu'on paie tous ses cadeaux.

Il fallait choisir la voie la plus rapide, louvoyer entre les écueils et calculer tous les risques. J'ai sorti mes billets en éprouvant comme une sérieuse montée de fièvre et alors de deux choses l'une, soit je délirais, soit j'entendais bel et bien des éclats de voix qui venaient d'en bas.

— Bon, alors combien ? j'ai demandé.

Le vieux play-boy a lâché l'enfant afin de pouvoir se concentrer sur un petit calcul mental. Il a fermé les yeux. Dans mon cauchemar, l'escalier vibrait sous les coups d'une furieuse galopade. Tommy a attrapé un arc et des flèches dans les rayons. Il a regardé Betty.

— Pis je veux ça aussi !

— Tais-toi. Reste tranquille, j'ai grincé.

L'autre a rouvert les yeux. Il a souri comme s'il sortait d'un rêve agréable.

— Je ne sais pas, est-ce que je dois compter l'arc en plus... ?

— Non, pas question, j'ai dit.

Tommy s'est mis à brailler. Je lui ai pris l'arc des mains et je l'ai balancé aussi loin que j'ai pu.

— Toi, tu commences à me les casser, je lui ai dit.

A présent, je sentais même le sol résonner sous mes pieds. J'allais me tourner vers le marchand de jouets pour le secouer un peu et lui arracher un chiffre quand une clameur a balayé l'étage à la manière d'un vent sinistre et brûlant. J'ai vu les bonnes femmes surgir à l'autre bout et bien sûr, personne me croira si je dis que leurs yeux envoyaient des éclairs. N'empêche que des petites gerbes d'étincelles grésillaient sur le sol ou explosaient dans les rayons. J'ai envoyé à Betty une grimace un peu triste :

— Sauve-toi, baby, sauve-toi, j'ai dit.

J'espérais pouvoir les retenir un peu, le temps que Betty prenne la sortie de secours, mais au lieu de foncer, elle a rien trouvé de mieux à faire que de soupirer, les deux pieds cloués au sol.

— Non, ça sert à rien. Je suis fatiguée, elle a murmuré.

Les filles avaient déjà parcouru la moitié du chemin en braillant, une vague écumante qui s'engouffrait entre les rayons. J'ai balancé ma liasse de billets en l'air. Le vieux beau s'est précipité sous la douche, les bras tendus vers le plafond. A ce moment-là, j'ai mis la gomme, j'ai agi avec une vitesse inouïe. Pour pivoter

sur une jambe, soulever Betty dans mes bras, filer vers
l'issue de secours et gicler dans la lumière, il m'a fallu
un peu moins de quatre secondes.

J'ai pas regardé si je voyais des doigts en claquant la
porte en fer dans mon dos. On se trouvait au-dessus
d'une petite rue, sur une plate-forme métallique avec
un escalier qui s'arrêtait à deux mètres du sol. J'ai posé
Betty et une nouvelle fois, je me suis cramponné à la
porte. Je me retrouvais devant le même problème que
tout à l'heure, sauf que cette fois-ci, la chance m'a
souri, j'ai pas été obligé d'acheter qui que ce soit pour
m'en sortir. Un vieux barreau de rampe dessoudé était
appuyé dans un coin du mur, je l'ai repéré au moment
où les premiers coups s'abattaient de l'autre côté de la
porte. Je dirais que c'est au moins un ange qui avait
découpé ce fameux barreau à la bonne longueur, si
bien que j'ai pu m'en servir comme d'un étai et bloquer
définitivement la poignée après quelques coups de
pied. Elles pouvaient toujours continuer à hurler,
maintenant. Je me suis essuyé le front tout en prenant
conscience de la lumière aveuglante qui vibrait autour
de nous avec un léger sifflement. Betty s'est étirée en
souriant. Ça a failli me rendre dingue. J'ai dévalé tout
un étage en faisant un bruit d'enfer, puis je suis
remonté sur la pointe des pieds. J'ai pu vérifier que ça
commençait à hésiter légèrement derrière la porte.
Betty était presque sur le point de rigoler. Je lui ai fait
signe de la boucler.

— On descend pas, on grimpe sur le toit! j'ai murmuré.

En fait de toit, c'était une grande terrasse, une
espèce de piscine remplie de soleil. On a enjambé le
parapet alors que la porte résonnait une dernière fois
et que le silence s'installait de nouveau à l'étage. Je me
suis dirigé immédiatement vers le coin qui dispensait
un peu d'ombre. Une fois assis, seules mes jambes
trempaient dans le soleil. J'ai tendu une main vers
Betty pour qu'elle vienne se mettre à côté de moi. Elle
avait l'air étonnée de se trouver là.

Mon plan était pas génial, il comportait même un sacré risque. Ça me rendait nerveux. Il suffisait qu'il s'en trouve une un peu maligne dans le tas et on se faisait coincer dans un cul-de-sac et balancer par-dessus bord. Mais j'avais pas eu vraiment le choix, il m'aurait fallu une fille qui tienne vraiment à sa peau pour qu'on puisse tenter un sprint en direction de la voiture.

C'était pas le cas. La mienne avait fini par se fabriquer des chaussures en plomb. J'ai attendu une petite minute, puis je me suis levé et avec mille précautions, du côté de la grand-rue, j'ai jeté un œil. Toute la bande cavalait sur le trottoir et celles qui se trouvaient en tête tournaient déjà au coin de la rue. Le ciel était tout bleu. La mer était calme et verte. Il y avait pas une seule bière à l'horizon, ni rien qui puisse m'intéresser. J'ai traversé la terrasse pour aller voir ce que ça donnait du côté de l'escalier. En passant, j'ai pris Betty par le menton et je l'ai embrassée pour résumer la situation.

— Je voudrais rentrer, elle a murmuré.
— Ouais, j'ai dit. On y va dans cinq minutes.

Je me suis planqué pour regarder les filles arriver. A mon avis, leur acharnement avait quelque chose de malsain, c'était comme si elles voulaient régler un problème racial. Il s'agissait pas de se faire repérer. Je me suis aplati comme une crêpe derrière mon petit bout de mur et j'ai dû me retenir pour pas allumer une cigarette. Je les ai entendues parlementer en bas. Ensuite, il y a eu un bruit de galopade et j'ai eu le temps de risquer un œil pour les voir dévaler la rue avec les coudes au corps et qui sait ? peut-être que ces petites connes avaient une frange d'écume aux lèvres et un bon paquet de relations.

Je suis retourné m'asseoir près de Betty en pensant que finalement, on avait une bonne chance de s'en tirer. J'ai pris sa main dans la mienne pour jouer un peu avec. Je la sentais contrariée. Pourtant, le soleil se calmait, sorti de sa crise d'hystérie il s'acharnait plus sur les ombres et les laissait à présent circuler librement et la lumière glissait de l'aigu dans le médium et la terrasse était une île rectangulaire recouverte de papier goudronné, il faisait presque bon et sans exagérer, j'avais connu des coins pires que ça, il fallait pas charrier.

— T'as vu, on voit la mer... j'ai dit.

— Hin hin...

— REGARDE LÀ-BAS, ON VOIT UN TYPE QUI FAIT DU SKI NAUTIQUE SUR UNE SEULE JAMBE...!!

Elle a pas levé les yeux. Je lui ai glissé une cigarette allumée dans la bouche. J'ai replié une jambe tout en fixant un point sur l'horizon qui avait rien de particulier mais qui me plaisait bien.

— Je sais pas pourquoi t'as fait ça, j'ai dit. Je veux pas le savoir et je veux pas en parler. Alors oublions ça.

Elle a hoché doucement la tête sans me regarder et je me suis contenté d'une réponse dans ce genre-là. De toute manière, un battement de cils aurait fait l'affaire ou une légère pression des doigts. Je comprenais jamais tout à fait ce que les gens pouvaient me raconter, mais elle, je pouvais me balader dans ses silences sans risquer de me perdre un seul instant, c'était comme si je descendais une rue en saluant des visages familiers et souriants dans un décor que je connaissais parfaitement bien. Betty était ce que je connaissais le mieux au monde, peut-être à quatre-vingts pour cent, enfin on peut jamais être sûr mais c'était probablement dans ces eaux-là. Si bien que j'étais pas toujours certain qu'elle ouvrait les lèvres quand je l'entendais me parler. Il faut reconnaître que par moments, cette vie fait tout pour vous émerveiller et qu'elle sait par quel bout vous prendre. C'est pas les types comme moi qui lui coûtent le plus cher.

On est restés un petit moment sans dire un mot et assez bizarrement, je me suis retrouvé dans une forme éblouissante, je me suis mis à sourire doucement parce que le monde j'aurais pu le tordre avec mes yeux mais je l'ai pas fait, je l'ai laissé fondre comme un bonbon au soleil sans m'en coller plein les mains. Seulement je me sentais là, et bien là, et pas qu'un peu et s'il le fallait, j'hésiterais pas à m'attacher à la barre, c'était le cadet de mes soucis. Jamais je m'étais senti aussi bien sur une terrasse qu'à ce moment-là, je savais que toutes mes forces étaient intactes et je bichais sur ma petite feuille de papier goudronné comme un pèlerin qui franchit les portes de Jérusalem. Pour un peu, je me serais fendu d'un petit poème sucré mais l'instant était mal choisi pour s'occuper de choses sérieuses, il fallait d'abord songer à nous sortir de là.

— Bon, j'ai dit, est-ce que tu te sens capable de cavaler...?

— Oui, elle a répondu.

— Non, mais cavaler, je veux dire VRAIMENT cavaler, tu vois, je veux dire filer comme une flèche sans te retourner. Pas faire comme tout à l'heure...

— Ouais. Cavaler. Ouais, je sais ce que ça veut dire. Je suis pas idiote.

— Parfait. Je vois que ça va mieux. Ben on va savoir rapidement si t'en es capable. Sinon, tu m'attends là. Je fonce chercher la voiture et je passe te prendre...

Elle m'a envoyé une petite grimace avant de sauter sur ses jambes.

— On fera un plan comme ça le jour où j'aurai quatre-vingts ans.

— M'est avis que j'aurai plus la force, j'ai marmonné.

J'ai examiné attentivement la rue avant d'enjamber le parapet mais les autres étaient pas en vue. Betty m'a suivi et on s'est mis à descendre le long de la façade avec des jambes de vingt ans, on s'est pas éternisés. On s'est laissés pendre à la dernière marche, on a sauté sur le trottoir puis on a remonté la rue à un train d'enfer.

De toutes les filles que j'avais connues, Betty était de loin celle qui courait le plus vite. Courir à côté d'elle, ça faisait partie des choses que j'adorais purement et simplement mais je préférais des coins plus tranquilles et cette fois-là j'ai pas jeté un œil à côté de moi pour voir sa poitrine danser, ni louché sur la pureté du rose qui lui montait aux joues, non rien de tout ça, rien d'autre qu'un forcing délirant et sans charme en direction de la bagnole.

On a fait claquer les portières. J'ai mis le contact et démarré. Au moment où je déboîtais, j'ai failli partir sur un grand rire, j'ai senti que ça montait dans mon ventre. Au lieu de ça, j'ai vu une fille de la bande qui déboulait sur le côté et au même instant, mon pare-brise explosait et retombait en pluie sur nos jambes. J'ai eu le réflexe de cracher un petit bidule de verre qui avait sauté dans ma bouche et j'ai arraché la Mercedes d'un coup d'accélérateur. Tout en jurant, je me suis mis à zigzaguer sur l'avenue. Des types ont klaxonné derrière.

— Bordel de Dieu! Baisse-toi! j'ai grogné.

— On a un pneu crevé?

— Non. Mais elles ont dû engager un tireur d'élite!

Elle s'est alors baissée pour ramasser quelque chose à ses pieds.

— Tu peux ralentir, elle a fait. Regarde, elle nous a simplement balancé une canette de bière.

— Une pleine? j'ai demandé.

On a roulé pendant une cinquantaine de kilomètres avec les cheveux au vent. On pleurait un peu mais il faisait bon et le soleil se couchait tout doucement. On discutait de choses et d'autres tous les deux. Le type qui avait inventé la première voiture devait être une espèce de génie solitaire et illuminé. Betty avait coincé ses pieds dans la boîte à gants. On a stoppé à un garage qui annonçait POSE IMMÉDIATE DE PARE-BRISE et on est pas sortis de la voiture pendant que les types faisaient leur boulot. On les a peut-être gênés un peu, j'en sais rien. Je m'en fous.

25

Peu de temps après cette histoire, je me suis remis à écrire. J'ai pas eu besoin de me forcer, c'est venu tout seul. Mais je m'y suis pris très discrètement car je voulais pas que Betty soit au courant, en général je faisais ça la nuit et quand je sentais Betty bouger à côté de moi, je planquais aussitôt le matériel sous le matelas. Je voulais pas lui faire de fausses joies, surtout que j'écrivais pas comme il y a cinquante ans et contrairement à ce qu'on pourrait penser, c'était plutôt un handicap. Enfin personnellement, j'y étais pour rien si le monde avait changé et j'écrivais pas de cette manière pour les emmerder, c'était plutôt le contraire, j'étais un type sensible et c'était eux qui m'emmerdaient.

Au fur et à mesure que l'été avançait, la vente des pianos diminuait. Il faut dire que je m'arrachais pas les cheveux pour ça. Je fermais le magasin de bonne heure et quand l'ambiance s'y prêtait, je pouvais réfléchir à ce que j'allais écrire le soir ou alors on allait se balader. Il nous restait encore un bon paquet de fric, mais comme ça lui disait plus rien de partir, comme elle se foutait de ça comme du reste, eh bien ça nous servait plus à grand-chose si ce n'est à éponger les factures courantes et à pas attendre après les pianos pour vivre. Ha ha ! pour vivre ! Le fric, c'est quelque chose qui tient jamais ses promesses.

Me tuant donc pas au boulot, je pouvais me permettre de sortir mon carnet sur les coups de minuit ou une heure du matin et m'y mettre jusqu'à l'aube sans y laisser la peau. Je dormais un peu le matin et parfois quelques heures dans l'après-midi et mon truc avançait doucement. Je me sentais comme une pile survoltée. Au petit matin, j'effaçais les dernières traces de mes heures de veille et j'enfonçais les canettes dans le fond de la poubelle avec une cigarette qui me piquait les yeux. Je regardais toujours Betty avant de me coucher et je me demandais si les quelques pages que j'avais noircies étaient à la hauteur. J'aimais bien me demander ça. Ça m'obligeait à viser assez haut en tant qu'écrivain. Ça m'apprenait aussi à m'écraser.

Durant toute cette période, il m'a semblé que mon cerveau fonctionnait vingt-quatre heures sur vingt-quatre. Je savais que je devais faire vite, TRÈS VITE, mais il fallait un temps fou pour écrire un bouquin et quand je pensais à ça, une angoisse délirante me suffoquait. Je me maudissais de pas avoir remis ça plus tôt, d'avoir tellement attendu avant d'attaquer ce petit carnet bleu marine à spirale. A spirale. Merde, j'aurais voulu t'y voir, je me répondais, tu crois que c'est quelque chose de facile, tu crois qu'il suffit de s'asseoir derrière une table pour que ça vienne alors que pendant des mois et des mois, je me suis retourné dans mon lit les yeux grands ouverts et j'ai traversé un désert silencieux et gris sans apercevoir la moindre étincelle, j'ai déambulé dans le Grand Désert de l'Homme Sec et tu crois que ça m'amusait, tu crois ça... ?

Non, c'est vrai, j'avais pas pu faire autrement. Mais j'étais assez fou pour imaginer le contraire et j'en voulais au ciel de pas m'avoir touché plus tôt. J'éprouvais la sensation pénible que tout ça venait trop tard et c'était un fardeau supplémentaire à porter. Heureusement que je tenais bon et peut-être que j'avais une chance sur un million mais chaque nuit j'empilais mes pages comme des briques, j'essayais de construire un truc pour la protéger. J'étais en quelque sorte en train de clouer les volets tandis qu'un ouragan se mettait en place et piaffait à l'horizon. On pouvait se demander si l'écrivain, après un mauvais départ, allait pouvoir coiffer toutes ces merdes sur le poteau, si ce gars-là était assez balèze pour renverser la situation.

Pendant toute une semaine, il avait fait une chaleur épouvantable, je me souvenais pas d'avoir connu quelque chose comme ça et il y avait plus une herbe verte à des kilomètres à la ronde. Une espèce de torpeur avait saisi la ville et les plus nerveux jetaient déjà vers le ciel un regard inquiet. Il devait être aux environs de sept heures du soir. Le soleil se couchait mais les rues, les trottoirs, les toits et les murs des maisons restaient brûlants et tout le monde transpirait. J'étais allé faire quelques courses. J'avais épargné cette corvée à Betty et je rentrais doucement avec la malle arrière chargée à bloc et des auréoles sous les bras. Un peu avant d'arriver, je croisais une ambulance qui remontait la rue en sens inverse, toutes sirènes dehors et brillante comme un sou neuf.

Je me suis redressé un peu sur mon siège et j'ai doublé deux bagnoles qui lambinaient. Je me suis mis à respirer plus vite. Quand je me suis garé devant la maison, je tremblais comme si on m'avait passé un nœud coulant autour de la gorge. Je suis incapable de dire à quel moment précis j'ai compris mais c'est un détail sans importance. J'ai sauté dans l'escalier pendant que des aiguilles se retournaient dans mon ventre. Arrivé en haut, j'ai buté contre Bob qui se trouvait à genoux par terre, je suis passé par-dessus et je suis allé m'étaler en renversant des chaises. J'ai senti un liquide tiède couler sous ma tête.

— BOB!! j'ai gueulé.

Il m'a sauté dessus.

— N'y va pas! il a fait.

Je l'ai envoyé rouler sous la table. J'avais du mal à sortir un mot. En me dressant sur un coude, je me suis aperçu qu'on avait renversé une bassine. C'était de l'eau que j'avais dans les cheveux, de l'eau avec un peu de mousse. J'avais du mal à respirer aussi. On s'est relevés en même temps. Je l'ai cherchée des yeux mais il y avait que Bob dans la pièce, je savais pas ce qu'il foutait là mais il était là, il roulait des yeux dans ma direction. J'ai fait une grimace terrible.

— Où est-elle? j'ai demandé.

— Assois-toi, il a fait.

J'ai bondi vers la cuisine. Rien. J'ai fait demi-tour. Bob se tenait dans l'encadrement de la porte, une main tendue vers moi. D'un coup d'épaule, je l'ai collé au mur, comme un taureau blessé qui charge dans une ruelle. Il y avait un drôle de sifflement dans mes oreilles. J'ai littéralement volé jusqu'à la salle de bains, j'avais du mal à reconnaître la baraque. J'ai empoigné la porte et je l'ai ouverte en grand.

La petite pièce était vide. Le petit néon était allumé. Le petit lavabo était plein de sang. Sans compter les éclaboussures par terre. J'ai reçu un coup de lance en plein milieu du dos qui a failli me mettre à genoux. J'ai eu le souffle coupé. Il y a eu comme un bruit de verre brisé dans ma tête, du genre cristal. Pour refermer cette porte j'ai dû mettre le paquet, il y avait tout un tas de petits démons hideux qui tiraient de l'autre côté.

Bob est arrivé en se frictionnant l'épaule. Ça devait être Bob. J'étais tellement occupé à respirer que je pouvais pas parler.

— Bon Dieu, il a fait, je voulais tout astiquer... Mais tu m'as pas laissé le temps.

J'ai écarté un peu mes jambes pour avoir une meilleure assiette. J'étais pris dans un filet de sueur glacée. Il a posé une main sur mon bras mais j'ai rien senti, j'ai simplement vu qu'il faisait ça.

— C'est spectaculaire, mais c'est pas grave, il a ajouté. Heureusement que je suis passé, je ramenais le batteur électrique...

Il a regardé ses chaussures.

— J'étais en train d'essuyer le sang dans l'entrée...

A ce moment-là, mon bras est parti en avant et je l'ai empoigné furieusement.

— QU'EST-CE QUI S'EST PASSÉ???!!! j'ai hurlé.

— Elle s'est arraché un œil, il a fait. Ouais... avec sa main.

J'ai glissé le long de la porte, je me suis retrouvé sur mes talons. Maintenant je respirais, mais c'était de l'air brûlant. Il s'est accroupi devant moi.

— Bon, mais c'est pas très grave, il a fait. C'est pas grave un œil, elle va s'en tirer. Hein, t'entends...?

Il a attrapé une bouteille dans le placard. Il en a bu

une longue gorgée. J'en ai pas voulu. J'ai préféré me relever et me mettre le nez à la fenêtre. Je suis resté sans bouger pendant qu'il ramenait la bassine et s'engouffrait dans la salle de bains. J'entendais qu'il faisait couler l'eau. La rue bougeait pas d'un poil.

Quand il est ressorti, je me sentais mieux. J'étais incapable d'aligner une pensée mais je pouvais enfin respirer. Je suis allé jusqu'à la cuisine pour prendre une bière, mes jambes étaient pas très solides.

— Bob, amène-moi à l'hôpital. Je vais pas pouvoir conduire, j'ai dit.

— Ça sert à rien. Tu pourras pas la voir tout de suite. Attends un peu.

J'ai claqué le cul de ma canette sur la table. Elle a explosé.

— BOB, CONDUIS-MOI À CE PUTAIN D'HÔPITAL!!

Il a soupiré. Je lui ai passé les clés de la Mercedes et on est descendus. La nuit était tout à fait tombée.

Durant tout le trajet jusqu'à l'hôpital, j'ai pas desserré les dents. Bob me parlait mais je comprenais rien, je me tenais les bras croisés, légèrement penché en avant. Elle est vivante, je me répétais, c'est rien, elle est vivante et j'ai senti que les mâchoires qui m'étreignaient se relâchaient tout doucement et j'ai pu enfin avaler ma salive. Je crois que je me suis réveillé, un peu comme si la voiture venait de faire trois tonneaux.

En passant les portes de l'hôpital, j'ai compris pourquoi je m'étais trouvé mal quand on était venus voir Archie, pourquoi je m'étais senti oppressé et ce que tout cela signifiait. J'ai failli être assommé une seconde fois, j'ai failli me débiner en sentant le souffle monstrueux glisser sur ma figure, j'ai failli baisser la tête et laisser mes dernières forces s'envoler. Je me suis repris au dernier moment mais j'ai aucun mérite, c'est elle qui m'a aidé, elle aurait pu me faire passer à travers les murs si besoin était, j'avais qu'à répéter son nom comme un mantra et soit dit en passant, on peut remercier le ciel quand on a connu ça, on peut se vanter tranquillement d'avoir réussi quelque chose. J'ai donc simplement frissonné et je me suis retrouvé dans le hall, je me suis retrouvé sur la planète maudite.

Bob m'a posé une main sur l'épaule.

— Va t'asseoir, il a fait. Je vais aller me rencarder. Allez, va t'asseoir...

Il y avait un banc vide pas trop loin. J'ai obéi. S'il m'avait dit de me coucher par terre, je l'aurais fait. Tantôt le besoin d'agir m'enflammait comme une touffe d'herbes sèches, tantôt la paralysie filait dans mes veines comme une poignée de glaçons bleus. Je passais d'un état à l'autre sans transition. Quand je me suis assis, j'étais dans ma période froide. Mon cerveau n'était plus qu'une chose molle et sans vie. J'ai appuyé ma tête contre le mur et j'ai attendu. Je devais pas être loin des cuisines, ça sentait la soupe de poireaux.

— Tout va bien, il a déclaré. Elle est en train de dormir.

— Je veux la voir.

— Bien sûr. Tout est arrangé. Mais il faut que tu viennes remplir deux ou trois papiers.

J'ai senti mon corps se réchauffer. Je me suis levé en écartant Bob de mon chemin et mon esprit s'est remis à fonctionner.

— Ouais, ben ça va attendre, j'ai dit. C'est quelle chambre ?

Je pouvais voir une bonne femme dans un petit bureau en verre qui regardait dans ma direction avec une liasse de feuilles à la main. Elle semblait capable de bondir hors de son bureau et de cavaler après n'importe qui à travers les étages.

— Ecoute, a soupiré Bob, t'es obligé d'y aller. C'est pas la peine de tout compliquer, surtout qu'elle doit dormir, maintenant, tu peux bien attendre cinq minutes et t'occuper de ces papiers. Ça va bien, je te dis, y a plus de raisons de t'inquiéter...

Il avait raison, mais il y avait ce feu en moi qui voulait pas se calmer. La bonne femme me faisait signe d'approcher avec ses feuilles. J'ai eu l'impression tout à coup que l'hôpital était bourré d'infirmiers plutôt bornés et musclés, il venait justement d'en passer un devant moi, un rouquin avec les avant-bras tout couverts de poils et une mâchoire carrée. J'avais beau être une torche vivante, voyez-vous, j'ai tout de même été obligé de faire avec. Je suis allé voir ce qu'elle voulait. J'avais capitulé devant la Machine Infernale, je voulais pas me faire broyer.

Elle avait besoin de renseignements. Je me suis assis devant elle, sauf que tout le temps qu'a duré l'entretien, je me suis demandé si c'était pas un travelo.

— Vous êtes le mari ?

— Non, j'ai dit.

— Vous êtes de la famille ?

— Non, je suis tout le reste.

Elle a levé les sourcils. Elle se prenait sûrement pour la clé de voûte de tout l'édifice, c'était pas le genre à remplir ses fiches par-dessus la jambe. Elle m'a regardé comme si j'étais un vulgaire machin. Je me suis forcé à baisser la tête en espérant que ça nous ferait gagner une poignée de secondes.

— Je vis avec elle, j'ai ajouté. Je dois pouvoir vous donner les renseignements que vous voulez...

Elle a passé une langue rose sur son rouge à lèvres d'un air satisfait.

— Bon, eh bien allons-y. Nom ?

Je lui ai donné le nom.

— Prénom ?

— Betty.

— Elisabeth ?

— Non. Betty.

— Betty, c'est pas un prénom, ça.

J'ai fait craquer les jointures de mes doigts le plus discrètement possible en me penchant en avant.

— Ben c'est quoi, à votre avis...? Une nouvelle marque de dentifrice...?

J'ai vu un éclair s'allumer dans son œil, à la suite de quoi elle m'a torturé pendant dix bonnes minutes sur ma chaise sans que je puisse rien y faire. Lui retourner son bureau sur les jambes, c'était prendre le chemin le plus difficile pour me conduire jusqu'à Betty. Au bout d'un moment, je lui répondais en fermant les yeux. A la fin j'ai dû lui promettre de revenir avec tous les papiers nécessaires, j'avais complètement séché sur les numéros de ceci ou cela, sans parler de certains détails dont j'ignorais jusqu'à l'existence et l'autre en avait profité pour tourner son stylo entre ses lèvres avant de me lancer sournoisement eh, mais dites-moi, cette femme avec laquelle vous vivez, je m'aperçois que vous la connaissez pas beaucoup...!

Au fait, Betty, est-ce que j'aurais dû connaître ton groupe sanguin, le nom du petit bled où tu es née, toutes tes maladies d'enfance et le nom de ta mère et la manière dont tu réagis aux antibiotiques...? Est-ce qu'elle avait raison? est-ce que je te connaissais aussi mal que ça...? Je me suis posé la question pour rigoler. A la suite de quoi je m'étais levé et j'étais sorti à reculons, plié en deux par les courbettes et m'excusant pour les petites tracasseries que j'avais bien pu lui causer. Au moment de refermer la porte, j'ai même réussi à lui envoyer un sourire.

— Et c'est quel numéro, la chambre...?
— Premier étage. Chambre numéro sept.

J'ai retrouvé Bob dans le hall. Je l'ai remercié de m'avoir accompagné et je l'ai renvoyé avec la Mercedes, je lui ai dit que je me débrouillerais, qu'il devait pas se casser la tête. J'ai attendu de le voir franchir la porte et ensuite je me suis dirigé vers les toilettes pour me jeter un peu d'eau sur la figure. Ça m'a fait du bien. Je commençais à me faire à l'idée qu'elle s'était arraché un œil. Je me souvenais qu'elle en avait deux. J'étais un petit champ en train de lécher ses herbes après l'orage, sous un ciel bleu marine.

Quand je suis arrivé devant le numéro sept, une infirmière en sortait. Une blonde avec des fesses plates et un gentil sourire. Elle a tout de suite vu qui j'étais.

— Tout va bien. Il faut la laisser se reposer, elle a fait.

— Oui, mais je veux la voir.

Elle s'est écartée pour me laisser passer. J'ai enfoncé mes mains dans mes poches et je suis entré en regardant ce qui se passait par terre. Je me suis arrêté au pied du lit. Il y avait juste une toute petite lumière et Betty avait un large pansement en travers de l'œil. Elle dormait. Je l'ai regardée pendant trois secondes puis j'ai rebaissé les yeux. L'infirmière était toujours dans mon dos. Comme je savais pas quoi faire, j'ai reniflé. Ensuite, j'ai regardé le plafond.

— Je voudrais rester seul une minute avec elle. J'ai demandé.

— Oui, mais pas plus...

J'ai hoché la tête sans me retourner. J'ai entendu la porte se refermer. Il y avait quelques fleurs sur la table de nuit, je me suis avancé et je les ai tripotées un peu. Du coin de l'œil, j'ai remarqué que Betty respirait, oui ça faisait aucun doute. J'étais pas certain que ça puisse servir à grand-chose, mais j'ai sorti mon couteau et j'ai retaillé les tiges des fleurs pour qu'elles tiennent le coup plus longtemps. Je me suis assis sur le bord du lit, j'ai planté mes coudes sur mes genoux et je me suis pris la tête dans les mains. Ça m'a permis de me détendre un peu la nuque, après quoi je me suis senti suffisamment d'attaque pour lui effleurer le dos de la main. Quelle merveille, cette main, quelle merveille, j'espérais de tout mon cœur qu'elle s'était servie de l'autre pour faire son sale boulot, j'avais pas encore tout à fait digéré ça.

Je me suis levé pour aller jeter un coup d'œil par la fenêtre. Il faisait nuit, mais tout semblait marcher comme sur des roulettes au-dehors. Il faut reconnaître que de quelque manière qu'on s'y prenne, c'est chacun son tour, ici-bas. Vous prenez le jour et la nuit, la joie et la douleur, vous secouez de toutes vos forces et tous les matins vous en avalez un grand verre. Eh bien, vous voilà devenu un homme. Ravi de vous accueillir, mon petit vieux. Vous verrez que la vie est d'une incomparable et triste beauté.

J'étais en train d'essuyer une goutte de sueur qui roulait sur ma joue quand j'ai senti un doigt frapper à mon épaule.

— Venez, il faut la laisser, maintenant. Elle se réveillera pas avant demain midi, nous lui avons administré des calmants.

Je me suis retourné vers l'infirmière qui murmurait dans mon dos. Je me souvenais plus ce que j'avais pu fabriquer dans la journée mais à présent je me sentais complètement crevé. Je lui ai fait signe que je la suivais. L'impression générale était que mon corps glissait doucement sur une coulée de lave. Elle a refermé la porte derrière nous et je suis resté planté dans le couloir sans savoir quelle suite donner aux opérations. Elle m'a pris par le bras pour m'entraîner vers la sortie.

— Vous pourrez revenir demain, elle disait. Hé... faites attention à la marche...!

De me retrouver dans la rue, je suppose que c'est ça qui m'a réveillé. Et pourtant l'air était mou et brûlant, un bon modèle de nuit équatoriale. Je devais être à deux kilomètres de la baraque. J'ai traversé la rue pour acheter une pizza au marchand du coin, j'ai fait la queue dans un petit magasin pour deux boîtes de bière et j'ai fait une provision de cigarettes. C'était presque agréable de pouvoir faire des choses aussi simples, j'essayais de plus penser à rien. Ensuite, j'ai sauté dans un bus pour rentrer chez moi. La pizza épousait la forme de mes genoux.

En rentrant, j'ai allumé la télé. J'ai lancé la pizza sur un coin de la table et je me suis descendu une bière en restant debout. J'ai eu envie d'aller prendre une douche mais j'ai aussitôt abandonné cette idée, il était pas question que je mette un pied dans ce coin-là, en tout cas, pas dans l'immédiat. J'ai essayé d'écouter ce qui se passait dans le poste. Une bande de types à moitié morts présentaient leur dernier bouquin. Je me suis installé dans le fauteuil en attrapant la pizza. J'ai

regardé les types dans le blanc des yeux. Ils minau-
daient autour d'un jus d'orange et leur regard brillait
de satisfaction. Ces mecs-là étaient au goût du jour.
C'est vrai qu'une époque a les écrivains qu'elle mérite
et ce que j'avais sous les yeux était édifiant. Ma pizza
était à peine tiède et bien huileuse. Enfin peut-être que
ce soir-là ils avaient pris les plus nuls pour qu'il ne
subsiste pas le moindre doute. Peut-être que le thème
de l'émission était : comment tirer à trois cent mille
quand on a rien à dire et qu'on a ni âme ni talent et
qu'on ne sait ni aimer, ni souffrir, ni mettre un mot
devant l'autre sans que ça fasse penser à un bâillement.
Les autres chaînes valaient guère mieux. J'ai baissé le
son et j'ai simplement gardé la compagnie des images.

Au bout d'un moment, j'ai vu que je tournais en
rond, seulement, j'avais pas envie de me coucher et
surtout pas ici, pas au cœur de ce piège délirant. Je suis
allé chez Bob en emportant une bouteille. Quand je
suis arrivé, Annie était en train de casser la vaisselle.
En me voyant, elle a gardé un saladier soulevé au-dessus de sa tête, il y avait pas mal de débris sur le sol.
Bob se tenait dans un coin.

— Je repasserai, j'ai dit.

— Non, non, ils ont dit. Et Betty... ?

Je me suis avancé au milieu de la casse, j'ai posé la
bouteille au milieu de la table.

— Ça va bien, j'ai dit, c'est pas grave. Mais je veux
pas en parler. J'avais pas envie de rester seul...

Annie m'a pris par le bras pour me faire asseoir sur
une chaise. Elle était en peignoir, le visage encore rose
de colère.

— Bien sûr, elle a fait. On comprend ça.

Bob a sorti les verres.

— Hé, je vous gêne ? j'ai demandé.

— Tu plaisantes ? il a fait.

Annie s'est assise à côté de moi, d'une main elle a
envoyé balader une mèche qui lui tombait sur la figure.

— Où sont les mômes ? j'ai demandé.

— Chez la mère de ce salaud, elle a répondu.

— Ecoutez, j'ai dit, vous occupez pas de moi. Faites comme si j'étais pas là.

Bob a rempli les verres.

— Bah, on se disputait un petit peu, mais c'est rien...

— Mais bien sûr que c'est rien. Cet enfant de salaud me trompe, mais c'est rien!!

— Bon Dieu, tu déconnes à pleins tubes... a fait Bob.

Il s'est écarté pour éviter le saladier qui a explosé sur le mur. Ensuite, on a levé nos verres.

— Santé! j'ai dit.

Il y a eu un petit moment de silence pendant qu'on buvait, puis l'engueulade a repris de plus belle. Pour moi, l'ambiance était parfaite. J'ai étendu mes jambes sous la table et croisé mes mains sur mon ventre. A dire vrai, je m'intéressais pas trop à ce qui se passait, je sentais que ça remuait autour de moi, j'entendais crier et des trucs se briser sur le sol mais je sentais ma tristesse s'apaiser et s'effriter comme un petit gâteau sec. Pour une fois, j'aurais béni ce que je détestais le plus au monde, un cocktail de lumière, de présence humaine, de chaleur et de bruit. Je me suis rapetissé sur mon siège après avoir pris soin de remplir mon godet. Dans tous les coins de l'univers, des hommes et des femmes se battaient, s'aimaient, se déchiraient et des types pissaient des romans sans amour, sans folie, sans énergie et par-dessus tout sans aucun style, ces salauds essayaient de nous entraîner vers le trente-sixième dessous. J'en étais là de mes considérations littéraires quand j'ai aperçu la lune par la fenêtre. Elle était pleine, majestueuse et rousse et de fil en aiguille, j'ai pensé à mon petit oiseau qui s'était blessé à l'œil avec une branche de mimosa, c'est tout juste si je me suis rendu compte qu'une série de bols colorés filaient à travers la pièce.

J'ai ressenti à cet instant-là une sorte de paix intérieure et je l'ai cramponnée. C'était quelque chose de pouvoir se payer ça après toutes ces heures sombres, ça faisait glisser sur mes lèvres un sourire de bienheureux. L'ambiance était chaude. Bob esquivait plutôt bien jusqu'au moment où Annie s'est retrouvée avec un engin dans chaque main. Elle a fait mine de lui envoyer le verre de moutarde mais en fait, c'est le sucrier qui est parti. Je m'en étais douté. Bob l'a pris sur le coin du crâne et s'est effondré. Je l'ai aidé à se relever.

— Bon, tu m'excuseras, il a fait, mais je vais aller me coucher.

— T'inquiète pas pour moi, j'ai dit. Je me sens déjà mieux.

Je l'ai conduit jusqu'à sa chambre puis je suis revenu m'asseoir dans la cuisine. J'ai regardé Annie qui commençait à balayer par terre.

— Ça va, je sais ce que tu penses, elle a dit. Mais si c'est pas moi qui le fais, qui est-ce qui va le faire... ?

Finalement, je me suis mis à ramasser les plus gros trucs et on a fait quelques aller et retour silencieux en direction de la poubelle avant de s'allumer une cigarette. Je lui ai tenu la flamme sous le nez.

— Dis-moi, Annie, visiblement j'ai pas choisi le bon moment, mais je voulais vous demander si je pouvais dormir ici. Je me sens pas très bien quand je suis tout seul à la baraque.

Elle a soufflé un champignon de fumée en l'air.

— Merde, c'est le genre de choses que t'as pas besoin de demander, elle a fait. Et puis Bob et moi, on s'aime pas assez pour se disputer vraiment. Tu viens pas d'assister à quelque chose de très grave...

— C'est juste pour ce soir, j'ai ajouté.

On a terminé notre petit ménage en discutant de la pluie et du beau temps, je veux dire de cette chaleur abominable qui avait fondu sur la ville comme une casserole de sirop d'érable. Ce petit boulot nous avait presque mis en sueur. Je me suis assis sur une chaise pendant qu'elle posait une fesse sur le coin de la table.

— T'auras qu'à prendre le lit d'Archie, elle a fait. Mais tu veux que je te passe un bouquin ? T'as envie de quelque chose... ?

— Non, je te remercie, j'ai dit.

Elle a écarté largement le pan de son peignoir sur

ses cuisses. J'ai pu constater qu'elle portait rien en dessous. Elle s'attendait peut-être à ce que je fasse une remarque mais j'ai rien dit. Si bien qu'elle a dû s'imaginer que ça suffisait pas et elle a ouvert le truc en grand, écartant les jambes et posant le pied sur une chaise. Sa fente était d'une bonne taille et ses seins légèrement supérieurs à la normale. J'ai pas manqué d'apprécier tout ça l'espace d'un instant mais j'ai pas renversé mon verre d'une façon maladroite, je l'ai bu et je suis passé dans la pièce à côté. J'ai attrapé quelques magazines avant de disparaître dans un fauteuil.

J'étais en train de regarder un truc sur l'évolution du conflit Nord-Sud quand elle s'est amenée. Le peignoir était refermé.

— Je trouve ton attitude complètement idiote, elle a démarré. Qu'est-ce que tu vas imaginer...? J'ai l'impression que tu en fais toute une montagne.

— Non, pas exactement une montagne, mais on peut dire une petite colline.

— Merde alors, elle a fait. Merde, merde.

Je me suis levé pour aller voir ce qui se passait à la fenêtre. Rien que la nuit et une branche d'arbre avec les feuilles ramollies par la chaleur. Je me suis claqué le canard sur la jambe.

— Dis-moi, j'ai demandé, qu'est-ce qu'on va gagner si on baise ensemble? Est-ce que tu me proposes quelque chose d'intéressant, quelque chose qui sorte un peu de l'ordinaire...?

Je lui tournais le dos. Je sentais une petite brûlure dans la nuque.

— Ecoute-moi, j'ai ajouté, ça m'a jamais rien rapporté d'aller baiser à droite et à gauche, non, jamais rien. Je sais bien que tout le monde fait ça mais c'est jamais marrant de faire comme tout le monde. Enfin moi, ça m'emmerde. Et puis ça fait du bien de vivre un peu en accord avec ses idées, de pas se trahir, de pas flancher au dernier moment sous prétexte que la fille a un beau cul ou qu'on te propose un chèque délirant ou que la voie la plus facile se trouve à portée de la main. Ça fait du bien de pas céder, c'est bon pour le moral.

Je me suis retourné vers elle pour lui balancer le Grand Secret :

— A la Dispersion, je choisis la Concentration, j'ai déclaré. J'ai qu'une vie et tout ce qui m'intéresse, c'est de la faire briller.

Elle s'est pincé le bout du nez en prenant un air rêveur :

— Bon, je vois ce que c'est, elle a soupiré. Si t'as besoin d'aspirine avant de te coucher, y en a quelques boîtes dans la salle de bains. Et si tu veux, je peux t'apporter un pyjama, j'en sais rien, peut-être que tu dors pas à poil...

— Non, c'est pas la peine. De toute façon, je dors toujours avec mon slip et je laisse mes mains au-dessus des draps.

— Mon Dieu, pourquoi je suis pas tombée sur Henry Miller...?! elle a murmuré.

Ce que disant, elle a tourné les talons et je me suis retrouvé seul. On a pas besoin de tellement de place quand on est seul et qu'on attend personne, le lit d'Archie faisait parfaitement bien l'affaire. J'ai senti l'alaise en caoutchouc miauler sous moi quand je me suis allongé. J'ai allumé une petite lampe en forme de coccinelle et j'ai écouté le silence s'étaler dans la nuit comme une crème invisible et paralysante. Grands dieux...!!

26

D'abord, ils ont commencé par me dire que tout allait bien et que sa blessure leur causait vraiment pas le moindre souci et quand j'essayais de savoir pourquoi elle passait le plus clair de son temps à dormir, il s'en trouvait toujours un ou une pour me poser une main sur l'épaule et m'expliquer qu'ils connaissaient leur boulot.

Il faut dire que dès que je franchissais la porte de cette horreur d'hôpital, je me sentais plus du tout le même homme. J'étais saisi d'une angoisse sourde qui me sciait pratiquement les jambes et je devais utiliser presque toutes mes forces pour lutter contre ça. Parfois, une infirmière me prenait par le bras pour me conduire à travers les couloirs, les infirmiers, eux, levaient jamais le petit doigt, on aurait pu croire qu'ils avaient senti que nos relations finiraient par tourner à l'orage. Mon cerveau marchait au ralenti, j'avais l'impression d'assister à une séance de diapos, d'avaler des images sans commentaires et leur signification profonde m'échappait.

C'était facile pour moi, quand je me trouvais dans cet état, de tirer une chaise près de son lit et de rester immobile et silencieux, sans voir passer les heures, sans boire, sans fumer, sans manger, comme un type largué en pleine mer et qui n'a pas d'autre solution que de faire la planche étant donné qu'il y a rien en vue. Celle qui se payait les fesses plates avait versé un peu de miel sur mes blessures.

— Au moins, quand elle dort, elle reprend des forces, elle avait déclaré.

C'est ce que je me répétais. Je commençais à devenir complètement idiot. Et puis de toute façon, quand elle ouvrait l'œil, j'avais pas envie de sauter en l'air, il y avait vraiment pas de quoi. Je sentais plutôt une barre d'acier qui me traversait le ventre et je devais faire attention de pas dégringoler de ma chaise. J'essayais de plonger dans son œil unique mais chaque fois je remontais sans avoir pu trouver la petite étincelle. J'étais le seul à parler ou alors sa main retombait comme un bâton de guimauve ou elle me regardait sans me voir et mon estomac gargouillait que j'en étais presque gêné. Et chaque fois que je revenais à l'heure des visites, j'espérais qu'elle allait être au rendez-vous, mais je voyais personne arriver, manque de chance, rien que le Grand Désert Blanc. Une espèce de zombie silencieux, tournant en rond au milieu du désert, voilà quel genre de type j'étais.

« Voyez-vous, ce qui nous inquiète, c'est sa santé mentale! » avait fini, ce bon vieux docteur, par accoucher. A mon avis, il aurait mieux fait de s'occuper de la mienne, ça lui aurait permis de faire l'économie d'un dentier ainsi que les choses allaient pas tarder à le démontrer. C'était un type chauve, avec quelques dernières touffes sur les côtés, un type qui vous tapait sur l'épaule en vous dirigeant vers la sortie, vous et votre ignorance, vos jambes molles, vous et votre petit air à la con.

Oui, en fait ça a pris quelques jours avant que les bulles fassent sauter le bouchon.

Dès que je me retrouvais à l'air libre, je me sentais mieux. J'avais pas vraiment le sentiment que c'était Betty que je laissais dans cet hôpital, c'était quelque chose que j'arrivais pas à me mettre dans la tête, c'était plutôt comme si elle était partie un matin, sans me laisser d'adresse. J'essayais de maintenir la baraque en ordre. Heureusement qu'un écrivain est pas un type qui salit beaucoup, j'avais qu'à donner un coup d'aspirateur autour de la table, vider les cendriers et embarquer les canettes. La chaleur avait déjà tué deux ou trois personnes en ville, des plus fragiles elle avait précipité la fin.

J'ouvrais plus le magasin. Je m'étais rapidement aperçu que les seuls moments de répit que je pouvais connaître, c'était quand je me trouvais derrière mes carnets et j'y passais la plus grande partie de mon temps. Pourtant, il faisait trente-cinq dans la baraque, même avec les volets fermés. Mais c'était le seul endroit où je me sentais encore vivant. En dehors de ça, j'étais aussi engourdi que si je m'étais attrapé la maladie du sommeil. Sauf qu'étant moi-même à l'intérieur des braises, je me rendais pas compte que le feu couvait. Il suffisait qu'un petit courant d'air s'en vienne l'attiser pour qu'aussitôt jaillissent les flammes. Une question de temps, ni plus ni moins, c'était.

Ce matin-là, les choses avaient mal commencé. J'étais en train de retourner la cuisine de fond en comble pour mettre la main sur un paquet de café, poussant quelques soupirs à fendre l'âme, quand j'ai vu Bob se pointer.

— Dis donc, il a fait, tu sais que ta bagnole est garée juste devant chez moi ?

— Ouais, ça se peut, j'ai dit.

— Eh ben, y a des gens qui se demandent si y a pas comme qui dirait un cadavre dans le coffre...!

Je me suis alors souvenu de toute cette bouffe que je rapportais le soir où je croisai Betty en route vers l'hôpital. Ça faisait un bon moment que je l'avais oubliée et sous le soleil, la température intérieure du coffre devait guère descendre au-dessous de cinquante. Je pensais avoir assez d'ennuis comme ça, mais non, il fallait encore que je me coltine ce genre d'épreuve, il y avait de quoi être vraiment écœuré. Je me suis demandé si j'allais pas m'asseoir pour plus me relever. Au lieu de ça, je me suis envoyé un grand verre d'eau et j'ai suivi Bob dans la rue. En claquant la porte, j'ai entendu le téléphone sonner. J'ai laissé sonner.

Je me servais pas de la bagnole pour aller voir Betty. Je faisais le chemin à pied tous les jours et ce petit exercice me faisait du bien. Je prenais doucement conscience que la vie s'était pas arrêtée. Les robes des jeunes filles étaient une pluie de pétales de fleurs et je me forçais à les regarder en évitant les vieilles et les moches, bien que ce soit la laideur de l'âme qui me dégoûte le plus. Pendant toutes ces balades, je pratiquais de longs exercices de respiration. J'étais à cent lieues de penser à ma voiture. Et les choses, quand on les oublie, ça peut se mettre à vous tirer dans le dos.

Franchement, je dois reconnaître que l'odeur était épouvantable. Bob était curieux de voir comment ça se passait là-dedans mais je lui ai expliqué que c'était pas la peine, j'ai rien voulu savoir.

— Indique-moi plutôt le chemin le plus court pour la décharge, j'ai dit.

J'ai ouvert tous les carreaux et j'ai traversé la ville avec ma cargaison infernale. Par endroits, le goudron avait presque fondu, il y avait de longues entailles noires et luisantes sur la chaussée. Peut-être que c'était l'entrée du monde des Ténèbres, je m'étonnais plus de rien. J'ai branché la radio pour éviter de m'abîmer dans ce genre de pensée. OH BABY OH HOOUUUU, MA PETITE FLEUR SAUVAAAAAGE, BABY HOOUUU HOUUUUU, BABY DONNE-MOI ENCORE UN DOUX BAISER...!!!

Je me suis garé au milieu du dépôt d'ordures. Ce qu'on entendait, c'était les mouches, ce qu'on respirait était à l'échelle d'une bombe atomique. J'étais à peine sorti de la voiture que s'amenait le troglo du coin avec un manche de pioche en travers de l'épaule. J'ai mis une petite seconde avant de trouver où était sa bouche.

— Cherchez quequ' chose...? il a fait.

— Non, j'ai dit.

Le blanc de ses yeux avait quelque chose de surnaturel, un blanc comme dans les pubs de lessive.

— Z'êtes en promenade?

— Non, je fais que passer. J'ai deux ou trois trucs à virer de mon coffre.

— Ah bon, il a fait. Alors j'ai rien dit.

Je me suis penché pour attraper les clés de contact.

— Du moment que t'emportes rien, il a ajouté, j'ai rien dit. Surtout le cuivre. Et l'autre jour, j'avais à peine le dos tourné qu'un type m'embarquait un moteur de machine à laver...!

— Ouais, mais je mange pas ce pain-là, j'ai dit.

Ensuite, j'ai ouvert le coffre. J'ai eu l'impression que toute cette nourriture avait doublé de volume. La viande était de toutes les couleurs, les pots de yaourt étaient gonflés, le fromage coulait et pour ce qui était des plaquettes de beurre, il restait plus que le papier doré. D'une manière générale, tout avait fermenté, explosé, suinté, et l'ensemble formait un bloc assez compact pratiquement soudé sur la moquette du fond.

J'ai fait la grimace, l'autre a écarquillé les yeux. Toujours la même histoire.

— Et tout ça, vous allez le jeter? il a demandé.

— Ouais, j'ai pas le temps de vous expliquer. Je suis pas dans mon assiette. Je suis un type malheureux.

Il a craché par terre en se grattant derrière la tête.

— Ça, chacun fait comme il veut, il a déclaré. Hé, mon gars, ça t'ennuierait qu'on pose tout ça délicatement par terre? Je m'en vais essayer de me le trier un brin...

On s'est attrapé chacun un bout de la moquette et on a sorti toute la plâtrée du coffre. On l'a déposée un peu à l'écart, au pied d'une muraille de sacs poubelles. Comme de la limaille de fer sur un aimant, les mouches ont plongé là-dessus, des bleues et des dorées.

L'autre m'a regardé en souriant. Visiblement, il attendait que je me barre. J'en aurais fait autant à sa place. Je suis retourné sans un mot à la voiture. Avant de démarrer, j'ai jeté un coup d'œil dans le rétro. Il était toujours debout, planté sous le soleil, à côté de mon petit tas de bouffe, il avait pas bougé d'un poil, il souriait. On aurait dit qu'il posait pour la photo souvenir d'un sacré pique-nique. Sur le chemin du retour, je me suis arrêté à un bar, je me suis enchaîné à un verre de menthe. L'huile, le café, le sucre et une grosse boîte de chocolat en poudre, ça au moins il pouvait le récupérer. Et les rasoirs à tête pivotante. Et les plaquettes anti-moustiques. Et mon baril d'Ariel.

Quand je me suis garé en bas de chez moi, il devait être aux environs de midi. Le soleil crachait comme un chat, toutes griffes dehors. Le téléphone sonnait.

— Ouais, allô? j'ai fait.

Il y avait de la friture au bout de la ligne, j'entendais pratiquement rien.

— Ecoutez, raccrochez et rappelez-moi, j'ai grogné. J'entends que dalle!

J'ai envoyé mes chaussures dans un coin. Le temps de me passer la tête sous la douche et de m'allumer une cigarette, je reçois un nouveau coup de biniou.

Le type à l'autre bout me balance un nom et me demande si c'est comme ça que je m'appelle.

— Ouais, j'ai dit.

Ensuite il me balance un autre nom et il me dit que c'est comme ça qu'il s'appelle.

— D'accord, j'ai fait.

— J'ai votre manuscrit dans les mains. Je vous envoie les contrats par le prochain courrier.

Je me suis posé une fesse sur le coin de la table.

— Bon, je veux douze pour cent, j'ai dit.

— Dix pour cent.

— Ça marche.

— J'ai adoré votre bouquin. Il sera bientôt chez l'imprimeur.

— Ouais, faites vite, j'ai dit.

— Ça me fait plaisir de vous entendre. J'espère que nous nous verrons bientôt.

— Ouais mais j'ai bien peur d'être assez pris pendant les jours qui viennent...

— Ne vous inquiétez pas. Rien ne presse. Nous vous rembourserons tous vos frais. Maintenant nos affaires sont en route.

— Très bien.

— Bon, je vais vous laisser. Vous travaillez sur quelque chose de nouveau, en ce moment...?

— Oui, ça avance.

— Parfait. Bon courage.

Il allait raccrocher, mais j'ai réussi à le retenir in extremis :

— Hé, dites voir, excusez-moi, j'ai dit. Mais c'est comment votre nom déjà...?

Il me l'a répété. Heureusement, parce qu'avec tout ça, il m'était complètement sorti de la tête.

J'ai sorti un paquet de saucisses du frigo pour les décongeler. J'ai mis une casserole d'eau sur le feu. Je me suis assis avec une bière. Comme il fallait s'y attendre, je me suis payé le fou rire de ma vie. C'était nerveux.

Je suis arrivé en avance à l'hôpital, c'était pas encore l'heure des visites. Impossible de savoir si j'étais parti trop tôt ou si j'avais couru mais une chose était sûre, c'est que je pouvais pas attendre. Je lui apportais enfin ce qu'elle avait tellement souhaité, est-ce que c'était pas un truc à la faire sauter sur ses jambes, à ce qu'elle m'envoie un clin d'œil avec celui qui restait...? J'ai filé directement aux lavabos comme s'il y avait une urgence et de là, je me suis mis à surveiller le type de la réception. Il avait l'air de dormir à moitié. L'escalier était vide, je m'y suis glissé.

Quand j'ai pénétré à l'intérieur de la chambre, j'ai dû faire un grand pas en avant et me cramponner aux montants du lit. Ce que je voyais, je voulais pas le croire, je faisais non en secouant la tête, espérant que le cauchemar allait se dissiper. Mais il n'en fut rien. Betty restait immobile sur son lit et regardait le plafond et bien sûr qu'elle pouvait pas bouger d'un millimètre étant donné qu'ils l'avaient sanglée sur son lit, des sangles d'au moins cinq centimètres de large avec les systèmes de fermeture en alu.

— Mais Betty, qu'est-ce que ça veut dire...? j'ai murmuré.

J'avais toujours mon Western S. 522 sur moi, celui qui a une taille idéale pour la poche. Les rideaux étaient tirés, il faisait une lumière douce dans la chambre et on entendait rien. Je m'y suis pas repris à trois fois pour trancher les sangles, je le faisais aiguiser régulièrement. Ce couteau et moi, on était deux copains.

J'ai attrapé Betty par les épaules. J'ai secoué un peu. Rien. Je me suis remis à transpirer, mais maintenant j'étais habitué, j'avais pratiquement plus le temps de sécher. C'était quand même une mauvaise sueur, c'était pas la même chose que l'autre, c'était plutôt une espèce de sang glacé et transparent. J'ai remonté ses oreillers et je l'ai assise dans son lit. Je la trouvais toujours aussi belle. Je l'avais à peine lâchée qu'elle glissait sur le côté. Je l'ai redressée. En voyant ça, une partie de moi est tombée au pied du lit en hurlant. Avec l'autre, je lui ai pris la main :

— Ecoute, j'ai dit, je reconnais que ça a mis le temps. Mais maintenant ça y est, on est sortis de l'auberge !

Espèce de connard, c'est pas le moment de jouer aux devinettes, j'ai pensé. On le sait que t'es mort de trouille, mais t'as rien qu'une toute petite phrase à dire, t'as même pas besoin de reprendre ta respiration.

— Betty, mon bouquin va être publié, j'ai fait.

J'aurais pu ajouter : TU VOIS PAS LA PETITE VOILE BLANCHE À L'HORIZON??!! Je sais pas comment dire ça mais elle aurait pu tout aussi bien être enfermée sous une cloche de verre et j'aurais fait qu'y laisser la trace de mes doigts. J'ai pas réussi à déceler le moindre changement sur son visage. Petit vent, j'étais, cherchant à rider la surface d'un étang pris par les glaces. Petit vent de rien du tout.

— Je déconne pas. Et je t'annonce que je suis en train d'en préparer un autre...!

J'étais en train de balancer toutes mes cartes. L'ennui c'est que je jouais tout seul. Rien voir pendant toute une nuit et redonner les cartes au petit matin quand tout le monde est parti et se retrouver avec une Flush Royal dans les mains, qui est-ce qui aurait supporté ça ? Qui aurait pu s'empêcher de balancer tout le bazar à travers la fenêtre et de poignarder la tapisserie avec un couteau de cuisine ?

Ma parole, elle me voyait pas, elle me comprenait pas, elle m'entendait pas, elle savait plus ce que c'était que parler ou pleurer ou sourire ou piquer une bonne colère ou faire valser les draps en passant sa langue sur ses lèvres. Parce que les draps bougeaient pas, rien ne bougeait, elle m'envoyait pas le moindre signe, même un petit machin microscopique. Que mon bouquin soit publié, ça lui faisait à peu près autant d'effet que si je m'étais pointé avec un cornet de frites. Ce sacré bouquet que j'avais tenu dans les mains n'était plus qu'un rassemblement de fleurs fanées, une odeur d'herbe sèche. Pendant un quart de seconde, j'ai pressenti l'espace infini qui nous séparait et depuis je raconte à qui veut l'entendre que je suis déjà mort une première fois, à trente-cinq ans, dans une chambre d'hôpital, par un après-midi d'été et c'est pas du chiqué, je suis de ceux qui ont entendu la Grande Faux siffler dans les airs. Ça m'a gelé le bout des doigts. J'ai connu un moment de panique, mais juste à ce moment-là, une infirmière est entrée dans la chambre. J'ai même pas pu bouger.

Elle portait un plateau avec un verre d'eau et une poignée de médicaments de trente-six couleurs. C'était pas celle que je connaissais mais une autre, une grosse avec des cheveux jaunes. Quand elle m'a vu, elle a jeté un coup d'œil sévère à sa montre.

— Dites donc, elle a râlé, j'ai pourtant pas l'impression que c'est l'heure des visites... !

Puis, dans la foulée, son attention s'est portée sur Betty et sa vieille mâchoire molle est tombée.

— Oh ! Sainte Vierge, mais qui l'a détachée...??!!

Elle m'a envoyé une grimace en se repliant vers la sortie. Seulement j'ai bondi comme un tigre et d'une main, j'ai bloqué la porte. Elle a poussé un cri, un couinement minable. J'ai raflé les comprimés qui dansaient sur le plateau, je les lui ai fourrés sous le nez.

— Mais qu'est-ce que c'est que toutes ces merdes ? j'ai demandé.

J'ai pas reconnu ma voix, elle était descendue d'une octave et était tout éraillée. Je me suis retenu de pas attraper la bonne femme à la gorge.

— Je suis pas docteur ! elle a bramé. Laissez-moi sortir !!

J'ai enfoncé mes yeux de toutes mes forces dans les siens. Elle s'est mordu la lèvre.

— Non. Toi tu restes avec elle. C'est moi qui me barre, j'ai grogné.

Juste avant de sortir, j'ai jeté un coup d'œil sur Betty. Elle avait glissé sur le côté.

J'ai traversé le couloir comme une fusée et je suis rentré dans son bureau sans frapper. Il me tournait le dos, il était en train de regarder une radio dans la lumière du jour. Quand il a entendu la porte claquer, il a fait pivoter son siège. Il a levé les sourcils, j'ai ricané. Je me suis avancé jusqu'au bureau et j'ai balancé la poignée de médicaments devant lui.

— Qu'est-ce que c'est ? j'ai demandé. Qu'est-ce que vous lui donnez... ?

Je savais pas si je tremblais des pieds à la tête ou si c'était qu'une sale impression. L'autre a essayé de la jouer fine. Il a attrapé le grand coupe-papier qui traînait sur le bureau et a fait celui qui s'amusait avec.

— Ah, jeune homme, il a fait. Justement je voulais vous voir. Asseyez-vous.

Une espèce de rage folle m'étranglait. Ce type représentait pour moi la source de tous les malheurs, toutes les souffrances du monde, j'avais démasqué ce salaud, je l'avais coincé au fond de sa grotte, ce type-là cherchait à vous dégoûter de la vie, c'était pas un toubib, c'était le mélange hideux de tous les enfoirés de la terre. Tomber sur un gars comme ça, ça vous faisait pleurer et rire en même temps. Mais je me suis contrôlé car je voulais écouter ce qu'il avait à me dire et de toute manière, il avait aucune chance de filer. Je me suis donc assis. J'ai eu du mal à plier mes jambes. Rien que de voir la couleur de mes mains, je savais que j'étais blanc comme un mort. Seulement je devais pas être particulièrement effrayant à regarder. L'autre a essayé de me mettre un pied sur la nuque.

— Mettons les choses au point, il a fait. Vous n'êtes ni son mari ni une personne de la famille, je ne suis donc pas tenu de vous expliquer quoi que ce soit. Ceci dit, je vais tout de même le faire, mais c'est parce que je le veux bien. Est-ce que nous sommes bien d'accord... ?

T'es à un millimètre du but, flanche pas, je me suis

ordonné, tu reçois ton dernier coup de fouet. J'ai hoché la tête.

— Bon, très bien, il a fait.

Il a ouvert un tiroir du bureau, puis il a laissé tomber le coupe-papier dedans en souriant. Décidément, cet imbécile se croyait tout à fait invulnérable ou alors Dieu était de mon côté. Il a croisé ses mains devant lui et a commencé par hocher la tête pendant une bonne dizaine de secondes avant de s'y mettre.

— Je ne vous cacherai pas que son cas est très inquiétant, il a démarré. Cette nuit, nous avons même dû l'attacher. Une crise épouvantable... Vraiment.

J'ai imaginé une bande de mecs en train de lui sauter dessus, la clouant sur son lit pendant que d'autres serraient les sangles. Dans le genre abominable, c'était une série A et j'étais tout seul dans la salle. J'ai baissé un peu la tête, j'ai coincé mes mains sous mes cuisses. Il s'est remis à parler mais quelqu'un avait coupé le son. J'en ai profité pour constater que la descente continuait toujours.

— ... et je ne pourrais pas m'avancer jusqu'à dire qu'elle retrouvera un jour toute sa raison, non, ça il faut pas trop l'espérer.

Cette phrase-là, par contre, je l'ai entendue très clairement. Elle avait une couleur particulière, mordorée je dirais. Elle se tortillait comme un serpent à sonnettes. Elle a fini par se glisser sous ma peau.

— Mais nous allons veiller sur elle, il a ajouté. Vous savez, la chimie a fait beaucoup de progrès et on obtient encore d'assez bons résultats avec les électrochocs. Et n'écoutez pas ce qu'on peut vous raconter là-dessus, c'est absolument sans danger.

Je me suis penché un peu en avant pour appuyer de tout mon poids sur mes mains, j'ai fixé un point par terre, entre mes deux jambes.

— Je vais aller la chercher, j'ai dit. Je vais aller la chercher et je vais l'emmener !

Je l'ai entendu rigoler.

— Allons, jeune homme, ne soyez pas ridicule ! il

a fait. J'ai l'impression que vous m'avez pas bien compris. Je vous ai expliqué que cette fille était folle, mon vieux. Folle à lier.

Aussitôt, je me suis détendu comme un ressort et j'ai sauté à pieds joints sur le bureau. Avant qu'il ait pu faire un geste, je lui décochais un coup de pied furieux en pleine figure. C'est là que j'ai vu qu'il portait un dentier parce que le truc a giclé de sa bouche comme un poisson volant. Merci mon Dieu, j'ai pensé. L'autre a basculé avec son fauteuil en crachant un petit jet de sang. Le bruit de verre brisé, ça venait de ce qu'il avait passé ses deux pieds à travers la vitrine de sa bibliothèque. Comme il se mettait à hurler, je lui ai sauté dessus, j'ai tiré comme un dingue sur sa cravate. Je l'ai relevé. Je lui ai fait un sutémi ou quelque chose de la même famille, enfin je suis parti en arrière avec ses quatre-vingts kilos en équilibre sur mon pied et je l'ai lâché au moment où il prenait son envol. Le mur a tremblé.

Je venais de sauter sur mes jambes quand trois infirmiers sont entrés à la queue leu leu. Le premier a pris mon coude en pleine poire, le second m'a plaqué aux jambes, le troisième s'est assis sur moi. C'était le plus gros. Il m'a coupé le souffle, il m'a attrapé par les cheveux. Je couinais de rage. J'ai vu le docteur qui se relevait en s'agrippant au mur. Le premier infirmier s'est penché pour m'envoyer un coup de poing dans l'oreille. Ça m'a fait tout chaud.

— Je vais appeler les flics ! il a grimacé. On va le faire embarquer... !!

Le docteur s'est assis sur une chaise en se tenant un mouchoir sur la bouche. Il lui manquait une chaussure, entre autres.

— Non, il a déclaré, pas la police. Ça fait mauvais effet. Vous me le fichez dehors et qu'il n'essaie pas de remettre un pied dans cet hôpital... !

Ils m'ont relevé. Celui qui voulait déranger les flics m'a giflé.

— T'as entendu ? il a demandé.

Au bout de mon pied, j'ai trouvé ses couilles. Je l'ai carrément décollé du sol et ça a surpris tout le monde. J'ai profité de ce petit moment d'hésitation pour me dégager. J'ai plongé une nouvelle fois sur le docteur, celui-là je voulais l'étrangler, je voulais l'anéantir. Il a dégringolé de sa chaise et moi avec.

Des types me sont tombés dessus, j'ai entendu des infirmières crier et avant que j'aie pu lui enfoncer un seul de mes pouces dans le fond de la gorge, je me suis senti soulevé par un nombre incalculable de mains et on m'a éjecté du bureau. J'ai reçu pas mal de gnons dans le couloir, mais rien de vraiment sérieux car ils se gênaient tous et au fond, ils avaient pas envie de me tuer, j'imagine.

On a traversé le grand hall du bas au pas de course, un des types me faisait une clé de bras, un autre m'avait attrapé à la fois une poignée de cheveux et l'oreille, c'est encore ce qui me faisait le plus mal. Ensuite ils ont ouvert les portes et m'ont jeté en bas des marches.

— Si on t'aperçoit encore par ici, t'es pas bien! a lancé l'un d'eux.

Ces enculés, ils m'ont presque arraché des larmes. Il s'en est trouvé une pour tomber sur les marches. Elle s'est mise à fumer comme une goutte d'acide chlorhydrique.

J'avais donc échoué. Et qui plus est, je m'étais fait interdire l'entrée de l'hôpital. Pendant quelques jours, j'ai connu les moments les plus moches de ma vie. Je pouvais plus la voir et l'image que j'avais gardée d'elle était insupportable. J'avais beau me répéter tous les machins zen que je connaissais, je me laissais envahir par le désespoir et je souffrais comme le dernier des glands. C'est sans doute à ce moment-là que j'ai écrit mes plus belles pages et bien qu'on dût m'appeler plus tard le « Maltraité du Style », c'était pas de ma faute si j'écrivais bien et si je le savais. Durant cette période, j'ai noirci la moitié d'un carnet.

J'aurais certainement pu en faire plus mais dans la journée, je tenais pas en place. Des milliers de douches, j'ai pris, un certain nombre de bières et des kilomètres de saucisses, des centaines de milliers d'aller et retour sur la moquette, j'ai fait. Quand je tenais plus, je m'emmenais faire un tour dehors et c'était pas rare que je me retrouve dans les environs de l'hôpital. Je savais que je devais pas m'approcher trop près, une fois ils m'avaient balancé une canette de bière alors que je me trouvais à plus de cinquante mètres. Oui, ils ouvraient l'œil. Je restais donc de l'autre côté de la rue et je me contentais de regarder sa fenêtre. Ça arrivait que je voie un rideau bouger.

Dès que la nuit tombait, j'allais boire un coup chez Bob. Le jour qui baissait et la longue glissade vers le crépuscule, dans cette chaleur, c'était le moment le plus abominable. Je veux dire pour un type à qui on a enlevé sa chérie et qui est pas très sûr de savoir encore nager. Je passais environ une heure avec eux. Bob faisait comme si de rien n'était, Annie trouvait toujours le moyen de me montrer sa chatte, ça me faisait passer un moment. Quand il faisait vraiment nuit, je pouvais rentrer, j'allumais la lumière. C'était surtout la nuit que j'écrivais et par moments, je me sentais presque bien, j'avais l'impression d'être encore avec elle. Betty, c'était quelque chose qui me faisait comprendre que j'étais vivant. Ben écrire, c'était du pareil au même.

Un matin, j'ai pris la voiture et j'ai roulé toute la journée sans but précis avec un bras à la portière et les yeux un peu plissés à cause du vent. Je me suis arrêté au bord de la mer, vers le soir, je savais pas du tout où j'étais et tout ce que j'avais vu durant toute cette balade, c'était la gueule des pompistes. Je me suis acheté deux sandwichs au bar du coin et je suis allé me les manger sur la plage.

Il y avait personne. Le soleil est descendu derrière la ligne d'horizon. C'était si beau que j'en ai fait tomber un cornichon dans le sable. Le bruit des vagues était le même depuis des millions d'années, j'ai trouvé ça reposant, je dirais encourageant, rassurant, étourdissant. Ma planète bleue, ô ma petite planète bleue, putain que Dieu te bénisse!

Je suis resté assis un moment, essayant de refaire connaissance avec la solitude et méditant sur la douleur. Quand je me suis levé, la lune en faisait autant. J'ai retiré mes godasses et je me suis mis à marcher le long de la grève sans y penser vraiment. Le sable était encore un peu chaud, la température idéale pour une tarte aux pommes.

Chemin faisant, je me suis retrouvé devant un gros poisson échoué sur le sable. C'était plus qu'une carcasse en partie déchiquetée, mais il en restait assez pour qu'on puisse se faire une idée du poisson magnifique que ça avait été. Ni plus ni moins qu'un éclair d'argent au ventre nacré, un genre de diamant ambulant. Sauf que tout ça c'était du passé maintenant et la Beauté en avait pris un coup dans les dents. A peine quelques petites écailles pour palpiter encore sous la lune, deux ou trois étincelles sans espoir. Te retrouver comme ça, pourrissant dans un coin alors que t'as été pratiquement l'égal des étoiles, est-ce que c'était pas la pire des choses qui pouvait t'arriver, est-ce que t'aurais pas préféré couler dans le noir, tout au fond, en envoyant une dernière pichenette au soleil? Moi, à ta place, j'aurais pas hésité.

J'ai profité que j'étais seul pour l'enterrer, ce poisson. J'ai creusé un trou avec mes mains. Je me sentais un peu ridicule. Mais si je l'avais pas fait, je me serais senti un moins que rien. C'était vraiment pas le moment.

Ça m'est pas venu comme ça. J'ai réfléchi et réfléchi et réfléchi. J'ai tourné toute la nuit en rond en essayant de m'arracher ça de la tête et au petit matin, j'ai compris que je pouvais pas faire autrement. Bon très bien, je me suis dit. On était un dimanche. Mais il y avait trop de monde, le dimanche, j'ai remis ça au lendemain. Ce qui fait que toute la journée, je me suis traîné.

En plus de ça, des orages menaçaient. Et impossible d'écrire, il fallait pas charrier. Impossible de faire quoi que ce soit. C'est pire que de la merde, les journées comme ça.

Je me suis réveillé assez tard, le lendemain, peut-être aux environs de midi. Mine de rien, j'avais foutu un sacré bordel dans la baraque. J'ai commencé par tout ranger et de fil en aiguille je me suis lancé dans un ménage infernal, je sais pas ce qui m'a pris, même que j'ai brossé la poussière des rideaux. Ensuite, je suis passé sous la douche, je me suis rasé et j'ai mangé. Pendant que je faisais la vaisselle, j'ai vu des éclairs blancs et le tonnerre a grondé. Mais le ciel était sec comme du lait en poudre et les nuages s'amoncelaient dans l'air brûlant.

J'ai passé le restant de l'après-midi assis devant la télé, les jambes étendues sur le canapé et une carafe d'eau à la main. Je me suis relaxé. La baraque était tellement propre que ça faisait plaisir à voir. De temps en temps, dans la vie, ça fait du bien de vérifier que chaque chose est à sa place.

Vers cinq heures, je suis allé me maquiller et une heure plus tard, j'ai déboulé dans la rue déguisé en Joséphine. L'orage qu'on attendait depuis la veille avait toujours pas éclaté, le ciel retenait son souffle. A travers les lunettes, il m'apparaissait encore plus sombre, quasi apocalyptique. J'ai marché vite. La prudence aurait voulu que je prenne la voiture mais j'ai fait la sourde oreille et je l'ai laissée pleurnicher derrière moi. J'avais pris un sac de Betty pour donner dans le détail et je le tenais serré contre moi. Ça empêchait mes nichons de glisser. Je marchais avec les yeux rivés sur le trottoir et je faisais pas attention aux vannes que balancent les tarés quand ils croisent une fille seule, sans ça on en finirait plus. J'essayais de penser à rien, j'essayais de me mettre dans la peau d'Abraham.

Quand je me suis retrouvé devant l'hosto, je me suis planqué derrière un arbre et j'ai expiré deux ou trois fois profondément comme si un vent hurlait dans les

branches. Puis je me suis avancé vers l'entrée avec mon
sac sous le bras, sans aucune hésitation et la tête haute,
le style de nana habituée à diriger un empire. J'ai rien
senti du tout en passant la porte, pas l'ombre d'un poil
de malaise. Pour une fois, je me prenais pas un filet
électrifié sur les épaules, je me payais pas un empoi-
sonnement du sang, un coup de grisou ou une paralysie
des membres. J'ai failli jeter un œil dans mon dos pour
voir de quoi il retournait. Mais j'étais déjà en train de
grimper les marches.

Arrivé au premier, j'ai croisé un groupe d'infirmiers.
J'avais fignolé mon maquillage, seulement c'est sur
mes seins qu'ils ont louché. Ils étaient trop gros, je le
savais et maintenant toute cette bande de types me
suivait du regard. Pour qu'ils me foutent la paix, je suis
entré dans la première chambre qui s'offrait à moi.

Il y avait un type dans le lit, avec un tuyau dans le
bras et un tuyau dans le nez. Il semblait pas aller des
masses. Pourtant il a ouvert les yeux quand je suis
entré. Pendant que j'attendais que les autres se bar-
rent, on s'est regardés. Bien sûr on avait rien à se dire,
mais on s'est regardés. Durant une fraction de seconde,
j'ai eu envie de le débrancher. Le type s'est mis à faire
NON, NON de la tête alors que j'avais pas esquissé un
seul geste. J'ai laissé tomber. Puis j'ai entrebâillé la
porte et je me suis assuré que la voie était libre.

Betty. Chambre numéro sept. Betty. Je me suis glissé
silencieusement à l'intérieur et j'ai refermé dans mon
dos. Il faisait sombre dehors, difficile de savoir si
c'était les nuages ou si la nuit tombait. Il y avait une
espèce de petite lampe allumée au-dessus du lit, que ça
vous glaçait déjà des pieds à la tête tant elle était bla-
farde cette lumière. Une veilleuse, quand il fait pas
complètement nuit, c'est comme un enfant à qui on
aurait coupé les bras. J'ai coincé la porte avec une
chaise. J'ai saqué ma perruque et j'ai enlevé mes lunettes. Je me suis assis sur le bord du lit. Elle dormait
pas.

— Tu veux un chewing-gum ? j'ai demandé.

J'avais beau essayer de me rappeler, je me souvenais pas à quand ça remontait, la dernière fois que j'avais entendu sa voix. Ni même quelles étaient les dernières paroles que nous avions échangées. Peut-être quelque chose comme :

— Hé, plus moyen de mettre la main sur ce putain de sucre !!

— T'as regardé dans le tiroir du bas... ?

J'ai remballé mes dragées tutti frutti, il se trouvait que moi non plus j'en voulais pas. Par contre, j'ai attrapé la carafe d'eau sur la table de nuit et j'en ai descendu la moitié.

— T'en veux ? j'ai demandé.

Ils l'avaient pas attachée, les sangles pendaient par terre comme des carambars oubliés sous le soleil. J'ai fait comme si elle était pas partie, comme si elle était toujours là. J'avais besoin de parler.

— Le plus dur, ça va être pour t'habiller, j'ai dit. Surtout si tu m'aides pas...

J'ai retiré mon gant et j'ai passé ma main sous sa chemise pour lui caresser les seins. Qu'est-ce que c'est une mémoire d'éléphant comparée à la mienne ? Je pouvais me rappeler chaque millimètre carré de sa peau. Tous en vrac, on me les aurait donnés que j'aurais pu la reconstituer. J'ai tripoté son ventre, ses bras, ses jambes et pour finir j'ai refermé ma main sur son paquet de poils et rien n'avait changé. J'ai connu un moment de joie intense à cet instant précis, un plaisir très simple, presque animal. Puis j'ai remis mon gant. Bien sûr, mon bonheur aurait été mille fois plus grand si elle avait un tant soit peu réagi. Mais où est-ce que j'avais vu jouer ça, un bonheur de cette envergure ? Dans un spot publicitaire ? Ou dans le fin fond de la hotte du Père Noël ? Au dernier étage de la tour de Babel... ?

— Bon, faut qu'on se dépêche. On va y aller.

J'ai attrapé son menton et j'ai posé mes lèvres sur les siennes. Elle a pas desserré les dents mais j'ai quand même trouvé que c'était au-dessus de tout. J'ai réussi à lui choper un peu de salive sur la lèvre inférieure. Sa bouche, je l'ai mangée doucement. J'ai passé une main derrière sa nuque et je l'ai serrée contre moi, j'ai mis mon nez dans ses cheveux. Si ça continue, c'est moi qui vais devenir cinglé, j'ai pensé. C'est moi qui vais dégringoler. J'ai sorti un petit mouchoir en papier pour lui essuyer les lèvres, je lui avais collé du rouge partout.

— On a encore un drôle de bout de chemin à faire, j'ai dit.

Une poupée docile et silencieuse. Ils lui avaient enfourné des médicaments jusqu'au ras de la gueule, ils avaient déjà commencé à jeter les premières pelles de terre. Pour bien faire, il aurait fallu que je me pointe par-derrière et que je leur tranche la gorge, à tous autant qu'ils étaient, les médecins, les infirmiers, les pharmaciens et toute la clique. Sans oublier tous ceux qui l'avaient amenée jusque-là, ceux qui font trimer les gens, ceux qui vous maintiennent la tête par terre, ceux qui vous blessent, ceux qui vous mentent, ceux qui veulent se servir de vous, ceux qui s'en branlent complètement que vous soyez du genre unique, ceux que la connerie fait briller comme des lampions, ceux que la saloperie étouffe, ceux qu'on se traîne comme un boulet. J'aurais pas été au bout de mes peines. On aurait vite pataugé dans des rivières de sang et au bout du compte, j'aurais pas été plus avancé. Que je le veuille ou non, comme on dit, le mal était fait et bien que je sois pas un type désespéré pour deux sous, je comprenais que le monde puisse apparaître comme une merde épouvantable. Ça dépend comment on le regarde. Et que je sois pendu si je suis pas désolé de le dire, mais de cette chambre, de ce petit bout de lit où j'avais posé une fesse et pendant la plus longue minute de ma vie, j'ai jamais vu quelque chose d'aussi noir et d'aussi puant. Là-dessus, l'orage a éclaté. Je me suis secoué.

— Je te demande un dernier effort, j'ai soupiré.

Les premières gouttes ont tapé au carreau comme des bestioles qui s'éclatent sur un pare-brise. Je me suis penché délicatement par-dessus elle et j'ai attrapé une sangle. J'ai passé la languette dans le machin en alu et j'ai serré. Une pour ses jambes. Elle a pas bougé.

— Ça va? Je te fais pas mal? j'ai demandé.

Dehors, ça tournait au déluge, on se serait cru à l'intérieur du *Nautilus*. J'ai ramené une deuxième sangle et je l'ai fait passer sur sa poitrine, enfin juste en dessous des seins. J'ai pris ses bras avec et j'ai encore serré. Elle regardait le plafond avec son œil. Je faisais rien qui pouvait l'intéresser. Le moment était venu où je devais rassembler toutes mes forces.

— Faut que je te dise quelque chose... j'ai démarré.

J'ai attrapé un oreiller derrière elle, avec des rayures bleues. J'ai pas tremblé. Je pouvais faire n'importe quoi pour elle sans trembler, je l'avais déjà vérifié. J'ai eu un peu plus chaud, c'est tout.

— ... toi et moi, on est comme les deux doigts de la main, j'ai enchaîné. Et c'est pas demain la veille que ça va changer.

Dans le genre, j'aurais pu trouver quelque chose de plus malin, ou mieux que ça encore, garder le silence mais sur le moment il m'a semblé que je pouvais lui faire un petit cortège de mots innocents et je me suis pas creusé la cervelle. Elle aurait pas aimé ça. C'était donc plutôt un machin écrit avec de la crème qu'une de ces inscriptions taillées dans le granit. C'était plus léger.

J'ai compté jusqu'à sept cent cinquante et je me suis relevé. J'ai retiré l'oreiller de sa figure. La pluie faisait un sacré boucan. Je sais pas comment ça se faisait, mais je m'envoyais un point de côté. Je l'ai pas regardée. J'ai enlevé les sangles. J'ai balancé l'oreiller à sa place.

Je me suis tourné vers le mur en pensant qu'il allait m'arriver quelque chose mais il s'est rien passé. Il pleuvait et pleuvait et la lumière s'était pas détraquée et les murs étaient toujours à la même place et j'étais là avec mes gants blancs et mes faux seins à attendre un message de la mort, mais il se passait rien. Est-ce que j'allais m'en tirer uniquement avec mon point de côté?

J'ai remis ma perruque. Avant de sortir, j'ai jeté un dernier coup d'œil sur elle. Je m'attendais à une vision terrible mais finalement elle avait plutôt l'air de dormir. A mon avis, c'était encore un nouveau truc qu'elle inventait pour me faire plaisir. Ça, elle en était capable. Elle avait la bouche entrouverte. Sur la table de nuit, j'ai aperçu un paquet de kleenex. J'ai mis un moment avant de comprendre puis ça m'a fait venir des larmes. Oui, qu'elle veille encore sur moi, qu'elle trouve le moyen de m'indiquer le chemin à suivre alors qu'elle n'était plus de ce monde, qu'elle m'envoie encore ce dernier signe, ça c'était quelque chose qui m'inondait comme une rivière de feu.

Je suis revenu en vitesse près du lit et je l'ai embrassée dans les cheveux. Puis j'ai attrapé la boîte de kleenex et je lui ai enfilé tout ce que je pouvais dans la bouche, tout au fond. Pendant l'opération, j'ai eu un spasme et j'ai failli dégueuler. Ça m'a passé. Ce que je veux, c'est pouvoir être fière de toi, elle disait.

Quand je suis sorti, ils devaient tous être fourrés à la cantine. Personne dans le couloir et pas grand monde dans le hall. Je me suis pas fait remarquer. Il faisait tout à fait nuit et les gouttières débordaient sur tout un côté de la façade. Ça sentait pas bon, ça sentait l'herbe sèche une fois qu'elle est mouillée. La pluie était une herse lumineuse bricolée avec du fil électrique. J'ai relevé mon col, posé mon sac sur ma tête et je me suis jeté là-dedans.

Je me suis mis à cavaler. J'avais l'impression qu'un type me suivait avec une lance d'incendie. J'ai dû enlever mes lunettes pour y voir quelque chose mais j'ai pas ralenti l'allure. Comme on pouvait s'y attendre, il y avait personne sur les trottoirs et je me suis donc pas inquiété pour mon maquillage, encore une chance que j'avais pas foutu de rimmel. En voulant m'essuyer, je m'en étais collé plein les doigts, j'avais dû me barbouiller sérieusement. Heureusement, on y voyait pas à trois mètres.

Je courais comme un dératé empêtré dans un rideau de perles. Je ralentissais pas aux croisements. Tchikit-chikitchikitchikk faisait la pluie, flac flac flac flac je faisais, badabraoum faisait le tonnerre. La pluie tombait bien droit mais elle me cinglait le visage. Il y avait des gouttes que j'avalais directo. J'ai fait la moitié du chemin à un train d'enfer. Tout mon corps fumait, c'est pas des blagues et le bruit de ma respiration remplissait toute la rue et couvrait tout le reste. Quand je passais sous un lampadaire, ça devenait tout bleu.

A un carrefour, je suis tombé sur les phares d'une voiture. J'avais la priorité mais je l'ai laissée passer. J'en ai profité pour arracher la perruque de ma tête, puis j'ai rebondi en avant. Toute cette pluie aurait pas suffi à nettoyer le grand feu qui s'allumait dans mes poumons. Je donnais le maximum mais je me forçais à aller encore plus vite. Par moments, je poussais des espèces de cris tellement c'était trop. Et je courais pas parce que j'avais tué Betty, je courais parce que j'avais envie de courir, je courais parce que j'avais pas besoin d'autre chose. D'un autre côté, il me semble que c'était un réflexe tout à fait naturel. Il me semble que je l'avais pas volé, non...?

27

Les flics se sont pas intéressés à cette histoire, d'un seul j'en ai pas vu la couleur. Parce qu'une espèce de folle qui s'est arraché un œil et qui met fin à ses jours quelque temps plus tard en s'avalant une pleine boîte de kleenex, visiblement ils en avaient rien à cirer. Bien sûr, quand j'avais piqué le fric, ils en avaient fait toute une histoire, les journaux en avaient parlé et une fois de plus, les barrages avaient fleuri dans la région. Mais la tuer, non, ça j'aurais pu recommencer cinq cents fois sans qu'ils enlèvent les pieds de leur bureau.

Enfin moi, tout ça m'allait comme un gant. Et puis, où est-ce qu'on avait entendu parler de ça, une vraie histoire d'amour qui se termine dans les locaux de la police ? Une vraie histoire d'amour, ça se termine jamais. C'est quand même pas aussi simple que toutes ces histoires à la con. Il faut bien s'attendre à voler un peu plus haut avec le cerveau aussi léger qu'une plume... Enfin toujours est-il que personne est venu me chercher des poux dans la tête. Personne est venu m'ennuyer. J'ai pu en chier tranquillement.

Le plus dur, je l'ai évité en versant une petite fortune aux pompes funèbres, tous les types de la boîte avaient un visage effrayant mais j'ai pas eu à m'en plaindre, ils ont réglé tous les détails avec l'hôpital et encore je ne sais quoi, j'ai presque rien eu à faire et pour finir, ils l'ont incinérée. J'ai toujours ses cendres près de moi et je sais pas quoi en faire, mais ça c'est une autre histoire.

Dès que j'ai eu un moment, j'ai écrit une longue lettre à Eddie et Lisa. Je leur ai expliqué ce qui était arrivé sans leur dire quel rôle décisif j'avais joué là-dedans. Je leur demandais pardon de pas les avoir avertis et je voulais qu'ils comprennent que j'aurais pas pu supporter ça. Je leur ai dit à bientôt, je vous embrasse tous les deux. Affectueusement. P.S. : Pour le moment je réponds pas au téléphone. Baisers. Quand je suis allé poster la lettre, je me suis aperçu que le temps était revenu au beau fixe. On en avait fini avec cette chaleur humide et étouffante. Il faisait beau et sec. Je suis revenu avec une glace à la main. Une seule, évidemment.

Ça peut paraître idiot, mais parfois ça m'arrivait de me faire cuire deux steaks, ou je lui laissais l'eau du bain, ou je me retrouvais avec deux assiettes dans les mains au moment de mettre la table, ou je demandais quelque chose tout haut et en plus de ça je m'endormais avec la lumière. L'enfer, c'était tous ces petits détails, tous ces machins qui restaient accrochés aux branches, comme de la brume, comme une robe de dentelle en lambeaux. Quand j'en voyais un, je me figeais sur place et je prenais mon temps pour l'avaler. Quand par malheur je devais ouvrir le placard et que je voyais toutes ses fringues, je m'étranglais. J'essayais à chaque fois de me rappeler si ça faisait moins mal que le coup précédent. C'était difficile à dire.

Malgré tout, je me laissais pas mourir. Un matin, j'ai sauté sur la balance et j'ai vu que j'avais perdu que trois kilos. Une vraie rigolade, c'était. Se laisser un peu aller de temps en temps tout en se mordant la main, c'était pas ce qui pouvait vous dessécher un homme. J'étais même pas trop loin d'avoir bonne mine. Il y a des gens qui s'en vont en emportant à peu près tout, Betty, elle, c'était le contraire, elle m'avait tout laissé, TOUT. C'était pas très étonnant si par moments j'avais l'impression qu'elle se trouvait à côté de moi. Quand une fille écrit un bouquin aujourd'hui, c'est pour vous raconter la plupart du temps comment elle s'y prend pour mettre un type à genoux. Heureusement que je suis là pour éviter la guerre et brailler dans tous les coins qu'elles sont pas toutes aussi cons, que c'est une mode qui va passer. Je tiens à crier haut et fort que c'est une fille qui m'a tout donné et je sais pas comment j'aurais pu faire sans elle. Ça m'arrache pas du tout la bouche de dire ça. Non, et je veux bien le répéter encore une fois, c'est une fille qui m'a tout donné... Ça me fait penser à un petit gazouillis d'oiseau, au premier vers d'une ronde enfantine et ça me fait pas rougir de honte. Malheureusement, j'ai passé l'âge à ce qu'on dirait.

Je suis resté quelques jours sans voir personne. J'avais expliqué le truc à Bob et Annie et je leur avais demandé de pas me déranger. Bob voulait débarquer avec une bouteille. Je t'ouvrirai pas, je lui avais répondu. J'avais décidé de remonter la pente en vitesse. Pour ça, il fallait qu'on me foute la paix. Le téléphone débranché et la télé allumée. Puis un matin, j'ai reçu les épreuves de mon bouquin à corriger, ça m'a changé les idées. Et puis, c'était aussi son truc à elle, j'ai fait un peu traîner et c'est peut-être ça qui m'a remis définitivement sur mes jambes, je veux dire moralement. Quand je suis retourné à mes petits carnets et que j'ai pu aligner deux ou trois phrases un peu solides à la queue leu leu, quand j'ai pu respirer l'étrange beauté qui les parfumait, quand j'ai vu qu'elles étaient comme des enfants jouant dans le soleil, j'ai compris qu'en tant qu'écrivain j'étais mal barré mais que pour le reste, j'allais m'en sortir. C'était comme si c'était fait.

Effectivement, le lendemain j'étais un autre homme. Ça a commencé que je me suis étiré dans le lit et en me levant, j'ai vu tout de suite que j'avais la forme. J'ai regardé l'appart avec un sourire de bonne humeur. Je me suis assis dans la cuisine pour boire mon café, chose que je faisais plus depuis belle lurette, c'était plutôt le genre debout dans un coin ou appuyé sur le bord de l'évier. J'ai ouvert les fenêtres. Tellement que je me sentais bien que j'ai cavalé m'acheter des croissants. En plus de ça, c'était une belle journée.

Histoire de prendre un peu l'air, je suis allé manger un morceau en ville. Je suis rentré dans un self bourré de monde. Les serveuses avaient déjà de grandes auréoles sous les bras. Betty et moi, on avait déjà fait ce boulot, je savais ce que ça voulait dire. Je me suis installé à une petite table avec mon poulet purée et ma tarte aux pommes. J'ai passé mon temps à regarder les gens. La vie était une espèce de torrent bouillonnant. Sans vouloir remuer le couteau dans la plaie, c'était tout à fait l'image que j'avais gardée de Betty, un torrent bouillonnant, et j'ajouterais lumineux. A choisir, j'aurais préféré qu'elle soit encore vivante, bien sûr, ça allait de soi, mais je dois admettre qu'en vérité elle en était pas loin. Il fallait quand même pas faire un peu trop le difficile. Je me suis levé en pensant que les places assises, il fallait les laisser à ceux qui souffraient vraiment.

J'ai fait un petit tour et en rentrant, je suis tombé sur une belle nana qui regardait à l'intérieur du magasin. Elle se protégeait des reflets avec ses deux mains et des poils blonds brillaient sous ses bras. J'ai enfilé les clés dans la serrure. Elle s'est redressée.

— Oh, je pensais que c'était fermé, elle a fait.

— Non, j'ai dit, pourquoi que ça serait fermé...? Ce qu'il y a, c'est que je fais pas attention à l'heure.

Elle m'a regardé en rigolant. Je me suis senti con parce que j'avais oublié ça, j'avais oublié ce que ça faisait.

— Ben ça doit vous poser des problèmes, elle a plaisanté.

— Ouais, mais je vais y remédier, j'ai pris de nouvelles résolutions. Vous vouliez voir quelque chose...?

— Ben, j'ai plus beaucoup de temps... Mais je repasserai.

— Comme vous voudrez. Je suis là tous les jours de la semaine.

Bien entendu, j'ai jamais revu cette fille de ma vie, mais c'est pour dire comme tout m'a semblé bon, ce jour-là. C'est le jour où j'ai rebranché le téléphone. Le jour où j'ai enfoncé mon nez dans sa pile de tee-shirts en souriant. Le jour où j'ai pu regarder une boîte de kleenex dans les yeux sans trembler. C'est ce jour-là que j'ai compris que la leçon était jamais terminée et que les escaliers étaient sans fin. Et qu'est-ce que tu croyais que c'était d'autre? je me suis demandé en découpant un melon en tranches, juste avant de me fourrer au lit. Il m'a semblé entendre un petit rire dans mon dos. Ça venait du côté des pépins de melon.

Mon bouquin est sorti environ un mois après la mort de Betty. Le moins qu'on puisse dire, c'est que mon associé était un type rapide. Mais c'était encore un petit éditeur à cette époque et j'avais dû tomber à un moment où il avait rien d'autre à faire. Enfin, bon, je me suis retrouvé un matin avec le bouquin sur les genoux et je l'ai tourné et retourné dans mes mains, je l'ai ouvert pour renifler le papier et je me le suis claqué sur la cuisse.

— Oh baby, regarde ce qui nous arrive enfin, j'ai murmuré.

Bob a décidé de fêter ça et on s'est payé une petite virée avec Annie pendant que la grand-mère gardait les gosses. Au petit matin, ils m'ont ramené chez moi. On savait pas si tu pleurais ou si tu riais, ils m'ont dit après. Et comment voulez-vous que je le sache, que je leur avais répondu. C'est pas toujours très facile, dans la vie, de savoir si on assiste à un enterrement ou à une naissance. Et pour les écrivains, c'est comme pour les autres, il faut pas croire qu'ils ont le cerveau hypertrophié. Moi-même, malgré ce que je suis devenu, je suis logé à la même enseigne que tout un chacun et ça m'arrive plus souvent qu'à mon tour de vraiment plus rien piger du tout. Il doit y avoir une espèce de saint Christophe pour les écrivains un peu ramollis du bulbe.

Enfin ça n'a pas empêché un type d'écrire dans un petit journal de province que j'avais du génie. C'était mon éditeur qui m'avait fait parvenir l'article. Je vous envoie pas les autres, il ajoutait. Ils sont mauvais. Acclamé dans un coin, sifflé partout ailleurs et pendant ce temps-là, l'été avançait calmement et j'avais retrouvé un bon rythme, je me démerdais bien. Le magasin était ouvert. J'avais installé une sonnerie au premier, qui m'avertissait quand on ouvrait la porte. J'étais pas dérangé trop souvent. Finalement, j'avais renoncé à déménager, bien que l'ayant envisagé plus d'une fois. Plus tard, peut-être, je disais pas non, peut-être dans le courant de l'hiver si mon bouquin était fini. Pour le moment, je préférais pas bouger. Durant la journée, il y avait une lumière formidable dans la baraque, des grandes taches claires et des zones d'ombre en veux-tu en voilà. Cette ambiance en aurait fait baver plus d'un. C'était la Rolls-Royce des ambiances pour un écrivain.

Quand le soir tombait, je me baladais un peu et si le cœur m'en disait, je m'installais à une terrasse et je flemmardais en gardant les yeux dans le vague, ça me faisait prendre l'air, j'entendais les gens discuter entre eux et je descendais mon verre par petits coups, je vidais cinquante fois la dernière goutte avant de me décider à rentrer. Il y avait rien qui me pressait. Rien qui me retenait vraiment.

Depuis que j'avais rebranché le téléphone, Eddie m'appelait régulièrement :

— Putain, on est débordés de boulot en ce moment. On peut pas descendre...

Il me répétait ça à chaque fois. Puis Lisa prenait l'appareil et elle m'embrassait.

— Je t'embrasse, elle disait.

— Ouais, Lisa, ouais, moi aussi...

— Continue à prendre soin d'elle, elle ajoutait. Oh! l'oublie jamais...!

— Non, te casse pas.

Elle me repassait Eddie.

— Hé, c'est moi. Bon, tu sais que si y a quoi que ce soit, on arrive tout de suite... Hein, tu le sais ça... Tu le sais que t'es pas tout seul, tu le sais, hein?

— Mais non, mais oui je le sais.

— Peut-être que d'ici une quinzaine, on pourra venir te voir...

— Ouais, Eddie, ça me fera plaisir.

— Enfin... en attendant, je t'embrasse.

— D'accord, vieux, moi aussi.

— Ouais, Lisa me fait signe qu'elle t'embrasse.

— Ouais, embrasse-la pour moi.

— Tu me le dirais, hein...? T'es sûr que ça va...?

— Ouais, le plus dur est passé.

— Ouais, nous on pense souvent à toi. De toute façon, je te rappelle...

— Ouais, je compte sur toi, Eddie.

C'était le genre de coup de fil qui me rendait mélancolique, c'était comme si je recevais une carte postale de l'autre bout du monde et qu'on ait écrit derrière : JE T'AIME, vous mordez un peu le topo? S'il y avait quelque chose de pas trop mauvais à la télé, ben j'avais plus qu'à m'asseoir devant avec une boîte de loukoums sur les genoux. Et quand j'allais me coucher, c'était un peu plus dur que d'habitude. L'oublie pas, elle disait. T'es sûr que ça va bien ? il demandait. Le plus dur est passé, je répondais. C'était avec des mots comme ça qu'un grand lit devenait un lit à deux places et je m'allongeais là-dessus comme sur un champ de braises. Plus tard, beaucoup de gens m'ont demandé comment je faisais, à cette époque, quand il me prenait une envie de baiser et je leur disais faut pas vous inquiéter, vous êtes gentils, et pourquoi j'irais vous parler de mes petits ennuis, il y a pas autre chose qui vous intéresse ? Les gens aiment bien savoir comment ils font, les types connus, sinon ça les empêche de dormir. C'est fou.

Enfin voilà, tout ça pour dire que j'avais retrouvé une vie normale, le modèle standard avec des hauts et des bas et il y avait en moi celui qui croyait au ciel et celui qui y croyait pas. J'écrivais, je payais les factures courantes, je changeais les draps une fois par semaine, je tournais en rond, je me baladais, je buvais des coups avec Bob, je lorgnais sur le machin d'Annie, je me tenais au courant de mes ventes, je faisais vidanger régulièrement la bagnole, je répondais pas à mes admirateurs, ni aux autres, et je profitais des bons moments pour penser tranquillement à elle et c'était pas rare que je la retrouve dans mes bras. Le moins qu'on puisse dire, c'est que dans ces conditions je m'attendais pas du tout à ce qu'il m'arrive quelque chose. Surtout pas un truc comme ça. Pourtant, il faut jamais s'étonner quand on repasse à la caisse, il faut jamais s'imaginer qu'on a tout payé.

Ce jour-là était un jour comme les autres, sauf que je m'étais donné la peine de me préparer une bonne plâtrée de Chili. Dans l'après-midi, je m'étais levé plusieurs fois de ma chaise pour aller goûter. Ce qui me faisait sourire, c'est que j'avais pas perdu la main. Je vérifiais que ça collait pas au fond. Quand j'écrivais et que ça se passait bien, j'étais toujours de bon poil. Et bon sang, avec un Chili à la clé, j'étais carrément aux anges. Avec un Chili, je l'entendais rigoler dans mon dos.

Quand j'ai vu que la nuit tombait, j'ai refermé mon carnet. Je me suis levé et je me suis servi deux doigts de gin avec ce qu'il fallait de glaçons. Puis j'ai mis la table sans lâcher mon verre. Il y avait encore quelques lueurs rouges dans le ciel mais moi c'était la couleur du Chili qui m'intéressait et elle avait l'air formidable.

Je m'en suis servi une bonne assiette. C'était un peu brûlant. Je me suis donc installé tranquillement avec mon verre et j'ai envoyé un peu de musique et pas n'importe quoi, je me suis écouté *This Must Be the Place* que j'aime tant et comme qui dirait que j'ai fermé les yeux et que ça bichait. J'essayais de faire sonner mes glaçons comme des petites cloches.

J'étais tellement barré là-dedans que je les ai pas entendus arriver. J'étais on ne peut plus relax, ça sentait le Chili dans toute la baraque. Le coup que j'ai pris sur le bras, ça me l'a paralysé. La douleur m'a fait basculer de ma chaise. J'ai voulu me rattraper à la table, mais tout ce que j'ai réussi à faire, c'est de renverser à moitié mon assiette et j'ai quand même glissé sur le carrelage. J'ai pensé qu'on venait de m'envoyer un coup de barre à mines. J'ai gueulé. Un coup de pied dans le ventre m'a privé de souffle. J'ai roulé sur le dos en bavant et malgré le brouillard, je les ai vus. Ils étaient deux, un gros et un petit. Je les ai pas reconnus tout de suite parce qu'ils avaient pas leurs uniformes et que cette histoire m'était complètement sortie de la tête.

— Si tu te remets à gueuler, c'est tout de suite que je te découpe en rondelles ! a fait le gros.

J'essayais de reprendre mon souffle, c'était comme si on m'avait aspergé d'essence. Le gros a enlevé ses dents de devant, il les a tenues dans sa main.

— Ze fuis fûr que comme fa, tu me refonnais, il a fifflé.

Je me suis légèrement ratatiné sur le carrelage. Ça, je

voulais pas le vivre, oh non, quelle horreur! Le gros, c'était Henri, celui à qui j'avais fait sauter un doigt de pied et l'autre c'était mon amoureux, celui que j'avais ensorcelé et qui voulait partir avec moi. Pendant une seconde, je me suis revu en train de cavaler à travers champs avec mon sac rempli de billets sous le bras, sauf que ça se passait au crépuscule maintenant, sauf qu'on aurait dit un grand lac gelé. Henri a poussé un couinement en remettant ses dents, puis il a bondi vers moi et son visage était tout rouge et j'ai pris son pied dans la gueule. Vingt ans plus tôt, quand ces types-là portaient des grosses godasses, je me serais sûrement retrouvé à l'hôpital. Aujourd'hui, on les voyait déambuler en tennis avec des pantalons pattes d'éléphant. Elles étaient blanches les siennes, avec une rayure verte et des semelles en P.V.C., j'avais vu les mêmes en promotion au supermarché, elles valaient pas tout à fait le prix d'un kilo de sucre. Il m'a tout juste ouvert un coin de la lèvre. Il paraissait très excité.

— Merde, bon Dieu, faut pas que je m'énerve, il a grimacé. Faut que je prenne mon temps!

Il a attrapé la bouteille de vin sur la table et s'est tourné vers le jeunot qui me regardait fixement.

— Amène-toi, on va boire quelque chose. Reste pas planté là comme un con. Je te l'avais dit que c'était pas une femme.

Pendant qu'ils se servaient, je me suis redressé un peu. J'avais pratiquement retrouvé mon souffle mais je pouvais toujours pas me servir de mon bras et du sang coulait sur mon tee-shirt propre. Henri a vidé son verre en me souriant du coin de l'œil.

— Je suis content que tu reprennes des forces, il m'a dit. On va pouvoir discuter un peu.

C'est à ce moment-là que j'ai repéré le truc glissé dans sa ceinture et d'un seul coup, j'ai plus vu autre chose que ça. Surtout qu'avec le silencieux, ça faisait une arme d'une belle taille. J'étais sûr que c'était avec ça qu'il m'avait frappé sur le bras. Que j'en ai pratiquement eu un hoquet. Que je m'en suis avalé un crapaud gluant. Que j'en ai souhaité devenir invisible. Le jeune gars semblait avoir été touché par la foudre, il arrivait à peine à tremper ses lèvres dans son verre. Henri s'en est resservi un. Sa peau était luisante comme un type qui vient de s'envoyer trois sandwichs aux merguez et une demi-douzaine de canettes par une nuit étouffante et chargée d'électricité. Il est venu se planter devant moi.

— Alors, t'es pas trop étonné de me voir? il a demandé. Est-ce que c'est pas une bonne surprise...?

J'ai préféré regarder par terre mais il m'a empoigné par les cheveux.

— Tu te souviens, je t'avais dit que tu signais ton arrêt de mort. T'as cru que je plaisantais...? Je plaisante jamais.

Il a envoyé valser ma tête contre le mur. Ça m'a à moitié sonné.

— Bien sûr, il a ajouté, tu vas penser que j'ai mis du temps à te retrouver, mais j'avais pas que ça à faire, je m'en suis occupé que pendant les week-ends.

Il est retourné se servir un verre. Dans la foulée, il a trempé son doigt dans le Chili.

— Hum...! Délicieux, il a fait.

L'autre avait toujours pas bougé d'un poil. Tout ce qu'il savait faire, c'était me regarder. Henri l'a secoué un peu :

— Ben qu'est-ce que tu branles? Qu'est-ce que t'attends pour fouiller la baraque...?

Il avait pas l'air dans son assiette. Il a reposé son verre à moitié plein sur la table et s'est tourné vers Henri :

— Oh bon Dieu... mais t'es vraiment sûr que c'est lui...?

Henri a plissé légèrement les yeux.

— Ecoute-moi, fais ce que je te dis. Me fais pas chier...! D'accord, petit?

Le petit a hoché la tête et il est sorti de la cuisine en soupirant. Il était le seul à avoir envie de soupirer. Henri a traîné une chaise près de moi. Il s'est assis dessus. Il devait avoir la manie d'attraper les gens par les cheveux. Il s'est pas gêné avec moi, on aurait dit qu'il voulait me les arracher. J'aurais pas été surpris qu'il lui en reste la moitié dans les mains. Il s'est penché vers moi. C'était plus le Chili que ça sentait dans la maison, c'était le bouillon de onze heures.

— Hé, t'as pas remarqué que je boitais un peu, t'as pas vu...? C'est à cause que j'ai plus mon gros doigt de pied, ça me fait perdre l'équilibre.

Il m'a envoyé son coude dans le nez. J'ai saigné du nez. Ça ne venait que s'ajouter à mon bras qui fonctionnait plus, à ma lèvre éclatée, à cette grosse bosse qui me cuisait derrière le crâne et il était pas très tard et il semblait pas avoir envie d'aller se coucher. J'ai essuyé le sang qui coulait sur mon menton. Il me laissait pas le temps de récupérer. Je souffrais pas énormément mais la douleur venait de partout à la fois. C'était comme si on m'avait plongé dans un bain un peu trop bouillant. J'arrivais pas à analyser la situation froidement. Mes idées s'embrouillaient. J'arrivais à rien.

— Attends, tu vas voir le coup, il a enchaîné. Je vais t'expliquer comment j'ai fait. T'as pas eu de chance d'être tombé sur moi, j'ai été flic pendant dix ans.

Il m'a lâché les cheveux pour s'allumer une cigarette. Celle-là, il va me l'éteindre dans l'oreille, j'ai pensé. Il a lancé quelques ronds de fumée bleue dans ma direction. Il avait l'air d'un type qui vient de gagner au Loto, il a regardé un peu en l'air.

— D'abord, il a fait, je me suis demandé pourquoi t'étais sorti par-derrière et puis on avait pas entendu de bagnole démarrer, ouais ce truc-là m'a turlupiné. Je me suis dit, cette salope, elle était pas à pied, elle a dû garer sa bagnole vachement loin et y a une raison à ça, c'est qu'elle voulait pas la faire repérer. Tu mords un peu le raisonnement subtil du gars...?

J'ai hoché la tête. Je voulais pas lui déplaire, je voulais qu'il oublie cette histoire de cigarette. Je regrettais amèrement de lui avoir fait ce truc-là au pied. Je regrettais que tout ça m'arrive un soir où j'allais me pencher au-dessus d'une assiette de Chili, un soir où la vie me paraissait presque douce. Et c'était pas le genre de types à qui j'aurais pu demander de me laisser finir mon roman.

— Je me suis donc baladé un peu par-derrière, il a enchaîné, et tout en réfléchissant, j'ai grimpé sur la voie ferrée. Et qu'est-ce que j'ai vu, hein mon petit pote, qu'est-ce que j'ai vu...? LE PARKING DU SUPERMAR- CHÉ! Ouais, tout juste, et je vais te dire une chose, ça je reconnais que c'était bien joué. J'ai marché jusqu'au parking en te tirant mon chapeau. Mon pied me faisait mal, je te dis pas, mais le coup du parking, chapeau !

Il a envoyé son mégot de cigarette par la fenêtre ouverte puis il s'est penché vers moi en arborant une affreuse grimace sexuelle. J'avais pas mérité que ma mort puisse avoir un visage aussi hideux. Moi, j'étais un écrivain tourné vers la Beauté. Henri a secoué doucement la tête :

— Je peux pas te dire ce que ça m'a fait quand je suis tombé sur tes petits mouchoirs en papier. Ça faisait comme un petit tas lumineux, on aurait dit qu'il m'appelait. Je les ai ramassés mais j'avais déjà tout compris. Je me suis dit que pour une nénette, tu devais avoir une belle paire de couilles.

J'aurais voulu qu'il parle d'autre chose, qu'il se mette pas d'un seul coup à penser aux miennes car on peut jamais savoir ce qui va traverser la tête d'un type comme ça. J'entendais l'autre retourner des tiroirs dans la baraque. Ça m'avait pris du temps pour rebâtir un morceau de vie et on m'envoyait ces deux-là pour pas que j'oublie la fragilité des choses. Pourquoi, est-ce que j'avais l'air de l'avoir oubliée ?

Henri a essuyé son front sans cesser de me fixer. Son front s'est remis à briller presque aussitôt, un champ de quartz balayé par un rayon de lune.

— Et tu sais ce que j'ai fait après ? Ben une fois de plus t'as manqué de bol parce que le directeur du supermarché c'est un cousin de ma femme et je sais le prendre, ce gars-là, il peut rien me refuser. Alors j'ai ramassé les adresses de tous les gens qui avaient fait des chèques cet après-midi-là et je suis allé les voir un par un et je leur ai demandé s'ils avaient pas vu un truc de bizarre sur le parking. Espèce d'enfoiré, c'est là que j'aurais pu te perdre pour de bon. A ce moment-là, nos chances étaient égales, hé... j'étais excité comme pas deux...!

Il s'est retourné pour prendre la bouteille de vin sur la table. Je sais pas combien j'aurais donné pour un grand verre d'eau et une poignée de somnifères. Ça m'intéressait pas spécialement de savoir comment il m'avait retrouvé, je suis pas un malade des enquêtes policières. Mais qu'est-ce que je pouvais faire d'autre à part l'écouter? Je respirais par la bouche, j'avais le nez complètement bouché par le sang. Il a liquidé la dernière goutte de vin puis il s'est levé et une de ses mains a plongé dans mes cheveux.

— Amène-toi voir par ici, il a fait. Je te vois pas assez bien!

Il m'a traîné jusqu'à la table et m'a fait asseoir sur une chaise, juste sous la lampe. J'ai lâché trois gouttes de sang dans mon assiette de Chili. Il a fait le tour pour s'installer devant moi et il a sorti son arme. Il l'a braquée vers ma tête en prenant appui des deux mains sur la table. Ses doigts étaient croisés sur la crosse. Sauf ses deux index qu'il avait enquillés de chaque côté de la gâchette. Ça leur faisait pas beaucoup de place, il aurait pas fallu qu'il y en ait un pour éternuer. Chaque seconde qui passait, c'était comme un enchantement d'être encore en vie. Et lui, il souriait.

— Alors, pour te finir mon histoire, il a rembrayé, je suis tombé sur une bonne femme qui avait fait un chèque pour une planche à repasser et elle me dit : « Ah oui, m'sieur, j'ai bien vu une espèce de blonde qui poireautait dans une bagnole jaune citron, et même que c'était bien une Mercedes jaune citron immatriculée dans le coin et même qu'elle portait bien des lunettes noires! » Hé, tu veux que je te dise, ce jour-là c'était un dimanche après-midi et il était pas très tard alors je me suis assis à une terrasse et j'ai pensé à toi très fort, je t'ai presque dit merci. Ça, je reconnais que tu m'as facilité la tâche. Une bagnole comme la tienne, y en a pas des kilos dans le coin, non y en a qu'une !

J'ai eu un sursaut ridicule que je rangerais dans la catégorie Coup De Pied Dans La Grande Muraille De Chine. J'ai voulu jouer à l'innocent, je me suis mis à secouer la tête.

— Je comprends rien à votre histoire, j'ai lâché. Cette bagnole, ça fait vingt fois que je me la fais piquer...

Henri, ça l'a fait rigoler. Il m'a attrapé par mon tee-shirt et m'a tiré par-dessus la table. J'ai senti le bout du silencieux se planter dans mon gosier. Il faisait de moi ce qu'il voulait. Peut-être que ça aurait changé quelque chose si j'avais essayé de me défendre, j'en sais rien du tout. Il était plus vieux que moi et il commençait à être un peu saoul, peut-être que si j'avais pris un bon coup de rage, j'aurais pu renverser la situation, c'était pas impossible. Mais je sentais bien que ça venait pas. J'arrivais pas à mettre le moteur en route. Je pouvais pas me mettre en colère, j'y arrivais pas du tout. Fatigué comme j'ai jamais été, j'étais. Je me serais bien assis sur le bord de la route. Pour la lumière, j'aurais fait avec un petit soleil couchant, juste tiède. Pour le reste, deux ou trois brins d'herbe et basta.

Henri allait me dire un truc mais l'autre est arrivé juste à ce moment-là. Il m'a repoussé sur ma chaise si violemment que je suis parti à la renverse et que je me suis étalé sur le carrelage. J'étais vraiment empoté avec ce bras mort, je suis tombé assez lourdement, comme si j'en étais à ma quinzième reprise. J'ai décidé de pas me relever. Il était écrit nulle part que je devais me relever et marcher d'un cœur léger vers la souffrance. J'ai donc pas bougé, j'ai même pas retiré ma jambe qui était restée braquée en l'air. Sur un pied de la chaise renversée, mon petit talon était venu se bloquer.

Je me suis demandé si l'ampoule qui pendait du plafond, en fin de compte, si c'était pas du 200 watts. Je me suis demandé si c'était pour cette raison que je clignais des yeux ou si c'était à cause de la sacoche que le jeune type tenait à la main. Il était plutôt pâle, il l'a soulevée lentement et pourtant elle pesait pas trois tonnes, mais ça a pris un petit bout de temps avant qu'il se décide à la poser sur un coin de la table. Henri et moi, on se demandait ce qu'il branlait.

— J'ai trouvé ça, il a murmuré.

L'espace d'un instant, il m'a fait de la peine, on aurait dit qu'il croyait plus en rien. Il avait l'air malheureux. Henri a pas essayé de le consoler. Il a attrapé le sac de billets, il l'a ouvert en grand.

— Ah... la vache ! il a fait.

Il a plongé dedans. J'ai entendu qu'il froissait quelques billets. Mais ce qu'il a ramené dans sa main, c'est mes faux seins et ma perruque. Il les a fait tourner dans la lumière comme une rivière de diamants.

— Oh bon Dieu de bon Dieu ! il a sifflé.

Je suis incapable de dire pourquoi j'avais gardé ces machins-là ni pourquoi je les avais remis dans le sac. J'espère que je suis pas tout seul à faire des trucs que je comprends pas. Et il arrive que les choses s'organisent d'elles-mêmes et se servent de vous pour arriver à leur fin et vous flanquent le vertige et vous tirent par la main et Dieu sait quoi encore. Si j'avais pu m'enfoncer sous le carrelage de la cuisine, je l'aurais fait.

— C'est Joséphine, a soupiré le malheureux.

— Putain, tu l'as dit ! a grogné Henri.

Soudain la cuisine a changé de couleur. C'est devenu tout blanc. Ça s'est mis à siffler à toute vitesse dans mes oreilles mais avant que j'aie pu retirer ma jambe, Henri a visé mon gros doigt de pied et il a tiré. Ça m'a fait mal jusqu'en haut de l'épaule et j'ai vu le sang couler de mon espadrille comme une fontaine empoisonnée. Bizarrement, c'est à ce moment-là que j'ai pu me resservir de mon bras. Je me suis pris le pied à deux mains en écrasant mon front sur le carrelage. Henri a sauté sur moi et il m'a retourné. Il respirait vite, des gouttes de sueur tombaient de ses sourcils et m'éclataient sur la figure. Ses yeux étaient deux bébés vautours avec la gueule ouverte. Il avait empoigné mon tee-shirt.

— Viens par ici, ma jolie, viens ma petite poulette...! On a pas encore fini avec toi!

Il m'a soulevé et m'a envoyé sur une chaise. Il souriait et grimaçait en même temps, ça avait l'air rudement bon pour lui. Il s'est passé la langue rapidement sur les lèvres avant de s'adresser au jeune gars :

— Bon, maintenant on va l'emmener faire un tour. Trouve-moi quelque chose pour l'attacher...

L'autre a enfoncé ses mains dans ses poches arrière en prenant une mine de chien battu.

— Ecoute, Henri, vraiment ça suffit comme ça. On a qu'à appeler les flics et c'est tout...

Henri a fait un bruit obscène avec sa bouche. J'étais en train de regarder l'éruption du Vésuve au bout de mon pied.

— Pauv' môme, il a fait, t'es vraiment qu'un petit con, tu me connais mal...

— Mais Henri...

— Putain, écoute-moi, t'as voulu que je t'emmène alors tu fais ce que je te dis. Je vais pas le donner aux flics pour qu'il soit relâché au bout de trois mois, ça, fais-moi confiance...!! Bon Dieu, pas après ce qu'il m'a fait, ah bon Dieu, tu rigoles!!

— Ouais, mais Henri, on a pas le droit de faire un truc comme ça...

Henri est entré dans une rage folle, j'ai cru qu'il allait lui taper dessus. Ils se sont engueulés mais j'ai pas très bien compris ce qu'ils se racontaient parce que je venais d'apercevoir un petit filet de lave qui dévalait le flanc ouest de ma tatane. J'aurais pas pu approcher ma main à moins d'un mètre tellement ça brûlait. Quand j'ai relevé la tête, je sais pas ce qu'il trafiquait mais Henri était en train de m'accrocher les faux seins. Il s'est un peu excité avec la fermeture. L'autre se tenait devant moi. On s'est regardés dans les yeux. Je lui ai envoyé un message silencieux. Fais quelque chose pour moi, je lui ai dit, je suis un écrivain maudit. Henri m'a vissé la perruque sur la tête.

— Alors, tu la reconnais, maintenant...?! il a braillé. T'as vu un peu cette petite pute...?! Et c'est pour elle que tu te mets à trembler, c'est pour elle...?!!

L'autre s'est mordu les lèvres. Et moi je suis resté assis sans bouger et décidément il y avait rien qui pouvait me mettre en colère, je me demandais si ça me reviendrait un jour. Pour le moment, je m'avançais tout droit dans les vagues et je m'enfonçais dans l'océan. Henri ressemblait à un puits de pétrole en feu. La rage le faisait virer au jaune-rouge. Il a attrapé mon seul espoir par un bras et il lui a enfoncé la tête entre mes seins. Il s'est mis à nous secouer tous les deux.

— Alors merde!! il hurlait. C'est ÇA que tu veux...?!! C'est ça que t'as dans la tête, espèce de petit connard...??!!!

Le jeune type essayait de se dégager. Ses cheveux sentaient une espèce de parfum bon marché. On l'entendait brailler et couiner d'une voix étouffée. J'avais peur qu'il écrase mon pied blessé. Ensuite, Henri l'a tiré en arrière et l'a envoyé dinguer contre la table. Le plat de Chili a failli y passer. Le petit gars pleurait presque, il avait des plaques rouges sur la figure. Henri a mis ses mains sur ses hanches, son visage souriait d'une manière épouvantable et son odeur remplissait la pièce.

— Alors, espèce de trou du cul...! il a fait. Maintenant tu vas aller me la chercher, cette corde...??

Henri a levé un bras devant ses yeux. Mais une balle ça vous traverse un bras comme qui rigole et ensuite ça vous transperce le crâne et si derrière il y a rien qu'une fenêtre ouverte, ça continue à vous siffler par-dessus les toits des maisons et ça vous disparaît dans la nuit, ça va vous rejoindre le cimetière des balles. Henri a glissé sur le sol. L'autre a reposé l'arme sur la table et s'est laissé choir sur une chaise. Des silences bleutés comme celui qui nous est tombé sur les bras à ce moment-là, j'en ai jamais revu la queue d'un.

Il avait un coude posé sur la table, il regardait par terre. J'ai enlevé ma perruque et je l'ai jetée dans un coin. Ensuite j'ai fait sauter l'agrafe du soutien-gorge. Ils me sont tombés sur les genoux. J'étais épuisé. J'ai dû m'arrêter pour souffler un peu. La cuisine était un bloc de résine translucide propulsé dans les airs et tournoyant sans fin. Je savais pas que j'aimais la vie à ce point-là, pourtant c'est à ça que j'ai pensé en caressant doucement ma lèvre éclatée du bout des doigts. Ça me faisait un peu mal. Il faut vraiment l'aimer pour continuer à marcher au milieu de toute cette souffrance, pour avoir le courage de tendre une main faiblarde vers des comprimés d'Arnica 5 CH.

Il y en avait un tube sur le frigo. J'ai toujours eu de l'Arnica près de moi, ça prouve que j'ai un peu l'expérience de la vie. Je me suis collé trois petits trucs blancs sous la langue.

— T'en veux ? j'ai proposé.

Il a secoué la tête sans me regarder. Je savais à quoi il pensait. J'ai pas insisté. J'ai respiré un bon coup et je me suis penché sur mon espadrille. L'impression générale était que j'avais oublié ma jambe dans un feu de camp, dans les braises du petit matin. J'ai empoigné la semelle de corde et je l'ai fait glisser aussi délicatement que si j'avais déshabillé une libellule endormie. J'ai pu constater que c'était une espèce de petit miracle, j'appelle ça comme ça, une balle qui vous passe entre deux doigts de pied, j'appelle ça un rendez-vous avec le ciel, c'était simplement un petit bout de peau déchirée. Je me suis levé, j'ai enjambé le corps d'Henri sans rien éprouver du tout et je suis allé m'envoyer un grand verre d'eau.

— Je vais t'aider à le descendre, j'ai dit. Tu vas aller le balancer aussi loin que tu peux...

Il a pas bougé. Je me suis avancé derrière lui et je l'ai aidé à se lever. Il était pas très vaillant. Il s'est cramponné à la table sans dire un seul mot.

— Toi et moi, on ferait mieux d'oublier toute cette histoire, j'ai proposé.

J'ai attrapé des poignées de billets dans le sac et je les ai fourrés dans sa chemise. Il avait que deux ou trois poils sur la poitrine, à tout casser. Il a pas bronché.

— Il faut que tu saches saisir ta chance, j'ai dit. Prends-le par les jambes.

On l'a traîné. On aurait dit qu'on traînait une baleine morte dans les escaliers. Personne dehors, un minimum de lune, rien qu'un petit vent doux. Leur bagnole était garée juste devant. On a enfoncé Henri dans le coffre. Je suis remonté aussi vite que j'ai pu, j'ai attrapé le flingue sur la table avec le bas de mon tee-shirt et je suis redescendu en boitant. L'autre était déjà derrière le volant. J'ai cogné au carreau.

— Baisse la vitre, j'ai fait.

Je lui ai passé l'arme en vitesse.

— Ensuite, t'iras enterrer ça au pôle Nord, j'ai dit.

Il a hoché la tête en regardant droit devant lui.

— Roule pas comme un con, j'ai ajouté. Te fais pas remarquer.

— Oui, il a murmuré.

J'ai reniflé en posant mes deux mains sur le toit de la bagnole, j'ai regardé la rue qui montait.

— Rappelle-toi ce que disait Kerouac, j'ai soupiré. Le joyau, le centre réel, c'est l'œil à l'intérieur de l'œil.

J'ai envoyé une petite claque sur la carrosserie au moment où il se tirait. Je suis remonté chez moi.

Je me suis soigné, j'ai fait un peu de ménage, les trucs les plus urgents. En fait, j'étais pas loin de m'imaginer qu'il s'était rien passé. J'ai remis le Chili dans une casserole, à feu doux. J'ai remis la musique. Le chat est entré par la fenêtre et la nuit était calme.

— J'ai vu de la lumière, il a fait. T'étais en train d'écrire... ?

— Non, j'ai dit. Je réfléchissais.

Sur les écrans

Livre après livre, j'ai lu édifié l'étonnante bibliothèque du cinéma.

Les titres vous sont présentés ci-dessous par ordre alphabétique.

Abyss
CARD Orson Scott 2657/4
L'accompagnatrice
BERBEROVA Nina 3362/4
Adieu ma concubine
LEE Lilian 3633/4 (Mars 94)
Un grand roman qui inspira le film Palme d'or au Festival de Cannes en 1993.

Alice au pays
des merveilles
CARROLL Lewis 3486/2
Alien
FOSTER Alan Dean 1115/3
AlienS
FOSTER Alan Dean 2105/4
Alien 3
FOSTER Alan Dean 3294/4
L'ami Maupassant
de **MAUPASSANT Guy 2047/2**
Les amies de ma femme
ADLER Philippe 2439/3
Les amitiés particulières
PEYREFITTE Roger 17/4
L'année de l'éveil
JULIET Charles 2866/3
L'autre
CHEDID Andrée 2730/3
Beignets de tomates vertes
FLAGG Fannie 3315/7
Bel-Ami
de **MAUPASSANT Guy 3366/3**
La belle Romaine
MORAVIA Alberto 1712/5
Beverly Hills
GILDEN Mel 3637/4 & 3638/3 (Mars 94)
Brenda, Dylan, Brandon et les autres... Retrouvez les aventures, les fous-rires et les peines de cœur des héros de votre feuilleton télévisé dans une série de livres illustrés.

Blade Runner
DICK Philip K. 1768/3
Bleu comme l'enfer
DJIAN Philippe 1971/4
Body
ARNSTON Harrison 3479/5
Bonjour la galère !
ADLER Philippe 1868/1
La brute
des **CARS Guy 47/3**
Carrie
KING Stephen 835/3
Charlie
KING Stephen 2089/5
La Chartreuse de Parme
STENDHAL 2755/5
Le Château des Oliviers
HÉBRARD Frédérique 3677/7 (Mai 94)
Chiens perdus sans collier
CESBRON Gilbert 6/2
Christine
KING Stephen 1866/4
Le club de la chance
TAN Amy 3589/4 (Février 94)
Conan le barbare
HOWARD Robert E. 1449/3 (avec Sprague de Camp)
Conan le destructeur
HOWARD Robert E. 1689/2 (avec R.Jordan)
La couleur pourpre
WALKER Alice 2123/3
Le crime de Mathilde
des **CARS Guy 2375/4**
Croc-Blanc
LONDON Jack 2887/3
Cujo
KING Stephen 1590/4
Cyrano de Bergerac
ROSTAND Edmond 3137/3
Dans la ligne de mire
COLLINS Max Alban 3626/5
Danse avec les loups
BLAKE Michael 2958/4
Délivrance
DICKEY James 531/3
La demoiselle d'Avignon
HÉBRARD Frédérique 2620/4

Demolition Man
OSBORNE Richard 3628/4
Dans un futur d'une violence terrifiante, un flic surnommé Demolition Man en raison de ses méthodes peu orthodoxes, affronte un meurtrier sanguinaire, évadé de prison.

Le dernier des Mohicans
COOPER Fenimore J. 2990/5
2001-l'odyssée de l'espace
CLARKE Arthur C. 349/2
Le diable au corps
RADIGUET Raymond 2969/1
Entre Ciel et Terre
SINGER Michaël 3630/4
Une Vietnamienne émigrée aux Etat-Unis décide un jour de retrouver son pays natal. Commence alors un long et déchirant périple, au terme duquel elle aura renoué avec l'histoire des siens.

L'Espagnol
CLAVEL Bernard 309/4
E.T. L'extra-terrestre
SPIELBERG Steven 1378/3
E.T. La planète verte
SPIELBERG Steven 1980/3
L'été en pente douce
PELOT Pierre 3249/3
Fearless
YGLESIAS Rafael 3629/6 (Fév.)
Des fleurs pour Algernon
KEYES Daniel 427/3
Le Fugitif
DILLARD J.-M. 3585/4
Frankenstein
SHELLEY Mary 3567/3
Germinal
ZOLA Emile 901/3
Le grand-chemin
HUBERT Jean-Loup 3425/3
Gremlins
SPIELBERG Steven 1741/3
L'homme sans visage
HOLLAND Isabelle 3518/3
Hook
BROOKS Terry 3298/4
Horizons lointains
MASSIE Sonja 3356/6

Sur les écrans

L'impure
des CARS Guy 173/4

Isaura
GUIMARAES Bernardo 2200/2

J'étais empereur de Chine
PU-YI 2327/6

Le jardin secret
BURNETT Frances Hodgson
3655/4 (Avril 94)
Trois enfants découvrent un
mystérieux jardin à l'abandon,
auquel ils décident de redonner
sa splendeur passée. Et peu à
peu, comme par magie, le jardin
transforme leurs vies.

JF partagerait appartement
LUTZ John 3335/4

JFK
GARRISON Jim 3267/5 Inédit

Jonathan Livingston
le goéland
BACH Richard 1562/1 Illustré

Joy
LAUREY Joy 1467/2

Joy (Le retour de)
LAUREY Joy 3388/3

Kramer contre Kramer
CORMAN Avery 1044/3

King of the hill
HOTCHNER A.E. 3582/4

La lectrice
JEAN Raymond 2510/1

Little Big Man
BERGER Thomas 3281/8

La liste de Schindler
KENEALLY Thomas 2316/6
(Mars 94)

Love story
SEGAL Erich 412/1

Lucas
LEBLANC Alain 3392/4

Madame Bovary
FLAUBERT Gustave 103/3

Le Magicien d'Oz
BAUM Frank 1652/1 (Février)

Malpertuis
RAY Jean 1677/2

Un mari, c'est un mari
HEBRARD Frédérique 823/2

Le mari de
l'Ambassadeur
HEBRARD Frédérique 3099/6

Mémoires d'un
homme invisible
SAINT Harry F. 2945/8

Michigan Mélodie
(Un mariage à la carte)
MONSIGNY Jacqueline 1289/2

1492
La conquête du paradis
THURSTON Robert 3403/3

Misery
KING Stephen 3112/6

Moi, Antoine de Tounens,
roi de Patagonie
RASPAIL Jean 2595/4

9 semaines 1/2
McNEILL Elizabeth 2259/2

Les nuits fauves
COLLARD Cyril 2993/3

Les oiseaux se cachent
pour mourir
McCULLOUGH Colleen 1021/4
& 1022/4

Oliver's story
SEGAL Erich 1059/2

Orphée
COCTEAU Jean 2172/1

Le palanquin des larmes
CHOW CHING LIE 859/4

Pavillons lointains
KAYE M.M. 1307/4 & 1308/4

Peter Pan
BARRIE James M. 3174/2

Peur Bleue
KING Stephen 1999/3

Priez pour nous
DUROY Lionel 3138/4 (Fév.)

Le Prince des marées
CONROY Pat 2641/5 & 2642/5

Pulsions
DePALMA Brian 1198/3

Racines
HALEY Alex 968/4 & 969/4

La reine Margot
DUMAS Alexandre 3279/8
(Mars 94)

Rencontres du
troisième type
SPIELBERG Steven 947/3

Robocop 2
NAHA Ed 2931/3

Le rouge et le noir
STENDHAL 1927/4

Running Man
KING Stephen 2694/3

Sauvez Willy
HOROWITZ Jordan 3627/4
(Février 94)
Une extraordinaire histoire
d'amitié entre un jeune garçon
et une baleine, vedette d'un
show aquatique, à laquelle
l'enfant a décidé de rendre sa
liberté.

Shining
KING Stephen 1197/5

Simetierre
KING Stephen 2266/6

Le sixième jour
CHEDID Andrée 2529/3

Star Trek
RODDENBERRY Gene 1071/3

Le temps de l'innocence
WHARTON Edith 3393/5

La tête en l'air
AGACINSKI Sophie 3046/5

The Player
TOLKEN Michael 3483/3

Tous les fleuves vont
à la mer
PLAIN Belva 1479/4 & 1480/4

37°2 le matin
DJIAN Philippe 1951/4

Une équipe
hors du commun
GILBERT Sarah 3355/3

La vengeance
aux deux visages
MILES Rosalind
2723/5 & 2724/5

Une vie
de MAUPASSANT Guy 1952/2

Vingt mille lieues sous les
mers
VERNE Jules 3654/5 (Avril 94)

Le voyage du père
CLAVEL Bernard 300/1

Le voyage fantastique
ASIMOV Isaac 1635/3

Grands romans

La littérature conjuguée au présent, pour votre plaisir. Des œuvres de grands romanciers français et étrangers, des histoires passionnantes, dramatiques, drôles ou émouvantes, pour tous les goûts...

ADLER Philippe
Bonjour la galère !
1868/1
Les amies de ma femme
2439/3

Mais qu'est-ce qu'elles veulent ces bonnes femmes ? Elles passent des heures au téléphone, boudent ou pleurent des amants qui les ignorent. Quand il rentre chez lui, Albert aimerait que Victoire s'occupe de lui rien à faire : les copines d'abord. Jusqu'au jour où Victoire se fait la malle et où ce sont ses copines qui consolent Albert.

Qu'est-ce qu'elles me trouvent ?
3117/3

ANDREWS™ Virginia C.
Fleurs captives

Dans un immense et ténébreux grenier, quatre enfants vivent séquestrés. Pour oublier leur détresse, ils font de leur prison le royaume de leurs jeux, le refuge de leur tendresse, à l'abri du monde. Mais le temps passe et le grenier devient un enfer. Et le seul désir de ces enfants devenus adolescents est désormais de s'évader... à n'importe quel prix.

- Fleurs captives
1165/4
- Pétales au vent
1237/4
- Bouquet d'épines
1350/4
- Les racines du passé
1818/4
- Le jardin des ombres
2526/4

La saga de Heaven
- Les enfants des collines
2727/5

Les enfants des collines, c'est l'envers de l'Amérique : la misère à deux pas de l'opulence. Dans la cabane sordide où elle vit avec ses quatre frères et sœurs, Heaven se demande comment ses parents ont eu l'idée de lui donner ce prénom : «Paradis». Un jour, elle apprendra le secret de sa naissance, si lourd que la vie de son père en a été brisée, mais si beau qu'elle croit naître une seconde fois.

- L'ange de la nuit
2870/5
- Cœurs maudits
2971/5
- Un visage du paradis
3119/5
- Le labyrinthe des songes
3234/6
Ma douce Audrina
1578/4
Aurore
- Aurore
3464/5
- Les secrets de l'aube
3580/6

ATTANÉ Chantal
Le propre du bouc
3337/2

AVRIL Nicole
Après des études de lettres, elle s'est imposée dès ses premiers livres. D'autres ont suivi qui furent autant de succès.

Monsieur de Lyon
1049/2

La disgrâce
1344/3

Un père doux et bon, une mère si belle, une grande maison face à l'océan : Isabelle est heureuse. Jusqu'au jour où elle découvre qu'elle est laide. A cette disgrâce qui la frappe comme une malédiction, elle survivra, lucide, dure, hostile, adulte soudain.

Jeanne
1879/3

Don Juan aujourd'hui pourrait-il être une femme ? La belle Jeanne a appris à jouir d'une existence que l'on sait toujours menacée. D'homme en homme, elle poursuit sa quête de l'éternel masculin.

L'été de la Saint-Valentin
2038/1
La première alliance
2168/3
Sur la peau du Diable
2707/4
Dans les jardins
de mon père
3000/2
Il y a longtemps
que je t'aime
3506/3

L'amour impossible entre Antoine, 14 ans, et Pauline, sa belle-mère.

BACH Richard
Jonathan Livingston
le goéland
1562/1 Illustré
Illusions/Le Messie
récalcitrant
2111/1
Un pont sur l'infini
2270/4
Un cadeau du ciel
3079/3

Grands romans

BELLETTO René
Le revenant
2841/5
Sur la terre comme au ciel
2943/5
La machine
3080/6
L'Enfer
3150/5
Dans une ville déserte et terrassée par l'été, Michel erre. C'est alors qu'une femme s'offre à lui, belle et mystérieuse...

BERBEROVA Nina
Le laquais et la putain
2850/1
Dans le Paris des années folles, une jeune émigrée russe s'étourdit dans les cabarets tziganes et cherche désespérément celui qui la tirera de la misère. Une écriture implacable et glacée.

Astachev à Paris
2941/2
La résurrection de Mozart
3064/1
C'est moi qui souligne
3190/8
L'accompagnatrice
3362/4
Fascinée par la cantatrice qui l'a engagée, une jeune pianiste russe découvre un monde qu'elle ne soupçonnait pas. Peu à peu, elle se laisse submerger par la jalousie que lui inspire la gloire, la beauté et le bonheur d'une autre.

De cape et de larmes
3426/1
Roquenval
3679/1 (Mai 94)

BERGER Thomas
Little Big Man
3281/8

BEYALA Calixthe
C'est le soleil qui m'a brûlée
2512/2
Le petit prince de Belleville
3552/3

BLAKE Michael
Danse avec les loups
2958/4

BULLEN Fiona
Les amants de l'équateur
3636/6 (Mars 94)

CATO Nancy
Lady F.
2603/4
Tous nos jours sont des adieux
3154/8

CHAMSON André
La tour de Constance
3342/7

CHEDID Andrée
La maison sans racines
2065/2
Le sixième jour
2529/3
Lorsque le choléra frappe Le Caire, ce sont les quartiers pauvres les plus touchés. Ignorante et superstitieuse, la population préfère cacher les malades car, lorsqu'une ambulance vient les chercher, ils ne reviennent plus. Il faut attendre le sixième jour. L'instituteur l'a dit : «Le sixième jour, si le choléra ne t'a pas tué, tu es guéri.»

Le sommeil délivré
2636/3
L'autre
2730/3
Les marches de sable
2886/3
L'enfant multiple
2970/3

Le survivant
3171/2
La cité fertile
3319/1

CLANCIER
Georges-Emmanuel
Le pain noir
651/3
Le pain noir, c'est celui des pauvres, si dur, que même les chiens n'en veulent pas. Placée à huit ans comme domestique chez des patrons avares, Cathie n'en connaîtra pas d'autre. Récit d'une enfance en pays Limousin, au siècle dernier.

COCTEAU Jean
Orphée
2172/1

COLETTE
Le blé en herbe
2/1

COLOMBANI
Marie-Françoise
Donne-moi la main, on traverse
2881/3
Derniers désirs
3460/2

COLLARD Cyril
Cinéaste, musicien, il a adapté à l'écran et interprété lui-même son second roman Les nuits fauves.
Le film 4 fois primé, a été élu meilleur film de l'année aux Césars 1993. Quelques jours plus tôt Cyril Collard mourait du sida.
Les nuits fauves
2993/3
Condamné amour
3501/4
Cyril Collard : la passion
3590/4 (par Guerand & Moriconi)

Grands romans

CONROY PAT
Le Prince des marées
2641/5 & 2642/5
Dans une Amérique actuelle et méconnue, au cœur du Sud profond, un roman bouleversant, qui mêle humour et tragédie.

CORMAN AVERY
Kramer contre Kramer
1044/3
Un divorce et des existences se brisent : celle du petit Billy et de son père, Ted Kramer. En plein désarroi, Ted tente de parer au plus pressé. Et puis un jour, Joanna réapparaît...

DENUZIÈRE MAURICE
Helvétie
3534/9
A l'aube du XIXᵉ siècle, le pays de Vaud apparaît comme une oasis de paix au milieu d'une Europe secouée par de furieux soubresauts. C'est cette joie de vivre oubliée que découvre Blaise de Fonsalte, soldat de l'Empire, déjà las de l'épopée napoléonienne. De ses amours clandestines avec Charlotte, la femme de son hôte, va naître une petite fille aux yeux vairons. Premier volume d'une nouvelle et passionnante série romanesque par l'auteur de *Louisiane*.

La trahison
des apparences
3674/1 (Mai 94)

DHÔTEL ANDRÉ
Le pays où l'on n'arrive jamais
61/2

DICKEY JAMES
Délivrance
531/3

DIWO JEAN
Au temps où la Joconde parlait
3443/7
1469. Les Médicis règnent sur Florence et Léonard de Vinci entame sa carrière, aux côtés de Machiavel, de Michel-Ange, de Botticelli, de Raphaël... Une pléiade de génies vont inventer la Renaissance.

DJIAN PHILIPPE
Né en 1949, sa pudeur, son regard à la fois tendre et acerbe, et son style inimitable, ont fait de lui l'écrivain le plus lu de sa génération.

37°2 le matin
1951/4
Se fixer des buts dans la vie, c'est s'entortiller dans des chaînes... Oui, mais il y a Betty et pour elle, il irait décrocher la lune. C'est là qu'ils commencent à souffrir. Car elle court derrière quelque chose qui n'existe pas. Et lui court derrière elle. Derrière un amour fou...

Bleu comme l'enfer
1971/4
Zone érogène
2062/4
Maudit manège
2167/5
50 contre 1
2363/2
Echine
2658/5

Dan a sacrifié ses jours, ses amis, ses amours à l'écriture. Il avait du talent, du succès. Et puis plus rien : la source est tarie. Depuis, Dan écrit des scénarios pour la télévision, sans honte et sans passion. Mais il y a son fils Herman, la bière mexicaine et les femmes, toujours belles, qui s'en vont parce qu'on les aime trop, ou trop mal...

Crocodiles
2785/2
Cinq histoires qui racontent le blues des amours déçues ou ignorées. Mais c'est parce que l'amour dont ils rêvent se refuse à eux que les personnages de Djian se cuirassent d'indifférence ou de certitudes. Au fond d'eux-mêmes, ils sont comme les crocodiles : «des animaux sensibles sous leur peau dure.»

DORIN FRANÇOISE
Elle poursuit avec un égal bonheur une double carrière. Ses pièces (La facture, L'intoxe...) dépassent le millier de représentations et ses romans sont autant de best-sellers.

Les lits à une place
1369/4
Pour avoir vu trop de couples déchirés, de mariages ratés (dont le sien !), Antoinette a décidé que seul le lit à une place est sûr. Et comme elle a aussi horreur de la solitude, elle a partagé sa maison avec les trois êtres qui lui sont le plus chers. Est-ce vraiment la bonne solution ?

Les miroirs truqués
1519/4
Les jupes-culottes
1893/4
Les corbeaux et les renardes
2748/5
Baron huppé mais facile à duper, Jean-François de Brissandre trouve astucieux de prendre la place de son chauffeur pour séduire sa dulcinée. Renarde avisée, Nadège lui tient le même langage. Et voilà notre corbeau pris au piège, lui qui croyait abuser une ingénue.

Nini Patte-en-l'air
3105/6

Achevé d'imprimer en Europe (France)
par Brodard et Taupin à La Flèche (Sarthe)
le 29 avril 1994. 1928 J-5
Dépôt légal avril 1994. ISBN 2-277-21951-7
1er dépôt légal dans la collection : mars 1986

Éditions J'ai lu
27, rue Cassette, 75006 Paris
Diffusion France et étranger : Flammarion